Reise ins Verderben

Roman

Band 2 von 2

-★-

Konstantin von Weberg

Konstantin von Weberg

Reise ins Verderben

Band 1: ISBN 978-3-7504-3750-0

Band 2: ISBN 978-3-7504-9671-2

Roman

Bibliografische Information der Deutschen
Nationalbibliothek:
Die Deutsche Nationalbibliothek verzeichnet diese
Publikation in der Deutschen Nationalbibliografie;
detaillierte bibliografische Daten sind im Internet über
http://dnb.dnb.de abrufbar.

Lektorat: Heidi C. - Berlin

Herstellung und Verlag: BoD – Books on Demand,
Norderstedt

ISBN: 978-3-7504-9671-2

Vorwort

Oh, mein Gott! Wo ist der deutsche Ingenieur Thomas Heger da bloß hineingeraten? Ganze 16 Tage Hölle als Häftling stehen ihm in einer heißen und heruntergekommenen Polizeistation in der philippinischen Provinz bevor.

Mit welchen schrecklichen Anschuldigungen wird Heger konfrontiert und wie passen da fünf kleine philippinische Jungen und deren Eltern ins Bild?

Sind die Vorwürfe gegen den Deutschen begründet? Wo endet die Wahrheit und wo beginnt die Fantasie? Wer ist das Opfer und wer der Täter?

Und wer sind die Leute, die aus Hegers Geschichte sofort brutal Kapital schlagen?

Welche sehr speziellen philippinischen Gepflogenheiten muss Heger schmerzhaft lernen? Wo kollidieren heftig die westlichen und die asiatischen Weltanschauungen und die Kulturen?

Wie erlebt Heger die Zeit in der Polizeistation und welche Erfahrungen macht er mit den Polizisten? Wie reagieren seine Familie, die Freunde und die Arbeitskollegen in Deutschland auf die Misere? Und wie seine philippinischen Freunde aus dem Dorf am Meer? Was passiert mit den fünf vermeintlichen Opfern?

Wird Heger seinen Kopf aus der Schlinge ziehen?

Er wollte mit den Kindern doch nur ein paar Schulsachen kaufen!

Fiebern Sie mit! Begeben Sie sich auf eine spannende Reise und eine Achterbahnfahrt der Emotionen.

Der Roman von Konstantin von Weberg

Präambel

Diese Erzählung ist Fiktion! Ähnlichkeiten mit lebenden oder verstorbenen Personen, Organisationen, Institutionen, Firmen, Orte, etc. und/oder deren Namen und/oder tatsächlichen Begebenheiten sind daher rein zufällig und nicht beabsichtigt.

Die Meinungen und Anschauungen der Protagonisten spiegeln nicht unbedingt die Meinung des Autors wider.

Altersfreigabe

Ab 12 Jahre

Klappentext

Der deutsche Ingenieur Thomas Heger wird auf den Philippinen verhaftet. Man wirft ihm schwere Verbrechen vor. Er gerät in die Mühlen von Organisationen, einer undurchschaubaren philippinischen Gesellschaft und der überforderten Justiz. Niemand hält sich an geltendes Recht. Der verzweifelte Kampf um Gerechtigkeit beginnt.

Die Grenzen zwischen Opfer und Täter jedoch verschwimmen schnell gänzlich.

Copyright

Kontakt zum Autor

Wordpress: https://nokbew.wordpress.com/

Inhaltsverzeichnis

Band 1 / 2

6. Kapitel - Donnerstag

7. Kapitel - Freitag

8. Kapitel - Samstag

9. Kapitel - Sonntag

10. Kapitel - Montag

11. Kapitel - Dienstag

6. Kapitel - Donnerstag

6.00. Waterboarding

Fast zwei Uhr und stockfinstere Nacht. Es ist offensichtlich bewölkt, da nicht einmal Mondlicht durch das Fenster scheint. Die Disco ist beendet und ich bin beim Song "I Want to Know What Love Is" von Foreigner eingeschlafen. Eine dieser Superschnulzen. Ich frage mich, wovon ich wach geworden bin? Doch da sind Stimmen zu hören. Es scheint einen handfesten Streit zu geben, denn ich höre jetzt das Klatschen von Ohrfeigen und die dumpfen Geräusche von Faustschlägen, gefolgt von unterdrücktem Keuchen und Stöhnen. Es wird zischend geredet, doch ich verstehe nur die flehenden Worte: "No, no, please, Sir!"

Die wütenden Antworten darauf sind gedämpft und in Visayan-Sprache.

Dann höre ich Wasser auf den Boden klatschen, etwa in der Art, als wenn ein großer Stein in eine Tonne geworfen wird. Dazu das Stöhnen, Keuchen und angestrengte Atmen von mindestens zwei Männern. Wasser klatscht erneut auf den

Boden und der dritte Mann hustet und japst panisch nach Luft. Er muss in eine Tonne oder Wanne getaucht worden sein.

Einer der Männer flüstert mit unterdrückter Stimme: "Historia, historia!" Das übersetze ich mit: "Rede, rede!"

Schlagartig wird mir klar, dass dort jemand zum Reden gebracht werden soll, und zwar mit Waterboarding. Der Gefolterte hustet und japst weiter nach Luft. Das erneute Geräusch eines dumpfen Schlages (wahrscheinlich in die Magengegend), gefolgt von einem Aufschrei und Stöhnen.

"Historia!", zischt erneut einer der Folterer. Gedämpft tut er das, sicherlich aus Angst, Aufmerksamkeit zu erregen und entdeckt zu werden. Vor Schreck erstarrt, traue ich mich kaum zu atmen.

"Genug!", sagt die zweite Stimme. Der Gefolterte stöhnt, fleht etwas Unverständliches und japst weiter nach Luft.

"Fuck!", ruft wütend die erste Stimme.

Schritte und Schleifgeräusche, dann wird ungestüm das Tor des Drahtzauns aufgeschlossen und aufgestoßen. Im Schatten der matten Strahler von der Hauswand gegenüber erkenne ich drei Gestalten. Eine Zelle wird geöffnet und der Mann hineingeworfen. Fieses Gelächter vor den Zellen, jetzt die Geräusche von Feuerzeugen und der Geruch von Zigaretten, dann das Scharren und Scheppern des Tores und schließlich wieder der laut klimpernde Schlüsselbund. Ich springe auf und spähe vorsichtig durch die Zellentür. An der Gebäudeecke verschwinden die rot glühenden Lichtpunkte der Zigaretten.

'Scheiße, was war das denn gerade?', denke ich panisch und drehe, zitternd vor Aufregung, ein paar Runden auf den vier Quadratmetern. Mein Puls verlangsamt sich und es bleibt mir nichts weiter übrig, als mich zurück auf das viel zu laut ächzende Bett zu legen. Ich lausche der gedämpften, ängstlichen Unterhaltung aus einer der Zellen. Der Gefolterte scheint sich zu beruhigen. Ab und an hustet er noch, aber jetzt weint und schluchzt er nur noch leise.

Bis vier Uhr in der Früh mache ich kein Auge mehr zu. Im Gegensatz zu gestern krähen die Hähne heute wieder. Das hört sich tatsächlich so an, als gehe das nervige Geschrei ständig reihum und ich befinde mich im Zentrum. Die bereits halbvolle Plastikflasche wird nun mit Urin gefüllt, bis kein Tropfen mehr hineinpasst. Nicht auszudenken was wäre, wenn ich jetzt richtig aufs Klo müsste oder gar Durchfall bekäme. Hier gibt es nichts, wirklich absolut nichts, weder ein Loch im Boden noch Wasser aus der Wand. Nur Kondens- und Tropfwasser hat es hier in dieser Gruft wahrlich zur Genüge.

Mein Körper nimmt sich dann doch, was er braucht und ich nicke noch einmal weg. Die Geräusche an der Zellentür lassen mich jedoch wenig später hochschrecken. Automatisch checke ich die Zeit: 6:05. Es duftet nach Kaffee und Pandesal.

"Michael!", schreie ich vor Freude und verfehle beim Aufspringen wieder nur um Haaresbreite den Balken des Bettes über mir.

"Maayong buntag", begrüße ich Michael in Visayan.

"Good morning", antwortet Michael in Englisch.

Er hält einen großen Becher mit der Aufschrift "Bo's Cofeshop" und eine Papiertüte mit herrlich duftenden Pandesal - diese weichen Hefebrötchen - in die Zelle. Ich beginne, diesen netten Kerl zu lieben. Michael erklärt in gebrochenem Englisch, dass der Wärter erst gegen 7:00 Uhr die Zellen öffnen werde und der Wachmann an der Schranke ist nun sein bester Freund. Nur drei Marlboro und Michael wurde vorgelassen. Absolute Ausnahme, da ich ja Ausländer bin!

Mir kommt die Folterszene in der Nacht in den Sinn und plötzlich bin ich mir nicht mehr sicher, ob das die Realität oder doch nur ein Traum war? Mein Blutdruck und der Puls erhöhen sich, meine Stirn wird feucht. 'Nein!', schaudert es mir bei den Gedanken und Erinnerungen. 'Die Emotionen sind zu echt, das war kein Traum.' Später schaue ich, was aus dem Opfer geworden ist. Zu Michael sage ich dazu kein Sterbenswörtchen.

Stattdessen gehe ich zum Tagesgeschäft über und frage die Fragen, die mir auf der Seele brennen. Michael hat inzwischen zwei Stühle vor die Tür gestellt. Auf dem einen sitzt er, auf dem anderen liegen seine staubigen Füße. Ich ahne etwas, will das Thema aber erst später ansprechen. Meine erste Frage lautet: "Michael, hast Du Geld an Vicente gesendet?"

Michael erzählt begeistert: "Ja, Tommy, mit LBC-Moneytransfer und ich habe Vicente angerufen. Das Dorf ist in Sorge um Dich und alle beten, dass Du bald zurück zu Deiner Familie kannst. Vicente und ihre Mutter sind traurig, weil Du nicht Attorney Padernesto genommen hast. Aber Padernesto ist sehr teuer, wir wissen das. Kennst Du die Geschichte meiner Frau eigentlich, Tommy?"

Ich puste in den Kaffee, schaue auf und schüttle den Kopf.

"Attorney Padernesto hat die Mutter von Vicente vertreten, als die Polizei Vicentes Vater erschossen hat. Man sagt, die Polizei habe geglaubt, ihr Vater sei ein Kommandant der kommunistischen Rebellen der 'New Peoples Army, der NPA.' Die leben weit oben in den Bergen und kämpfen gegen die korrupte Regierung. Eine Salve aus dem Maschinengewehr, Tommy, und vier Männer waren sofort tot. Vicente ist damals erst fünf Jahre alt gewesen. Der Major der Polizei hat lebenslänglich bekommen. Attorney Padernesto sei damals wirklich sehr gut und engagiert gewesen, wird erzählt. Nach zwölf Jahren wurde der Major der Polizei aus der Haft entlassen, aber schon ein Jahr später auf offener Straße erschossen." Michael zieht kräftig an der Marlboro und ist nachdenklich: "Lege dich niemals mit der NPA an." Nun lacht er leise.

Nach dem Erlebnis in der Nacht und dieser Geschichte jetzt sehe ich die Polizei auf den Philippinen in einem ganz anderen Licht.

Ich verschlucke mich am heißen Kaffee, huste und denke: 'Verdammter Mist!' Das spreche ich, mit Rücksicht auf Michael, nicht aus. Auch stelle ich meine nächste Frage im neutralen Tonfall und nicht vorwurfsvoll: "Warum erzählt Ihr mir das nicht früher, Michael? Wenn der Padernesto so gut und engagiert ist, dann hätte ich den doch nehmen können! Franco ist gestern total glücklich gewesen, als er mitbekommen hat, dass ich De Baron beauftrage. Shit, Franco ist doch sofort ins Law Office gerannt und hat De Baron meinen Entschluss mitgeteilt." Ich bin verunsichert, beiße mir auf die Unterlippe und wische den Schweiß aus dem Gesicht. Gedanken kreisen im Gehirn: 'Alle Eltern und Freunde, wie der Kagawad Jacub Castro, hätten lieber Padernesto anstatt De Baron als meinen Attorney gesehen und ich Idiot nehme De Baron!' Der Kopf glüht und ich frage mich erschrocken: 'Habe ich nun die Eltern und die Freunde gegen mich aufgebracht? Ist das das Ende der Freundschaften?"

Michael scheint meine Gedanken zu lesen: "Attorney De Baron ist okay, Tommy, denke ich. Nimm den De Baron, der hat doch auch sein Law Office hier in Tugalm City und kenne alle wichtigen Leute, wie Franco und sein Pastor sagen."

Seine Worte beruhigen mich. Ich denke an die Appearance Fees beider Attorneys und spreche die Gedanken aus: "Geld, Michael, ist auch ein Entscheidungskriterium, da ich nur ein kleiner Angestellter und kein Millionär bin. Okay, Michael, dann soll De Baron für mich arbeiten. Micha, Ich bin das Thema Attorneys auch leid."

"Tommy, jeder ruft mich Mik-Mik und nicht Michael."

Wegen Mik-Miks Themenwechsels klopfe ich ihm erleichtert auf die Schulter. Mik-Mik ist von meinen Emotionen überrascht, versteht aber die Zusammenhänge nicht und wiederholt verdutzt: "Tommy, De Baron ist okay."

Ich bin emotional aufgewühlt und den Tränen nahe. Wie passend, dass gerade in diesem Moment der Wachmann mit dem großen Schlüsselbund aufkreuzt, das Schloss knacken und die Tür beim Öffnen quietschen lässt.

Der Erste, der ins Bad darf, bin ich! Das ist auch inzwischen bitter nötig. Eine wohltuende Dusche folgt. Michael ist nicht zu sehen, als ich nach dem Bad eilig an meiner Zelle vorbeihusche. Ich brenne darauf zu erfahren, was aus dem Folteropfer geworden ist und spähe in die erste Zelle, aber es ist kein Mann mit Verletzungen zu finden: "Alles okay hier?", frage ich.

"Okay, Joe!, Give me one Job (Gib mir einen Job)", ertönt es mehrstimmig.

Das gleiche Spiel in Zelle Nummer drei und vier, ein Opfer ist nicht auszumachen. Der Wachmann wundert sich über mein Verhalten. Ich spiele Desinteresse und schaue nach Mik-Mik. Der liegt auf dem Zellenbett und schläft den Schlaf der Gerechten.

'Verdammt', denke ich, 'ich habe das doch geahnt, schmutzige Füße, zerknitterte Wäsche! Der hat wieder irgendwo gepennt. Wahrscheinlich auf der Straße! Das muss später geklärt werden.'

Ich lasse Mik-Mik schlafen und reihe mich in die schweigenden Zombies ein, die langsam im Kreis dahinschreiten. Niemand weist frische äußerliche Verletzungen auf. Seelisch haben wohl einige einen Knacks, da nehme ich mich mittlerweile nicht mehr aus.

-★-

6.01. Der Anfall

Mitten in der Nacht im Kinderheim des BSWD

Jan schläft, doch langsam dringen Dans flüsternde Stimme und die merkwürdigen Geräusche zu ihm durch.

Dan wird lauter, panischer und schüttelt jetzt heftig seinen großen Bruder: "Jan, Kuya, Bruder, wach auf!"

Jan erwacht, auch Sam, Aboy, Phil und die zwei Brüder aus der Familientragödie werden wach. Die Beleuchtung im Raum ist nur sehr spärlich. Es ist tief in der Nacht und draußen stockfinster. Alle Jungen erschrecken über die merkwürdigen Geräusche, die aus der Ecke mit den Betten der drei Straßenjungen kommen und bekommen Angst. Das Metallbett ächzt und quietscht schrecklich. Die Kinder erkennen trotz der Finsternis, das ist Nekos Bett. Neko wälzt sich wild auf der Matratze, die Geräusche sind animalisch. Ein anhaltendes, gepresstes helles Knurren. Sam schaltet das Licht an. Dodung, der älteste der drei Straßenjungen, kniet vor Nekos Bett und versucht Nekos verdrehte Arme vom verkrampften Körper zu lösen. Von Nekos Augen ist nur das Weiße zu sehen, das Gesicht ist zu einer Fratze verzerrt und Speichel läuft aus seinem Mund. Dan wirft sich schutzsuchend an seinen Bruder und krallt vor Furcht seine Fingernägel in Jans Rücken. Jetzt sind alle Jungen hellwach und starren entsetzt zu Neko und Dodung. So etwas haben sie noch nicht erlebt. Dodung wischt mit einem schmuddeligen T-Shirt den Schweiß aus Nekos Gesicht. In dem Moment pinkelt sich Neko ein.

"Er hat einen Anfall, das geht gleich vorbei", flüstert Dodung. Er setzt sich auf die Bettkante, zieht Neko auf seinen

Schoß, streichelt liebevoll den kahlgeschorenen Kopf und schluchzt: "Alles wird gut, Neko, alles wird gut." Plötzlich laufen Dodung die Tränen über die Wangen. Er streichelt vorsichtig Nekos kurzes Haar und wischt mit dem T-Shirt neuen Schweiß von Nekos Gesicht und Hals. Auch Bernie, der dritte Straßenjunge, sitzt nun auf der Bettkante und weint leise.

Sam brüllt geistesgegenwärtig in den Flur: "Ma'am Burque!"

Jan massiert Dodungs Schulter: "Dodung, Du bist ein sehr guter Freund."

"Ich bin doch alles, was er hat", schluchzt Dodung laut.

Auch alle anderen Jungen stehen nun betroffen und verwirrt um das Bett herum. Nekos helles Knurren hört auf, sein Körper entkrampft ein wenig. Er wird klarer und blickt verwirrt zu Dodung auf.

Ma'am Burque stürmt in den Raum. Sie trägt nur ein dünnes weißes T-Shirt und eine weite Jogginghose. Das Haar hängt wirr um das schöne junge Gesicht. Sie ist barfuß: "Was ist passiert?", fragt sie panisch, schiebt den schluchzenden Bernie beiseite und misst Nekos Puls am Handgelenk.

"Epileptischer Anfall, Ma'am.", antwortet Dodung emotionslos und wischt sich mit dem Handrücken die Tränen aus den Augen.

"Kinder, geht wieder in Eure Betten", sagt Ma'am zu den verstörten Jungen. Die befolgen ohne zu murren Ma'ams Aufforderung.

"Hat er das öfters?", möchte Ma'am von Dodung wissen.

Dodung hat sich beruhigt: "Manchmal, Ma'am. Der Doktor sagt, das kommt vom Klebstoffschnüffeln."

Nekos Krampfanfall geht vorüber, er kommt zu sich und schaut verwirrt zu Ma'am Burque: "Wo bin ich, Ma'am?"

"Bei mir, Kleiner. Ist alles gut, es ist vorbei."

"Was ist vorbei, Ma'am?", stammelt Neko.

"Dodung, hilfst Du mir mal bitte? Wir bringen Neko ins Bad und dann ins Krankenzimmer. Ich muss seinen Blutdruck messen und dort bleibt er die restliche Nacht."

Sie wendet sich besorgt an Neko, der immer noch auf Dodungs Schoß liegt und Ma'am mit großen Augen anschaut: "Kleiner Mann, tut Dir was weh? Ist Dir schwindelig oder übel? Kannst Du aufstehen und selber gehen?"

Neko geht es nun sichtlich besser: "Ich habe nur ein bisschen Kopfweh und großen Durst, Ma'am."

Dodung hilft seinem Freund Neko beim Aufstehen und stützt ihn beim Hinausgehen.

Bevor Ma'am das Licht ausknipst, wendet sie sich freundlich, aber resolut an die Kinder in den Betten: "Und Ihr schlaft noch ein wenig. Neko geht's schon wieder gut. Habt keine Angst und macht Euch keine Sorgen. Seid Ihr okay?"

Phil flüstert leise: "Ma'am, ich habe ein bisschen Zahnweh."

Aboy meldet sich wie in der Schule: "Ich auch, Ma'am."

Ma'am stöhnt: "Gut, ich bringe Euch gleich Tabletten gegen Zahnweh." Zu sich selber sagt sie: "Also heute einmal zum Doktor und zweimal zum Zahnarzt. Na, Ma'am Solano wird sich freuen."

-★-

6.02. Verrückter Morgen

Mit Erlaubnis des freundlichen Wachmanns sitze ich vor der Zelle und nicht darin. Die zwei dicken Sonntagsausgaben sind schon ganz zerfleddert. Viel Neues ist in den Blättern nicht mehr zu finden. Michael, der lieber mit seinem Spitznamen "Mik-Mik" angeredet werden möchte, schläft in der unverschlossenen Zelle. Die anderen Häftlinge haben die Morgentoilette beendet und sind wieder weggeschlossen. Soeben startet das gleiche Spiel am Zellenvorplatz wie gestern. Häftlinge werden abgeholt, andere werden gebracht. Eine Gruppe von etwa acht Gestalten ziehen gelbe T-Shirts über. Auf dem Rücken ist in großen Lettern "PNP Detainee" aufgedruckt. Das "PNP" steht für "Philippine National Police." Das Wort "Detainee" ist mir gerade nicht klar, sicherlich bedeutet es Häftling oder Arrestierter. Die Männer werden jeweils zu zweit mit einer Handschelle an den Handgelenken gefesselt und verbunden. Gleich vier schwer bewaffnete Officers in Kampfuniformen lassen die Gelbhemden keine

Sekunde aus den Augen. Etwa zehn Minuten später passiert ein großer Polizei-Pick-up mit den Detainees die Schranke. Wie gestern, geht es auch heute gesittet und freundlich zu. Hier und da wird sogar gelacht. Nur vereinzelt grüßt mich ein Filipino mit dem: "Hey, Joe!" Der Gefolterte, der in der Nacht zuvor geschlagen worden ist und das Waterboarding ertragen musste, der ist nicht auszumachen. 'Gute Arbeit der Folterknechte', stelle ich fest, 'denn sie haben keine Spuren hinterlassen. Ob die netten und korrekten Officers, Sarang und Pangutana, dazu auch fähig wären? Absurd!' Ich beende das ergebnislose Philosophieren.

Da ist ein Seufzen, ein Piezofeuerzeug klickt und ein tiefes Inhalieren folgt. Mik-Mik ist wach. Müde taucht er aus dem Schwarz der Zelle auf. Sein Haar und das T-Shirt haben annähernd den gleichen Schwarzton wie die Zelle dahinter. Mik-Mik gähnt laut.

"Mik-Mik, Du siehst aus, als könntest Du eine Dusche gebrauchen?"

Mik-Mik gähnt erneut, grinst breit, redet kurz mit dem Wachmann, lässt den nebenbei eine Marlboro ziehen, bietet mir eine an, ich lehne dankend ab und verschwindet mit meinem Handtuch im kleinen Bad links von meiner Zelle.

Mir ist nach frischem Kaffee, Zuckerschnecken und neuen Tageszeitungen und ich befrage kurz entschlossen den Wachmann dazu. Der pfeift sofort einen zufällig vorbeikommenden Polizeischüler heran. Meine Bestellung an den jungen Mann ist schnell erledigt und keine fünfzehn Minuten später ist der pflichterfüllte Polizeischüler zurück und freut sich über 50 Piso Trinkgeld. Der Wachmann, Mik-Mik und ich, wir freuen uns über frischen Kaffee, Zuckerschnecken und eine weitere Marlboro. Ich freue mich zusätzlich über die Tageszeitungen.

Drei Dinge braucht der Mann am Morgen, stelle ich fest: 'Frischen Kaffee, Zuckerschnecken und Marlboro. Mir reichen die ersten beiden Dinge und ziehe die Tageszeitungen den Zigaretten vor.

Für die Sekunde denke ich voller Optimismus: 'Der Tag kann kommen.'

Plötzlich steht ein gehetzter Typ am Tor des Maschendrahtzauns und stört unsere gemütliche Frühstücksrunde. Er erinnert mich an den Typen auf dem Human Trafficking Plakat in Ma'am Papillios Büro. Ich glaube zuerst, er ist ein Attorney, der einen seiner Klienten besucht, aber nein, er stellt sich mir mit gutem Englisch vor: "Guten Tag, Sir, Sie müssen Mr. Heger sein. Ich habe den Fernsehbericht gesehen. Die Geschichte tut mir ausgesprochen leid. Ich schreibe für internationale Organisationen und Medien. Darf ich Ihnen ein paar Fragen stellen?"

"Sie sind für internationale Organisationen tätig?", frage ich ungläubig. Auch Mik-Mik schaut skeptisch.

"Ja, Sir, unter anderem für Organisationen, die in Sachen Menschenrechte unterwegs sind und für andere Medien." Er wirft einen Blick in die Zelle und reagiert prompt: "Oh mein Gott! Sie haben ja gar keine Toilette. Das ist ein klarer Verstoß zu den Haftbedingungen."

Ich zeige auf ein paar leere Plastikflaschen in der Zellenecke: "Das ist meine Toilette, Sir."

Angewidert verzieht der Mittvierziger das hagere Gesicht. Mik-Mik schaut weiter misstrauisch.

Der Typ beginnt mit seinen Fragen zu meiner Person, Familienstand, warum und wie lange ich mich auf den Philippinen aufhalte, ob ich die Kinder und deren Eltern näher kenne und warum wir im Hotel gewesen sind.

Geduldig beantworte ich die Fragen. Schnell aber sehe ich mich mit den Schlagwörtern Sextourismus, Cybercrime, Kinderpornografie und Human Trafficking konfrontiert. Er fragt aggressiv, ob ich darüber informiert bin, dass die Philippinen als Hotspot für dergleichen nun einmal bekannt ist. Zu Beginn des Interviews (das Wort "Interview" kommt mir erst jetzt in den Sinn) habe ich noch höflich in ganzen Sätzen geantwortet. Jetzt werde ich einsilbig und ende bei Antworten mit den Worten "Ja" oder "Nein." Dann kommen Fragen, warum ich mit Kindern im Hotel schlafe, ob ich ein Pädophiler bin oder einem Syndikat von Menschenhändlern angehöre? Ich glaube mich verhört zu haben, werde ärgerlich und es wird mir zu dumm.

Der Kerl lässt nicht locker, fragt penetranter und noch aggressiver, im Stil eines Verhörs.

"Mik-Mik, hast Du eine Marlboro", versuche ich mich, der verbalen Umklammerung zu entziehen.

Der Menschenrechtsaktivist oder Journalist - oder was er auch immer sein mag - schreibt und schwitzt. Er wiederholt die Fragen nach meinen sexuellen Präferenzen und ob ich mit Pornografie, Cybercrime und Menschenhandel im Zusammenhang stehe.

"Stopp, genug, mir reicht es! Ich habe genug gesagt!", wehre ich den Schwall neuer Fragen mit abwehrenden Gesten ab.

Der Typ fragt ungerührt weiter, holt unvermittelt sein Cellphone heraus und versucht frech ein Foto zu schießen. Ich bin schneller und halte mir eine Tageszeitung vor das Gesicht. Auch Mik-Mik hält sofort seine Hand vor das Cellphone.

In dem Moment kommen Attorney De Baron, Franco, Marielou und Jonathan auf den Zellenvorplatz.

Attorney De Baron erblickt den Journalisten, der mit dem Rücken zum Attorney steht, lacht laut und ruft spitz: "Dumampos, Du alter Schmierfink, hast Du es bis zu meinem Mandanten geschafft?" De Baron wendet sich an mich: "Mr. Heger, beantworten Sie keine Fragen, nicht von Dumampos, der für diese billigen lokalen Gazetten arbeitet und auch sonst lassen Sie sich nicht auf Medienleute ein."

Der Journalist schaut erschrocken vom Notizblock auf und sucht wie ein getretener Hund, ohne ein weiteres Wort zu verlieren, das Weite.

"Aber, aber", stottere ich überrascht und ärgerlich, "der hat doch behauptet, für internationale Menschenrechtsorganisationen tätig zu sein."

De Baron wirft den Kopf zurück und lacht laut. Die Pomade im zurückgekämmten Haar glänzt ölig in der Morgensonne:

"Menschenrechtsorganisationen? Dieser Möchtegernejournalist arbeitet nur für sich und in die eigene Tasche, Sir Heger. Um an ein Interview zu kommen, sind diese Leute einfallsreich! Die Polizei hält übrigens heute eine Pressekonferenz zu Ihrem Fall ab, ähm, ich meine Geschichte, Sir Heger, zu Ihrer Geschichte. Deshalb ist auch der Typ hier. Soll um 10:30 Uhr beginnen. Da werde ich auch anwesend sein. Ich habe übrigens dafür gesorgt, dass Sie nicht in Handschellen und im sicherlich viel zu engen gelben Hemdchen dort vorgeführt werden!"

"Danke sehr, Sir!", stammle ich, bemüht nicht zu explodieren, dennoch platzt es aus mir viel zu laut heraus: "Ja, hat denn das überhaupt im Raum gestanden?"

"Oh ja, Sir Heger! CIDG-Officer Villanova war ganz versessen darauf. Das macht die Polizei ausgesprochen gerne. Das ist eine öffentliche Bestätigung ihrer Erfolge! Gerade, wenn ein Ausländer und philippinische Kinder involviert sind! Wenn es sich sozusagen um einen "Bigfish" handelt!" Aber keine Sorge, Sir Heger, die öffentliche Zurschaustellung ist vom Tisch. Dafür habe ich schon gesorgt!"

Mik-Mik, Franco, Marielou und Jonathan sitzen mit offenen Mündern um mich herum, haben große Augen und staunende Gesichter.

"Bigfish?", wiederhole ich heiser.

"Na ja, also Ausländer mit fünf Filipino-Kids im Hotel, Rettungsaktion, Medien, Öffentlichkeit, der ganze schwachsinnige Rummel halt."

Ich bin verwirrt und weiß nicht, was ich zuerst denken soll: 'Bigfish? De Baron hat das öffentliche Vorführen verhindert? Dann ist der ölige Typ ja doch ein ganz patenter Attorney! Medien, Rettungsaktion, Öffentlichkeit, Rummel.' Mit trockener Kehle bedanke ich mich noch einmal keuchend und überschwänglich beim gütig blickenden Attorney.

Francos Augenbrauen zittern, während wir uns unterhalten, so schnell auf und ab, dass mir beim kurzen Hinsehen ganz komisch wird. Ich weiß, das Auf und das Ab der Augenbrauen, ist die Geste der Zustimmung oder dient als Bestätigung, etwas verstanden zu haben.

Mein einst positives Image von der philippinischen Polizei ist jedoch jetzt vollständig und endgültig zerstört. Waterboarding und Schläge in der Nacht zuvor, Vicentes Vater von einem Major der Polizei erschossen worden, ich sollte wie ein Tier öffentlich vor den Medien vorgeführt werden und nicht zuletzt mein Spießrutenlauf durch die Hotelanlage und zu guter Letzt die erniedrigenden Minuten im Polizeiwagen. Wut keimt. Es bleibt mir die Spucke weg und ich kippe den Rest mittlerweile kalten und bitteren Kaffee runter. Meine vollkommene Zerfahrenheit sorgt dafür, dass die Hälfte des Kaffees auf dem T-Shirt landet und hässliche Flecken hinterlässt. Verzweifelt wische ich auf den Flecken herum. Mik-Mik springt mit dem feuchten Handtuch herbei und beginnt ebenfalls zu wischen. 'Wo hat er das Handtuch so schnell her?', wundere ich mich. Mein Zeitgefühl ist nicht intakt. Oh Gott, ich werde schon verrückt, habe scheinbar Aussetzer und verliere die Kontrolle', stelle ich erschrocken fest.

Mit dem linken Handrücken wische ich den Schweiß von der Stirn. Die Wunde von den Handschellen brennt: "Mik-Mik, ich brauche sofort eine Marlboro! Attorney, möchten Sie auch eine?"

"Oh, Marlboro, da sage ich nicht nein. Sir Heger, wir müssen über das Finanzielle sprechen, wann darf ich die 80k Piso erwarten?"

Franco zeigt merkwürdigerweise ein äußerst zufriedenes Grinsegesicht bei dieser Frage.

"Also, ich habe gestern mit meiner Familie skypen können. Die sorgen dafür, dass das Geld so schnell wie möglich auf die Philippinen kommt. Ich müsste heute noch einmal telefonieren, habe aber gestern vergessen zu fragen, ob ich heute telefonieren darf. Würden Sie Ma'am Papillio fragen, Attorney?"

De Baron zieht lange an der Zigarette, inhaliert und bläst scharf aus. Dann richtet er seine goldene Sonnenbrille mit den hellblauen Gläsern: "Aber natürlich, Sir Heger, ich sehe Ma'am ja in wenigen Minuten, aber lassen Sie doch gleich 100k Piso anweisen." Er schaut in die Runde: "Ihre zahlreichen Freunde und vor allem die Eltern müssen Witness Affidavits, also gerichtsfeste Zeugenaussagen, bei mir anfertigen. Das kostet natürlich, Sir."

Ich schlucke und nicke.

Beim Anblick von De Baron muss ich plötzlich an einen Mafiaboss denken. 'Aber in diesem Beruf und hier auf den

Philippinen, muss man da nicht ein wenig kriminell sein oder zumindest manchmal nicht ganz legale Methoden anwenden?'

Ich werde beim Grübeln und unergiebigen Analysieren jäh unterbrochen, denn De Baron springt unvermittelt auf: "Shit! Suzette Zambrano von ABC-TV!"

Suzette eilt schnellen Schrittes zum Zellenvorplatz. Im Schlepptau hat sie einen Kamera- und einen Equipmentträger. Ich sehe die grüne LED der Kamera von Samstagnacht wieder, der Nacht meiner Verhaftung. Aus einem Reflex heraus halte ich mir erneut die Tageszeitung vor das Gesicht. Mik-Mik springt auf und stellt sich, wie ein Torwart in Erwartung des Elfmeters, vor mich.

De Baron haut das Drahtzauntor zu und zischt: "Suzi, verschwindet, keine Interviews!"

Suzis Waffen sind Intelligenz, absolut umwerfendes Aussehen, Sexappeal und ihr weiblicher Charme. Diese Waffen weiß sie geschickt einzusetzen. Der junge Wachmann, Officers und die Gefangenen in den Zellen, Mik-Mik, Franco und Jonathan bekommen große Augen. In den Zellen gibt es tumultartige Szenen, ein Pfeifkonzert ertönt. De Baron steht Schweiß auf der Stirn. Nur Marielou blickt finster.

Mit Kussmund haucht Suzi: "Oh, Clerence, Du bist der Attorney vom Deutschen? Glückwunsch! Komm, nur ein paar klitzekleine kurze Fragen, bitte!"

Ich schaue vorsichtig an der Zeitung vorbei. So wie es aussieht, bin ich der einzige Mann hier, der gerade nicht flirtet.

Attorney De Baron blickt mich fragend an. Eine abweisende Geste mit meiner Hand und die Sache ist klar.

"Nein, ich bedauere, Suzi, aber mein Mandant möchte nicht", stottert De Baron, der Macho, plötzlich unsicher.

'De Baron kennt wirklich jeden, diese Aussage stimmt also auch', sinniere ich zufrieden.

Der Kameramann entkrampft, wie es Soldaten beim Militär tun, wenn "rührt euch!" gebrüllt wird. Die LED der Kamera springt auf Rot.

Franco, Marielou und Jonathan haben die ganze Zeit geschwiegen, nur ihre Köpfe gingen ständig hin und her, wie die Köpfe von Zuschauern beim Tennismatch.

Jonathan wischt mit einem schmutzigen Tuch den Schweiß aus seinem Gesicht und kommentiert trocken das Geschehen, wie das nur Teenager können: "Na, hier ist ja was los!"

Nach ein paar Sekunden fragt er: "Was heißt eigentlich CIDC?"

De Baron antwortet ruhig: "Criminal Investigation and Detection Group."

-★-

6.03. Pressekonferenz außer Kontrolle

Die Officers Sarang und Pangutana haben ihr Büro zum Pressekonferenzraum umfunktioniert. Vor der Eckkammer stehen nun die beiden Schreibtische. Darauf arrangiert sind Thomas Hegers Gadgets:

- Mittelklasse, digitale Spiegelreflexfotokamera von Canon
- Samsung B2100 Cellphone (Handy)
- Samsung Tablet-PC mit USB-Kabel und Hülle
- Laptop Lenovo mit Funkmaus, Ladegerät und Tasche
- Blauer Rucksack

Im Hintergrund der Gadgets befindet sich ein dünnes Brett, das mit einer weißen Folie bezogen ist. Die Folie ist bedruckt mit dem blassen wiederkehrenden Logo und dem darüber gedruckten Schriftzug der "Philippine National Police - Tugalm City."

Hinter den Tischen sitzen mittig Ma'am Papillio, rechts von ihr Ma'am Tolisan, links CIDG-Officer Villanova. Rechts außen haben Officer Sarang und links außen Officer Pangutana Platz genommen. Der Major der Polizeistation wird nicht an der Pressekonferenz zum Heger-Fall teilnehmen, dazu hat er seine Leute.

Vor den Schreibtischen stehen rund 20 Kunststoffstühle in vier Reihen, von denen nicht einer frei geblieben ist. Attorney De Baron sitzt in der ersten Reihe, in unmittelbarer Nähe zu Suzette Zambrano, die flankiert von Kameramann und

Tontechniker mittig sitzt. Ihr Kameramann ist soeben aufgestanden, um das Büro und die Besucher zu filmen. De Baron kann einfach nicht den Blick von Suzette lassen, obwohl Ma'am Papillio auch ein steiler Zahn ist, wie er immer wieder feststellen muss. Am anderen Ende der ersten Reihe sitzt etwas gelangweilt Attorney Pizzaro. 'Der hofft wohl noch auf den Fall', denkt De Baron und nickt flüchtig Attorney Pizzaro zu. Sie kennen sich natürlich von der Hall of Justice (dem Gerichtsgebäude) aus dem Court (dem Gerichtssaal) von einigen Fällen und anderen Aktivitäten, die Attorneys betreffen.

Ein TV-Team vom Newschannel One aus der rund 300 Kilometer entfernten Stadt Libertad de Santos ist angereist. Neben dem schmierigen Reporter Dumampos gibt es im Raum noch zwei weitere der schreibenden Zunft. Die stehen in De Barons Ansehen etwas höher als Dumampos. Zwei Fotografen machen ununterbrochen Aufnahmen von den Gadgets und von der Gruppe Officers. Auch die zwei Kameras filmen jetzt die Gadgets, als seien dies Weltsensationen. Einige interessierte Polizeischüler stehen dicht gedrängt um die Sitzenden, diskutieren angeregt, recken die Köpfe und zeigen zu den Gadgets. Das Jugendheim BSWD ist mit seinem Head-Off Sir Sala und Ma'am Solano vertreten. Ma'am Solano und Suzette Zambrano stecken die Köpfe zusammen und flüstern verstohlen. Es hat den Anschein als tauschten die beiden Frauen Geheimnisse aus. Ma'am Solano berichtet gerade etwas aufgeregt, aber leise Suzette Zambrano, die freut sich ausgelassen. Nun schauen beide Frauen auf ihre Armbanduhren.

'Termin zum Kaffeekränzchen vereinbart', vermutet De Baron gehässig, obwohl er ebenfalls ausgesprochen gerne mit

Suzi Kaffeetrinken würde. 'Er könnte einen erneuten Versuch wagen, aber wieder einen Korb kriegen? Nein, das verkraftet er nicht', lächelt De Baron amüsiert bei den Gedanken in sich hinein. Er schaut in die Runde, nickt dem einen oder anderen zu und erkennt zwei Mitarbeiter des Gerichtes. Viele im Raum sieht er zum ersten Mal. Da sind gleich drei Aktivistinnen vom Anti-Trafficking Board, erkennbar an ihren uniformen T-Shirts, in Begleitung eines grau gelockten, hageren und sportlich-elegant aussehenden Ausländers. Der hat Notizblock und Stift gezückt. Am Logo auf dem T-Shirt des Ausländers erkennt De Baron, dass der Typ ein Mitarbeiter dieser Nongovernmental Organization aus Manila ist. Sicherlich ein hochrangiger Funktionär.

'Den habe ich doch vor kurzem erst in einer Reportage auf CNN-Philippines gesehen!', erkennt der Attorney den etwa Vierzigjährigen wieder. Verächtlich erinnert sich De Baron: 'Nachdem das Geschäft mit den eingelegten Früchten aus ökologischem Anbau nicht den erhofften Gewinn abwirft, richten die ihr Geschäftsmodell nun auf das Retten von Menschen aus.

In seinen Augen betreiben die einen modernen Kolonialismus. Als ob die Philippinen nicht ihre Probleme selber lösen können. Und haben diese selbsternannten Menschenretter in ihren eigenen Ländern nicht genug zu tun?

'Sind die NGOs also auch schon auf den Plan gerufen', stellt er fest und sinniert weiter: 'Schlecht für Heger, gut für mich. Es wird wohl kompliziert werden, den Heger zu verteidigen.' Attorney De Baron ist vollkommen in seinen Gedanken versunken und überlegt weiter: 'Der Druck der Öffentlichkeit auf den Staatsanwalt, der den Fall bearbeiten wird, und dann später auf den Richter steigt jetzt schon täglich. Dass der Staatsanwalt den Fall bereits auf seinem Schreibtisch - aus Mangel an Beweisen - niederlegen wird, glaubt er immer weniger.'

Er denkt an Heger: 'Der sitzt naiv vor seiner Zelle mit diesem Hippievater, raucht eine Marlboro nach der anderen und glaubt immer noch, dass alles hätte ein schnelles Ende. Der Ausländer hat fünf minderjährige Filipinos ins Hotel geschleppt. Hätte das ein erwachsener Filipino mit Minderjährigen getan, das wäre überhaupt nicht aufgefallen, da hätte auch niemand nachgefragt und der wäre schon gar nicht verhaftet worden. Aber bei einem Ausländer! Der Staatsanwalt braucht schon gute Argumente diesen Fall schnell zu beenden.'

De Baron wischt den Schweiß von der Stirn. Es ist heiß, denn die vier Stehventilatoren in den Ecken des Raumes schaffen ihre Arbeit kaum. Dazu die Lampen auf den Kameras. Er grübelt weiter: 'Ist das nicht Hass auf Ausländer, wenn im Gegensatz zu Filipinos so unterschiedlich verfahren wird? Aber das kann jetzt egal sein, denn es ist, wie es ist: Heger sitzt in der Falle. Und niemand ist interessiert, den Fall schnell niederzulegen. Erst recht nicht er, denn die Anhörungen bei Gericht bringen ihm Geld. Jede einzelne Anhörung muss bar bezahlt werden. Nicht ohne Grund hat er den Posten "Anhörungen und Gerichtstage" aus der Offerte an Heger herausgelassen!' Attorney De Baron versteckt sein breites zufriedenes Grinsen hinter einem eleganten Taschentuch.

Ma'am Papillio räuspert sich laut. De Baron wird aus seinen Gedanken gerissen. Die Pressekonferenz beginnt mit einer halbstündigen Verspätung.

Ma'am Papillios Unbehagen ist klar zu erkennen, während sie die Fakten zum Fall Heger herunterrattert. Ob das Unbehagen vom Fall herrührt, oder daher stammt, weil Ma'am Pressekonferenzen als lästige Notwendigkeit ansieht, erschließt sich den ungeduldigen Zuhörern nicht. Ohne auch nur einmal auf die Papiere zu blicken, berichtet sie exakt und detailgenau den Hergang, wie er auch in den TV-Nachrichten zu sehen gewesen ist. Sie ergänzt die Vorbereitungen zur Verhaftung Hegers und dessen Daten zur Person. Dann schaut Ma'am Papillio mit einem Seitenblick auf ihre Damenrolex: "Gut, meine Damen und Herren, Sie haben 30 Minuten für Ihre Fragen."

Suzette Zambrano steht schon direkt vor den Schreibtischen und beginnt, ohne Ma'am Papillio um Erlaubnis zu bitten, Fragen zum Hergang im Hotel zu stellen. Sie beugt sich vor und hält Ma'am Papillio über die Gadgets hinweg das Mikrofon unter die Nase, da die Polizei über kein eigenes Soundsystem verfügt. Ma'am Papillio beantwortet ruhig alle Fragen. Ma'am Tolisan ergänzt hier und da Informationen. CIDG-Officer Villanova nickt nur ab und zu zufrieden. Die Officers Sarang und Pangutana schweigen.

Bevor das zugereiste TV-Team und die anderen Reporter Fragen stellen können, fragt Suzette Zambrano schnell: "Ma'am Papillio, gestatten Sie mir noch zwei Fragen."

"Bitte", antwortet Ma'am Papillio ohne Eile.

"Ma'am, woher hat die Polizei gewusst, dass der Ausländer Heger mit philippinischen Kindern im Hotel gewesen ist?"

"Aus ermittlungstaktischen Gründen kann ich diese Frage nicht beantworten." CIDG-Officer Villanova und Ma'am Tolisan nicken.

Suzette macht kurz einen Schmollmund: "Ist pornografisches Material in den Gadgets gefunden worden?"

Ma'am Papillio tippt leicht CIDG-Officer Villanova auf den Handrücken. Der räuspert sich laut und beugt sich zum Mikrofon vor: "Wir haben die Gadgets und speziell den Laptop oberflächlich mit unseren wenigen Mitteln, die uns hier zur Verfügung stehen, untersucht und bisher nichts Auffälliges gefunden. Die Gadgets gehen aber in Kürze nach Cebu oder, je nach Kapazität sogar nach Manila ins Labor zum Forensiker vom Criminal Investigation and Detection Group. Die wird kurz "CIDG" genannt, aber Letzteres ist Ihnen ja bekannt."

Verhaltenes Lachen im Raum über CIDG-Officer Villanovas flachen Witz.

Ma'am Papillio wartet, bis es im Raum wieder einigermaßen ruhig ist: "Suzi, ähm, Ma'am Zambrano, Ihre letzte Frage bitte."

"Hat Heger die Kinder missbraucht, Ma'am, was sagen die Kinder aus? Sind die Kinder Opfer?"

"Oh, das sind zwei Fragen zu viel, Ma'am Zambrano."

Ungeachtet des Themas wird die Stimmung im Raum heiter und das Lachen lauter.

Der grau gelockte Ausländer steht abrupt auf und wirft aggressiv ein: "Das ist überhaupt nicht zum Lachen. Die fünf kleinen Kinder sind Opfer sexuellen Missbrauchs geworden, das ist doch mehr als klar." Eine Tonlage höher ruft er aufgebracht: "Die philippinische Gesellschaft, sie als Polizeiorgan und die Justiz müssen endlich aufhören, solche Geschichten zu verniedlichen und beginnen, diese Fälle lückenlos aufzudecken, aufzuklären und die Täter hart zu bestrafen!"

CIDG-Officer Villanova springt auf: "Sie da, setzen Sie sich und warten Sie, bis Sie mit Ihren Fragen an der Reihe sind! Wie heißen Sie überhaupt und was tun Sie hier, als Ausländer?"

"Mein Name ist Mc Bride, ich vertrete die Organisation "Protect Women And Children," kurz "Prowoch" Wir kommen aus Europa, Sir!" Seine drei Aktivistinnen stehen jetzt neben dem Europäer und entrollen eine Banderole mit Slogans gegen Human Trafficking und halten sie in die Kameras. Gemeinsam heben sie die rechten Fäuste und brüllen: "Gerechtigkeit für philippinische Frauen und Kinder! Schluss mit Menschenhandel, Sextourismus, Cybercrime und Pornografie!" Das wiederholen sie dreimal.

Ma'am Papillio ist die Ruhe selbst. Die einzige Regung die sie zeigt, ist das Drehen der Uhr am Handgelenk. Sie weiß, je mehr Zeit vergeht, desto weniger Fragen muss sie beantworten. Ma'am Solano und Sir Sala nicken zufrieden.

Suzette ist stinksauer, da ihr die Show von diesem Ausländer gestohlen wird. Filmkameras und Fotoapparate arbeiten am Limit. Attorney Pizzaro schaut erstaunt, Attorney De Baron grinst zufrieden, denn der Druck der Öffentlichkeit wächst. Dumampos, der Reporter, trommelt nervös mit dem Kugelschreiber auf den Notizblock ein und schaut gehetzt auf seine Uhr. Die Polizeischüler freuen sich über den Eklat und über das Chaos im Raum. Sie diskutieren wild und laut über die Forderungen und das Auftreten des Ausländers und der drei Aktivistinnen.

CIDG-Officer Villanova steht die Zornesröte im Gesicht: "Schluss jetzt, setzen Sie sich oder wir werden die Konferenz abbrechen!"

Ma'am Papillio und Ma'am Tolisan tragen ein stehendes Lächeln zur Schau. Aus ihren Gesichtern ist Wohlwollen über CIDG-Officer Villanovas Anweisung und Drohung zu lesen.

Der Ausländer setzt sich. Seine Aktivistinnen verstummen, rollen die Banderole ein und setzen sich mit zufriedenen Gesichtern ebenfalls wieder auf die Stühle.

Die Situation beruhigt sich, die Hitze im Büro wird unerträglich.

Ma'am Papillio geht mit keiner Silbe auf den Eklat, den der Ausländer von der NGO verursacht hat, ein. Sie trinkt ungerührt einen tiefen Schluck Wasser aus einem Glas, um das sie viele im Raum beneiden. Ma'am vergisst die Förmlichkeit und fordert Suzette Zambrano auf: "Suzi, wiederhole bitte Deine letzten Fragen."

"Hat der Deutsche die Kinder missbraucht, Ma'am, sind die Kinder Opfer eines Verbrechens geworden?"

"Ma'am Papillio hustet damenhaft in die flache Hand: "Dazu können wir keine Auskunft geben. Ich bitte um Verständnis."

"Ma'am, nur noch eine Frage!"

"Gut, aber nur noch eine!"

"Unter welchem Republic Act, also welchem Paragrafen, Ma'am, halten Sie Heger fest?"

CIDG-Officer Villanova antwortet schnell: "Republic Act 7610, Absatz 5."

Suzette Zambrano ist zufrieden: "Danke, Ma'am.'

An das Publikum gerichtet, fragt Ma'am Papillio: "Weitere Fragen?"

Der Reporter vom Newschannel One hat sich peu à peu an Ma'am Papillio herangearbeitet: "Ma'am, im TV-Bericht vom örtlichen Newschannel ABC-TV waren die Kinder stark verpixelt. Meine Frage, Ma'am: Waren die Kinder nackt auf den Betten? Danke, Ma'am!"

"Nein, Sir, niemand war nackt, als wir in den Hotelraum eingelassen worden sind. Nächste Frage bitte!"

"Sie sind eingelassen worden, Ma'am?"

"Ja, uns ist die Tür geöffnet worden. Heger hat uns eingelassen."

Der News One-Reporter fährt fort: "In dem Bericht war zu sehen, der Deutsche ist an der Hand verletzt. Ma'am, wie ist es dazu gekommen? Hat er sich der Verhaftung widersetzt?"

CIDG-Officer Villanova antwortet ruhig und mit einem speckigen Grinsen: "Ist von den Handschellen, kann schon einmal passieren. Philippinische Handschellen sind nicht für dicke Europäer gemacht."

Nur die Polizeischüler lachen laut und herzlich über CIDG-Officer Villanovas zweiten Scherz.

Dumampos springt auf und ruft ungefragt: "Gehört der Deutsche einem Syndikat von Menschenhändlern an oder einem Kinderpornoring, Ma'am? Wurde sein Laptop auf Pornografie untersucht?"

Der TV-Reporter protestiert nicht, denn alle im Raum wollen diese Fragen beantwortet wissen.

Ma'am Papillio gibt ein Zeichen an CIDG-Officer Villanova, der antwortet prompt: "Uns liegen derzeit keine Erkenntnisse zu den Fragen vor und über die Gadgets haben wir uns bereits geäußert."

"Gut, meine Damen und Herren, die Zeit ist vorüber. Wir schließen die Konferenz hiermit.", antwortet ruhig Ma'am Tolisan.

Attorney Pizzaro springt auf: "Ma'am, entschuldigen Sie, haben Sie Kenntnis darüber, ob der Deutsche schon anwaltlichen Beistand hat?"

Suzi und der Reporter Dumampos rufen gleichzeitig: "Attorney De Baron!"

Ein Raunen geht durch den Raum. Die Polizeischüler diskutieren erneut laut und heftig. Hier und da hört man die Besucher verwundert fragen: "De Baron? Der?"

In dem Augenblick ist das Interesse der Medienleute an der Polizei erloschen und an De Baron geweckt. De Baron steht langsam auf, grinst ölig und nickt langsam. Sogleich wird er von der Meute bedrängt und die Fragen stürzen auf den Attorney ein.

Die Polizistinnen Ma'am Papillio, Ma'am Tolisan und CIDG-Officer Villanova nutzen den Tumult, um das Büro unbemerkt zu verlassen. Der Ausländer und seine Aktivistinnen folgen ihnen auf den Fuß.

6.04. Die Mütter und der Reporter

Jugendheim des BSWD

Die Mütter Rica Restito und Lang, die richtig Lydia Barcella heißt, sind heute gegen zwölf Uhr am Tor des BSWD-Jugendheims und tragen schwer an den Tüten mit

Tupperdosen voller selbstgemachter Speisen für die Kinder. Obst und Getränke haben sie auch dabei. Die zehn Jungen spielen gerade Basketball mit einem neuen Ball und auch das Basketballnetz ist erneuert worden.

Ma'am Burque schaut sich erst unsicher um, lässt aber dann dennoch das Tor vom Wachmann öffnen: "Kommen Sie doch kurz rein. Ma'am und Sir sind nicht anwesend, die sind auf der Pressekonferenz in der Polizeistation. Das Wetter ist ja gut, unterhalten Sie sich auf den Bänken mit den Kindern." Sie zeigt zu den Betonklötzen.

Sofort versammeln sich die Kinder um Sams Mutter Rica und Jan und Dans Mutter Lang. Aboy und Phil schauen einen Moment traurig, da sie kein Elternteil besuchen kommt. Die drei Straßenjungen und die zwei aus der Familientragödie stehen unsicher um die Gruppe aus dem Dorf, linsen verstohlen zu den großen Tüten, schubsen sich leicht und flüstern "lecker" und "wieder so viel." Dann entscheiden sie sich, weiter Basketball zu spielen.

Die fünf Jungen um die beiden Mütter berichten aufgeregt von den nächtlichen Erlebnissen, von Nekos Anfall, Zahnschmerzen und dass sie später ins Haus der Gesundheit sollen. Neko muss untersucht werden und Aboy und Phil haben einen Check-up beim Zahnarzt. Ma'am Burque berichtigt die Kinder und erklärt, dass alle Kinder zum Check-up angemeldet sind und schon gegen 14:00 Uhr müssen sie im Haus der Gesundheit sein. Sie warten auf Ma'am Solano und das Polizeifahrzeug. Deshalb sollen die Kinder dann auch gleich essen und sich danach auf den Check-up vorbereiten. Ma'am Burque fragt nach Wechselwäsche für die Jungen. Die beiden Mütter versprechen, sich darum zu kümmern. Ma'am Burque rät den Müttern - Besuchsverbot hin oder her - zum

Termin ins Haus der Gesundheit zu kommen. Sie sollen auch Phils und Aboys Vater mitbringen. Ma'am Burque erhebt sich und die zehn hungrigen Jungen verabschieden sich schnell und stürmen fröhlich mit den Tüten in das Gebäude, Rica und Lang winken ihnen nach. Scheinbar haben sich die Kinder schon ein wenig an die Situation gewöhnt.

Am Polizeigebäude

Rica und Lang tragen eine weitere große Tüte mit Gekochtem, denn sie wissen, dass Tommy Besuch hat und dass die alle hungrig sein werden. Soeben beenden sie die Formalitäten an der Schranke der Polizeistation, da stürmt eine Gruppe Medienleute aus dem Gebäude. Zwei große Kameras, Fotografen und Reporter, die im Gehen gleichzeitig etwas von kleinen Notizblöcken ablesen und in ihre Cellphones berichten. Die Gruppe zersprengt am Parkplatz, wo eilig Utensilien in schweren, dunklen SUVs verstaut werden. Ohne weitere Kontrollen an der Schranke schießen die SUVs davon.

Da kommen noch mehr Besucher aus dem Gebäude, auch Leute, die den Müttern bekannt sind: "Hallo, Ma'am Solano", ruft Rica freundlich. Lang begrüßt Sir Sala mit einem: "Guten Tag, Sir."

Die zwei BSWD-Mitarbeiter nicken nur kurz, haben es auch eilig, sind schnell an ihrem SUV und vom Hof.

Lang und Rica sind über die Hektik der BSWD-Mitarbeiter und der Medienleute verwundert und begeben sich zum Zellenvorplatz.

"Moment, meine Damen", ruft eine Stimme hinter ihnen. Es ist der Reporter Dumampos.

Schnell hat Dumampos die Frauen auf dem Weg zum Zellenvorplatz an der Gebäudeecke nahe dem ersten Zauntor eingeholt. Atemlos fragt er: "Sie sind die Eltern zweier Kinder, die mit dem Deutschen gereist sind? Richtig?"

Lang antwortet schnell: "Nein, dreier Kinder, meine zwei Söhne sind mitgereist und ein Sohn von Rica."

"Ah, okay, darf ich mich vorstellen Dumampos. Ich arbeite für soziale Organisationen und andere Medien. Darf ich Ihnen ein paar Fragen stellen?" Er fummelt an seinem Cellphone herum und schaltet den Soundrecorder ein.

Rica ist unsicher und skeptisch, Lang fühlt sich geschmeichelt und richtet das störrische Haar.

"Sie kommen alle aus Sendong City, wie ich gerade gehört habe. Darf ich zuvor um Ihre Namen bitten?"

Rica zögert, dann antwortet sie: "Mein Name ist Rica Restito und das ist meine Freundin Lydia Barcella."

"Ich werde Lang gerufen, Sir!", wirft Lydia ein.

"Und wie heißen die anderen beteiligten Familien?", fragt Dumampos interessiert.

"Ja, da ist noch Familie Kabaltos und Taslig. Jeweils ein Sohn ist von den Familien jetzt im BSWD", erklärt Lang freimütig.

"Ma'ams, Sie sind auf dem Weg zu diesem Deutschen. Würden Sie den Mann als Ihren guten Bekannten oder sogar als engen Freund bezeichnen?"

Die Frauen nicken. Lang antwortet vorsichtig: "Eher als Freund."

"Also kennen Sie den Deutschen schon länger?"

"Ja", antwortet wieder Lang. Rica ergänzt: "Sehr lange."

"Sagen Sie, wie heißt der Deutsche genau? Heger?"

"Thomas Heger. Aber alle rufen ihn nur Tommy", erläutert Lang.

"Gut, Ihr Tommy, hat der Ihnen Geld geboten oder sogar gegeben, so dass Sie Ihre Söhne dem Mann anvertraut haben?"

Die Mütter schauen sich Hilfe suchend um. "Nein, Sir", kommt es zögerlich von Lang. "Wie kommen Sie darauf?", fragt Rica vorsichtig.

"Hat er Ihnen andere Dinge versprochen oder gegeben? Kleidung für die Jungs, Spielzeug? Was ist mit den Cellphones, von denen Ma'am Papillio berichtet hat?"

Lang zögert mit der Antwort, sie stottert: "Also, na ja, die wollten Schulsachen kaufen."

Rica ergänzt und erklärt: "Hier in Tugalm City, die Qualität, Sir, die Qualität der Sachen ist hier doch besser als bei uns."

"Aha, gut, Dinge für die Schule?", der Reporter blickt sich gehetzt um: "Und die Cellphones? Der Tommy schenkt Ihnen einfach so Cellphones?"

Nun beantwortet Rica die Frage: "Das sind Weihnachtsgeschenke, Sir, und, wie Tommy sagt, mit den Cellphones können wir unsere Geschäfte voranbringen. Wissen Sie, mein Mann ist Fischer. Er ist der Kapitän und auch für den Verkauf des Fangs zuständig. Da ist so ein Cellphone schon wichtig."

"Und mein Mann ist Schreiner. Mit dem Cellphone kann er Kunden und Aufträge klarmachen", ergänzt Lang schnell und nickt dabei. Die wilden Haare fliegen um den runden Kopf.

Dumampos macht eine kleine Pause und startet den Soundrecorder seines Cellphones erneut: "Also, da ist der Unterstützer und im Gegenzug dürfen Ihre Kinder mit Ihrem Tommy reisen?"

"Nein, Sir", erwidert Rica resolut, "das war eine Vergnügungsreise und wenn die Straßen nicht so mies wären und dadurch die Reisezeit sich nicht so stark verlängert hätte, wären die am selben Tag zurückgekehrt."

"Und Tommy hätte die Kinder am Abend noch bei uns abgegeben", fügt Lang schnell hinzu und ergänzt gereizt: "Wir müssen nun weiter, das Essen wird kalt. Komm, Rica!"

Dumampos lässt nicht locker: "Haben Sie als Mütter niemals Zweifel an Heger gehabt? Waren Sie nicht zu leichtsinnig, zu gutgläubig?"

Die Frauen schütteln heftig die Köpfe.

"Warum kommt dieser Heger in unser Land und kümmert sich um Ihre Kinder? Das ist doch komisch, oder?"

Rica und Lang antworten nicht, fühlen sich bedrängt und wollen nur noch weg. Aber der Kerl versperrt ihnen den Weg durch das erste Zauntor, wird immer penetranter und lauter. Zu allem Übel schwitzt er nun auch stark und hat schlechten Atem: "Ist der Heger vielleicht ein Gay? Kennen Sie den Begriff "Pädophil", Ma'ams?"

Rica und Lang sind nun vollkommen verwirrt. Sie haben sich noch nie mit diesem Wort auseinandergesetzt, vielleicht einmal im Fernsehen gehört, in den Nachrichten, aber das betrifft doch nicht sie! Das waren auch einige Fragen zu viel. Worauf dieser Typ hinauswill, ist ihnen vollkommen unklar.

Lang stößt Rica heftig an: "Komm, lass uns gehen."

Dumampos setzt zur nächsten Frage an, wird aber jäh unterbrochen.

Zellenvorplatz

Ich habe noch zwei Marlboro mitgeraucht, danach fühle ich mich selber wie eine Schachtel Marlboro. Jonathan scheint sich, wie auch Franco zu einem guten Jungen entwickelt zu haben. Er raucht nicht und von einem Gläschen Schnaps wird ihm übel, so wie er aufrichtig, glaubhaft und liebenswürdig berichtet. Marielou unterstützt Jonathan. Sie kennt die Eskapaden der Teenager im Dorf, die oft aus Trunkenheit, Trostlosigkeit oder Langeweile entstehen, zur Genüge.

Michael, der lieber Mik-Mik genannt werden möchte, lacht laut und erwidert: "Junge, mir wird vielleicht nach einer Flasche Rum schlecht, aber nicht von einem Gläschen."

Franco, Jonathan und Marielou ziehen Grimassen.

Ich lege einen drauf: "Mik-Mik, Du bist ja auch im Training!"

Wir lachen herzlich. Die Stimmung ist ausgelassen mit Mik-Mik, Franco, Marielou und Jonathan.

Dennoch denke ich von Zeit zu Zeit mit Bangen an die gerade stattfindende Pressekonferenz, auf der ich wie ein Tier vorgeführt werden sollte. Das jedenfalls hat Attorney De Baron so erzählt und der Attorney habe das verhindert! 'Gibt es Gründe an De Barons Geschichten zu zweifeln?' Ich komme zum Ergebnis: 'Nein, warum zweifeln?'

Franco springt unvermittelt auf und zeigt zur Gebäudeecke. Marielou und Jonathan zucken zusammen: "Tommy, Mik-Mik, schaut dort! Rica und Lang und dieser komische Typ."

Mik-Mik springt auf, stürmt sofort durch das Tor des Drahtzauns, hüpft über die offenen Abwasserkanäle und ist schon bei der Dreiergruppe. Rica hat soeben die schwere Tüte mit den Speisen hochgenommen. Die Frauen drehen sich zum Gehen. Mik-Mik steht augenblicklich zwischen Dumampos und den Müttern: "Rica, Lang", keucht er, "nicht mit den

Leuten von den Medien reden. Attorney De Baron sagt, nicht mit diesen Leuten reden!"

Dumampos denkt kurz ans Protestieren, erkennt aber, dass er zu weit gegangen und das Interview hier beendet ist.

Die Mütter mustern den Medienmann finster mit zusammengekniffenen Augen und hängenden Mundwinkeln. Rica sagt bitter: "Das Gespräch war eh gerade beendet!"

6.05. Nongovernmental Organisationen

CIDG-Officer Villanova ist sofort in sein Büro verschwunden und Ma'am Papillio ist wie immer - sogar nach der Pressekonferenz - die Ruhe selbst. Sie hantiert an der kleinen grünen Efficascent Oil-Flasche herum und reibt sich sogleich einige Tropfen des ätherischen Öls auf die Schläfen.
"Ma'am Tolisan, möchten Sie?"

Ma'am Tolisan lehnt dankend ab, denn sie will auf keinen Fall, dass Ma'am das leichte Zittern ihrer Hände bemerkt. Das Zittern vor Anspannung und vor Aufregung wegen der Pressekonferenz. Die ist aber nun glücklicherweise vorüber.

Ma'am Tolisan ist wie so oft ganz angetan von der Chefin. 'Wie macht sie das nur?', denkt sie glücklich und voller Stolz, mit einer so herausragenden Polizistin wie Ma'am Papillio zusammenarbeiten zu dürfen. Vorsichtig fragt Ma'am Tolisan: "Ma'am, sind Sie mit der Pressekonferenz zufrieden?"

Es duftet angenehm nach Menthol, Kampfer und Eukalyptus.

"Ja, durchaus! Bis auf diesen NGO, aber das sind wir ja inzwischen hier auf den Philippinen gewohnt. Gerade in solchen Fällen, wo "Ausländer, Kinder, Hotel" genannt werden. Ich habe das nun schon ein paar Mal in den Medien gesehen. Nun sind wir halt selber betroffen. In Libertad de Santos hat dieser NGO tatsächlich einen ausländischen studentischen Volontär als Lockvogel in einen Nachtclub geschickt. Der hat dann dort eine 17-Jährige verlangt und bekommen. Bang! Die Kollegen haben das Nest ausgehoben, den ausländischen Besitzer und dessen Helfer festgenommen. Die Aktivistinnen des NGOs haben anschließend vor dem Gerichtsgebäude demonstriert, bei jedem Verhandlungstag! Sie kennen die Story, Ma'am Tolisan."

"Ja, Ma'am, ich kenne diese Story. Das hätte für den Volontär, den Lockvogel, böse enden können."

"Ist es aber nicht!", wirft Ma'am Papillio ein.

Ma'am Tolisan berichtet weiter: "Der NGO hat sich dann damit gebrüstet und dafür gesorgt, dass der öffentliche Druck auf den Staatsanwalt und auf den Richter gewaltig gestiegen ist, obwohl das in diesem Fall nicht nötig gewesen wäre. Eine 17-Jährige im Nachtclub - oder war es sogar ein Bordell? - arbeiten lassen, die Beweislage ist hier mehr als eindeutig."

Ma'am Papillio klopft laut mit einem Stift auf den Schreibtisch: "Und das Mädchen war in der Zeit der

Gerichtsverhandlung unter Obhut des Kinderheims im BSWD."

Ma'am Tolisan nutzt die kurze Gedankenpause: "Ma'am, der Ausländer und seine Helfer, die haben Lebenslänglich bekommen."

"Reclusion Perpetua, lebenslange Haft, Ma'am Tolisan, ich weiß, ging ja durch alle Medien."

Ma'am Papillio stöhnt und fährt fort: "Wie anders ist doch der Heger-Fall gelagert." Obwohl Ma'am Tolisan schweigt, sagt Ma'am Papillio plötzlich: "Ma'am, seien Sie mal bitte gerade still, da reden doch Leute vor unserer Bürotür."

Ma'am Tolisan fixiert die Bürotür, da klopft es auch schon.

Ma'am Papillio freut sich gedanklich: 'Oh, da ist endlich einmal jemand, der anklopft', aber dann wird die Bürotür doch unaufgefordert aufgestoßen.

Officer Sarang steht im Türrahmen. Ihm ist anzusehen, dass er nur sehr ungerne stört und er räuspert sich: "Ma'ams, entschuldigen Sie, wenn ich hier so hereinplatze, aber dieser NGO, der Ausländer, möchte Sie unbedingt sprechen."

Ma'am Papillio und Ma'am Tolisan verziehen die Gesichter. Ma'am Papillio fragt: "Wo ist der NGO jetzt?"

"Na, hier!"

Der Ausländer scheint im Flur neben der Tür gestanden zu haben, denn nun sehen die Polizistinnen das grinsende Gesicht und die stahlblauen Augen des grau gelockten Mittvierziger.

-★-

Mr. Mc Bride sitzt mit seinen drei Aktivistinnen auf den furchtbar knarzenden Kunststoffstühlen. Sie blicken sich verstohlen und staunend im Büro um. Vielleicht sind es die Wasserränder im Fußbodenbereich, die abplatzende Wandfarbe, die verrosteten und überquellenden Aktenschränke mit den Bergen von Akten dazwischen, vielleicht ist es auch die moderige Luft oder der altersschwache Computer, die die NGOs zum Staunen bringen.

Ma'am Papillio setzt sich zu den Aktivisten. Bevor sie etwas sagen kann, schwadroniert der Ausländer los: "Police Superintendent Ma'am Papillio, ich möchte mich in aller Form für unser Auftreten während der Pressekonferenz entschuldigen. Das ist keineswegs persönlich gemeint. Mit mir ist ein wenig das Gemüt durchgegangen, aber wenn es sich um Kinder dreht, Ma'am, also um philippinische Kinder, werde ich nun einmal sehr emotional. Das ist eine echte Herzensangelegenheit für mich, ähm, für uns, also für unseren Verein, also unseren christlichen Verein Prowoch."

Die drei Aktivistinnen in den uniformen T-Shirts, alles Frauen zwischen 40 und 50 Jahren, nicken während der gesamten Rede ihres Idols heftig oder lupfen bejahend die Augenbrauen. Je nachdem, was der Ausländer gerade sagt, ändern sich die Mienen der Frauen von freudig zu traurig und wieder zu freudig.

'Wie einstudiert', amüsiert sich Ma'am Papillio und denkt boshaft hinter ihrem nichtssagenden Lächeln: 'Merkt Ihr noch etwas, Ihr dummen Gänse, Ihr seid dem Ausländer ja völlig ergeben.'

Mc Bride, der Ausländer und NGO, holt gerade tief Luft, wohl um weiter mit seinen leeren Phrasen Ma'am Papillios und Ma'am Tolisans Zeit zu stehlen, doch Ma'am Papillio kommt ihm zuvor, indem sie ihre Hand hebt: "Gut, Sir, wenn es um das Wohl von philippinischen Kindern geht, da tun wir alle unser Bestes. Glauben Sie mir das. Da machen Sie sich bitte keine Sorgen!"

Ma'am Tolisan sitzt nun ebenfalls bei der Gruppe. Die drei Aktivistinnen lächeln ihr sofort vertrauensvoll zu. Sie suchen den Schulterschluss. Dennoch sagt Ma'am Tolisan gereizt: "Sie können wirklich beruhigt sein, Sir, wir tun alles Menschenmögliche, um unsere Kinder zu schützen!"

"Ja, natürlich Ma'ams, das ist mir klar. Entschuldigung, wenn das in der Pressekonferenz anders rübergekommen ist."

"Anders rübergekommen ist, Sir? Das ist in einer Stunde in allen Medien, Mr. Mc Bride!", entgegnet Ma'am Papillio und dreht ihre Uhr am Handgelenk.

Ob Ma'am Papillio verärgert oder sogar zornig ist, kann Mc Bride hinter diesem stehenden Lächeln und dem neutralen Tonfall beim besten Willen nicht deuten. Er reagiert mit einem unschuldigen Dackelblick.

"Sir, was können wir eigentlich für Sie tun?", fragt Ma'am Papillio neugierig.

Mc Bride räuspert sich: "Police Superintendent Ma'am Papillio, unser Verein Prowoch und andere NGOs sind eine Allianz eingegangen mit weltweit tätigen NGOs, die Frauen und Kinder vor Predators wie diesem Heger schützen und retten. Wir haben nun gesellschaftliche und politische Kontakte in allerhöchste Kreise. Das geht bis zur amerikanischen Präsidentenfamilie, Ma'am."

"Und wie passen wir da ins Bild, Sir?", fragt Ma'am Papillio ohne jegliche Emotion. Ihr ist das alles zu hochtrabend und zu weit weg.

"Finanzielle Unterstützung, Ma'am. Wir planen, besonders in diesen Fällen wie der Fall hier und heute, das gesamte philippinische Justizsystem zu unterstützen. Wie Sie bestimmt wissen, geben wir anderen Opfern und dem BSWD bereits Support."

Ma'am Papillio unterbricht den Ausländer: "Ich weiß, das ist auf Ihrer Homepage zu lesen."

Mc Bride hält die Hand vor den Mund. Er flüstert: Wir unterstützen offiziell und inoffiziell, Ma'ams." Er zwinkert den Polizistinnen zu und beugt sich vor: "Ma'ams, Sie verstehen, was ich meine. Dazu müssen Sie und ich aber erfolgreich sein. Von einem Reporter habe ich gehört, dass die Eltern diesen Deutschen besuchen, ihm also freundlich gesinnt sind. Ma'am, ich bitte Sie, helfen Sie mir, die Eltern auf unsere Seite zu bekommen."

Ma'am Tolisan bekommt bei den Worten "Finanzielle Unterstützung" glänzende Augen. Ihre Chefin hingegen ist nachdenklich. Nach einigen Sekunden antwortet sie: "Sir, über Unterstützung jeglicher Art freuen wir uns natürlich sehr. Dennoch muss ich Sie enttäuschen, denn es ist gegen unser Statut zur Polizeiarbeit und Neutralität bei den Ermittlungen. Deshalb werden wir keinen Einfluss auf die Eltern oder die vermeintlichen Opfer nehmen. Ihnen ist es jedoch freigestellt, in das Dorf zu reisen und mit den Angehörigen der Kinder zu reden.

In dem Moment klopft es erneut. Officer Sarang steht wieder wie ein unsicherer Schuljunge im Türrahmen: "Ma'am Papillio, bitte entschuldigen Sie, aber der Attorney De Baron möchte Sie dringend sprechen."

Ma'am Papillio schaut zur Armbanduhr: "In fünf Minuten."

"Danke, Ma'am Papillio!" und schon ist der Officer aus dem Büro.

6.06. Alles unter einen Hut bringen

Die Mütter Rica und Lang sind noch verwirrt und aufgebracht wegen des Reporters, der dieses aggressive Verhalten an den Tag gelegt hat. Langsam beruhigen sie sich und freuen sich über das Lob zu den wirklich wieder ausgesprochen leckeren Speisen. Vor dem Essen hat Jonathan in Rekordzeit vom Platz vor der Polizeistation Cola, Sprite und Mineralwasser besorgt.

Das gute Essen und das Lob an die Mütter lenken ab und hebt die Stimmung. Keiner möchte über unangenehme Themen wie Kinder im Kinderheim des BSWD, Polizistinnen, Verhöre, Attorneys, TV-News, Reporter und Pressekonferenzen sprechen.

Um sich zu beruhigen, raucht Lang eine von Mik-Miks Zigaretten. Sie ordnet das störrische Haar mit der Marlboro in der Hand. Dann wendet sie sich an mich: „Tommy, die nette Mitarbeiterin vom BSWD fragt nach Wechselwäsche. Am besten wäre es doch, könnte jemand die Wäsche aus dem Dorf bringen."

Ich verspeise gerade ein leckeres Stück gegrillten Fisch, da kommt mir eine Idee: „Wie wäre es, wenn Vicente und Romolo gleich morgen kommen würden? Attorney De Baron hat vorhin davon geredet, dass Ihr, also alle Eltern und auch meine Freunde, damit hat er Franco, Marielou und vielleicht auch Jonathan gemeint, sogenannte „Witness Affidavits" - also Zeugenaussagen - bei ihm anfertigen sollen. Kagawad Jacub Castro könnte das auch machen, wenn er möchte! Heute ist schon Donnerstag. Ich habe keine Ahnung, ob De Baron auch am Samstag arbeitet. Kann ihn ja gleich fragen. Ich wundere mich, wo der bleibt. Redet der so lange mit den Polizistinnen? Und was hat die Pressekonferenz ergeben?" Bei den letzten Gedanken wird es mir leicht mulmig in der Magengegend. Die kalte Cola wirkt dagegen wie Medizin.

Franco tupft sich mit einem kleinen Handtuch den Mund: „Tommy, ich könnte den Wärtern sagen, dass ich dringend anrufen muss. Dann telefoniere ich mit Kagawad und erzähle ihm von Deinem Plan und wir wissen gleich, ob Kagawad, Romolo und Vicente morgen schon kommen können."

„Gute Idee, Franco. Hast Du Load, also Guthaben?"

„Hab ich, Tommy. Eine Promo für 30 Piso, Unlimited Call." Er begibt sich sofort auf den Weg zur Schranke.

„Sehr gut! Vergiss nicht, nach Wechselwäsche zu fragen!", rufe ich ihm nach.

„Aber was ist mit Ernesto?", fragt Rica.

„Und mit Matthew?", ergänzt Lang.

„Ach, Gott, ja, die Zwei. Gut, wir müssen De Baron fragen, ob ein Elternteil zur Witness Affidavit genügt. Aber kommen sollen Eure Ehemänner natürlich auch."

„Tommy, schau mal, da ist ein Ausländer!", ruft unvermittelt Jonathan und springt auf.

Tatsächlich begibt sich gerade ein grau gelockter Ausländer in Begleitung dreier älterer philippinischer Frauen aus dem Gebäude zum Parkplatz. Am teuren, dunklen SUV mit schwarz getönten Scheiben lehnt ein rauchender und gut gekleideter Filipino mit Pilotensonnenbrille. Sofort schnippt er die Kippe weg, sprintet um den schweren Toyota und reißt die Beifahrertür auf. Die Frauen öffnen selber die hinteren Türen und steigen ein.

„Was der hier wohl will und was verstauen die Frauen da im Wagen? Das sieht aus wie zwei Stäbe!", berichte ich laut den Freunden und ergänze: „Na ja, jedenfalls ist der Mann wohl nicht meinetwegen hier. Der weiß wahrscheinlich nicht einmal, dass ich hier sitze. Sonst würde der mich bestimmt kurz besuchen kommen und guten Tag sagen. So viele Ausländer hat es hier in Tugalm City ja nicht, da grüßt man sich schon mal."

„Bestimmt war der auf der Pressekonferenz, Tommy!", bemerkt Marielou.

„Vielleicht ein Reporter?", vermute ich und setze mich wieder hin. Da kommt mit großen Schritten und über das ganze Gesicht grinsend Attorney De Baron um die Gebäudeecke.

Jonathan springt auf und bietet dem Attorney seinen Platz an. Mik-Mik beginnt sogleich Marlboro zu verteilen. De Baron lehnt ab und holt eine Schachtel Lucky Strike aus der Aktentasche und bietet die an. Michael bekommt große Augen, greift schnell zu und drückt seine Marlboro zurück in die Schachtel. Auch ich nehme Attorneys Angebot gerne an.

„Attorney, dieser Ausländer, der gerade vom Hof rauscht, war der auch auf der Pressekonferenz und wie ist die Konferenz gelaufen? Haben Sie außerdem Ma'am nach dem Cellphone fragen können, Sir?"

De Baron antwortet nicht sofort, sondern genießt die Lucky Strike. Er räuspert sich umständlich: „Ich habe warten müssen, weil dieser Ausländer mit Ma'am Papillio gesprochen hat. Der ist schneller bei den Polizistinnen gewesen, als ich denken kann und ja, der ist auch auf der Pressekonferenz gewesen. Der kommt von so einer merkwürdigen Organisation, deren Name ich schon vergessen habe. Mr. Heger, machen Sie sich keine Gedanken zu diesem Typ! Die NGOs sind jetzt überall auf den Philippinen tätig und treten sich schon gegenseitig auf die Füße. Diese Gutmenschen mit ihren Vereinen wollen alle ein Stück vom Kuchen abhaben. Fördergelder, Spenden aus dem Ausland, Subventionen, Entwicklungshilfe. Es ist eben auch nur Business. Uns Filipinos fragen die nur selten und oft nerven die mit dem Helfersyndrom. Ich habe da so meine Erfahrungen, Sir Heger, das können sie mir glauben. Gut, einige sind auch sehr nützlich, im Agrarbereich oder zur Verbesserung der Infrastruktur zum Beispiel. Diese christlichen Vereine wollen natürlich bekehren." De Baron lacht laut und hässlich: „Sie können sich gar nicht vorstellen, wie viele christliche Kirchen es neben der römisch-katholischen Kirche gibt: Protestanten, Zeugen Jehovas, Siebentage Adventisten, Born Again, Church of Iglesia, Couples of Christ, Servants of Christ...."

Ich bin genervt, hebe die Hand, unterbreche damit den Attorney und wiederhole: „Alles nur Business?" Mit zitternder Stimme frage ich: „Attorney, da soll ich mir keine Gedanken machen?"

„Mr. Heger, diese NGOs sind wie die Reporter, wie die Aasgeier! Jeder will an Fällen mitverdienen und ja, Mr. Heger, machen Sie sich keine unnötigen Gedanken zu diesem Ausländer. Wichtig ist doch zuallererst, was die Kinder ausgesagt haben und dass die Eltern Ihre Freunde bleiben!" Er mustert Michael (Mik-Mik), Rica und Lang nacheinander und nickt ihnen zu. Die nicken verlegen zurück. De Baron ergänzt schnell: „Und weiterhin zu Ihnen stehen, Sir Heger!"

Ich nicke ebenfalls und bin beruhigt. Der Attorney hat es auf den Punkt gebracht: „Sir, was ist mit dem Cellphone?"

„Geht klar! Ma'am Papillio hat Verständnis. Uns allen ist doch bewusst, dass Sie zu Ihrer Verteidigung alles tun müssen und tun werden, was möglich ist und dazu einiges benötigen und auch Ihre Lieben in Deutschland kontaktieren wollen."

Franco ist zurück von der Schranke und es platzt aus ihm heraus: „Okay, Tommy! Für Kagawad, Vicente und Romolo wäre es kein Problem, gleich morgen früh zu kommen. Allerdings benötigen sie etwas für den Bus und so."

„Ach ja, natürlich, Fahrgeld." Ich zücke die VISA-Karte: „Franco, Mik-Mik, bitte 20.000 holen!"

„Tommy, warte!" wirft Rica ein. „Die Kinder müssen zum Zahnarzt und sollen um zwei Uhr im Haus der Gesundheit sein. Ma'am Burque hat gesagt, wir Eltern sollen dahin kommen. Dort gelte das Besuchsverbot nicht."

„Das ist gut!", antwortet Mik-Mik und bläst mit sichtbarem Genuss blauen Rauch aus: „Also Lucky Strike schmeckt dann doch nochmal ein bisschen besser als Marlboro."

„Stimmt, kratzt nicht so im Hals!", pflichtet De Baron Mik-Mik bei und begutachtet seine halb gerauchte Zigarette.

‚Ich weiß nicht, wo mir der Kopf steht und die philosophieren über das Rauchen', wundere ich mich und überlege laut: „Verdammt, da war doch noch ein Thema?"

Marielou hat ein unschuldiges Gesicht, sie räuspert sich verlegen: „Witness Affidavits, Tommy?"

„Wenn ich Dich nicht hätte, Marielou!" An den Attorney gewandt, frage ich: „Die Eltern kommen morgen, also ich meine, ich hoffe, das klappt morgen. Wenn nicht, würden Sie, Attorney, auch am Samstag die Witness Affidavits anfertigen?"

„Oh, da muss ich meine Sekretärin fragen. Ich denke, die hat am Samstag keine Zeit. Besser wäre gleich morgen, Sir Heger."

„Gut, ich sorge dafür, dass die Eltern bei Ihnen morgen auf der Matte stehen, um welche Uhrzeit?"

„Gegen zwei Uhr, Sir Heger." De Baron schaut auf die gut gefälschte Rolex: „Oh, ich muss auch los."

Ich schwitze und mir ist, als ob ich noch ein Thema vergessen hätte. In die Runde frage ich deshalb schnell, da der Attorney schon aufgestanden ist: „War das alles, was wir zu besprechen haben?"

De Baron kräuselt die Stirn.

Aus Jonathan platzt es heraus: „Ernesto und Matthew, Tommy!"

„Wie gut es doch ist, junge Gehirne um sich zu haben!", scherze ich, obwohl mir nicht zum Scherzen ist.

Die Eltern, meine Freunde und sogar De Baron lachen, wobei De Barons Lachen künstlich wirkt.

„Attorney, reicht es, wenn nur jeweils ein Elternteil die Witness Affidavit macht?"

„Reicht, Sir Heger! Also morgen um zwei Uhr in meinem Büro. Ach, Sir Heger, da sind doch noch einige Dinge zu sagen. Erstens, Montag befrage ich Sie dann zu Ihrer Counter Affidavit, die muss auch gemacht werden. Zweitens, ich denke wir benötigen für alle Witness Affidavits rund fünf bis sechs Stunden morgen. Wie wäre es mit Snacks und Getränken? Außerdem wäre eine Flasche Fondador-Likör noch gut. Die Witness Affidavits müssen doch begossen werden und drittens..." Der Attorney kratzt sich verlegen am Kinn: „Was wollte ich Ihnen noch sagen? Ach ja, lassen Sie gleich 120k Piso anweisen. Sieht so aus, als käme eine Menge Arbeit auf uns zu. Gut, Sir, ich muss los. Mein Law-Office wartet. Beten Sie, Sir Heger, beten Sie!"

Franco grinst breit und ruft zur Bestätigung De Barons: „Ja, Tommy, lass uns beten!"

De Baron verlässt schnell das Gelände. Mir kommt „fluchtartig" in den Sinn.

Ich murre: „Franco, Mik-Mik, Rica und Lang müssen doch los und Du musst Geld holen."

Rica entgegnet: „Franco, mach schnell, lass uns beten."

Ich kapituliere.

Wie im Kindergarten fassen wir uns im Kreis stehend an den Händen, senken die Köpfe und lauschen Francos inbrünstigem Gebet.

Es grollt in mir: ‚Ich weiß nicht, wo mir der Kopf steht, weiß nicht, wie ich das alles unter einen Hut bringen soll, und nun bete ich wie im Konfirmandenunterricht.'

Endlich, nach wenige Minuten hören wir das „Amen". Ich setze mich wieder und raufe mir gestresst die Haare: „Marielou, würdest Du Franco begleiten? Mik-Mik, Rica, Lang, kommt später noch einmal vorbei, wegen Geld für morgen! Dann können wir das auch mit Ernesto und Matthew klären."

Rica erkennt meine Not: „Tommy, der Attorney braucht doch Ernesto und Matthew nicht."

Lang ergänzt schnell: „Lass unsere Männer arbeiten. Die sind doch beschäftigt."

Mik-Mik, gibt mir vier Marlboro, meine sind alle und bringe bitte neue."

Außer Jonathan und mir sitzen jetzt nur noch wenige Filipinos mit ihren Besuchern auf dem Zellenvorplatz. Es dröhnt mir der Schädel. Ich, der Nichtraucher, zündet sich die Wievielte heute an? Das Zählen habe ich aufgegeben. Auch das Geldzählen wird zum Problem. War es schon das vierte oder schon das fünfte Mal 20.000 Piso vom ATM? Ich habe keine Nerven mehr darüber nachzudenken. Ein Bier wäre jetzt gut, das ist aber verboten.

Jonathan, der gute Junge, macht sich lang, um sich zu vergewissern, dass seine Mutter Rica auch wirklich das

Gelände verlassen hat. Er schaut fragend und ich gebe ihm eine Marlboro und das Feuerzeug.

‚Jonathan ist ein kräftiger und gutaussehender Kerl geworden', stelle ich fest. 'Aber so ein guter Junge, ist er dann doch wieder nicht.'

Wir grinsen verstohlen, verstehen uns ohne Worte und genießen die Zigaretten und die plötzliche Ruhe.

-★-

6.07. Chaos im Haus der Gesundheit

Das Haus der Gesundheit ist ein dreistöckiger Flachbau in der Form eines Rechtecks mit offenem und begrüntem Innenhof. An der Vorder- und Rückseite des schmucklosen Zweckbaus gibt es Ein- und Ausgänge. Im Gebäude sind alle staatlichen Institutionen zu den Themen Gesundheit, Familie und Vorsorge untergebracht.

Es geht gegen 13:30 Uhr. Die fünf Kinder aus dem Dorf, die drei klebstoffschnüffelnden Straßenjungen, ihre Begleiterinnen Ma'am Solano und Ma'am Burque und ein Officer in Kampfuniform warten auf die Ärzte. Neko mit dem epileptischen Anfall letzte Nacht hat darauf bestanden, dass seine Freunde Dodung und Bernie ihn zum Psychologen begleiten.

Ma'am Solano wirkt zuerst angespannt, tippt nervös auf ihr Smartphone ein, schaut dann zufrieden auf ihre Armbanduhr, schlendert betont lässig zum Empfangstresen, wechselt einige Worte mit der Dame hinter dem Tresen und kommt zurück zur Gruppe. Freundlich, aber mit Nachdruck weist sie die Jungen aus dem Dorf an: "Kommt bitte mit nach draußen, wir haben noch etwas Zeit, bis der Zahnarzt eintrifft und ich möchte mit Euch etwas besprechen."

Zu den drei Straßenjungen ist sie streng: "Der Psychologe kommt gleich, also wartet hier! Und keinen Unsinn machen! Habt Ihr verstanden?" Die drei Jungen nicken zaghaft. Zum Officer, der eigentlich wegen der Dorfkinder anwesend ist, flüstert sie im Befehlston: "Halten Sie die drei Rugbyboys im Auge, nicht, dass die abhauen, sonst bekommen wir ein großes Problem."

Der Officer nickt in Richtung Kinder aus dem Dorf, die sich schon um Ma'am versammeln.

"Haben Sie keine Sorge um die Jungen, die habe ich im Griff. Ich bin in 20 Minuten zurück!"

Der Wachmann und Ma'am Burque wundern sich zwar, tun aber wie ihnen befohlen worden ist, denn Ma'am Solano hat die Verantwortung. Auch die Kinder aus dem Dorf befolgen, ohne zu murren die Anweisung der Respektsperson, Ma'am Solano.

Der Parkplatz an der Rückseite des Gebäudes ist gut belegt mit parkenden Fahrzeugen. Es herrscht reger Verkehr. Die Sonne hat den Zenit bereits überschritten und brennt gnadenlos und nahezu senkrecht vom azurblauen tropischen

Himmel. Es ist brütend heiß. Der schwere Toyota-Pick-up der Polizei mit dösendem Fahrer darin parkt etwas abseits auf einer Fläche, die für Angestellte oder Fahrzeuge anderer Behörden vorbehalten ist. Auch ein großer schwarzer SUV mit dunkel getönten Scheiben parkt dort. Die drei Personen aus dem SUV sind der dem Parkplatz abgewandten Seite schwer beschäftigt.

Ma'am Solano schaut sich im gleißenden Licht suchend um und begibt sich dann mit den Kindern zum SUV.

Nur wenige Minuten später eilen an der anderen Seite des Gebäudes Rica, Lang und Michael die Treppen empor. Sie sind aufgeregt und freuen sich, die Kinder wiederzusehen.

Rica ist der Ort in sehr schlechter Erinnerung, hat sie doch hier mit ihrem Ehemann Ernesto einer ausländischen Organisation und der Gesundheitsbehörde zum Denguetod der kleinen Tochter Rede und Antwort stehen müssen. Keine schöne Erfahrung. Aber es waren, so erinnert sie sich jetzt, viele trauernde Eltern zu diesem Gespräch geladen worden.

Alle Arztpraxen sind im dritten und obersten Stock. Der Gang auf den Etagen befindet sich stets am Innenhof. Wie im gesamten Gebäude herrscht auch auf der obersten Etage rege Betriebsamkeit. Es ist hektisch und laut. Gegenüber des Innenhofes befinden sich die Behandlungsräume der Ärzte. Auch gehen einige verwinkelte Flure vom Innenhofgang ab.

Die zwei Mütter und der Vater eilen einmal um den Innenhof, können aber die Kinder nicht finden. Auch die

Sozialarbeiter vom BSWD sind nicht zu sehen. Da am Empfangstresen der Etage großer Andrang herrscht, entschließen sich Rica, Lang und Michael noch einmal um das Karree zu gehen. Sie spähen dabei in die Flure. Vor einer geschlossenen Tür entdecken sie einen etwas deplatzierten Officer in Kampfuniform, aber ohne Bewaffnung. Ist das der Begleiter ihrer Kinder?

Zu Beginn des Interviews versuchen die Reporter das Vertrauen der Jungen zu gewinnen und die Stimmung zu lösen. Sie begrüßen die Kinder wie alte Freunde, erkundigen sich nach der Unterbringung im BSWD und sogar nach den Rugbyboys. Sie sind freundlich, zuvorkommend, reißen Witze und lachen darüber. Die attraktive Suzi bietet den Kindern das Du an und macht Komplimente über das hübsche Aussehen der fünf staunenden Jungen. Besonders der Jüngste, das ist der süße Dan, hat es Suzi offensichtlich angetan. Sie drückt Dan kurz an sich. Bei den Älteren, Sam und Jan, versucht Suzi vorsichtig mit Sexappeal zu punkten. Die drei Medienleute verteilen Junkfood, Kekse, Obst und kalte Cola aus einer Kühlbox. Nebenbei wiederholt Suzi belanglose Fragen, die sie beim ersten Interview den Kindern schon einmal gestellt hat. Der Kameramann filmt Suzi und die fünf Jungen, die im engen Halbkreis vor Suzi stehen. Der dritte Medienmann hält einen großen weißen Schirm über die Reporterin und die Kinder, um die erbarmungslos brennenden Sonnenstrahlen abzuhalten und um das senkrecht einfallende Licht zu dämpfen. Er beteiligt sich am Interview, sodass das nun zu einem Kreuzverhör ausartet. Die Kinder werden verlegen, da Suzette Fragen stellt, die ihre Intimsphären betreffen. Dabei ist sie beharrlich und ihre Freundlichkeit nimmt stetig ab: "Also, Ihr seid nackt im Hotel und unter der Dusche gewesen und der Tommy, der Deutsche, der hat Fotos von Euch gemacht?"

Der Reporter, der den Sonnenschirm hält, ergänzt: "Nacktfotos! Und dafür habt Ihr einen schönen Tag im Gaisano gehabt, Pizza gegessen, im Swimmingpool geplantscht und Euer Tommy hat Euch dafür Schulsachen versprochen!"

Die Jungen schütteln heftig die Köpfe.

Suzi blinzelt Sam und Jan zu, die werden noch verlegener: "Also, das stimmt doch, was mein Kollege da sagt?"

Sam und Jan schauen beiseite.

Der Reporter fordert kameradschaftlich und mit gedämpfter Stimme die Jungen auf: "Ihr könnt uns ruhig alles erzählen, auch aus Sendong City, bleibt alles unter uns."

Aboy rülpst nach einem langen Zug aus der Colaflasche laut: "Lecker, die kalte Cola!" Leutselig berichtet er: "Einmal, da haben wir so einen Spaß gemacht. Wir alle waren vom Regen total durchnässt und da haben wir die Idee gehabt, bei Tommy zu duschen. Aber der Dan, der war da gar nicht dabei."

Sam ergänzt: "Wir sind einfach so in Sendong rumgelaufen, aber dann hat es ganz doll geregnet, dass die Straßen überflutet waren. Aboy, Jan, Phil, der Morris und ich sind davon total nass und dreckig gewesen."

Phil beißt in einen Apfel aus der Kühlbox und ruft mitteilsam: "Ein Bus ist vorbeigerauscht. Der hat uns von oben bis unten nass gespritzt. Dann sind wir zu Tommy ins Apartment und haben geduscht. Tommy hat Text an alle Eltern gesendet. Ist okay gewesen, wir durften bei Tommy bleiben."

Jan unterbricht Phil: "Über Nacht, weil die Klamotten doch nass gewesen sind."

Suzi wittert die Story: "Und dann seid ihr nackig gewesen und der Tommy hat Euch unten angefasst und so weiter?"

"Und nackt fotografiert?", ruft der Kameramann aufgeregt.

Aboy stopft sich Chips in den Mund: "War doch nur Spaß. Tommy hat mit der Kamera gespielt, aber gar keine Fotos gemacht."

Phil beißt genussvoll vom Apfel ab und spricht mit vollen Wangen: "Aber am nächsten Tag, im Apartment, wir mit Morris, als Tommy in den Markt zum Einkaufen gefahren ist..."

Sam schubst Phil leicht an, bringt ihn so zum Schweigen und beendet Phils Satz: "...da haben wir Fernsehen geschaut und Computer gespielt."

Phil schaut verdutzt, aber schweigt.

Sam will noch etwas sagen, aber Suzi unterbricht ihn. Sie weiß, ihnen läuft die Zeit davon: "Im Hotel, Jungs, da habt Ihr doch nackt geduscht?"

Die Jungen sind wieder verlegen und drucksen herum. Jan antwortet: "Nicht alle und nur kurz."

"Und da habt Ihr Euch an den Dingern gespielt?", ruft der Schirmträger. "Hey Jungs, ich bin auch ein Junge, alle Jungs tun das!"

Vor Suzi ist den Kindern das Thema sichtlich peinlich.

Suzi bleibt hartnäckig: "Und der Tommy hat zugeschaut! Wer war denn nackt? Hat Tommy Euch eingeseift?"

In dem Moment stehen Rica, Lang und Michael am SUV. Sofort umarmen die Kinder ihre Angehörigen.

Rica ist zornig und entrüstet sich: "Was machen Sie denn hier mit unseren Kindern?"

Der Schirmträger fragt frech: "Oh, wenn Sie die Eltern sind, können wir Sie auch interviewen?"

Lang kniet nieder und drückt Ihre Söhne Jan und Dan an sich. Wütend faucht sie: "Lassen Sie unsere Kinder in Ruhe!"

Links und rechts von Michael befinden sich Phil und Aboy. Heiser ruft Michael: "Unser Anwalt hat Interviews verboten!"

Der Schirmträger faltet den Schirm zusammen und lacht verächtlich: "Attorney De Baron? Na, viel Spaß mit dem!"

Der Kameramann nimmt die Kamera von der Schulter und grinst überheblich: "Aha, Sie sind also Freunde des Deutschen! Ha, wer weiß wie lange noch!"

Suzi lässt das Mikrofon sinken, formt mit den kirschroten Lippen einen Schmollmund und fragt süffisant: "Wie sind Sie denn an De Baron, diesen Rechtsverdreher, gekommen?"

Michael hat keine Chance zu antworten, denn die Beifahrertür des SUV wird unvermittelt geöffnet. Ma'am Solano erscheint, als sei sie gerade von einem Nickerchen aufgewacht. Alle Augen sind auf sie gerichtet. Ma'am schaut verwirrt die Eltern, deren Kinder und das TV-Team an, dann blickt sie auf die goldene Damenarmbanduhr, erschrickt und wird hektisch: "Oh, mein Gott, der Zahnarzt wartet!"

Plötzlich steht der Officer in Kampfuniform am SUV. Auch er ist sichtlich verwirrt und blickt nun im Wechsel zu Ma'am Solano, zu den Jungen, den Eltern und den Medienleuten, die bereits das Equipment im Wagen verstauen. Die Situation nicht verstehend, stammelt er: "Ma'am Burque und ich suchen Sie im ganzen Haus, Ma'am. Der Zahnarzt wartet doch!"

-★-

6.08. Zahnarzt und Zellenvorplatz

Haus der Gesundheit

Besonders Rica und Lang sind über die Worte der TV-Leute zu Attorney De Baron zutiefst verunsichert. Michael dagegen ist der Meinung, die Reporter vom Fernsehen und auch der Typ von der Zeitung heute früh wollten sie doch nur mit dieser arroganten Art einschüchtern und ihnen Angst einjagen.

Viel Zeit über das Gerede nachzudenken bleibt Rica, Lang und Michael nicht, weil sie von den Söhnen belagert und eingenommen werden. Auch müssen sie sich zum Arzttermin beeilen.

Der Zahnarzt hat alle Hände voll zu tun mit den Fünf aus dem Dorf. Die drei Elternteile sind glücklich, dass der Doktor repariert, was zu reparieren ist und nicht sofort, wie es so oft beim staatlichen Zahnarzt passiert, der dreimal im Jahr bei ihnen im Dorf auftaucht, die Extraktionszange zum Einsatz kommt.

"Der Nächste bitte!", ruft plötzlich die junge Zahnarzthelferin.

Der 10-jährige Aboy hat zwei Milchzähne verloren, weil kommende Zähne Platz zum Wachsen brauchen. Aber Aboy wäre nicht Aboy, würde er nach der Behandlung nicht mit viel Dramatik über das Ziehen der Zähne berichten und stolz und breit grinsend die neue Zahnlücke und die zwei verlorenen Zähne allen Beteiligten präsentieren.

Sams Mutter Rica ist Ma'am Solano zuwider. Natürlich ist sie auch ärgerlich, hat aber großen Respekt vor der staatlichen Sozialarbeiterin. 'Warum werden die Kinder von Medienleuten befragt? Warum billigt Ma'am Solano das? Was treibt die Frau für ein Spiel? Welche Ziele verfolgt sie?' Rica hat nicht den Mut ihre Gedanken auszusprechen. Dennoch ist Rica gezwungen, Ma'am Solano eine Frage zu stellen, die ihr unter den Nägeln brennt: "Ma'am Solano, entschuldigen Sie, dass ich störe", beginnt leise Rica ihre Frage.

Ma'am schaut vom Smartphone auf und rückt die Lesebrille auf der Nasenspitze zurecht. Sie räuspert sich und ist überfreundlich: "Ma'am Restito, Sie stören überhaupt nicht, was kann ich für Sie tun?"

Rica ist unsicher, dreht ihr einfaches Cellphone in der Hand und stammelt leise: "Ma'am, morgen kommen doch Aboys Vater und Phils Mutter. Da dachte ich, also, es wäre doch gut, wenn wir morgen am Freitag unsere Söhne bei Ihnen im Kinderheim besuchen könnten?"

Nun blickt Ma'am Solano Rica mit ausdrucksloser Miene an. Dann antwortet sie in einem kurzen Anfall überschwänglicher Freude: "Aber ja, Ma'am Restito, warum denn nicht! Die Damen von der Polizei haben, soweit ich weiß, die Befragungen der Kinder beendet." Vertrauensvoll legt Ma'am Solano ihre Hand auf den Handrücken von Rica. Rica ist erneut an diesem Tag verwirrt, denn sie kann die plötzliche Freundlichkeit von Ma'am Solano nicht einordnen. Ma'am Solano schaut mit einem kurzen bösen Seitenblick zu den drei armseligen Straßenjungen, die etwas abseits neben dem Wachmann sitzen. Sie flüstert: "Im Gegensatz zu diesen Drei, sind Ihre Kinder, Ma'am Restito, sehr angenehm ruhig, gut erzogen und problemlos. Kommen Sie doch morgen etwas früher und bringen Sie wieder Ihre Speisen. Die Kinder schwärmen davon!"

Rica empfindet Mitleid mit den drei traurig blickenden elternlosen Straßenjungen und lächelt ihnen aufmunternd zu.

Lang beobachtet die Szene, hört zu und staunt. Durch Ma'am Solanos Freundlichkeit wird sie mutig: "Ma'am, wann dürfen unsere Jungen zurück zu uns nach Hause?"

Wieder denkt Ma'am Solano mit dieser leb- und ausdruckslosen Miene nach und schweigt dabei. Dann seufzt sie: "Das kann ich nicht sagen, weil das der Staatsanwalt entscheidet. Wir führen nur aus, was uns aufgetragen wird."

Michael hört der Unterhaltung misstrauisch zu und bewundert gleichzeitig Aboys Milchzähne.

Ma'am Solano mustert die drei Eltern und sagt vollkommen emotionslos: "Für Ihren Tommy wäre es besser, Sie zeigen ihn an!"

Rica, Lang und Michael sind einen Moment perplex und schütteln die Köpfe. Ma'am Solano widmet sich wieder ihrem Smartphone.

Rica flüstert zu Lang: "Warum sagt sie das?"

Michael wird ärgerlich und will gerade protestieren, da kommt Jan freudestrahlend aus dem Behandlungszimmer. In seiner Begleitung ist die hübsche Zahnarzthelferin. Sie trägt einige Zettel bei sich und stellt freundlich fest: "Na, Sie haben ja tapfere Jungs, würden Sie bitte hier unterschreiben und keine Sorge, die Behandlung ist kostenlos, es zahlt der philippinische Staat."

-★-

Zellenvorplatz

Franco und Marielou sind zurück und bringen neben der Scheckkarte und 20.000 Piso auch vier kleine Flaschen Eistee und einen kleinen Karton mit Donuts. Es ist die gleiche Sorte Donuts, die ich immer einigen Familien mitgebracht habe, wenn ich von meinen Ausflügen ins Dorf zurückgekehrt bin.

'Marielou hat sich daran erinnert', freue ich mich und bin auch ein wenig angetan.

Wir verspeisen die leckeren Donuts und trinken den kühlen Eistee dazu und vermeiden es, über meine Situation zu sprechen. Schnell sind wir beim Thema Ausbildung und Studium. Es beginnt für Jonathan die Highschool, für Marielou das neue Semester am Sendong City Colleges und für Franco das Studium am kommenden Montag in Libertad de Santos. Wie immer zu Beginn des neuen Semesters werden Gebühren fällig. Franco hat bereits 2.000 Piso an seine Schwester für sein Studium gesendet. Trotzdem schauen mich plötzlich die Drei mit einem vielsagenden Dackelblick an. Schnell wechsle ich das Thema, obwohl ich schon ahne, dass das Thema nur aufgeschoben und nicht aufgehoben sein wird. Nun reden wir über die Witness Affidavits, die Zeugenaussagen, welche morgen im Office des Attorneys De Baron angefertigt werden sollen. Franco, Marielou und Jonathan wollen unbedingt meine Großzügigkeit ihnen gegenüber in den Witness Affidavits wissen.

"Das mit Deiner Großzügigkeit, Tommy, sollte aber auch in die Witness Affidavits von allen Anderen rein!", sagt Marielou resolut und erklärt mit fester Stimme ihr Vorhaben: "Dafür werde ich morgen schon sorgen!" Marielou überlegt kurz und hat plötzlich einen fragenden Blick: "Tommy, was passiert, sollte der Fall, bevor er ins Gericht geht, niedergelegt werden? Also schon auf dem Schreibtisch des Staatsanwaltes beendet wird? Dann wären die Witness Affidavits doch völlig nutzlos!"

Von der Seite habe ich das Thema noch nicht betrachtet, überlege ich und antworte: "Wenn das eintreten sollte, wäre das natürlich ganz toll, Marielou! Ich werde später mit den Polizistinnen darüber reden, wenn ich telefonieren darf. Ich muss die fragen, wie es nun weitergeht und wann ich endlich entlassen werde. Der nächste Schritt nach den polizeilichen Ermittlungen ist der Staatsanwalt. Nun seid Ihr aber schon für morgen mit dem Attorney verabredet. Marielou, wenn der Staatsanwalt die Akte von der Polizei auf den Tisch bekommt und gleich dazu Eure positiven Aussagen über mich, kann das doch nicht schaden!"

Weil sie von den Argumenten überzeugt sind, nicken Marielou, Franco und Jonathan zufrieden.

In dem Moment kommen Rica, Lang und Michael vom Haus der Gesundheit und von den Jungen zurück.

-★-

Rica, Lang und Michael haben auf der Fahrt zur Polizeistation beschlossen, Tommy weder etwas von den drei arroganten TV-Leuten noch von deren Spott über Attorney De Baron zu berichten. Sie wollen Tommy damit nicht auch noch belasten, denn der habe schon genug Sorgen, denken sie.

-★-

Viel Zeit verbleibt nicht, um mit den Eltern zu reden, da es bereits fast 16 Uhr ist und in Kürze die Besuchszeit beendet sein wird und ich zurück in die Zelle muss.

Die Mütter Rica und Lang berichten glücklich, dass alle Eltern morgen früh die Kinder im BSWD besuchen dürfen und dass die Jungs eine kostenlose Zahnbehandlung bekommen haben.

"Das ist doch toll!", entgegne ich. Dann fällt mir ein, was ich Michael, der lieber Mik-Mik genannt werden möchte, schon den ganzen Tag fragen wollte: "Mik-Mik, wo schläfst Du kommende Nacht?"

Mik-Mik ist über die Frage überrascht und zündet sich nervös eine Zigarette an: "Also, bei einem Cousin." Franco schaut betreten zur Seite. Er erinnert sich wohl an den unnötigen Streit in der Kirche.

Mit der Antwort muss ich mich zufriedengeben, denn was außerhalb der Polizeistation passiert, das kann ich nicht beeinflussen.

Wir sind in Zeitdruck und ich sage schnell: "Ihr braucht Geld!"

Mik-Mik ist über den Themenwechsel sichtlich erfreut und berichtet lachend über Aboy und dessen zwei Milchzähne, die Aboy nun stolz in der Hosentasche trägt.

Ich verteile wie gestern die Geldbeträge. Für das Essen morgen, Beträge an die Frauen, an Mik-Mik und an die drei jungen Freunde Franco, Marielou und Jonathan.

Der Wachmann erscheint, aber er schlägt heute nicht den Gong, um damit die Besucher lautstark an das Gehen zu erinnern. Meine Freunde sind auch die Letzten am Zellenvorplatz. Bevor ich weggeschlossen werde, räumen wir schnell ein wenig auf. Die Zeit nutze ich, um den Wachmann an das Cellphone zu erinnern: "Erlaubt habe das Telefonieren Ma'am Papillio schon."

Ein schneller Abschied folgt. Die Männer mit leichtem Händeschütteln, die Frauen mit flüchtigen Umarmungen.

Die Zellentür quietscht, der Schlüsselbund klimpert und das Schloss knackt. Ich bin zurück im feuchten Kerker, sitze auf dem versifften Bett, blättere desinteressiert in den neuen Tageszeitungen und hoffe, die Officers mögen mein Cellphone nicht vergessen.

-★-

6.09. Ma'am Solanos Telefonate

Ma'am Solano ist endlich von diesem stressigen Trip zum Haus der Gesundheit zurück. Ausflüge wie dieser behagen ihr überhaupt nicht. Sie ist alleine im Büro, sitzt am Schreibtisch und steckt das Cellphone an das Ladegerät. Sobald sich die Batterie einigermaßen erholt hat, wird sie zuerst Sir Steiner vom TV-Sender anrufen. Das Interview ist zwar kurz gewesen, aber sie hat das Versprechen gehalten, es zu ermöglichen. Gebannt starrt sie auf die Batterieanzeige des Cellphones und überlegt: 'Nein, Ausflüge wie dieser heute sind mir zuwider. Gerade mit Straßenjungen, diese klebstoffschnüffelnden Kinder. Die sind zu allem fähig und nutzen solche Ausflüge gerne zum Abhauen. Gut, dass heute der Officer dabei gewesen ist. Da trauen die sich das nicht. Undankbares Pack! Da holen wir die Gören von der Straße und dann haben wir nur Stress mit denen. Es wird Zeit, dass mein Boss Sir Sala für die drei Gestalten einen Platz in einer geschlossenen Einrichtung findet. Am besten ganz weit weg, irgendwo in den Bergen, damit endlich wieder normale Zustände bei uns im Kinderheim herrschen und sich die Öffentlichkeit nicht weiter über bettelnde Rugbyboys aufregen muss. Aber die wachsen ja ständig nach, wie Unkraut sind die!'

Endlich sind die Sekunden vergangen und sie kann ihr Cellphone einschalten. Sofort wählt sie Steiners Nummer. Es knackt im Lautsprecher und sie flötet, ohne dass Steiner auch nur ein Wort sagen kann: "Oh, Sir Steiner, hier ist Ma'am Solano vom BSWD. Sind Sie zufrieden mit dem erneuten Interview der Kinder?"

Steiner zieht offensichtlich an einer Zigarette und bläst dann aus: "War etwas kurz, Ma'am, das Interview, aber okay. Unter diesen Umständen müssen wir ja froh sein, überhaupt die Kinder vor die Kamera zu kriegen. Wir schneiden das Interview hinter den Bericht zur Pressekonferenz." Steiner lacht plötzlich laut: "Na, diese NGO hat dort ja für gute Stimmung gesorgt und die Polizei einmal mehr gehörig blamiert!"

Ma'am Solano weiß nicht, auf welche Informationen sie zuerst eingehen soll. 'Das Wichtige zuerst', denkt sie und stellt fest: "Aber, Sir Steiner, Sie sind doch wieder exklusiv mit dem Kinderinterview und die Polizistinnen haben recht besonnen reagiert."

Steiner räuspert sich, aber geht nicht weiter auf die NGO ein: "Oh, Ma'am Solano, Sie entwickeln sich noch zum Medienprofi, aber wo Sie recht haben, haben Sie recht!"

Ma'am ist sich unsicher, ob in Steiners Stimme Sarkasmus mitschwingt. Sie wiederholt langsam: "Aber Sie sind doch wieder exklusiv mit dem Interview!"

Steiner reagiert schnell: "Ja, Ma'am, exklusiv, dank Ihnen! Wann können Sie mich besuchen? Heute ist es schon recht spät. Oder, Ma'am, ich habe eine bessere Idee. Ich hinterlege ein Kuvert für Sie am Empfangstresen. Das können Sie dann jederzeit abholen. Wir haben, denke ich, nichts weiter zu besprechen und Sie können sich sicherlich vorstellen, Ma'am Solano, dass wir in Arbeit ersticken."

Ma'am ist erleichtert. Sie liebt Sir Steiner, wegen dessen unheimlicher Fähigkeit, ihre Gedanken lesen zu können:

"Vielen Dank, Sir, dann will ich nicht weiter Ihre kostbare Zeit stehlen. Wenn wir wieder eine Geschichte dieser Art haben, rufe ich Sie selbstverständlich sofort an. Ah, Sir Steiner, wir haben noch zwei Brüder aus einer Familientragödie im gleichen Alter wie die Fünf aus dem Dorf. Mutter vom Ehemann verprügelt, Ehemann ist jetzt im Gefängnis, die Mutter noch im Krankenhaus. Interesse, Sir?"

Ma'am hört, wie Steiner den Rauch der Zigarette ausbläst, er stöhnt: "Nein, Danke, Ma'am! Das ist zu alltäglich und keine wirkliche Sensation. Dazu haben wir derzeit den Fall des Deutschen. Da ist noch einiges herauszuholen - und da bin ich mir ganz sicher, Ma'am - bevor die Zuschauer das Interesse verlieren."

"Gut, Sir Steiner!", erwidert Ma'am, "Dann sage ich vielen Dank und bis zum nächsten Mal."

Ohne eine weitere Reaktion Steiners ist das Gespräch beendet.

Ma'am Solano schaut auf das Display und flüstert: "Habe ich doch richtig gehört, da ist ein Anruf gewesen. Eine unbekannte Nummer."

Schon klingelt das Cellphone: "Ma'am Solano? Bin ich dort richtig bei Ma'am Solano im BSWD? Mein Name ist Mc Bride vom Hilfsverein Prowoch. Wir haben uns heute früh kurz auf der Pressekonferenz begrüßt. Leider sind Sie dann sehr schnell verschwunden. Ma'am Tolisan, die Polizistin, war so nett und hat mir Ihre Nummer gegeben. Ich denke, das geht in Ordnung?"

Ma'am Solano stottert: "Ja, gut, Mr. Bride, was kann ich für Sie tun?"

"Ma'am Solano, Sie wissen sicherlich, dass unsere Organisation ein Hilfspaket für missbrauchte Kinder bereitstellt." Mc Bride senkt die Stimme und flüstert: "Natürlich beinhaltet das Spendenhilfsprogramm auch Zuwendungen an das zuständige Jugendheim des BSWD."

Ma'am Solano horcht auf: "Ach, und das wäre?"

"Geldbeträge ohne bestimmten Verwendungszweck, Ma'am. Kleidung für die Kinder, Finanzmittel für die tägliche Verpflegung, eventuell Dinge für die Schule, aber auch Ausstattung für Ihre Einrichtung, Ma'am. Zum Beispiel Matratzen, was immer Sie benötigen!"

Ma'am Solano beginnt zu schwitzen und stöhnt: "Ja, aber wie kommen wir an die Gelder, Sir Bride?"

"Mc Bride, Ma'am, mein Name ist Mc Bride. Über das Wann und Wie, Ma'am, darüber reden wir später. Ich bin auf dem Weg zurück nach General de Santos. Auf halbem Weg liegt Sendong City und da dachte ich, besuche ich einmal den Ortsteil, wo die Familien herkommen. Ich möchte mich dort ein bisschen umsehen. Dazu brauche ich aber den Namen der Barangay, also des Ortsteils. Sonst suche ich mich ja tot!" Mc Bride lacht beim letzten Satz laut, sodass es Ma'am unangenehm im Ohr klingelt.

Ma'am fühlt sich überfahren und stammelt: "Sendong City, Barangay Laog, sehr dicht am Meer."

"Danke, Ma'am, wir hören uns." Sogleich ist das Gespräch beendet.

Ma'am Solano blickt ungläubig auf ihr Cellphone und sagt erfreut zu sich selber: "Na, das wäre ja sehr gut!" Dann speichert sie die neue Telefonnummer unter dem Kürzel "NGO" im Telefonbuch ab.

6.10. Skypen um Unsummen

Seit einer guten Stunde stehe ich an der Gitterstabtür, blicke auf die verwitterte Gebäudewand der Polizeistation und drücke meine Stirn gegen die rostigen Stäbe. Das Warten und die Ungeduld zermürben mich. Für die Zeitungen fehlt mir jegliche Konzentration. Doch endlich, an der Gebäudeecke tut sich etwas. Es ist tatsächlich Officer Sarang, der um die Gebäudeecke spurtet. Er begrüßt mich, überschwänglich und herzlich, wie einen alten Freund, lässt das Schloss knacken und die Türe beim Öffnen quietschen. 'So wundervolle Geräusche sind das!', freue ich mich.

Als wir den Windfang betreten, geht gerade weiter hinten im Flur die Tür von Ma'am Papillios Büro auf und die Dame vom Empfangstresen des Hotels tritt gemeinsam mit Ma'am

Papillio hinaus. Sie verabschieden sich fröhlich. Uns bemerken sie nicht. Officer Sarang drückt mich sanft in sein Büro und verschließt schnell die Tür.

Ich wundere mich zwar, warum die Hotelfrau hier in der Polizeistation ist, aber fragen werde ich Officer Sarang dazu nicht, denn sicherlich ist sie von den Polizistinnen vernommen worden. Stattdessen frage ich: "Sir, wieder im Dienst?"

"Ja, ich bin zurück im Dienst", seufzt der Officer.

Auf Officer Pangutanas Schreibtisch steht mein Rucksack: "Sir, wäre Skype möglich?"

"Sicher, Sir Heger!"

Bis auf Officer Sarang ist das Büro verwaist. Ich starre auf des Officers leeren Schreibtisch, dann zum Officer.

"Oh, mein Sohn John!", errät der Officer meine Gedanken. "Der ist ein paar Tage bei meinen Eltern. Da sind auch weitere Kinder. Sir, Sie glauben nicht, was derzeit hier los ist!"

Ich fühle mich angesprochen und ziehe die Augenbrauen zusammen: "Meinetwegen, Sir?"

Der Officer wird verlegen, fährt sich übers Haar und stöhnt: "Im Allgemeinen haben wir ja immer viel zu tun und ja, natürlich auch Ihretwegen."

Ich beginne den Laptop aufzubauen.

"Entschuldigen Sie, wenn ich erneut frage, aber Ma'am Papillio hat gestern - oder war das vorgestern? - gesagt, die Entscheidungsgewalt zu einer Entlassung läge beim Staatsanwalt. Wissen Sie etwas Genaueres oder gibt es neue Entwicklungen, Sir?"

Officer Sarang sind die direkten Fragen unangenehm, das ist mir inzwischen klar. Er sortiert nervös Papiere und antwortet schnell: "Nein, Sir Heger, da bin ich überfragt."

Mit der Antwort gebe ich mich zufrieden, denn der Laptop piept und ich erfrage das WiFi-Passwort, welches Officer Sarang dann gleich eintippt.

Vorsichtig frage ich: "Wie ist die Pressekonferenz gelaufen? Haben wirklich so viele Leute an fünf schlafenden Kindern und einem Deutschen im Hotel Interesse?"

Officer Sarang antwortet wieder ausweichend: "Ach, die Pressekonferenz, die ist unspektakulär gewesen. Jedenfalls für uns Officers."

Mit der Antwort kann ich absolut nichts anfangen, belasse es dabei und stelle keine weiteren Fragen mehr. Skype startet auch bereits.

Es dauert nur Sekunden, dann ist die Verbindung mit Bild und Ton hergestellt. Officer Sarang bemerkt, dass die Zeit ab 18 Uhr sehr vorteilhaft ist, da nur noch wenige das Internet in der Polizeistation nutzen. Dann zieht er sich an seinen Schreibtisch zurück und klappt den Laptop auf.

"Hallo, Tommy", höre ich. Geschirr in Deutschland klimpert und klirrt aus den beiden Lautsprechern des Laptops.

"Ihr seid wohl gerade mit dem Frühstück fertig, was?"

Wie in der letzten Skype-Sitzung sitzt meine Schwester Sabine in Vaters Chefsessel und bedient die Tastatur.

"Jaha", beantwortet meine Mutter die Frage nach dem Frühstück.

Weder meine Mutter noch meine Lebensgefährtin Marie noch mein Vater sind im Bild, aber zu hören sind sie, denn alle rufen nun: "Guten Morgen, Tommy!"

Der Hund meiner Eltern Mickey bellt dazwischen. "Mickey aus, komm her und mach Platz, wir skypen jetzt!", versucht Vater den Hund zu beruhigen.

Hinter Sabine kommen Marie und meine Mutter nun ins Bild, beide halten Kaffeetassen in den Händen. Ich glaube, den Kaffeeduft bis in Sarangs Büro riechen zu können. 'Wie stark Suggestion sein kann', denke ich kurz und lege gedanklich das Thema, welches mir unter den Nägeln brennt, fest: "Finanzen!"

"Heute kein Franco?", ruft Sabine. "Und kein Micha?", meine Mutter.

"Nein, die können doch nicht jeden Tag, bis die Nacht hereinbricht, in der Polizeistation bleiben. Hier ist es schon bald sechs Uhr und draußen dunkelt es bereits. Der Vater, der ständig bei mir ist, heißt übrigens Michael und nicht Micha, aber alle nennen ihn Mik-Mik."

"Ach, ja, die Zeitverschiebung", ruft Marie über Sabines Schulter gebeugt ins Mikrofon. "Hier ist es fast elf Uhr morgens", bemerkt sie und nimmt einen tiefen Schluck aus der Tasse.

"Tommy", beginnt Sabine das Gespräch, "die Deutsche Botschaft in Manila hat noch nichts zu Deinem Fall von der Polizei gehört. Dort in der Botschaft sind aber auch noch einige Mitarbeiter im Weihnachtsurlaub. Dann haben wir Dir eine Liste mit Anwälten per E-Mail gesendet, die die Botschaft empfiehlt und uns zugesendet hat. Die sind leider alle im Großraum Manila oder Cebu und die Dame vom Auswärtigen Amt hat erneut gesagt, dass Problem sei, Du müsstest dann immer die Reisekosten und Spesen zahlen, wenn der Anwalt anreist. Außerdem hat die nette Dame vom Auswärtigen Amt gesagt - wir haben übrigens mit dem Auswärtigen Amt und der Deutschen Botschaft heute früh telefoniert - dass, wenn Du keine finanziellen Mittel habest, könnest Du einen Pflichtverteidiger beauftragen. Das nennt sich wohl "Public Attorneys Office", kurz "PAO" genannt. Das ginge aber erst, nachdem der Fall beim Staatsanwalt eingereicht worden sei und die Dame rät von diesen staatlichen Anwälten dringend ab. Die täten halt nur das Nötigste, so hat sie sich geäußert."

"Sabine, Sabine, warte!" unterbreche ich meine Schwester. "Vielen Dank, Ihr habt Euch ja umfassend informiert! So viele Informationen, ich bin wirklich beeindruckt!"

"Tommy!", unterbricht mich nun aufgeregt meine Mutter: "Wir haben, während wir auf Dich gewartet haben, Berichte auf YouTube über philippinische Polizeistationen und Gefängnisse gesehen."

Mit bitterer Stimme berichtet Marie: "Tommy, sei vorsichtig, da herrschen Mord und Totschlag. Dann diese gefährlich aussehenden von oben bis unten tätowierten Typen und dazu die überfüllten Zellen. Ist es bei Dir auch so schlimm?"

Sabine fragt ungläubig: "Und ist das wirklich wahr? Müssen die Familien ihre Leute versorgen? Es gibt keine Verpflegung von der Polizei?"

Mir behagt es gar nicht, dass sich das Thema weg von Anwälten und Finanzen bewegt. Die Computerzeit ist sicherlich auch limitiert. Ich rufe ins Mikrofon des Laptops: "Keine Sorge, ich bin alleine in der Zelle und Michael hat die Zelle aufgeräumt." Das Waterboarding und die anderen negativen Erfahrungen und Geschichten zur Polizei verschweige ich. "Heute ist auch der nette Police Officer Sarang im Büro. Der ist total okay! Also macht Euch keine Sorgen! Ich muss mit Euch etwas Wichtiges zum Thema 'Attorney", das heißt auf Deutsch "Anwalt", besprechen. Ich habe einen Anwalt und der fertigt schon morgen Aussagen von den Eltern und einigen Freunden zu der Geschichte an."

Marie staunt: "Du hast Dir schon einen Anwalt genommen? Tommy, Deine Mutter und Sabine haben gesagt, Du willst gleich 5.000 Euro auf die Philippinen überweisen?"

"Jetzt lasst mich bitte erst einmal reden! Meine Computerzeit ist auch sicherlich begrenzt. Habt Ihr den Deutschen aus Sendong City kontaktiert? Der heißt Wolfgang und ich habe Euch seine E-Mail-Adresse gesendet. Will der das mit dem Geldtransfer überhaupt machen?"

"Ja!", ruft Sabine. "Wir haben Wolfgang per E-Mail und..."

Hektisch schneide ich Sabines Satz ab: "Sehr gut, dann weist bitte sofort von meinem Girokonto 150.000 Piso an. Moment, das sind überschläglich 3.000 Euro. Weist doch gleich 4.000 Euro an und nicht, wie ich beim gestrigen Gespräch gesagt habe, 5.000 Euro. Der Anwalt braucht zur Annahme des Falls einen Betrag von 80.000 Piso und für die gerichtsfesten Aussagen der Eltern und den Freunden noch einen Betrag. Der Anwalt hat heute gesagt, ich solle gleich 120k Piso, also etwa 2.400 Euro anweisen, auch schon für folgende Arbeiten."

Das Klimpern der Löffel in den Tassen hat während meinen Ausführungen aufgehört. Die Münder Sabines, Maries und meiner Mutter stehen offen. Es tritt eine bedrückende Stille ein. Mickey winselt leise irgendwo im Raum.

Marie kommt zu sich und stammelt: "Ja, aber, Tommy, was sind denn das für Unsummen?"

"Die Acceptance Fee, das ist die Gebühr für den Anwalt bei Annahme des Falls, ist wohl so üblich hier. Auch die Höhe der Summe von 80k Piso, die der Anwalt De Baron fordert, liegt im normalen Bereich. Ein anderer Anwalt hat nur für die Acceptance Fee 130k Piso aufgerufen! 130k Piso, also rund 2.600€! Nur, damit der erst einmal beginnt, sich zu bewegen!"

Marie nickt: "Ja, das haben mir Deine Eltern und Sabine so erzählt. Ich musste leider gestern arbeiten, ein wichtiges Meeting. Sorry, Tommy, ging nicht anders."

Den arroganten Attorney Pizzaro verschweige ich lieber, bin aber auch noch nicht fertig mit meiner Rede und hole tief Luft: "Die Eltern, die Kinder im Jugendheim sowie Franco und andere Freunde müssen versorgt werden. Das muss ich so machen, die sind doch auf meiner Seite! Da war ja auch wirklich nichts im Hotelzimmer gewesen. Die Eltern stehen zu mir. Die sind leider alle sehr arm, Handwerker, Fischerleute, mit sehr geringem Einkommen. Die Mütter kochen für mich und für die Jungen. Also, ich habe seit Samstag jeden Tag 20.000 Piso vom Automaten holen lassen und verbraucht. Also sechsmal rund 400 Euro, das sind etwa 2.400 Euro."

Sabine und meine Mutter haben erschrockene Gesichter, Marie schaut ungläubig, schluckt und stöhnt: "Also, mit dem Betrag, den wir jetzt anweisen sollen, sind das 6400 Euro! Tommy, das Geldverbrennen muss aufhören!"

"Ja, Marie, sobald die Aussagen der Eltern fertig sind, können die Eltern und Freunde ins Dorf zurück! Das Jugendheim verpflegt die Kinder doch auch. Sicherlich nicht so fürstlich und lecker wie wir, aber satt werden die dort allemal."

Ratlosigkeit beherrscht den Augenblick und in Deutschland ist eine bedrückende Ruhe im Raum. Keiner hat Ideen, Lösungen, Antworten.

Es platzt aus mir heraus: "Marie, bitte kündige das Festgeldkonto! Da liegen etwa 15.000 Euro mit dreimonatiger Kündigungsfrist. Aber weist erst die 4.000 Euro an Wolfgang an. Der wird den Betrag dann an Attorney De Baron anweisen. Das sind die 120k Piso, also rund 2.400 Euro, sodass der Mann arbeiten kann. Nein, weist 5.000 Euro an, ich benötige auch was."

Marie murmelt gedankenverloren: "Attorney De Baron, komischer Name."

"Tommy!", ruft meine Mutter plötzlich bestürzt. "Wie lange willst Du denn noch da bleiben? Wann entlassen die Dich endlich? Wenn die Kinder, die Eltern sowie Deine Freunde für Dich sprechen, wo ist dann das Problem?"

"Hier ticken die Uhren anders, Mutter. In Deutschland hat man keine Zeit, aber Geld und auf den Philippinen hat man scheinbar alle Zeit der Welt, aber niemand hat Geld!"

"Tommy, wir haben auch nicht viel Geld!", antwortet Mutter aufgeregt. Marie und Sabine wiederholen Mutters Antwort, Mickey bellt aufgeregt dazwischen und Vater ruft entrüstet, um alle zu übertönen: "Tommy, die nehmen Dich aus!" Der Hund bekommt Vaters Wut zu spüren, den der brüllt: "Mickey - verdammt nochmal - jetzt halt endlich mal die Klappe, wir skypen!"

Marie hakt dort ein und sagt schnell: "Tommy, sei bitte vorsichtig mit dem Geld und verwöhne die nicht. Das, was Dein Vater über das Ausnehmen sagt und so wie Du das erzählst, erscheint das so!"

"Aber soll ich jetzt sparen? Jetzt, wo es um mein Leben geht?", rufe ich verzweifelt und zu laut.

Officer Sarang steht plötzlich neben mir und fragt in Englisch: "Haben Sie Probleme, Sir?"

Ebenfalls in Englisch antworte ich aufgeregt: "Nein, nein, Sir! Wir diskutieren nur wichtige Dinge!"

Officer Sarang blickt interessiert auf meinen Laptop. Ich zeige auf die Personen und beginne zu erklären, erleichtert und dankbar, damit der Diskussion über Geld ein Ende zu setzen: "Meine Schwester Sabine, meine Lebensgefährtin Marie und meine Mutter. Mein Vater ist gerade nicht zu sehen."

Doch der taucht genau in dem Moment mit Mickey auf dem Arm im Bild auf und hat sich scheinbar bereits beruhigt: "Mickey, schaue mal, da ist der Tommy im Computer."

Mickey winselt und versucht sich zu befreien. Wir winken in die Computerkamera.

Die Frauen winken dem smarten Officer zu. Der sagt nur: "Sehr gutaussehende Familie, besonders Ihre Schwester, Sir Heger!"

Meine Schwester Sabine schmunzelt und übersetzt ins Deutsche.

Ich erkläre weiter in Englisch: "Das ist der ausgesprochen nette Police Officer Sir Sarang. Ein wirklich feiner Kerl!"

Mutter beschwert sich: "Redet Deutsch, ich verstehe überhaupt nichts!" und ergänzt sofort: "Der Polizist sieht aber wirklich nett aus!"

Das übersetze ich und Officer Sarang bedankt sich höflich für das Kompliment.

"Marie, Sabine, bitte erledigt das mit der Geldanweisung heute. Morgen ist schon Freitag. Das Geld wäre dann frühestens Montag oder Dienstag hier!"

Marie schüttelt langsam den Kopf, schnäuzt sich und antwortet mit weinerlicher Stimme: "Tommy, was sind das für Unsummen? Und können wir denn dem Wolfgang überhaupt trauen?"

"Wir müssen, Marie!"

Sabine ist um positive Stimmung bemüht. Heiter berichtet sie: "Gut, der Wolfgang, Marie und ich sind nämlich schon auf Facebook befreundet. Dort können wir gut kommunizieren." Marie nickt leicht.

"Officer Sarang, Sir, wie lange dürfen wir skypen?"

"Oh, open end, Sir Heger! Ma'am Papillio ist bereits nach Hause." Officer Sarang grinst jungenhaft: "Außer uns und ein paar wahrscheinlich schon schlafende Bereitschaftspolizisten ist kaum noch jemand in der Polizeistation anwesend."

Officer Sarangs Cellphone klingelt.

"Habt Ihr das gehört? Open end heute!"

"Tommy, Papa hat um 14 Uhr einen erneuten Termin beim Kardiologen. Wir müssen uns nun schnell fertig machen."

"Und Marie und ich, wir erledigen das mit dem Geld und dann muss ich heute Mittag meine Steuern machen. Das Amt hat schon gemahnt", erklärt Sabine.

"Gut", erwidere ich traurig, "dann werde ich meine E-Mails lesen und im Internet surfen. Mein Cellphone - ach, ich meine Handy, weil alle hier Cellphone sagen - muss ich auch checken. Dann sagen wir nun Tschüss! Und macht Euch keine Sorgen. Das wird sich schon alles aufklären. Wir bleiben optimistisch."

Mutter ruft: "Wir Hegers sind Kämpfer!"

Dann tönt es mehrstimmig aus den Lautsprechern: "Tschüss, Tommy!"

Officer Sarang hat inzwischen den kleinen Fernseher eingeschaltet und die Fernbedienung zu meiner Rechten gelegt. Aus seinem Laptop ertönt die Melodie von Counter Strike.

Ich wende mich meinen E-Mails zu. Meinen Freunden, meinem Chef und den Kollegen werde ich erst einmal nichts berichten. 'Vielleicht ist der Spuk ja doch schneller beendet als gedacht?' Ich bin voller Zuversicht. Also E-Mails checken, Homebanking und News über mich im Internet suchen, Wolfgang anrufen oder E-Mail schreiben und die SMS im Cellphone prüfen.

Es staut sich sofort viel an, wenn man seine Gadgets nicht ständig zur Verfügung hat. Wie gut, dass es einen Officer Sarang gibt.

--

7. Kapitel - Freitag

7.00. Neuer Tag, neues Unheil!

Michael, der lieber Mik-Mik genannt werden möchte, ist schon um sechs Uhr in der Früh an der Zellentür. Der Wachmann vom Tor lässt das Schloss knacken und die Zellentür beim Öffnen quietschen. Wohlbekannte Geräusche. Der Wachmann verschließt das Drahtzauntor und begibt sich eilig zurück zur Schranke.

Mik-Mik hat Kaffee und Pandesalbrötchen dabei. Das Frühstück muss jetzt warten, weil zuerst die Toilette besucht und das Duschen gleich mit erledigt werden muss. Mik-Mik sieht ebenfalls aus, als könnte er dringend eine Dusche gebrauchen. Nach meiner Toilette schlürfen wir den starken Kaffee und lassen uns die frischen weichen Brötchen schmecken.

"Mik-Mik, darf ich fragen, wo du geschlafen hast? Ich denke nicht in Francos Kirche?"

Zwischen dem nächsten Schluck Kaffee und einem Brötchen zündet sich Mik-Mik eine Zigarette an. Heute keine Marlboro, sondern eine More. Eine billige philippinische Zigarettenmarke. Ich lehne dankend ab.

Mik-Mik schaut zu Boden, dann zu mir und grinst breit: "Die zwei Typen an der Schranke sind jetzt meine Freunde. Ich habe im Wachturm gepennt."

Ich bin eine Sekunde perplex, dann freue ich mich: "Das ist eine gute Lösung und das ist auch sehr nett von den zwei Wachleuten. Dass das überhaupt möglich ist. Willst Du nicht lieber ein günstiges Hotel suchen?"

"Nein, Tommy. Hotels sind doch viel zu teuer! Kein Problem mit dem Wachturm, Tommy, das ist gar kein Problem! Ich habe gestern Abend Bier und Hühnchen besorgt. Wollte Dir auch Hühnchen bringen, aber die Wachmänner haben gesagt, Du wärst noch bei Officer Sarang. Wir haben dann Karten gespielt."

"Das ist lustig, Mik-Mik, weil ich habe wie Du Hühnchen besorgt - also, besorgen lassen, aber Bier war nicht erlaubt. Wir haben Cola getrunken und TV geschaut. Bis um 23 Uhr war ich in Officer Sarangs Büro. Konntest Du nicht zu uns ins Büro kommen?"

"War nicht erlaubt und erzähle niemanden, Tommy, dass ich im Wachturm übernachtet habe."

"Okay, Mik-Mik! Wann sollt Ihr heute bei den Jungs im BSWD sein? Sind Vicente, Kagawad und Romolo schon losgefahren?"

"Hab mit Vicente um vier Uhr heute früh telefoniert. Sie sind schon unterwegs, wahrscheinlich nach acht Uhr hier und um zehn Uhr sollen wir im BSWD sein."

"Das ist gut Mik-Mik. Die kommen sicherlich direkt zu uns. Mik-Mik, willst du duschen?"

"Mik-Mik grinst und zieht Seife und ein Handtuch aus der mitgebrachten Tüte."

Nachdem Mik-Mik das Duschen beendet hat, taucht wenige Minuten später ein gut gelaunter Officer Sarang am Zellenvorplatz auf: "Sir Heger, ich habe gehört, Sie haben schon Besuch. Wollen Sie nicht in das Büro kommen? Wir können dort frühstücken."

Officer Pangutana ist ebenfalls zurück im Dienst. Wir begrüßen uns herzlich. Mik-Mik besorgt das Frühstück. Er bringt neben Kaffee, Pandesal und Zuckerschnecken, auch Reis, eine Art Gulasch und kräftige Hühnersuppe, alles in verknoteten Plastiktütchen. Es schmeckt vorzüglich und natürlich zahle ich.

Während wir frühstücken, habe ich komische Gedanken: 'Ich zahle, hätte als Alternative zum gemütlichen Frühstück aber doch nur die feuchte einsame Zelle. Da zahle ich doch gerne! Das ist es mir allemal wert! Mensch, Tommy, genieße die Situation, denn die kann sich sekündlich ändern.'

Nebenher hören wir den Fernseher und ich blicke immer mal wieder auf das laufende Programm. Keine News über mich. Vielleicht ist es auch der falsche Sender, denn es läuft eine geistlose Morgenshow.

Wir reden weder über die Verhaftung noch über den Stand der Ermittlungen noch wie es weitergehen wird. Fragen dieser Art sind, das weiß ich von den Tagen zuvor, den zwei Officers unangenehm. Deshalb lasse ich das Fragen, aber auch, weil ich Officer Sarangs Gastfreundschaft weder ausnutzen noch überstrapazieren möchte.

Unvermittelt steht der breit grinsende Schrankenwärter im Türrahmen. Hinter ihm drängeln sich Vicente Kabaltos, Kagawad Jacub Castro, Romolo Senior Taslig und sein 16-jähriger Sohn Silas. Vicente umarmt mich herzlich, die Männer geben mir kurz und ohne Druck die Hände. Sekunden später sitzen wie in der Sitzecke des Büros.

Ich frage die Besucher, ob sie hungrig sind. Die haben aber schon auf dem Weg zu mir gefrühstückt. Dennoch fixiert Silas die übrig gebliebene Zuckerschnecke.

"Greif zu, Silas!", fordere ich den Teenager auf. Der lässt sich das nicht zweimal sagen.

Vicente ist besorgt: "Tommy, was ist mit Dir, wann werden sie Dich entlassen?"

Romolo schaut entspannter, als er das beim letzten Besuch getan hat: "Ja, Tommy, wann entlassen die Dich?"

Verstohlen schaue ich zu den Officers, die an den Schreibtischen sitzen: "Die Polizei schweigt. Der Fall muss wohl zuerst zum Staatsanwalt. Nur der kann dann entscheiden, wie es weitergeht. Heute ist schon Freitag. Vor einer Woche waren wir glücklich im Bus unterwegs. Was für eine blöde Geschichte. Wäre ich doch nur am selben Tag zurück und hätte die Kinder bei Euch abgegeben. Alle wären happy. Wie immer!"

Kagawad Jacub Castro beugt sich vor: "Tommy, das bringt doch jetzt nichts. Es ist, wie es ist. Wir müssen gemeinsam sehen, wie wir da rauskommen."

Dass er "wir" sagt, behagt mir und beruhigt ein wenig.

Romolo bekräftigt den Kagawad: "Mit Gottes Hilfe schaffen wir das schon. Tommy, ich habe bessere, stärkere Medizin, meine Schmerzen im Knie und in den Fingern sind fast weg." Zur Demonstration bewegt er die Finger wie ein Klavierspieler.

Ich beglückwünsche den sympathischen Romolo zum schmerzfreien Dasein.

Silas hat das Zuckerstück aufgegessen und mit dem letzten Rest aus seiner Wasserflasche runtergespült: "Tommy, gestern Abend, da war ein komischer Ausländer bei uns im Dorf und der wollte die Eltern von den fünf Jungen was fragen. Ernesto war aber gerade zum Fischen rausgefahren und Matthew noch nicht von der Arbeit zurück."

Romolo ruft aufgeregt: "Der Typ hat was von Hilfe für unsere Familien gefaselt. Er sei von einer christlichen Organisation, einem Hilfsverein und habe gehört, dass ein Ausländer unsere Kinder belästigt haben soll. Dann hat er mein kaputtes Fischerboot gesehen und begutachtet und gefragt, was die Reparatur kosten würde. Ich habe ehrlich geantwortet, das sei nicht mehr zu reparieren. Da hat der doch glatt gesagt, wir sollen Dich, Tommy, anzeigen, dann könne er uns nämlich helfen. Helfen mit einem neuen Boot und Fischernetz. Dazu sei der Verein, für den er arbeite, auf den Philippinen da, genau für solche Hilfen. Hab ihm gesagt, er soll verschwinden."

Romolos Sohn Silas berichtet mit ausladenden Gesten: "Die hatten es plötzlich eilig. Der hat auf seine fette Armbanduhr geschaut, was für ein Protzteil! Dann ist der zurück in den dicken klimatisierten SUV geklettert, hat gesagt, ich komme wieder und ist davongebraust. Was für ein geiler Sound aus den dicken Auspuffpötten. Die Maschine bestimmt auf doppelte Leistung aufgeblasen. Tommy, na das war ein SUV! Eine echte Gangsterkarre! Das glaubst Du nicht, Tommy! Riesige, breite Reifen in der Größe wie für 48-Tonner und das auf echt fetten verchromten Felgen. Die Karre - na klar - schwarz, mit getönten Scheiben und einem extra Fahrer! Das war ganz klar der Bodyguard vom Ausländer. Der hat aber hunderpro 'ne fette Wumme unterm Sitz!"

Wie alle anderen staunt auch Vicente über die fantasievollen Erzählungen. Dann wird es ihr zu bunt und sie unterbricht den Teenager: "Gut, dass die unser Haus nicht gefunden haben!" Sie ist nun ärgerlich: "Mit denen will ich nichts zu tun haben! Wir sind und bleiben Deine Freunde, Tommy!"

Officer Pangutana begibt sich zum Fernseher und wählt einen Nachrichtensender.

Was Silas da erzählt, erschreckt und verwirrt mich. Panik kommt auf und ich stöhne heiser: "Oh, mein Gott, auch noch ein NGO! Die Polizei, das Jugendamt BSWD, die Zeitungen, das Fernsehen, wahrscheinlich die gesamte Öffentlichkeit und jetzt sind auch noch ausländische Organisationen hinter mir her? Die wollen mich zur Strecke bringen!"

Der Kagawad versucht mich mit fester Stimme zu beruhigen: "Tommy, verliere nicht die Nerven! Wichtig ist doch, dass die Jungen und die Eltern und alle Freunde aus dem Dorf auf Deiner Seite sind. Nur das zählt!"

Plötzlich ruft Officer Pangutana seinen Kollegen Officer Sarang zum Fernseher und erhöht gleichzeitig die Lautstärke.

Aus dem Gerät ertönt es blechern: "ABC-TV exklusiv! Sexgangster in Tugalm City Nobelhotel! Fünf minderjährige Filipinos Opfer von Deutschen!"

Der Kommentator schreit die Informationen im Telegrammstil.

Alle im Büro starren gebannt auf die Mattscheibe. Es werden kurze Szenen, die alle ohne Originalton sind, gezeigt.

- Zuerst die Verhaftung und das Hotelzimmer mit den stark verpixelten schlafenden Kindern.
- Jetzt die Szenen im Polizeiwagen, im Polizeibüro und die fünf stark verpixelten Jungen vor einem unansehnlichen Gebäude im Interview.
- Nun ist das überfüllte Büro, in dem wir gerade die News schauen, zu sehen: die Polizistinnen, die Gadgets, die Stühle und die vielen Leute.

Der nervige Kommentator und die dramatische Musik verstummen abrupt.

- Der Bericht zeigt Menschen, die im Büro vor der gestrigen Pressekonferenz angeregt diskutieren
- Meine Gadgets sind auf einem Tisch aufgebaut und kommen erneut ins Bild.
- Nun erläutert Ma'am Papillio Fakten zum Fall. Dann beantwortet sie und CIDG-Officer Sir Villanova Fragen der Presseleute.
- Ein Ausländer steht plötzlich zwischen den Sitzenden und stört die Pressekonferenz mit seiner Rede. Anschließend eine seltsame Szene mit drei philippinischen Frauen, die ein Banner hochhalten und mit ausgestreckten Fäusten - es wirkt einstudiert - Parolen brüllen.

Der Sprecher kommentiert das Geschehen zur Pressekonferenz, nicht ohne Hohn und Spott über die Polizei, brüllend laut und dann ist er endlich still.

- Nun kommen die fünf Söhne ins Bild, scheinbar auf einem Parkplatz, mitten am helllichten Tag. Die Gesichter sind wieder stark verpixelt.

Wer die Jungen näher kennt, hat aber überhaupt keine Probleme, die Identitäten zu bestimmen.

- Jetzt befragt eine junge und sehr attraktive Reporterin die Kinder.

Sie fragt streng: "Also, Ihr seid nackt im Hotel und unter der Dusche gewesen und der Tommy, der Deutsche, der hat Fotos von Euch gemacht?"

Der Reporter, er hält etwas Stabförmiges in der einen Hand, ergänzt barsch: "Nacktfotos! Und dafür habt Ihr einen schönen Tag im Gaisano gehabt, Pizza gegessen, im Swimmingpool geplantscht und Euer Tommy hat Euch dafür Schulsachen versprochen!"

Die Jungen schütteln heftig die Köpfe.

Die Reporterin blinzelt Sam und Jan zu, die werden erkennbar verlegen: "Also, das stimmt doch, was mein Kollege da sagt?"

Sam und Jan schauen beiseite.

Der Reporter fragt etwas mit gedämpfter Stimme, sodass der Zuschauer ihn nicht verstehen kann.

Aboy rülpst laut: "Lecker, die kalte Cola!"

Romolo und Silas, Aboys Vater und Bruder, lachen laut. Auch alle anderen im Büro können sich ein Grinsen nicht verkneifen.

- Leutselig berichtet Aboy: "Einmal, da haben wir so einen Spaß gemacht. Alle waren nass vom Regen und da haben wir die Idee gehabt, bei Tommy zu duschen. Aber der Dan, der war da gar nicht dabei."

Sam ergänzt: "Wir sind einfach so in Sendong rumgelaufen, aber dann hat es ganz doll geregnet, dass die Straßen überflutet waren. Aboy, Jan, Phil, der Morris und ich sind davon total nass und dreckig geworden."

Phil beißt in einen Apfel und ist mitteilsam: "Ein Bus ist vorbeigerauscht. Der hat uns von oben bis unten nass gespritzt."

Phils Mutter Vicente schreit spitz: "Philipp schon wieder im Fernsehen, ich will das nicht!"

- Phil berichtet weiter: "Dann sind wir zu Tommy ins Apartment und haben geduscht. Tommy hat Text an alle Eltern gesendet. Ist okay gewesen, wir durften bei Tommy bleiben."
Jan unterbricht Phil: "Über Nacht, weil die Klamotten doch nass gewesen sind."

Die Reporterin ist so aufgeregt, dass das Mikrofon in der Hand zittert: "Und dann seid ihr nackig gewesen und der Tommy hat Euch unten angefasst und so weiter?"

"Und nackt fotografiert?", ruft eine weitere Stimme. Wahrscheinlich der Kameramann.

Aboy stopft sich Chips in den Mund, deshalb ist er kaum zu verstehen: "War doch nur Spaß. Tommy hat mit der Kamera gespielt, aber gar keine Fotos gemacht."

Silas kommentiert trocken: "Typisch Aboy, immer total verfressen." Wieder grinsen alle.

Außer ich, denn ich bin in Schockstarre. Mir ist die Fröhlichkeit, das Lachen und Grinsen am heutigen frühen Morgen über den TV-Bericht soeben gehörig vergangen.

- Wir sehen im Fernseher, wie Phil erneut genussvoll vom Apfel abbeißt, kaut und mit vollen Wangen redet: "Aber am nächsten Tag, im Apartment, wir mit Morris, als Tommy in den Markt zum Einkaufen gefahren ist..."
  Phil wird geschubst, wirkt erschrocken und schweigt danach.

  Sam beendet hastig Phils Satz: "...da haben wir Fernsehen geschaut und Computer gespielt."

  Trotz der Pixel, erkennen wir, das Phil verdutzt ist. Er schweigt nun.

  Sam will noch etwas sagen, doch die Reporterin unterbricht ihn. Sie wirkt gehetzt: "Im Hotel, Jungs, da habt Ihr doch nackt geduscht?"

  Die Jungen sind wieder verlegen und drucksen herum. Jan antwortet: "Nicht alle und nur kurz."

  "Und da habt Ihr Euch an den Dingern gespielt?", ruft der Stangenträger. "Hey Jungs, ich bin auch ein Junge, alle tun das!"

Wir erkennen, den Kindern ist das Gespräch peinlich und wir blicken uns alle ungläubig an. Keiner weiß so recht, den Bericht und das Gehörte einzuordnen.

- Die Reporterin bleibt hartnäckig: "Und der Tommy hat zugeschaut! Wer war denn nackt? Hat Tommy Euch eingeseift?"
- Die Antworten bleiben die Kinder den Zuschauern schuldig, denn so abrupt, wie das Interview begonnen hat, so abrupt endet es auch. Es folgt der Abspann des TV-Senders.

Officer Pangutana schaltet das Gerät aus und schüttelt verblüfft den Kopf.

Wir setzen uns ratlos an den Tisch und schweigen betreten.

Officer Sarangs Tischapparat klingelt. Ma'am Papillio ruft an. Sofort fragt Officer Sarang nach dem Bericht.

Ma'am antwortet laut und wütend: "Ja, wir haben auch die News gesehen, Suzette Zambrano war so nett, mir einen Wink zu geben, unbedingt die Nachrichten zu schauen. Das neue Interview mit den Kindern, da steckt doch diese Solano vom BSWD dahinter, aber egal, nun ist es in der Welt!"

Officer Sarang flüstert: "Was gedenken Sie jetzt zu tun, Ma'am?"

"Dieses Miststück Suzette Zambrano!", zischt Ma'am Papillio, hat sich aber sogleich unter Kontrolle und beantwortet im normalen Ton Officer Sarangs Frage: "Ich werde den Kollegen in Sendong City Bescheid geben! Warum eigentlich? Die haben sicherlich auch TV geschaut. Die wissen, was auf sie zukommt. Das Neue, ich meine die neue Information aus dem Interview spielt in Sendong City, ist also außerhalb unseres Zuständigkeitsbereiches. Heute sende ich die Akte ins Büro des Staatsanwaltes. Dann geht es dort nächste Woche weiter.

Officer Sarang hält die Hand über die Sprechmuschel: "Ma'am, ein Teil der Eltern sind hier im Büro, aber ich sende die Gruppe jetzt zum Zellenvorplatz. Wir haben auch noch etliche andere Fälle zu bearbeiten."

Er legt auf, kommt zur Sitzgruppe, bittet freundlich darum, dass wir uns am Zellenvorplatz weiter unterhalten und bringt uns auch gleich dorthin.

7.01. Die Story aus Sendong City

Mik-Mik und seine Vicente, Romolo Taslig und sein Sohn Silas sind bereits auf dem Weg zum Jugendheim des BSWD. Sie wollen sich mit den Müttern Rica und Lang treffen und den Jungen das Mittagessen und die Wechselwäsche bringen, die der Kagawad und Vicente mitgebracht haben. Franco ist noch nicht aufgetaucht. Ob Marielou und Jonathan mich am Morgen besuchen werden, ist unklar. Auf jeden Fall sind alle gegen 14 Uhr beim Attorney De Baron verabredet, um die Witness Affidavits anzufertigen. Gerichtsfeste Aussagen, wie sich De Baron ausgedrückt hat.

Kagawad bietet eine Marlboro an und aus Gefälligkeit nehme ich an: "Kagawad, um 14 Uhr seid Ihr alle bei De Baron angemeldet. Der Attorney braucht für seine Acceptance Fee 80.000 Piso und für weitere Arbeiten gleich 40.000! Das sind in Summe rund 2.400 Euro. Eine Menge Geld."

"Das ist normal, Tommy. Bei Attorneys musst Du immer Taschen voller Geld mitbringen, sonst lassen die Dich erst gar nicht in ihr Law Office. Gut, dass Du einen Attorney hast. Padernesto aus Sendong City wäre noch teurer geworden. Wir werden sehen, wie es mit De Baron wird. Witness Affidavits sind schon mal gut."

"Kagawad, bitte richte dem Attorney aus, die 120.000 Piso aus Deutschland sind unterwegs und werden aber erst am Montag oder Dienstag hier eintreffen. Kennst Du Wolfgang Schmidt, den Deutschen? Der hat ein Geschäft für Elektrowaren in Sendong City."

"Flüchtig, Tommy, ich habe dort schon einige Male etwas gekauft. So gut wie jeder kennt Schmidt in unserer Stadt."

"Sage dem Attorney, Wolfgang wird ihn zwecks Geldtransfer kontaktieren. Attorneys Telefonnummer habe ich an Wolfgang gesendet."

"Okay, Tommy, werde ich ausrichten." Kagawad bläst den Rauch aus.

Er macht einen seriösen und kompetenten Eindruck: 'Vielleicht liegt das an seinem Alter. Aber was Kagawad sagt und tut, hat Hand und Fuß und er hat es immerhin bis zum

Vorsteher des Dorfes gebracht. Gut, dass er hier ist und wir vor langer Zeit Freundschaft geschlossen haben.'

Ich erinnere das merkwürdige Interview der Kinder: "Wie das Fernsehen es immer wieder schafft, an die Kinder heranzukommen? Vielleicht hat das TV-Team den Kindern vor dem Kinderheim aufgelauert?"

"Nein, Tommy, ganz sicher nicht! Jemand hat dem TV-Sender einen Tipp gegeben." Kagawad reibt den Daumen und den Zeigefinger aneinander, die internationale Geste für Geld.

"Dass die Kinder diese Story aus Sendong City im Interview erwähnt haben?", denke ich laut, schüttle den Kopf und werde genauer: "Ich meine die Story, als die vor ein paar Tagen überraschend an meine Tür geklopft haben. Die waren total durchnässt und verdreckt."

"Welche Jungs haben Dich besucht?", fragt Kagawad.

"Sam, Jan, Phil, Aboy und der Morris."

"Ach, die Fünf", antwortet Kagawad. "Bis auf Morris sind alle jetzt im Kinderheim des BSWD. Glück für Morris, dass er nicht mitgereist ist."

"Also fünf Kinder ist die Obergrenze, mit mehr würde ich nicht reisen."

"Morris lebt bei Tabita. Sie ist seine Pflegemutter und kann wohl selber keine Kinder bekommen. Morris Mutter ist irgendwo in Manila, der Vater hat auch kein Interesse."

"Ja, Tabita. Ich habe Tabita nicht im Dorf angetroffen, konnte sie also nicht fragen, ob Morris mitreisen darf. Als ich dann zu Besuch bei den Barcellas gewesen bin, blickte mich der Dan mit so traurigen Augen an, dass ich den kurzerhand mitgenommen habe. Jan und Dan Barcella, die Söhne von Lang und Matthew."

"Tabita ist den ganzen Tag in Sendong City unterwegs und versucht Fisch zu verkaufen. Sie ist manchmal sechs, sieben Stunden nicht zu Hause, nur um etwa 150 Piso zu verdienen."

"150 Piso, also keine drei Euro", werfe ich ungläubig ein und schüttle darüber den Kopf.

Kagawad berichtet weiter: "Der Morris ist auch immer unterwegs, meistens im Dorf. Er isst bei Onkeln, Tanten oder Nachbarn, geht den ganzen Tag schwimmen und fehlt oft in der Schule. Es kümmert sich keiner so richtig um den Knirps."

"Vielleicht ist seine Vaterlosigkeit der Grund, dass ich den kleinen Kerl gar nicht mehr losgeworden bin, während ich letztes Jahr in Franks Haus gewohnt habe. Dem Morris habe ich ein T-Shirt geschenkt, weil der immer mit dem gleichen löchrigen schmutzigen Teil rumgelaufen ist. Ich habe ihn nie mit Slippers gesehen. Er hat ein Paar blaue Islander Flip-Flops bekommen. Mensch, Kagawad, war der glücklich! Danach hockte der ständig vor dem Haus und ließ mich nicht mehr aus den Augen. Habe ihn dann öfters zum Essen eingeladen. Einer mehr oder weniger fällt ja gar nicht auf (ich lache). Ich denke, der hat immer Hunger gehabt. Mein Gott, wie dünn und klein der für sein Alter ist. Auch habe ich ihm ab und zu 20 Piso zugesteckt."

Kagawad zündet sich die Nächste an. Ich lege eine Pause ein.

"Und was haben die Jungs da im Interview erzählt? Etwas von Spaß?", kommt Kagawad auf den Bericht zurück.

"Das war vor ein paar Tagen, als es den Starkregen gegeben hat. So extrem regnet es bei uns in Deutschland nie. Die Jungs waren total durchnässt und verdreckt. So wollte ich die nicht nach Hause schicken. Die hätten sich bestimmt erkältet. Ich habe fast allen Eltern eine SMS gesendet. Die waren froh, dass die Jungs bei mir bleiben durften. Die halbe Stadt war überflutet und es hat immer noch stark geregnet. Dann haben die geduscht und ihre Wäsche im Bad gewaschen. Franco war gerade zu Besuch. Trotz des Regens ist der mit einer Motorela zum Markt gefahren, um jedem eine Unterhose und ein T-Shirt zu besorgen und natürlich um Hühnchen, Reis, Kuchen und Obst zu kaufen. Als die dann aus dem Bad gekommen sind, waren nur zwei mit Handtüchern umwickelt. Die haben sich gegenseitig aufgezogen, wer den Größten habe. Dumme Jungs halt. Ich war gerade dabei, meine Canon zu reinigen und habe so getan, als würde ich Fotos machen. Die Batterie war aber im Ladegerät. Dann ist auch schon Franco zurückgekommen und es hat Essen gegeben. Sam und Phil haben die Idee gehabt, hierher nach Tugalm City zu reisen. Ich wollte das nicht sofort entscheiden, musste zuerst mit den Eltern darüber reden. Was für einen Riesenhunger die Kerle gehabt haben! Trotz der Hühnchen, dem Kuchen und dem Obst, war mein ganzer Kühlschrank leer gefressen, sodass ich am nächsten Tag einkaufen gehen musste. Das ist die Story aus Sendong City."

Kagawad schmunzelt und bietet eine weitere Marlboro an: "Ja, verrückte Knirpse. Waren wir nicht alle einmal so?"

"Danke für den Sargnagel, Kagawad!" Wir lachen herzlich.

In dem Moment tauchen Franco, Marielou und Jonathan auf.

"Wenn man vom jungen Gemüse spricht!", kommentiert Kagawad das Eintreffen der Teenager.

"Was lacht und grinst Ihr so?", fragt Marielou kess.

"Na, hier ist ja eine gute Stimmung!", ergänzt Jonathan.

"Schön, Euch lachen zu hören", freut sich Franco.

"Ach, nichts", erwidere ich, "wir haben nur ein wenig über die heutige Jugend gelästert."

"Und was für einen Unfug Ihr so anstellt!", fügt Kagawad breit grinsend hinzu.

Marielou fixiert den Kagawad: "Na, Ihr seid doch bestimmt auch nicht besser gewesen!"

"Nicht besser, nur anders!", kontert Kagawad.

Wir lachen herzlich.

"Ich habe gehofft, das Entlassungspapier sei ausgestellt worden", scherzt Marielou. Auch Franco und Jonathan lachen.

"Leider nicht, Lou", antworte ich traurig.

"Tommy und Kagawad, wir haben Essen für Euch!", ruft Jonathan stolz. "Für Marielou, Franco und mich reicht es auch. Es ist genug für alle da!"

"Lasst uns etwas später essen. Jonathan, Du kannst Getränke besorgen, Franco und Marielou, Euch würde ich gerne zum ATM schicken. Noch einmal 20.000. Der Anwalt will Snacks, Getränke und Schnaps zu den Witness Affidavits, um die Stimmung aufzulockern und um mit den Männern anstoßen zu können."

"Oh, da wird sich Mik-Mik aber freuen!", grinst Kagawad.

Gespielt entrüstet, erwidert die kesse Marielou: "Na, Du nicht etwa auch, Onkel?"

Wir lachen laut und fröhlich. Die Stimmung ist gut und ich bin froh, die Eltern und meine Freunde an meiner Seite zu haben. Wir werden diesen Kampf gewinnen!

7.02. Witness Affidavits

Witness Affidavit = Zeugenaussage

Kinderheim des BSWD

Im Kinderheim des BSWD gibt es nicht viele Neuigkeiten. Die Führung des Heimes Sir Sala und Ma'am Solano ist nicht anwesend. Ma'am Burque, zwei weitere freiwillige Helferinnen, das Küchenpersonal und der freundliche Wachmann kümmern sich um die Kinder.

Sam, Jan, Dan, Phil und Aboy freuen sich natürlich über den Besuch der Eltern. Besonders Phil und Aboy sind außer sich vor Freude. Phil hat seine Mutter und Aboy seinen Vater und Bruder mehrere Tage nicht gesehen. Die Eltern fühlen, dass die Kinder unter der Trennung leiden, auch wenn die Jungen das nicht thematisieren. Sie sind es einfach nicht gewohnt, fern vom Elternhaus, den Verwandten und Freunden zu sein. Im Dorf sind die Kinder so gut wie immer auf der Suche nach Abenteuern draußen unterwegs. Nun befinden sie sich unter ständiger Aufsicht und fast ausschließlich im Gebäude.

Mit Heißhunger verschlingen die Söhne aus dem Dorf, die drei Straßenjungen und die zwei Brüder aus der Familientragödie die leckeren Speisen, den Nachtisch, das Obst und trinken dazu kalten Fruchtsaft aus Getränkepulver. Zufrieden schauen die Eltern den Kindern beim Essen zu. Aboys immer hungriger Bruder Silas isst mit. Den großen Bruder neben sich zu haben, erfüllt Aboy mit Stolz und gibt ihm Sicherheit. Die Eltern vermeiden das Thema, wann der Aufenthalt im Kinderheim für die Fünf aus dem Dorf beendet sein wird. Insgeheim hoffen sie auf ein schnelles Ende in der kommenden Woche. Ma'am Burque hat mit den zehn etwa gleichaltrigen Jungen Schulunterricht begonnen. Das will sie nach dem Essen und der folgenden Mittagsruhe fortsetzen. Die Kinder lieben augenscheinlich Ma'am Burque, denn sie hat Talent im Umgang mit Kindern. Die schmutzige wird gegen saubere Wäsche getauscht und schon müssen die Eltern los zum nächsten Termin. Attorney De Baron wartet. Im BSWD verschweigen sie das Vorhaben, Witness Affidavits zugunsten von Thomas Heger anfertigen zu lassen. Die Gruppe ist vor dem Besuch im BSWD übereingekommen, dass die nicht alles erfahren müssen.

Attorney's Law Office

Der Kagawad, Marielou, Jonathan und Franco warten seit etwa zehn Minuten vor Attorney De Barons Law Office. Dann treffen die Eltern Romolo mit Sohn Silas, Michael (Mik-Mik) mit Ehefrau Vicente und Rica und Lang ein.

"Der arme Tommy hat ganz traurig geschaut", berichtet Marielou betrübt den Eltern und Silas.

Jonathan erklärt, dass Tommy nun weggeschlossen sei, da der keinen Besuch habe. Tommy wolle sich mit den Zeitungen und dem Lösen von Rätseln aus den Zeitungen die Zeit vertreiben.

Im Gegenzug berichten die Eltern, dass es den Jungen im Kinderheim gut ginge, sie Freunde gefunden hätten und die junge nette Erzieherin etwas Schulunterricht gäbe.

Gemeinsam betritt die Gruppe das Law Office von Attorney De Baron. Es liegt ebenerdig in einem kleinen Ladengeschäft und an einer belebten Hauptstraße. An den Decken arbeiten zwei Ventilatoren, die alle Mühe haben, die Luft im ungelüfteten Raum aufzuwirbeln. An den Wänden hängen Bestätigungsurkunden zum Notariat von Attorney De Baron, private Fotos, einige Fotos von De Baron mit hochgestellten lokalen Persönlichkeiten und eine Preisliste zu den Tätigkeiten des Attorneys.

Die attraktive Sekretärin springt auf, begrüßt die Gruppe herzlich und bittet die Besucher Platz zu nehmen.

Wenige Minuten später kommt Attorney De Baron durch die Tür seines Law Office: "Schön, dass Sie alle kommen konnten." Gekleidet ist De Baron sportlich-elegant. Am Gürtel klimpert der Schlüsselbund mit den Toyota-Autoschlüsseln. Im streng zurückgekämmten Haar glänzt jede Menge Pomade.

Franco prescht vor: "Sir, Tommy hat mir 5.000 Piso für Junkfood und Getränke gegeben!"

"Gut, junger Mann, dann würde ich sagen, besorge das und vergiss die Flasche Fundador nicht." Der Attorney nickt Romolo, Mik-Mik und dem Kagawad schnell zu.

Die drei Männer antworten mit einem breiten Grinsen, denn die Vorfreude ist ihnen in die Gesichter geschrieben. Fundador ist ein teurer, aber feiner Brandy. So etwas trinkt niemand im Dorf, außer vielleicht Vater Kandayo an seinem Geburtstag. Silas und Jonathan schauen sich verstohlen an, denn vielleicht ist ein Tröpfchen für sie drin.

Die Frauen Vicente, Rica, Lang und Marielou verdrehen die Augen.

Der Attorney weist Franco an: "Aber lasse einen Betrag übrig, sodass wir später noch Letchon Manok und Limpo - Ihr esst doch auch alle gerne gegrilltes Huhn und gegrillten Schweinebauch - besorgen können und natürlich eine Flasche Sangria für die Damen!" Sein süffisantes Lächeln an die Frauen wirkt ölig.

Dennoch lächeln nun die Frauen verhalten.

Franco und Jonathan ziehen los, um die Dinge zu besorgen. Der Kagawad berichtet, dass der Attorney mit den 120k Piso von Tommy Anfang kommender Woche rechnen könne. Nun hat der Attorney einen zufriedenen Gesichtsausdruck. Beim Grinsen zieht er den rechten Mundwinkel nach oben.

-★-

Alle Witness Affidavits enthalten im Grunde den gleichen Inhalt. Die ersten zwei fertiggestellten Affidavits von Michael (Mik-Mik) und seiner Gattin Vicente Kabaltos benötigen die längste Zeit. Hiernach ist die Sekretärin hauptsächlich mit dem Kopieren und dem Einfügen der Textbausteine und dem Austauschen der Namen im kopierten Text beschäftigt. Alle Personen fertigen eine eigene Witness Affidavit an, außer Jonathan und Silas. Der Attorney lässt für die beiden Teenager eine gemeinsame Affidavit aufsetzen. In den Texten wiederholt sich immer wieder Tommys Großzügigkeit den Familien gegenüber.

Die Gliederung ist bei allen Witness Affidavits gleich
Es gibt eine Einleitung mit Namen, Alter, zivilem Status, Wohnort und Nationalität des Aussagendem - des Zeugen. Es folgt seine Erklärung, im Einklang mit dem Gesetz und der Bibel zu schwören und nichts anderes als die Wahrheit zu Protokoll zu geben.

1. Absatz
Hier wird im ersten Satz erklärt, dass der Zeuge Thomas Heger persönlich kennt und in welchem Verhältnis er zu dem jeweiligen Kind (Sohn, Bruder, Cousin, Freund) steht.

2. Absatz

Der Zeuge bekundet, dass es in der Vergangenheit niemals negative Begebenheiten wie die Geschichte jetzt in Tugalm City über Thomas Heger gegeben habe. Das Gegenteil sei wahr! Der Zeuge gibt zu Protokoll, dass Thomas Heger ein großherziger Mensch sei, der bereits in der Vergangenheit einigen Kindern die Ausbildung ermöglicht habe und dass ein Teil dieser Kinder nun erwachsen sei, teilweise verheiratet und auf Grund der Ausbildungen gute Anstellungen hätten.

3. Absatz
Eltern der Kinder

Jeder Elternteil bezeugt, dass Thomas Heger ihn persönlich um Erlaubnis zur Reise des Sohnes gefragt habe. Da in der Vergangenheit nie über Heger etwas Negatives berichtet worden sei und er allgemein ein hohes Ansehen genieße, habe man als Vater oder Mutter absolut keine Bedenken zur Reise gehabt.

Verwandte und Freunde der Kinder

Der Kagawad, Franco, Marielou, Jonathan und Silas bekunden in dem Kapitel, dass Thomas Heger bereits über 12 Jahre Kinder und Jugendliche im Dorf unterstütze und das niemals etwas Schlechtes über den Deutschen bekannt geworden sei und dass an seiner Unschuld überhaupt keine Zweifel bestünde.

4. Absatz
Der Zeuge erklärt, dass er, nachdem er von der Verhaftung Hegers gehört habe, sofort nach Tugalm City gereist sei, um Heger seine volle Unterstützung zukommen zu lassen. Jeder Elternteil bezeugt, beim ersten Wiedersehen seinen Sohn zu einem vermeintlichen Missbrauch befragt zu haben. Der Sohn habe dies kategorisch verneint. Dann gibt der Zeuge zu

Protokoll, dass Heger nur deshalb im Hotel übernachtet habe, da er, wegen der vielen Baustellen zwischen Sendong City und Tugalm City und der damit erheblich verlängerten Reisezeit nicht mitten in der Nacht nach Sendong City hat zurückkehren wollen. Die Stadt Sendong City sei bekanntermaßen nicht sicher in der Nacht und es sei nahezu unmöglich gegen Mitternacht eine Motorela, die ins Dorf fährt, zu finden. Auch die Tatsache, dass Thomas Heger die Dame vom Empfangstresen gefragt habe, ob das Schlafen mit den Kindern im Hotel ein Problem darstelle und die Rezeptionistin darin überhaupt kein Problem gesehen habe, wird vermerkt. Die Mutter oder der Vater führt weiter aus, nach der Erzählung des Sohnes, hätten sich alle Kinder ohne Straßenhosen schlafen gelegt, da es im Raum wegen der abgeschalteten Klimaanlage warm geworden sei. Alle geben zu Protokoll, schockiert gewesen zu sein, als sie von der Verhaftung Hegers erfahren haben. Sie seien sehr darüber verwundert, nicht durch die Polizei, sondern durch Anrufe von der BSWD-Mitarbeiterin und aus dem TV von der Verhaftung zu erfahren. Es wird auch nicht vergessen zu notieren, dass es für die Zeugen grausam sei, Thomas Heger in Handschellen im Fernsehen sehen zu müssen.

5. Absatz

Der Zeuge erklärt, dass er die Witness Affidavit freiwillig ausführe und dass er der festen Überzeugung sei, dass alle Anschuldigungen gegen Heger haltlos seien. Es wird erneut erwähnt, dass Heger eine großherzige Person sei, die vielen Kindern neue Zukunftsperspektiven durch uneigennützigen Support ermöglicht habe. Weiter wiederholt der Zeuge, dass die Fakten und Angaben in seiner Witness Affidavit richtig und wahr seien.

Auf der zweiten Seite der Witness Affidavit unterschreiben der Zeuge und der Attorney. Dort sind auch die Registrierungsnummern und -orte des anwaltlichen Zertifikates und das Datum vermerkt.

Es dauert tatsächlich über sechs Stunden, bis alle Witness Affidavits erstellt, ausgedruckt, unterzeichnet und kopiert sind. Zwischendurch hat man sich an Junkfood und Softdrinks gütlich getan. Nun, gegen 19 Uhr, wird endlich der Alkohol aus dem Kühlschrank geholt. Franco, Silas und Jonathan besorgen gegrilltes Huhn und Schwein, die Sekretärin bereitet in der Küchenecke Reis im Reiskocher und eine schnelle Suppe. Attorney De Baron gibt den drei Jungen zusätzlich etwas Geld, sodass sie sicherheitshalber eine weitere Flasche Fundador besorgen können.

Auf die Fragen, wie es denn jetzt mit Tommy weitergehe und wann der nun entlassen werden würde und ob die Söhne schnell nach Hause kommen könnten, antwortet der Attorney nur kurz: "Machen Sie sich keine Sorgen, es ist alles unter Kontrolle. Nächste Woche wird mit dem Staatsanwalt verhandelt. Dann wird es schnelle Ergebnisse geben. Und nun ist Feierabend! Lassen Sie uns die Witness Affidavits begießen."

Der Kagawad ist vom ungebremsten Optimismus des Attorneys überrascht. Auch Rica und Marielou sind skeptisch. Sie schauen sich verstohlen an, flüstern kurz miteinander und behalten ihre Skepsis für sich, denn sie wollen die aufkommende gute Stimmung nicht trüben.

-★-

7.03. Der Rest des Tages

Das Lesen ermüdet, zumal die Zeitungen neben der Visayan-Sprache überwiegend in Englisch verfasst sind und das Level meinen sprachlichen Horizont oft übersteigt. Über mich wird nicht berichtet, vielleicht in den kommenden Samstags- oder Sonntagsausgaben. 'Am Sonntag Zeitungen kaufen' setze ich auf meine imaginäre Einkaufsliste.

'Wie es wohl den Eltern und Freunden in Attorney De Barons Office ergeht? Es ist schon nach 19 Uhr. Ob die Witness Affidavits angefertigt sind?'

Draußen ist es stockfinster, die Temperaturen werden erträglich und die Stadt erwacht zum Leben. Der Lärm der Straße dringt bis in die Zelle: das ständige Hupen, das scharfe Anfahren und die quietschenden Bremsen der Fahrzeuge. Dann das Dröhnen der vielen Motorräder mit den kleinen Motoren und den fehlenden Schalldämpfern. Dazwischen die fliegenden Händler, die schreiend gegen den Verkehrslärm ankämpfend Waren feilbieten. Ab und an schwillt Musik mit stampfenden Bässen heran, um dann sofort wieder abzuebben. Sammeltaxen als fahrende Stereoanlagen: entweder Minibusse oder Motorräder mit Anbauten für die Fahrgäste. Halbwüchsige übertönen sich aggressiv, um die Ziele der Fahrzeuge bekanntzugeben und um Fahrgäste zu gewinnen. Neben der Straße werden sicherlich gerade die Grills für das Barbecue angefeuert und die Straßenrestaurants aufgebaut.

Auch die Disco auf dem Platz vor dem Polizeigelände läuft sich scheinbar warm, denn die Bässe dröhnen bereits.

Genau vor einer Woche bin ich noch frei in Sendong City in einem Restaurant gewesen. Habe gegrilltes Huhn gegessen und dazu ein köstliches kaltes Bier getrunken. Beim Gedanken an ein kaltes Bier läuft mir das Wasser im Mund zusammen. Ein Bier ist jetzt unerreichbar und das ist schwer zu ertragen.

'Das Leben genießen, einkaufen und Geld ausgeben', kommt mir in den Sinn. Im Kopf rechne ich die Ausgaben zusammen: 'Das sind seit Samstag jeden Tag 20.000 Piso gewesen. Also sechs Tage und jeden Tag etwa 400 Euro. In Summe sind das etwa 2.400 Euro. Plus die 120.000 Piso für den Attorney, was umgerechnet auch etwa 2.400 Euro entspricht.' Ich erschrecke und stöhne in Richtung des Teppichs aus Spinnweben an der Unterseite des Bettes über mir: "Oh, mein Gott! Das sind schon 4.800 Euro und das in nur sechs Tagen! Mit welchem Ergebnis? Das Ergebnis ist, ich sitze im stinkenden und finsteren Loch!" Die Kerze, die auf dem Fußboden flackert, beleuchtet die Situation ein wenig. Beim Observieren der Spinnweben bemerke ich eine Spinne in der Größe eines Daumennagels, die eine Fliege einspinnt und für das Aussaugen vorbereitet.

Frust kommt auf: "Das Aussaugen muss aufhören! Die Eltern und die Freunde müssen zurück ins Dorf, die Kinder raus aus dem BSWD oder das essen, was im Heim gekocht wird. Das Grundproblem bin ich und meine verdammte Lage! Ich muss hier endlich raus. Mach was, Tommy!"

Nun stehe ich an der Zellentür und blicke in die schwüle Tropennacht. Die zwei Halogenstrahler sind scheinbar kurz vor dem Ende der Lebensdauer und bescheinen deshalb den Zellenvorplatz nur noch dürftig. Das diffuse Licht der Strahler in Kombination mit den bunten Lichtblitzen der Kirmes oder was das auch immer für ein Fest sein mag, wirken unter den Palmen und den gewaltigen Mahagonibäumen fast gemütlich. Es fehlen nur das Meer, die Freunde, das gute Essen und das Bier und schon könnte man meinen, am Strand in einem Resort zu sein. Glücklich und unbesorgt das Leben und die Freiheit genießen.

Die graue Katze schleicht vorbei, verharrt in der Vorwärtsbewegung, dreht neugierig den Kopf zu mir, erblickt mich, miaut auffordernd und springt davon. "Verhöhnt die mich?", frage ich in die Nacht und bin ärgerlich. "Dieser blöden Katze geht es besser als mir! Die ist frei und kann tun und lassen, was sie will."

Die Wut und der Frust rumoren in mir: "Verdammt noch mal, wer oder was gibt der Polizei das Recht, mich hier in diesem unwürdigen Kerker einzupferchen? Dann diese extrem ätzenden Medienleute. Wittern die eine Sensation? Und die Nichtregierungsorganisation im Dorf der Eltern und Kinder. Was hat das zu bedeuten? Sicherlich nichts Gutes!"

Attorney De Baron und sein hohles Schwadronieren über die Medien und die NGOs.

Ich polke porösen Rost von den Baustählen der Gittertür ab und rede gedankenverloren vor mich hin: "Diese Attorneys! Pizzaro, der sofort mit extrem hohen Haftstrafen zu hergeholten Vergehen gegen irgendwelche Gesetze gedroht hat. Das ist das Geschäft mit der Angst. Darauf falle ich nicht rein! Dann dieser Padernesto mit seinem überzogenen Angebot. Glaubt der, der könne mich abzocken oder will der das Mandat nicht? Ist das ein Abwehrangebot? Und was soll ich nur von De Baron halten? Auf der einen Seite ist er ein pomadiger alternder Frauenheld, auf der anderen Seite aber auch irgendwo witzig. Für De Baron ist alles gar kein Problem. "Nächste Woche gehen sie nach Hause!", sind seine Worte gewesen.

Über die Polizei wundere ich mich ebenfalls. Ich kratze am Rost der Stahltür: "Einerseits behandelt die Polizei mich überkorrekt und zuvorkommend, erlaubt sogar ein Treffen mit den Kindern - in ihren Augen sind die fünf Jungen meine potenziellen Opfer! - und erlauben die Kommunikation mit meiner Familie in Deutschland, andererseits die erniedrigende Festnahme, inszeniert als TV-Event. Weiter das verstörende nächtliche Waterboarding, die krude Geschichte um den Tod von Vicente Kabaltos Vater und das beharrliche Schweigen der Polizisten zu meiner Geschichte."

Das Rostblättchen, welches ich zuvor von einem Stahlstab mit dem Fingernagel abgebrochen habe, schnippe ich in die Nacht und komme zum Ergebnis: "Das passt doch alles nicht! Auf der einen Seite die genüssliche öffentliche Zurschaustellung während der Verhaftung und auf der anderen Seite diese schon merkwürdig erscheinende, überfreundliche und zuvorkommende Behandlung in der Polizeistation." Ich schüttle zum wiederholten Male den Kopf heute und erzähle leise weiter: "Asien verwirrt, erschüttert und enttäuscht mich zutiefst! Asiaten werden plötzlich undurchschaubar und unberechenbar! Zuvor war mir das nicht bewusst, habe ich es nicht sehen wollen oder durch die rosarote Urlauberbrille nicht sehen können!"

Aus den anderen Zellen höre ich leise Unterhaltungen, Seufzer und Schnachgeräusche.

Ich bin nun still, obwohl in mir, wütend und anklagend, die innere Stimme schreit: 'Das ist kein Urlaub mehr und hör endlich auf, die Armut im Land zur Romantik zu verklären! Mensch, Tommy, wohin hast du dich nur manövriert? Unwissentlich, blauäugig und dumm!'

An der Gitterstabtür atme ich einige Male tief die samtweiche tropische Luft ein und wieder aus, komme dadurch ein wenig runter und begebe mich zurück zum wackeligen Bett. Nun liege ich erneut auf der Matte und dem Kissen. Beides hat Michael, der von allen Mik-Mik gerufen wird, besorgt.

"Die Eltern der Kinder, meine Freunde hier und die Familie in Deutschland", spreche ich zur Spinne, die ruhig und unbeirrt ihr Werk verrichtet, "geben Sicherheit und Hoffnung.

Ich schließe die Augen und ermahne mich leise selber: "Schluss jetzt mit dem Grübeln, Tommy, beende die Qualen im Kopf!"

Es dauert tatsächlich nur wenige Minuten und ich bin eingeschlafen.

[Ende 7. Kapitel und sechster Tag in Haft - Freitag]

-★-

8. Kapitel - Samstag

8.00. Neuer Tag, neuer Schock

Die Armbanduhr zeigt 5:30 Uhr und es dämmert bereits. In den hohen Bäumen beginnen die Vögel mit dem täglichen Pfeifkonzert. Nah und fern geben sich die Hähne Wettkämpfe, wer am lautesten kräht! Hunde tollen herum, treiben Spiele, bellen und jaulen. Die Katze von gestern schleicht verstohlen vorüber, würdigt mich aber heute Morgen keines Blickes. Ich stehe an der Gitterstabtür und atme tief die frische Morgenluft ein.

Missmut steigt auf: 'Verdammt, ich sitze den siebten Tag im Kerker und die Welt tut so, als sei nichts geschehen!' Dennoch wird die Laune sogleich besser, denn jetzt erinnere ich mich an die gestrigen Aktivitäten der Eltern: 'Wie es wohl beim Attorney gelaufen ist? Ob alle die Witness Affidavit gemacht und dann darauf noch angestoßen haben?' Ich schmunzle und flüstere: "Die Filipinos lassen normalerweise keine Gelegenheit zum Feiern aus. Sollen sie!"

Jedes Mal, wenn ich mich vorsichtig auf das wackelige Bett setze, hoffe ich, es möge nicht zusammenbrechen. Der lauwarme Schluck aus der Wasserflasche schmeckt abgestanden. Es kommt mir die Plastiktüte mit dem Zeug darin in den Sinn. Das Zeug, welches eigentlich in eine Toilettenschüssel und mit Wasser hinuntergespült gehört. Hier gibt es weder Schüssel noch fließendes Wasser, abgesehen von Tropfen Kondenswasser, die manchmal an den Wänden herunterlaufen.

Ich rede zur Ecke der Zelle über das, was vor kurzem stattgefunden hat. Dort in der Ecke der Zelle wo sich auf dem Boden Umrisse abzeichnen, die von einem Bad stammen könnten: "Was hätte ich denn tun sollen? Etwa in die Ecke scheißen? Wie gut, dass ich von den Einkäufen ein Arsenal unterschiedlich großer Plastiktüten besitze und wie gut, dass ich den duftenden Alkohol zum Desinfizieren der Hände habe."

Die fest verschnürte Tüte liegt jetzt irgendwo hinter dem Haus. Sie ist im hohen Bogen dicht an der Hauswand entlang in die Richtung des Bades geflogen. Das ist ein idealer Ort, denn dort gibt es keine weiteren Zellen. Die Waage in mir hält sich zwischen Ekel und teuflischer Freude über die Stinkbombe: 'Hätte ich sie geradezu auf den Park- und Exerzierplatz werfen sollen? Lieber nicht! Übermorgen wird dort wieder der Appell am Montagmorgen mit dem Hissen der philippinischen Flagge stattfinden. Gar nicht auszudenken was passieren würde, wenn ein Polizist oder gar der unsympathische Mayor der Polizeistation auf die Tüte, die nach zwei Tagen in der prallen Sonne von den Gärgasen wie ein Ballon aufgedunsen wäre und unter hohem Druck stünde, tritt und die dann laut explodiert. Nun liegt die Tüte sicher im Gebüsch und vergammelt.' Müßig, daran weitere Gedanken zu verschwenden.

"Ein Königreich für einen starken Kaffee!", seufze ich wehmütig. Was vor der Verhaftung einfach und völlig normal gewesen war, ist jetzt kompliziert oder unerreichbar. "Verdammt!", ermahne ich mich selber laut, "Komme nicht wieder in dieses unsägliche Gedankenkarussell. Das bringt nämlich nichts außer Kopfschmerzen."

Ich muss wieder eingeschlafen sein, denn das Scheppern der Gitterstabtür, das Klimpern der Schlüssel und das Rufen dringen wie durch einen zähen Nebel zu mir: "Mr. Heger, Dusche, Frühstück und Besuch wartet auch schon!"

'Diese sympathische und liebgewonnene Stimme kenne ich', wabert es durch mein Gehirn. Sofort bin ich hellwach: "Officer Sarang, wie schön Sie zu hören und zu sehen! Wer ist es denn?"

"Lassen Sie sich überraschen, Mr. Heger!"

Mit Handtuch und Seife bewaffnet, marschieren wir direkt zum Bad der Polizeistation. Unter der Dusche wiederhole ich Officer Sarangs Worte: "Besuch wartet auch schon. Lassen Sie sich überraschen!" Die Neugierde treibt mich zur Eile: 'Wer mag der frühe Besucher sein?' Beim Umlegen der Uhr sehe ich, dass es schon fast acht Uhr ist.

Mik-Mik und seine attraktive Ehefrau Vicente springen von der Sitzecke auf, als ich mit noch feuchtem Haar das Büro von Officer Sarang betrete. Die Begrüßung ist stürmisch, herzlich und ungewohnt emotional. Vicente erscheint gelöster. Das liegt wohl daran, weil andere Freunde aus dem Dorf nicht anwesend sind. Vicente ist von allen Müttern die Jüngste und hat neben Rica und Lang offensichtlich einen schweren Stand. Sams Mutter Rica könnte gut und gerne Vicentes Mutter sein. Vicente hat ihren ältesten Sohn Philipp schon sehr früh bekommen. Sie tupft sich Tränen aus den Augenwinkeln, während wir uns setzen.

"Es ist sicher dem netten Officer Sarang zu verdanken, dass Ihr zwei so früh schon hier sitzen könnt?"

Vicente und Mik-Mik nicken zufrieden in Richtung Officer Sarang, der gerade Wasser kocht. Auf dem Tisch stehen schon Tassen, liegen Tütchen mit Nestlé 3 in 1 Instantkaffee und aus der Papiertüte duftet es verführerisch nach frischen warmen Pandesalbrötchen.

"Wie war Euer Nachmittag gestern bei Attorney De Baron?"

"Sehr gut, Tommy, wir haben alle die Witness Affidavits gemacht!", freut sich Vicente und reicht mir zwei Seiten mit der Überschrift "Witness Affidavit" und einem blauen Stempel "Kopie" darauf.

Es ist die Zeugenaussage von Vicente Kabaltos.

Ich überfliege das in einfachem Englisch geschriebene Dokument und stelle fest: "Sehr schön, alle wichtigen Informationen sind vorhanden. Hier und da ist es mit meiner Hilfe für die Kinder aus dem Dorf ein wenig zu dick aufgetragen, aber das soll wohl so sein. Ich denke, um den Staatsanwalt zu beeindrucken."

Mik-Mik und Vicente nicken und wir schütten das Kaffeepulver in die Tassen. Vicente reißt die Papiertüte auf. Leckere Pandesalbrötchen und Zuckerschnecken präsentieren sich. Officer Sarang kommt im richtigen Augenblick mit dem heißen Wasser dazu. Das Frühstück belebt die Sinne. Eine Minute des Glückes.

"Und habt Ihr dann noch etwas gegessen und getrunken, wie das De Baron vorgeschlagen hatte?", unterbreche ich die Stille.

"Oh, ja", stöhnt Mik-Mik. "Wir haben gut gegessen."

"Und gut getrunken", schubst Vicente ihren Mik-Mik mit kritischer aber freundlicher Miene an.

"Aber betrunken war ich nicht!", verteidigt sich Mik-Mik lachend.

"Tommy, wir sind gegen 21 Uhr mit den Teenagern zum Platz vor der Polizeistation aufgebrochen. Da ist doch noch dieses Fest mit Livemusik und Disco", erklärt Vicente.

Mik-Mik ergänzt und lacht erneut: "De Baron hat fast eine Flasche Schnaps alleine getrunken. So schnell konnten wir gar nicht gucken. Romolo wollte dann mit dem Kagawad bei einem Freund übernachten. Rica und Lang sind zurück zu Ricas Tochter. Franco ist wohl in seine Kirche gefahren. Die Disco und die Liveband waren toll. Die Teenies haben sogar getanzt."

"Ja, die tolle Disco höre ich jede Nacht und mein Attorney ist also ein Alkoholiker", entgegne ich sarkastisch.

Officer Sarang, Mik-Mik und Vicente fassen meine Rede als Scherz auf und lachen herzlich. Nun muss auch ich lachen.

"Das Fest ist dieses Wochenende vorbei, Mr. Heger. Heute Nacht soll es ein großes Feuerwerk geben", freut sich der junge Officer.

"Na, schönen Dank auch!" Jetzt schwingt der Frust deutlich in meiner Stimme mit.

"Vielleicht lässt Dich Sir Sarang mal schauen?", fragt Vicente ernst.

"Bin nicht im Dienst!", kommt es schnell vom Officer.

"Wo habt Ihr denn heute Nacht geschlafen?", frage ich die Eheleute.

Officer Sarang ist wieder mit Wasserkochen beschäftigt. Mit einem Seitenblick zum Officer flüstert Vicente verstohlen: "Im Wachturm, neben der Schranke."

"Ganz oben, da ist es gut!', erklärt Mik-Mik.

"Mit Blick über die ganze Stadt!", freut sich Vicente. Sie zwinkert dem Ehemann zu und macht ganz kurz einen Kussmund: "Es war eine schöne Nacht!"

Mik-Mik grinst verlegen und flüstert: "Nächste Nacht können wir wieder dort schlafen. Die Wärter am Tor sind okay, es ist aber ein Geheimnis!"

"Denn eigentlich nicht erlaubt", sagt Vicente schnell, da Officer Sarang zurück zur Sitzecke kommt.

"Und wie geht es den Kindern im BSWD Kinderheim?"

"Ach", winkt Mik-Mik ab, "denen geht es gut. Haben schon Freunde gefunden. Drei Rugbyboys und zwei Brüder aus einer kaputten Familie."

"Rugbyboys? Das sind doch die Straßenjungen, die Klebstoffe schnüffeln? Von denen hatten die Jungs erzählt, als wir mit ihnen in Officer Sarangs Büro zu Mittag gegessen haben."

Vicente antwortet: "Ja, diese Rugbyboys sind wirklich sehr arme Gestalten, vollkommen ohne Familie und ganz alleine auf der Welt."

Mik-Mik weiß zu berichten: "Viele von denen wollen aber irgendwann gar nicht mehr nach Hause oder in ein Heim. Ich bin mir sicher, die Drei werden es nicht lange im BSWD Kinderheim aushalten und versuchen abzuhauen."

Officer Sarang bestätigt das und seufzt: "Und wir haben mit den Früchtchen unsere Heidenarbeit!"

So erzürnt habe ich Officer Sarang noch nicht erlebt, der fährt fort: "Stehlen, betteln, ziehen sich zuerst Klebstoffe und dann Drogen rein, werden die Runnerboys der Drogenbarone oder handeln selber mit Drogen und vor allem belästigen sie die Leute. Das gibt kein gutes Bild für unser Land und den Tourismus."

Ich wechsle lieber schnell das Thema: "Gibt es etwas Neues im Dorf?"

Vicente hat plötzlich ein sehr trauriges Gesicht. Das beunruhigt mich sehr: "Vicente, dort im Dorf ist alles okay?"

Vicente sucht nach Worten: "Wir haben gestern mit meiner Mutter telefoniert. Im Dorf kreisen sehr merkwürdige Gerüchte."

Mik-Mik fällt seiner Frau ins Wort: "Es heißt, der anonyme Anruf, der bei der Polizei eingegangen war, käme aus Sendong City oder sogar aus dem Dorf, Tommy."

Vicente ist den Tränen nahe: "Es wird erzählt, Tommy, dass jemand nur auf eine Gelegenheit gewartet habe, Dich in Verruf zu bringen."

"Um Dir eins auszuwischen, Tommy!", ruft Mik-Mik ein wenig zu laut, sodass Officer Sarang, der inzwischen wieder an seinem Laptop arbeitet, kurz aufschaut.

Ich schüttle ungläubig den Kopf und stottere vor Schreck: "Mich in Verruf bringen, mir eins auswischen? Ja, aber warum denn? Habe ich Feinde im Dorf? Das wäre mir neu. Alle sind doch immer total nett und freundlich zu mir gewesen. Es gab nirgendwo ein böses Wort."

"Vielleicht ist jemand neidisch auf Dich, Tommy!", flüstert Vicente und führt aus: "Neidisch und verärgert, da Du dieses und jenes Kind und dessen Familie unterstützt hast, aber eben nicht das Kind des Anrufers. Vielleicht deshalb, Tommy."

"Ja, aber wer erzählt denn so etwas und wer soll das sein?"

"Tommy, das sind doch nur Gerüchte! Darauf solltest Du nichts geben. Typisches Dorfgequatsche. Ich habe gehört, dass der oder die das gesagt hat, was wiederum der oder die von dem oder der gehört hat und so weiter und so weiter. Dummes Gerede ist das, Tommy!" Mik-Mik wischt den Schweiß von seiner Stirn und stöhnt: Ich könnte jetzt eine Zigarette gebrauchen, aber hier im Büro darf man nicht."

Die Gerüchte im Dorf verwirren und beunruhigen. Mir erscheint das Büro des Officers plötzlich zu eng und zu muffig. Es ist heiß und das Atmen fällt schwer. Ich muss raus, brauche frischen Sauerstoff und werde hektisch: "Officer Sarang, entschuldigen Sie die Störung, aber wäre es okay, ich unterhalte mich am Zellenvorplatz weiter mit meinen Freunden?"

8.01. Unschöne Themen

Heute ist Samstag und dementsprechend sind jetzt am frühen Morgen schon einige Familien am Zellenvorplatz, die zumeist ihre Väter besuchen. Auch die Familie mit den zwei Mädchen und den zwei Jungen, die mir vor wenigen Tagen Cola und Brötchen spendiert hatten, sind schon anwesend. Die vier Kinder, die übergewichtige Mutter und der hagere Opa sitzen mit dem Vater, der mit dem Gesetz in Konflikt geraten sein muss, um eine umgedrehte Colakiste, die ihnen als Tisch dient. Wir kommen vom Office und ich passiere das Drahtzauntor, da sind die Kinder schon bei mir und begrüßen mich aufgeregt wie einen alten Freund. Der Vater pfeift sie streng zurück. Mir ist das gerade recht, denn ich bin überhaupt nicht in Plauderlaune.

Das Gerede im Dorf nervt und verwirrt: 'Ein anonymer Anrufer, der mich bei der Polizei angeschwärzt haben soll und aus Sendong City oder sogar aus dem Dorf käme. Was soll das?'

Wir suchen Colakisten, um diese als Sitzgelegenheiten und Tisch zu verwenden und nehmen Platz. Officer Sarang öffnet die Zelle, sodass ich an meine Sachen komme. Mik-Mik hat sich sofort, nachdem wir das Gebäude verlassen haben, eine Zigarette angezündet. Obwohl ich niemals in meinem Leben ernsthaft geraucht habe, dürstet es mich nach Nikotin. Die billige "More" kratzt unangenehm im Hals und mir wird beim halben Lungenzug ein wenig schwindelig.

Vicente und ihr Ehemann Mik-Mik haben sorgenvolle Gesichter. Der Missmut scheint mir im Gesicht zu stehen: 'Meine Visage ist offen wie ein Scheunentor, weil ich kein Asiat bin, der seine Emotionen hinter einem Lächeln verbergen kann.'

Meine beiden Freunde verfluchen wohl die Sekunde, in der sie den Anrufer erwähnt haben. Aber früher oder später würde ich sowieso von diesen Gerüchten hören. Vorwürfe mache ich Vicente und Mik-Mik nicht. Ganz und gar nicht, denn das junge Ehepaar ist ehrlich und unvoreingenommen sehr besorgt um mich.

Ich schlucke den Ärger hinunter: "Das dumme Gerede im Dorf, darauf will ich nichts geben. Es ändert auch nichts an meiner Situation und wirklich keiner kann die Gerüchte auf einen Wahrheitsgehalt prüfen!"

Die Zwei nicken unsicher.

In diesem Moment betreten Kagawad Jacub Castro und Romolo Taslig den Zellenvorplatz. Das älteste der vier Kinder der Familie steht plötzlich neben uns und bietet einen der raren Kunststoffstühle an. Romolo setzt sich, stöhnt und brummt etwas von schmerzenden Knien. Ich zwinkere dem Jungen und nicke der Familie zu. Die nickt freundlich zurück. Die Brüder teilen sich jetzt eine Colakiste als Sitzgelegenheit.

Kagawad grüßt die Familie ebenfalls und lacht: "Typisch Tommy, überall sofort neue Freunde."

Die Stimmung wird besser, wir grinsen und ich antworte: "Ja, das ist eine Art Magie, ein Bann, den ich über Kinder lege. Nein, ich weiß auch nicht so genau, warum Kinder mich mögen."

Vicente antwortet schnell: "Kinder spüren, wer gut oder schlecht ist."

Kaum sitzen wir, hat Kagawad auch schon die Marlboroschachtel in der Hand: "Tommy, Mik-Mik, Romolo?"

Alle greifen zu, nur Vicente raucht nicht.

Kagawad kramt aus einer Tüte kleine Wasserflaschen, mehr als genug für alle.

"Tommy, du siehst mitgenommen aus, ist der Hotelraum dort nicht nach Deinen Wünschen?", scherzt er und zeigt zur Gitterstabtür.

"In der Tat", entgegne ich mit einem schrägen Grinsen, "habe ich allen Anlass zur Beschwerde. Besonders das Badezimmer ist gar nicht zu meiner Zufriedenheit."

Wir lachen.

"Wo sind denn die jungen Leute Marielou, Silas und Jonathan? Franco schläft sicherlich noch?"

"Die kommen heute nicht, Tommy", raunt Romolo.

"Romolo, hast Du Schmerzen im Knie?"

"Nein, nein, geht schon, später besorge ich Paracetamol."

Kagawad erklärt: "Silvia fährt mit Mann und den zwei Kindern heute zum Strand. Silvias Mutter Rica, Lang, die Teenager und andere Freunde begleiten sie. Eines von Silvias Kindern hat wohl Geburtstag. Die haben dafür gestern extra ein Schwein geschlachtet. Sie bringen den Jungs im BSWD auch das Essen. Da musst Du Dich heute nicht drum kümmern, Tommy."

Romolo hustet Rauch der Marlboro aus und flucht: "Verdammt, sind die stark!"

Mik-Mik klopft Romolo auf den Rücken: "Bist Du bloß nicht gewohnt, Romo."

"Schlag mich nicht!", entrüstet sich Romolo gespielt.

Nun lachen wir herzlich und ausgelassen.

Dennoch brennt mir das unangenehme Thema "Anonymer Anrufer" unter den Nägeln: "Kagawad, ist das wahr, was ich gehört habe? Im Dorf gehen Gerüchte um, der anonymer Anrufer, der die Polizei informiert hat, käme aus dem Dorf?"

Kagawad scheint überrascht, dennoch erwidert er: "Meine Frau hat auch davon erzählt. Habe heute früh mit ihr telefoniert. Aber ehrlich, Tommy, das ist Gerede. Vergiss das. Das ist doch immer so, egal was auch passiert, sofort kocht die Gerüchteküche hoch und sofort wird die Geschichte blutiger, als sie wirklich ist oder wird mit falschen Informationen interessanter gemacht."

Nach Kagawads Ansprache bin ich etwas entspannter: "Ist auch egal, woher der Anruf gekommen ist, denn das ändert nichts an meiner desolaten Situation. Aber kann es nicht doch sein, dass da jemand neidisch oder verärgert ist, weil ich nicht sein Kind und nicht seine Familie unterstütze?"

Wieder ist es Kagawad, der antwortet: "Der Neid untereinander ist manchmal sehr groß, noch dazu, wenn die Leute mit ihrem Besitz prahlen. Mit einem neuen Motorrad zum Beispiel, auch wenn es auf Kredit läuft. Vielleicht haben einige Deiner Kinder, Tommy, die Du unterstützt, geprahlt. Es kann schon sein, Tommy, dass Dir einer mit dem Anruf bei der Polizei wirklich nur einen Denkzettel verpassen wollte."

"Und nicht ahnen konnte, was für eine Geschichte daraus erwächst", ergänzt Vicente traurig.

Romolo spuckt aus und krächzt: "Die Leute, Tommy, sind dumm. Wie die Kinder haben sie keine Ahnung davon, was sie anrichten."

Kagawad, Vicente und Mik-Mik nicken.

Das Thema wird mir zuwider und ich hole meine Geldbörse aus der Hosentasche: "Oh, schon fast 11 Uhr, wir müssen uns um das Mittagessen kümmern."

Romolo trinkt den Rest des Wassers, rülpst und antwortet: "Tommy, warte! Ricas Tochter wollte was bringen lassen. Gegrilltes Schwein und so."

"Lecker, Lechon Baboy! An der Bambusstange gegrilltes Schwein. Mir läuft das Wasser im Mund zusammen!"

Die Stimmung ist nun gut. Es folgen Sekunden des Schweigens. Auf Kagawads Stirn stehen plötzlich Sorgenfalten, scheinbar denkt er über etwas nach.

'Seine Emotionen spiegeln sich in seinem Gesicht. Ist er mir deshalb so sympathisch?' Ich frage ihn direkt, da mich sein Gesichtsausdruck beunruhigt: "Kagawad, ist noch etwas? Vielleicht zum Thema Attorney? Wie war es gestern dort?"

Kagawad sucht sichtlich nach Worten. Ein paar Züge später aus der Zigarette, antwortet er: "Der Attorney ist okay. Ich habe mich mit ihm auch gut unterhalten, solange er noch nüchtern gewesen ist."

Wir lachen, doch Romolos Lachen endet in einem Hustenanfall. Vicente klopft dem Onkel besorgt auf den Rücken.

Kagawad fährt fort: "Attorney De Baron hat seine Verwunderung darüber geäußert, dass Dich niemand davor gewarnt habe, mit den Kindern alleine zu reisen."

Eine Sekunde bin ich über das Gehörte erstaunt Frust steigt auf und ich bin resigniert: "Das ist jetzt zu spät, Kagawad. Wenn ich das Gesetz gekannt hätte, welches es verbietet, mit Kindern unter zwölf Jahren im Hotel zu übernachten, wäre ich weder hierher gereist noch würde ich hier in dieser Stadt übernachten."

"Das hätte ich Dir sagen können, Tommy", antwortet der Kagawad ruhig, "aber ich hatte weder Kenntnis von der Reise noch vom Übernachten im Hotel. Die Eltern, Tommy, die Eltern kennen sich mit diesem Gesetz auch nicht aus."

Ich reibe mit den Händen mein Gesicht und die Augen: "Zu spät, Kagawad, es ist zu spät!"

"Ja, zu spät, Tommy", antwortet der Kagawad nachdenklich.

"Aber was ist mit dem Hotel? Ich habe noch großspurig gefragt, ob es ein Problem sei, mit den fünf Jungs im Hotel zu schlafen. Die Rezeptionistin hat die Jungs auch gesehen. Sie wusste also, dass philippinische Jungen in meiner Begleitung sind. Das Hotel muss die Gesetze doch kennen?"

"Vielleicht war der Hoteldame nicht klar, dass einige Kinder unter zwölf gewesen sind", spricht Vicente leise.

"Die wollen Zimmer vermieten, Tommy! Business, business!", antwortet Kagawad nüchtern.

"Das ist eine blöde Geschichte! Ich bin ins offene Messer gerannt!"

Kagawad nickt betreten. Vicente weint wohl gleich und auch Mik-Mik und Romolo haben hängende Mundwinkel.

In dem Augenblick schreiten gut gelaunt und fröhlich die drei Teenager Marielou, Silas und Jonathan durch das Drahtzauntor.

"Tommy!", ruft Marielou heiter und stellt eine große Tüte auf die umgedrehte Colakiste. "Tommy, wir haben total leckere Sachen für Euch!"

"Wir haben auch großen Hunger, Marielou."

Silas und Jonathan haben schnell drei weitere Getränkekisten organisiert und die Teenager sitzen nun darauf. Silas fixiert sofort die Schachtel Marlboro auf dem provisorischen Tisch.

Kagawad schiebt mit dem Zeigefinger die Schachtel ein wenig zu Silas, der schaut mit unschuldigem Blick zum Papa und Romolo zuckt nur ganz kurz, für die anderen kaum sichtbar, mit den Augenbrauen.

Die Jungen greifen beherzt zu.

-★-

8.02. Der Rest vom Samstag

Die fröhlichen Teenager und die Speisen der Mütter Rica und Lang vertreiben meinen Missmut. Ich will jetzt auch einfach nichts mehr über die Quelle des anonymen Anrufs, die Gleichgültigkeit des Hotels oder meine Unwissenheit zum philippinischen Gesetz hören. Genug ist genug und diese Themen sind nicht zielführend. Ziel ist eine schnelle Entlassung, um dann legal oder illegal so schnell wie möglich das Land zu verlassen.

Das Essen ist reichhaltig und vorzüglich. Wir sind schnell satt und genießen nach der Nachspeise, einem klebrigen süßen Milchreis, die kalte Cola und wie soll es anders sein - eine Marlboro. Die unangenehmen Themen treten in den Hintergrund, viel mehr Sorgen mache ich mir über meinen neuen Lifestyle: Zigaretten, Coca-Cola, Schweinefleisch, Zucker. Von allem viel zu viel! Demgegenüber steht die völlig unzureichende körperliche Betätigung. Deshalb stehe ich nun auf und gehe die wenigen Schritte, die der enge Zellenvorplatz hergibt. Die meisten Besucher der Häftlinge sind schon gegangen. Der verbliebene Rest grinst mich an und grüßt freundlich. Heute aber ohne „Hey, Joe."

Marielou, Jonathan und Silas erheben sich ebenfalls, flüstern miteinander, beginnen aufzuräumen und werfen sich dabei scheue Blicke zu. Sie wirken, als hätten sie etwas auf dem Herzen.

„Tommy", beginnt Marielou verlegen, „wir wollen jetzt zum Strand, um mit Silvia und den anderen Geburtstag zu feiern."

„Das ist schön", erwidere ich und setze mich zurück zu meinen Freunden.

„Ist das okay für Dich, Tommy, dass wir jetzt losziehen?", fragt Jonathan.

„Und später gehen wir zur Disco", wirft Silas ein.

„Das Feuerwerk wollen wir uns auch angucken", ergänzt Jonathan voller Vorfreude.

Marielou räuspert sich: „Tommy, wenn Du uns vielleicht eine Kleinigkeit geben könntest?"

Ich setze eine fragende Miene auf, weiß natürlich, was die Teenager wollen, will sie aber noch ein wenig zappeln lassen.

„Für den Bus, Tommy, um an den Strand zu kommen", hilft Silas Marielou, „ist nämlich außerhalb von Tugalm City."

Mik-Mik, Vicente, Kagawad und Romolo grinsen breit.

„Und für Zigaretten?", lache ich und löse die Spannung.

Silas und Jonathan antworten beide mit unschuldigen Gesichtern: „Nein, niemals! Wir doch nicht!"

Nun lachen alle.

Mik-Mik springt auf: „Tommy, schau mal, wer an der Schranke steht!"

„Wer?"

„Franco!", ruft Silas.

Eilig gebe ich den drei Teenagern jeweils 500 Piso: „Steckt schnell ein, Franco muss nicht alles wissen."

Die Drei sind außer sich vor Freude.

„Tommy, morgen früh besuchen wir Dich und bringen Donuts! Okay?"

„Prima, Marielou! Macht das und viel Spaß heute!"

„Und Kaffee, Tommy", erhebt sich Jonathan, „wir wissen, dass Du immer gerne Kaffee trinkst."

„Tommy, wir müssen morgen noch etwas Wichtiges mit Dir besprechen", sagt Marielou ernst und beginnt sich zu verabschieden.

Ich nicke und kann mir denken, worum es geht.

Die zwei Jungen verabschieden sich ebenfalls und die Drei haben es nun eilig.

Auf halbem Weg zwischen Schranke und Zellenvorplatz wechseln sie kurze Worte mit Franco.

-★-

Ich wende mich an den Kagawad: „Hast Du mit Attorney De Baron darüber gesprochen, dass man diese Angelegenheit auch durch die Hintertür klären könnte? Der Attorney hat so etwas in der Richtung angedeutet."

„Weißt Du, Tommy, De Baron ist so schnell betrunken gewesen, da bin ich gar nicht lange zum Unterhalten gekommen."

Romolo lacht: „Kampftrinker!"

Vicente, Romolos Nichte, kommentiert: „Na, da müsstet Ihr Zwei, De Baron und Du, Euch doch prächtig verstehen."

Romolo knufft leicht seine Nichte.

Mik-Mik spielt Empörung: „Hey, schlage meine Frau nicht!"

Wir sind ausgelassen und lachen fröhlich.

„Na, hier ist ja eine tolle Stimmung", kommentiert Franco, der gerade eintrifft, die Situation.

„Wir lassen uns halt nicht fertig machen, Franco", antworte ich selbstbewusst und komme zum Thema zurück: „Wäre denn das überhaupt ein Weg, Kagawad?"

Franco fixiert die Tupperdosen mit dem übrig gebliebenen Essen.

„Greif zu!", fordere ich Franco auf.

Kagawad hat inzwischen die Zigarette geraucht. Er hustet in die hohle Hand: „Möglich ist der philippinische Weg schon."

„Ja und wie?", rufe ich spitz. "Ich muss hier endlich raus. Die gesamte Situation ist unerträglich!"

Franco horcht bei den Worten „Der philippinische Weg" auf. Mit vollem Mund sagt er: „Tommy, ich habe mit De Baron auch darüber gesprochen. An die Polizistinnen kommen wir nicht mehr heran."

„Das ist in der Tat zu spät!", wirft Kagawad ein.

Franco schluckt seinen Bissen runter, nimmt einen Schluck Cola und fährt fort: „Nächste Woche, Tommy, geht die Sache an den Oberstaatsanwalt. Dann werden wir sehen, welcher Staatsanwalt den Fall bekommt."

„An den müssen wir ran, Tommy!", schneidet Kagawad Franco das Wort ab.

Franco nickt und isst mit gesundem Appetit weiter. Wir genehmigen uns noch eine.

Vicente schaut ihren Gatten und Onkel Romolo mit kritischem Blick an: „Ihr solltet das Rauchen wirklich reduzieren."

Ich fixiere die Zigarette zwischen meinen Fingern und bekomme ein schlechtes Gewissen: „Vicente hat wie immer recht!"

Wir lachen erneut.

Vicente verzieht das Gesicht: „Ihr seid ekelhaft."

‚Soll ich die Frage „Was kostet der philippinische Weg" stellen?', überlege ich kurz, komme dann aber zum Schluss: ‚Lieber nicht. Es ist nicht gut, im Beisein von so vielen Freunden über wahrscheinlich sehr große Summen zu diskutieren. Nein, da frage ich den Attorney lieber unter vier Augen.'

„Attorney De Baron will mich am Montag besuchen kommen, da rede ich mit ihm über den philippinischen Weg." Damit beende ich auch dieses unangenehme Thema heute. Dennoch lässt mir das erste Thema keine Ruhe und ich wende mich an Franco: „Hast Du das gehört, dass der anonyme Anrufer wahrscheinlich aus Sendong City oder sogar aus dem Dorf kommen soll?"

Franco verschluckt sich, ihm fällt ein großes Stück Schweinefleisch und etwas Reis zurück auf den Teller. Vicente hält dem Cousin sofort den Becher Cola vor das Gesicht.

Franco hustet und stottert: „Was, Tommy, aus Sendong, niemals!"

„Das glaube ich ja auch nicht, Franco. Alles nur Gerüchte."

Auch Kagawad ist wohl vom Thema genervt. Er winkt ab: „Tommy, lasse die Gerüchteküche kochen und gebe da nichts drauf."

Vicente wird ernst und energisch: „Tommy, das ist wirklich dummes Gerede."

Franco schüttelt ungläubig den Kopf.

Mit einem Seitenblick bemerke ich, dass es nur noch fünfzehn Minuten bis 16 Uhr sind. Ich stöhne: „Gott, die Zeit fliegt dahin!" und krame das Portemonnaie hervor. „Ich gebe jedem von Euch 1.000 Piso. Dann könnt Ihr Euch ein wenig amüsieren. Mik-Mik, bringe mir bitte zwei Tageszeitungen, ein großes Wasser, ein bisschen Kuchen und Kaffee. Brauche ich sonst noch etwas?"

„Marlboro?", kommt es von Mik-Mik wie aus der Pistole geschossen.

„Mik-Mik, Du hast doch gehört, was Vicente heute empfohlen hat: Wir sollen weniger Rauchen. Aber gut, bringe eine Schachtel. Nicht für mich, für die Wärter." Ich lache.

„Kein ATM heute?", fragt Franco kurz angebunden. Er steht schon und hat es plötzlich eilig.

„Nein, nicht nötig. Heute Pause vom ATM."

Ich gebe Mik-Mik 500 Piso für meine Dinge, dann kommt auch schon der Wachmann: „Sir, wäre heute Telefonieren mit meiner Familie möglich?", frage ich schnell.

„Oh, das tut mir leid. Die Polizistinnen sind schon weg, brauchen auch mal 'ne Auszeit."

„Und Officer Sarang ist auch außer Dienst", flüstere ich gedankenverloren. Franco steht schon am Drahtzauntor. Ich rufe ihn zurück: „Franco, ich gebe Dir 200 Piso, kaufe Load für

Dein Cellphone und sende eine SMS an meine Marie oder Sabine: "Telefonieren geht heute nicht, aber vielleicht morgen."

Wir verabschieden uns herzlich. Vicente hat wieder Wasser in den Augen, als sie sich zum Gehen abwendet.

„Bis morgen, Freunde!", rufe ich der Gruppe nach.

„Halte durch, Tommy!", hallt es von der tristen Wand der Polizeistation wider."

Das Schloss knackt bedenklich und die Tür quietscht beim Verschließen der Zelle erbärmlich.

Nun heißt es - wie so oft - in Geduld fassen. Hinter der Zelle, auf dem kleinen Streifen voller Unkraut, dort wo die Tüte mit den Exkrementen liegt, ist etwas im Gange. Es streiten sich mehrere Hunde, ein kurzes Jaulen und dann ist Ruhe. Ich begebe mich zurück zur Gitterstabtür. Ein größerer räudiger Hund, gefolgt von zwei weiteren Straßenkötern, rennt mit einer aufgerissenen Tüte im Maul am Zellenvorplatz vorbei. ‚Oh, Gott, das ist meine Tüte mit der Scheiße darin!', erkenne ich voller Ekel. Die Meute verschwindet an der Gebäudeecke. ‚Also, das Problem der Müllentsorgung ist ja dann gelöst.'

Der Wachmann kommt, bringt eine dünne Tageszeitung in englischer Sprache, den großen Kaffee, ein Tütchen mit drei Donuts und die Schachtel Marlboro. Drei Zigaretten trete ich sofort an ihn ab.

Es ist bereits 16:15 Uhr. Zeit den Tag gemütlich mit den von Mik-Mik besorgten Dingen zu beenden.

[Ende 8. Kapitel und siebter Tag in Haft - Samstag]

9. Kapitel - Sonntag

9.00. Michael (Mik-Mik) und seine Vicente

Das Feuerwerk beginnt gegen Mitternacht, aber durch die Gitterstabtür und den Fensterspalt ist nur wenig davon zu sehen. Die Gebäudewand der Polizeistation und der Platz vor den Zellen mit den hohen Bäumen leuchten und blitzen jedoch immer wieder in allen Farben auf. Begleitet wird das Spektakel von den Donnerschlägen und dem Jauchzen und Jubeln der Menschen draußen und der Insassen in den anderen Zellen.

Ich spüre einmal mehr die Stacheln der Einsamkeit, der Traurigkeit und schließlich der Frustration. 'Verdammt, wofür und warum entzieht man mich dem Leben?', frage ich mich und ermahne mich sofort leise: "Komme nicht wieder in diese Gedankenspirale. Denn nach der Frustration folgt die Wut und was bitte soll ich mit der Wut hier anfangen? Das marode Bett kaputt hauen, gegen die Wand boxen, laut an der Tür rütteln oder wie in einer Gummizelle bis zur Besinnungslosigkeit brüllen?"

Nun wird mir klar, warum es in der Zelle kein Bad gibt. Die Toilette und was sonst dort gewesen ist, sind sicherlich zerschlagen worden.

Also lege ich mich wieder auf das Bett. Die Kerze flackert auf dem Boden, der Lion Tiger-Moskitokiller glimmt und verbreitet einen Duft von Räucherstäbchen. Der Bass der Disco lässt das Bett ab und an erzittern und dringt sogar manchmal bis zu meinem Magen vor. Irgendwann falle ich dann doch in einen unruhigen Schlaf. In meinen kurzen Wachphasen höre ich die Disco, die bis in die frühen Morgenstunden geht. Vielleicht habe ich insgesamt etwa vier Stunden geschlafen.

Nun liege ich auf dem Bett und sie spielen „The Power of Love", diese grauenhafte Version von Jennifer Rush. Danach ist endlich Schluss mit Disco. „Ja, dieses Lied würde ich auch spielen, wenn ich eine Party hätte und meine Gäste vergraulen will." Ich lache leise über meinen eigenen Scherz. Viel lieber würde ich jetzt etwas Anspruchsvolleres hören. Pink Floyd, Alan Parson, Faithless oder etwas Klassisches würden mich bestimmt auf andere - bessere - Gedanken bringen.

Fünfzehn Minuten später reicht der gut beleibte Wachmann einen großen Becher Kaffee und ein Tütchen Dunkin' Donuts durch die Gitterstabtür. Ich denke, das kommt von den Teenagern. ‚Haben die sich etwa so lange auf dem Platz vor der Polizeistation vergnügt? Warum nicht! Ob Mik-Mik und seine Vicente wieder im Wachturm schlafen durften, mit fantastischer Aussicht auf das Feuerwerk? Dass es überhaupt möglich ist, dort zu schlafen. Wir sind auf den Philippinen und hier läuft so einiges anders. Im positiven wie im negativen Sinne.'

Der Kaffee und die leckeren Donuts beleben die Sinne und unglücklicherweise auch meine Verdauung. Es ist 5:25 Uhr. ‚Nein, der Schließer wird frühestens gegen sechs, wenn nicht sogar erst gegen sieben Uhr aufkreuzen.' Also, Business as usual und das Geschäft wie gestern Nacht erledigen. Dann die Tüte gut verknoten und an den selben Ort wie gestern werfen. ‚Ob die Straßenköter wieder die Entsorgung erledigen?', frage ich mich und stelle fest: ‚Wie gut, dass ich noch die alten Zeitungen, Wasser, Seife, Handtuch und Alkohol besitze.'

Jetzt gegen 5:45 Uhr ist es hell genug, sodass ich mir die Zeitung von gestern noch einmal vornehmen kann. Zu meiner Story ist nichts zu finden. Ich vertreibe mir die Zeit mit Sudoku. Viel lieber würde ich in einem guten Krimi schmökern. Håkan Nesser und sein tolles Werk „Barins Dreieck" würde gut zu meiner absurden Situation passen. Etwas vordergründig Lustiges von Peter Høek, wie „Die Kinder der Elefantenhüter" wäre ebenfalls gut, um wenigstens mental diesem unwürdigen Ort für kurze Zeit zu entfliehen.

Heute bricht der achte Tag in Haft an und ich merke, dass ich die letzten Tage ziemlich paralysiert gewesen bin. Wahrscheinlich bin ich es zu einem guten Teil immer noch. Aber die Erinnerungen an geliebte Bücher und Musik kehren zurück. Ein guter mentaler Status ist jetzt besonders wichtig, denn ich werde meine gesamte Kraft für diesen Kampf benötigen.

Bei jeder Bewegung wackelt das Bett bedenklich und ich flüstere zum Teppich aus Spinnweben über mir: „Verdammt, es muss doch eine Lösung geben! Denke nach, Thomas Heger! Krisenmanagement ist gefragt. Problem analysieren, Lösungsmöglichkeiten erarbeiten, beste Lösung auswählen und umsetzen. Das kann doch nicht so schwer sein! Aber das erste Problem ist schon, nicht zu wissen, wer der Gegner ist. Polizei? Staatsanwalt oder sogar das Jugendamt BSWD?

Dieser anonyme Anrufer - der verdammte Idiot - hat den Stein ins Rollen gebracht. Ich fürchte, ich werde nie erfahren, wer das gewesen ist. Gut, da ist dieses Gesetz, welches es untersagt, sich mit Kindern unter zwölf Jahren in einem Hotel aufzuhalten, geschweige denn dort zu schlafen. Es sei denn, es besteht ein verwandtschaftliches Verhältnis oder es gibt einen sozialen Auftrag."

Meine linke Hand pocht und ich blicke vorsichtig unter das Pflaster. Der Ritz, der von der Handschelle herrührt, ist entzündet. ‚Also Pflaster, Wundsalbe und Jodtinktur kaufen lassen.'

Ich rede leise vor mich hin: „Wie heißt es im Gesetz? Dort ist die Rede vom „Sozialen Auftrag." Was habe ich dazu zu bieten? Ich habe die Witness Affidavits der Eltern. In den Zeugenaussagen ist festgehalten, dass wir Dinge für die Schule kaufen wollten. Weiter, dass wir nur aufgrund der verlängerten Reisezeit im Hotel geschlafen haben, da ich nicht mit den Kindern mitten in der Nacht auf den unsicheren philippinischen Straßen unterwegs sein wollte. Das Schlafen im Hotel ist zum Schutz der Kinder und mich gewesen. Ich habe die Verantwortung für die Jungen gehabt. Das muss ich in meiner Aussage beim Attorney unbedingt auch darlegen und als wichtig markieren." Plötzlich bin ich genervt, weil ich merke, mich schon wieder gedanklich im Kreis zu drehen.

Meine Gemütslage verfinstert sich. Erneut rede ich mit mir selbst: „Verdammt, ich zerbreche mir ständig über den gleichen Mist den Kopf und komme auch immer wieder zum gleichen Ergebnis: Ich kann in diesem Moment nichts tun und irgendwann muss ich die richtigen Leute von meinen Argumenten überzeugen und das wird wohl der Staatsanwalt sein. Bin ich denn die Person, die die Zügel noch in der Hand hält? Planen kann ich eine Menge, aber auch Umsetzen? Sehe ich die Welt richtig oder überschätze ich meinen Handlungsspielraum nicht gerade gewaltig?"

Dann bin ich doch nochmal eingeschlafen, denn die Geräusche, die ich im Unterbewusstsein vernehme, kann ich zuerst gar nicht zuordnen. Erst die tiefe Stimme des Wachmanns lässt mich hochfahren: „Mr. Heger, Toilette, Dusche!"

Die Dusche mit kaltem Wasser tut ausgesprochen gut. Ich fühle mich wie neugeboren und als ich aus der Dusche trete, sitzen dort schon Vicente und ihr Mik-Mik. Da sie die ersten Besucher heute Morgen sind, haben sie drei Stühle ergattern können. Die langsam im Kreis laufenden Zombies aus den anderen Zellen beachten uns nicht.

Die Begrüßung ist wie gestern ausgesprochen emotional. Mitgebracht haben sie ofenfrische Brötchen, Zuckerschnecken und vier Becher Kaffee auf einem Träger, in dem eigentlich sechs Becher Platz finden. Vicente errät meine Gedanken, schaut sich schnell um und flüstert: „Zwei Becher haben wir an die Wachleute an der Schranke gegeben."

Wir grinsen verstohlen: „Haben die Euch also wieder erlaubt, im Wachturm zu schlafen?"

„Und wir konnten sogar die Dusche an der Rückseite des Turms benutzen", erklärt Mik-Mik. Er hat für sich eine Art

Gulasch von Leber und Nieren und Reis in kleinen Tüten mitgebracht.

„Tommy, sorry, dass wir erst so spät kommen." Mik-Mik schüttet den Reis und den Innereiengulasch auf den Pappteller.

„Wir sind erst spät zum Schlafen in den Turm gekommen. Die Disco und das Feuerwerk", freut sich Vicente.

„Kein Problem, Ihr Zwei, ich habe geschlafen. Mik-Mik, was Du da auf dem Teller hast, sieht aber gut aus."

„Tommy, möchtest Du?"

„Nein, nein, Brötchen und die Zuckerteile sind okay für mich."

„Mik-Mik macht sich nichts aus Kuchen und süßen Sachen", sagt Vicente und blickt verliebt zum Gatten.

„Außer Cola und Dich natürlich", antwortet Mik-Mik und macht ganz kurz einen Kussmund.

Wir lachen und genießen die Minuten.

„Mik-Mik und Vicente, habt Ihr einen Plan, wann Ihr zurück ins Dorf fahren wollt?" Meine Stimme klingt trauriger, als ich das will.

„Ich bleibe, Tommy!", ruft Mik-Mik sofort und zündet sich nach dem Essen eine More an.

„Ich muss leider heute zurück, Tommy. Morgen beginnt die Schule wieder und die Kleinen brauchen mich."

„Vicente, Du musst Dich nicht entschuldigen. Ich denke, alle anderen werden auch zurückreisen?"

„Rica und Lang haben gesagt, sie würden kommende Woche noch bleiben. Gerade Rica Restito hat eine sehr große Familie und fast alle Kinder sind schon groß", entgegnet Vicente und ergänzt: "Da ist immer jemand da, um auf die Jüngsten zu schauen."

„Romolo und Kagawad müssen auf jeden Fall zurück." Mik-Mik bläst den Rauch der Zigarette aus und bietet mir eine an.

Aus Gefälligkeit nehme ich eine: „Nächste Woche wird sozusagen die Woche der Entscheidung. Die Polizistinnen liefern an den Staatsanwalt und ich werde mich wohl dort verteidigen müssen. Gut, dass wir Eure Witness Affidavits schon haben und gut, dass Ihr zu mir steht!"

„Tommy, wir sind von Deiner Unschuld überzeugt!", sagt Vicente mit fester Stimme. „Du musst beten, Tommy, das hilft."

„Der Staatsanwalt wird sich dann die Kinder vornehmen", kommt Mik-Mik auf das Thema zurück.

„Na, in einer Woche sehen wir klarer." Ich fahre mir durch das Haar und das Pflaster auf dem linken Handrücken fällt ab.

Vicente erschrickt: „Tommy, Deine Hand! Das sieht nicht gut aus!"

„Ach, ja, Ihr müsst Pflaster, Jod, eine Heilsalbe und Sonntagszeitungen kaufen. Aber ich habe keine Schere oder Messer, um das Pflaster zu zerschneiden"

„Das können wir doch in der Drogerie machen, Scheren und Messer sind hier bestimmt verboten", erklärt Mik-Mik. Plötzlich fährt er sich in die aufgenähte Hosentasche, ist überrascht und flüstert: „Tommy, die Wachleute haben mich nicht gefilzt, mein Cellphone ist hier."

„Ich habe einige Häftlinge telefonieren sehen. Vielleicht ist das nicht verboten?"

„Doch, doch, verboten! Nur in Ausnahmefällen und mit Genehmigung der Officers erlaubt", flüstert Mik-Mik.

„Ich könnte schnell einen Text an meine Familie senden. In Deutschland ist es aber erst 3 Uhr in der Nacht, die schlafen bestimmt. Hier, Mik-Mik, wickele das Cellphone in mein kleines Tuch, dann gehe ich in die Zelle. Dort, wo der Müllberg gewesen ist, kann mich niemand sehen."

9.01. Gespräch unter Knaben

Die fünf Freunde aus dem Dorf, die drei Straßenjungen und die zwei Brüder aus der zerrütteten Familie haben mit kleineren Kindern und den Betreuern gerade den sonntäglichen Gottesdienst im BSWD absolviert. Der wird in einem Mehrzweckraum des Kinderheims abgehalten. Die 10 Jungen hatten die Aufgabe, den Raum vorzubereiten: Das heißt Fegen, Staubwischen, Stühle arrangieren, einen Tisch als Altar mit weißer Tischdecke, Kreuz, Bibel und zwei dünnen Kerzen dekorieren und zu guter Letzt einen Stehventilator für den Laienpastor Sir Sala aufstellen und anschließen. Nach dem einstündigen Gottesdienst liegen die Jungen nun faul auf den Betten im Schlaf- und Spielzimmer.

"Gut, dass Ma'am Solano heute nicht hier ist. Die Frau ist komisch", eröffnet Sam das Gespräch.

"Komisch?", entgegnet Aboy, "Die ist echt bescheuert!"

"Ich finde es voll gemein, dass die uns einfach unsere Cellphones abgenommen hat. Ich würde jetzt gerne Angry Birds spielen. Mir ist langweilig", seufzt Jan.

"Das dürfen die doch gar nicht, uns einfach was wegnehmen!", entrüstet sich Phil, "Ich will mit Mama und Papa telefonieren."

Phils Freunde nicken.

"Ha!", entgegnet Dodung, der Älteste der drei Straßenjungen, "Die vom BSWD dürfen alles."

"Wir sind verhaftet, haben aber überhaupt nix getan", flüstert Dan, Jans kleiner Bruder, traurig.

Der schlaksige 13-jährige Dodung antwortet erneut: "Ich habe es doch schon mal gesagt, Ihr seid nicht verhaftet. Das heißt "unter Obhut" und wenn die Geschichte vorbei ist, seid Ihr schneller zurück zu Mutti, als Ihr gucken könnt."

Dodungs Leidensgenossen, Bernie und Necko, wiederholen mit einem breiten Grinsen: "Zurück zu Mutti!"

"Aber Ma'am Solano hat gesagt, wenn wir nicht die Wahrheit sagen würden, bleiben wir, bis wir 18 Jahre alt geworden sind, im BSWD!", ruft Aboy und fügt trotzig hinzu: "Aber ich nicht! Niemals bleibe ich in diesem ätzenden Heim. Hier kann man einfach nix tun. Ich will rumlaufen, schwimmen und fischen gehen. Außerdem braucht mich mein Vater. Der hat nämlich Ahose."

"Aboy, Du meinst wohl Arthrose?", korrigiert Dodung.

"Ja, Ahose, Arose, Athrose, ist doch alles das Gleiche, oder?"

Dodung lacht laut: "Arose, Ahose, Athrose, Aboys Unterhose!"

Nun lachen alle Jungen laut.

Aboy spielt kurz verlegen mit den zwei Milchzähnen, die ihm vor kurzem gezogen worden sind, lacht dann aber auch.

Dodung kommt auf Aboys Ausführungen zurück: "Die vom BSWD lügen! Glaubt mir, die werfen Euch raus, wenn die Geschichte beendet ist. Je schneller Tommy draußen ist, desto schneller geht's ab nach Hause. Also, helft Tommy! Außerdem hat das BSWD gar kein Geld, um Euch verwöhnten Bälger durchzufüttern, bis Ihr 18 Jahre geworden seid."

Necko lacht und wiederholt: "Durchfüttern."

"Wir sind aber überhaupt nicht verwöhnt", entgegnet Dan mit kindlicher Ehrlichkeit.

"Ha, wenn Ihr jeden Tag so tolles Essen futtert wie letzte Woche, dann seid Ihr verwöhnt!", kontert Dodung. Bernie und Necko nicken und zucken bejahend mit den Augenbrauen.

"Und das Essen von Euch ist immer so lecker", schaltet sich Kyle in das Gespräch ein. Sein kleiner Bruder Albert liegt mit Kyle, wie die Brüder Jan und Dan, meistens in einem Bett. Albert streicht sich über den flachen Bauch: "Und immer so viel."

Dodung, Bernie und Necko reiben sich nun ebenfalls die ausgemergelten Bäuche.

"Aber wenn wir im Dorf sind, essen wir meistens auch nur Tamban-Fisch und Reis", berichtet Phil.

"Das ist wahr", stimmt Aboy zu, "oder wir essen anderen Fisch, den wir fangen oder Krabben und Krebse, denn wir haben alle auch kein Geld."

"Oder wir futtern Corned Beef oder Beef Loaf aus Dosen, igitt!", Sam verzieht das Gesicht.

Aboy lacht: "Oder wir klauen Kokosnüsse!"

Jan freut sich diebisch: "Oder pflücken heimlich grüne Papayas oder Mangos."

"So tolles Essen gibt es nur zu Weihnachten, zum Geburtstag oder zur Fiesta", berichtet Sam.

Dodung ist zerknirscht: "Seitdem Ihr Fünf hier seid, ist doch jeden Tag Fiesta im BSWD. Der Rummel, den die um Euch machen, ist wirklich verrückt. TV-Interview, immer tolles Frühstück und alle sind plötzlich so übertrieben freundlich hier." Die Jungen sehen ihn tief Luft holen und schief grinsen: "Das will ich auch!" Er flunkert: "Wenn ich draußen bin, suche ich 'nen Ausländer, penne mit dem im Hotel, rufe das BSWD und das Fernsehen und (er klatscht laut in die Hände) Bingo!"

"Dodung, Du spinnst!", kommentiert trocken Aboy dessen Fantastereien.

Jan sind Dodungs Gedankenspiele auch zu blöd: "Dodung, Du hast zu viel Rugbyklebe geschnüffelt."

Sam schüttelt den Kopf: "Ja, ja, Rugby."

Dodung lassen die Bemerkungen kalt.

"Hoffentlich bringen Eure Mütter heute wieder viel leckeres Essen!", ruft Kyle mit Vorfreude und mit großen Augen.

"Oh, ja!", rufen die Jungen.

Necko, der Kleinste der drei Straßenjungen, grinst sympathisch: "Ich kriege langsam 'nen Riesenhunger."

'Ein verschmitzter kleiner Kerl', denkt Jan, 'schade, dass der Rugbyklebe schnüffelt und auf der Straße lebt. Vielleicht kann der ja bei uns im Dorf groß werden? Da fällt ein Kind mehr oder weniger gar nicht auf. Ich werde meine Eltern fragen.

Aber dann', bezweifelt Jan seinen Plan gleich wieder, 'wären Dodung und Bernie ganz alleine. Das ist auch nicht gut.'

"Da ist bestimmt 'ne Menge von der Geburtstagsfeier gestern übrig geblieben!", ruft Sam fröhlich und wird sogleich ernst, "Wie gerne wäre ich am Strand dabei gewesen!", er seufzt, "Ich vermisse meine Familie."

"Ich könnte jetzt echt eine gebrauchen!", rekelt sich Dodung auf dem Bett, sodass es quietscht.

"Ne Süße oder 'ne Marlboro?", zieht Aboy Dodung auf.

"Beides!", stöhnt Dodung. Plötzlich springt er auf und setzt sich auf die Bettkante: "Heute Nacht, Ihr Hübschen, heute Nacht verduften wir!" Bernie und Necko nicken ernst.

"Und wie willste bitteschön aus dem Haus und durch das Tor kommen?", fragt Aboy skeptisch. "Die Ketten am Tor rasseln beim Abwickeln viel zu laut."

Phils Stimme überschlägt sich: "Verrammelt, vergammelt, verriegelt und versiegelt. Wir sind gefangen."

"He he, Phil, sehr witzig. Hinterm Haus ist ein kleines Loch im Zaun", flüstert Dodung.

"Das haben wir schon heimlich ein bisschen größer gemacht", freut sich Necko etwas zu laut.

"Pst, sei leise, Geheimnis!", ruft sofort Bernie. Dodung bedenkt Necko mit einem scharfen Blick.

Necko hält sich, erschrocken über sich selbst, die Hand vor den Mund.

"Und der Wachmann?", fragt ehrlich besorgt Jan, "Der verprügelt Euch vielleicht, wenn der Euch erwischt. Wenn Ihr abhaut, verliert der seinen Job!"

"Ja, an dem kommt Ihr nicht vorbei!", stellt Dan fest.

"Niemals!", ruft Aboy.

"Unmöglich!", seufzt Phil.

"Dort ist Schluss mit Eurer Reise!", Sam schüttelt heftig den Kopf.

"Der Typ und sein Job sind mir scheißegal!", antwortet Dodung mit fester Stimme und weiß zu berichten: "Ab Mitternacht pennt der sowieso, weil der vorher immer heimlich Schnaps aus einer flachen Flasche trinkt. Der Schlüsselbund mit dem Schlüssel zur Eingangstür liegt immer auf dem Tisch. Ich hab' dem schon mal Marlboro geklaut. Hat der gar nicht gemerkt." Dodung grinst und flüstert stolz: "Wisst Ihr doch!" Dann wird er ernst: "Kommt mit!"

In den Gesichtern der zwei Brüder aus der Familientragödie und den fünf Freunden aus dem Dorf ist jetzt viel Leben.

Kyle und Albert flüstern kurz miteinander, dann antwortet Kyle mit fester Stimme: "Wir sind dabei!" und schaut auffordernd die Fünf aus dem Dorf an.

Die beratschlagen sich bereits angeregt, aber leise. Sie scheinen unschlüssig und uneinig zu sein. Dann wendet sich Sam an Dodung und will gerade die Entscheidung der Gruppe verkünden.

In dem Moment schaut Ma'am Burque ins Zimmer: "Ihr Fünf, Eure Mütter und ein Vater warten unten auf dem Hof auf Euch."

9.02. Das geheime Handy

Vicente verabschiedet sich, da sie mit Rica, Lang und Romolo im Kinderheim verabredet ist. Sie wollen die fünf Jungen besuchen und ihnen das Mittagessen von Rica bringen. Mik-Mik bleibt, sodass ich weiter Besuch habe und nicht zurück in die feuchte, dunkle Zelle muss. Mit seinem Handy, das er unbewusst in seiner großen Hosentasche auf das Polizeigelände geschmuggelt hat und das nun in mein kleines Handtuch gewickelt ist, begebe ich mich in die rechte Ecke der Zelle, wo sich der Müllberg befunden hat. Dort bin ich außerhalb des Sichtbereiches der Officers.

Schnell sind Nachrichten mit dem immer gleichen Text an Marie, an meine Schwester Sabine und an meine Mutter gesendet: "Nutze heimlich Michaels Handy. Gibt es Neues von der Botschaft? Habt Ihr etwas erreicht? Ich denke nicht, heute anrufen zu können. Gr. T."

Ich überlege: 'Hier ist es 10:30 Uhr morgens, also 3:30 Uhr in der Nacht in Deutschland. Hoffentlich wecke ich meine Leute nicht.'

Sabine ruft dennoch sofort zurück: "Tommy, wo bist Du? Du nutzt heimlich das Handy von Michael?"

"Schöne Grüße, Tommy!", ruft eine zweite Stimme. Es ist meine Nichte Jessica, die Tochter meiner älteren Schwester Uta.

"Ich muss leise sprechen. Die haben Michael an der Schranke nicht gefilzt, als die hier reingekommen sind. Stellt Euch mal vor, Michael hat mit seiner Frau Vicente im Wachturm übernachtet!"

Sabine und Jessica befinden sich offensichtlich im Auto und nutzen nun eine Freisprecheinrichtung.

Sabine fragt verwundert zurück: "Im Wachturm übernachtet?"

"Ja, an der Schranke zum Polizeigelände ist ein Wachturm aus Beton. Dort haben Michael und seine Vicente heute und gestern die Nacht verbracht. Die wollten nicht im Hotel schlafen, es wäre schade um das schöne Geld, sagen sie und ich konnte die Zwei partout nicht dazu überreden. Zuerst haben sie auch davon gesprochen, bei Verwandten unterzukommen."

"Aha, im Wachturm geschlafen", wiederholt Sabine.

"Das sind die Philippinen", seufze ich, "da ist so einiges möglich, im Guten wie im Schlechten.

Jessica ruft fröhlich: "Wie geht's Dir, Onkelchen?"

"Na ja, wie soll es mir schon gehen in dieser bescheidenen Situation! Da habe ich mich in eine absolut bescheuerte Geschichte hineinmanövriert. Was für eine krude Story, Jesse. Wo seid Ihr eigentlich noch so spät in der Nacht?"

Sabine lacht: "Wieso spät? Früh!"

"Wir waren in 'ner Disse", ruft Jessica überschwänglich, "also in der Diskothek, mit einem Techno Livekonzert. Ist leider schon vorbei. War klasse. Fahren jetzt heim."

"Na, sehr schön, Ihr zwei Hübschen! Sabine, gibt es etwas Neues?"

"Nein, Tommy, gleicher Stand wie am Freitag. Das Auswärtige Amt und die Botschaften haben auch übers Wochenende geschlossen."

"Sabine, konntet Ihr das Geld anweisen? Weiß Wolfgang Schmidt aus Sendong City Bescheid?"

"Tommy, um das Finanzielle wollte sich Marie kümmern, ich habe sie gestern nicht gesprochen. Aber wir haben in Facebook eine Gruppe im Messenger eingerichtet."

"Gut, Sabine, ich muss mich dort registrieren, denn bisher habe ich kein Facebook. Ich hoffe, ich kann Montag meinen Laptop benutzen. Heute am Sonntag sind der nette Officer Sarang und die Polizistinnen nicht im Dienst. Also rechnet heute nicht mit einem Anruf von mir.

Ihr wollt bestimmt auch ausschlafen. Bei Euch ist es tiefste Nacht und bevor Ihr ins Bett kommt, wird es wohl fünf Uhr werden. Sabine, die Eltern und einige Freunde aus dem Dorf haben schon am Freitag Zeugenaussagen für mich beim Anwalt angefertigt. Du, es ist besser, jetzt Schluss zu machen. Nicht dass die Officers mich noch mit einem illegalen Handy hier erwischen, dann wäre die Sonderbehandlung wohl sofort beendet."

Plötzlich steht Mik-Mik in der Tür der Zelle "Tommy, mehr Besucher kommen!" und hält den erhobenen Zeigefinger an die Lippen.

"Sabine!", flüstere ich, "ich muss Schluss machen, die Besucher der anderen Insassen kommen. Schöne Grüße an Jesse und alle in Deutschland. Tschüss!" Ich höre die zwei jungen Damen noch das "Tschüss" erwidern. Das Gespräch beende ich, indem ich das Handy ausschalte. Dann übergebe ich es an Mik-Mik, der es in seine große Hosentasche steckt und ein kleines Tuch dazu stopft.

Der Officer erscheint mit Besuchern am Tor des Maschendrahtzauns und Mik-Mik tut so, als ob er das marode Bett inspiziere.

Wir begeben uns zurück auf die Stühle vor der Zelle.

"Hoffentlich kommt der Kagawad bald. Vielleicht auch Marielou, Silas und Jonathan mit leckerem Essen von Rica. Langsam bekomme ich Hunger. Mik-Mik, Du bleibst also kommende Woche? Das ist gut, denn ohne Dich bin ich hier vollkommen aufgeschmissen."

Mik-Mik schaut mich verwundert an, so als sei für ihn das Helfen und Mir-zur-Seite-stehen eine absolute Selbstverständlichkeit wie das Rauchen seiner Zigaretten, die er mir - jetzt auffordernd und breit grinsend - unter die Nase hält. Ich habe keine Wahl, beherzt greife ich zu, zünde mir den Glimmstängel an, täusche einen Lungenzug vor und huste mit dicken Wangen den Rauch aus und muss über die absurde Situation plötzlich laut lachen. Mik-Mik schaut erneut verwundert drein und lacht dann aber einfach mit.

9.03. Sonntags im Kinderheim

Rica und Lang warten seit mehr als zehn Minuten vor dem BSWD-Gelände auf Vicente und Romolo. Nun fällt den beiden Müttern der schief stehende Betonklotz auf, den das BSWD-Emblem ziert.

"Hast Du die Abdrücke der Sohlen auf der Seite gesehen, Lang?", wundert sich Rica.

"Ja, da muss jemand sehr wütend gewesen sein", stellt Lang nüchtern fest.

"Da kommt endlich Vicente!", ruft erleichtert Rica. Sie ist sehr ungeduldig, denn sie möchte so schnell wie möglich zum Sohn Sam. Die Begrüßung ist kühl: "Vicente, was ist mit Romolo und Deinem Mann?"

"Mik-Mik ist bei Tommy geblieben, damit der Besuch hat, sonst muss der zurück in die Zelle. Onkel Romolo hat eine SMS von mir bekommen, dass ich auf dem Weg ins BSWD bin. Ich habe aber keine Antwort erhalten. Er weiß doch, dass wir hier verabredet sind."

In dem Moment hält laut röhrend eine Motorela, aus der Romolo mit Hilfe von Silas umständlich aussteigt. Die drei Frauen schauen dem Spektakel zu.

Romolo klopft sich den Straßenstaub von der halblangen Hose und dem T-Shirt und blickt die drei Frauen verwundert an: "Na, dann los, lasst uns die Jungen besuchen." Gestützt von Silas humpelt er an den Frauen vorbei und begibt sich zum Tor des Drahtzauns. Die Mütter folgen schweigend Vater und Sohn.

Rica erinnert die unangenehme Szene vor einigen Tagen, als sie vom ungepflegten Wachmann abgewiesen worden ist, während sie die Klingel im Kasten am Zaun betätigt. Ihr Stoßgebet wird erhört, denn nicht der ungepflegte, sondern der junge Wachmann erscheint.

Wenige Minuten später sitzen die vier Elternteile und Romolos Sohn Silas in der menschenleeren Kantine und erwarten die Söhne. Nur eine ältere Frau ist in der kleinen Küche beschäftigt. Sie spült Geschirr und lächelt ab und an den Besuchern zu.

Plötzlich fliegt die Tür auf, die fünf Jungen fegen in den Raum und fallen den Eltern ungestüm um die Hälse.

Ma'am Burque folgt ihnen und sagt: "Na, na, Ihr tut ja gerade so, als hättet Ihr Eure Eltern seit Jahren nicht gesehen."

Romolo und die Mütter lösen sich schnell von den Jungen und beginnen die Tupperdosen auf dem Tisch zu arrangieren. Von der freundlichen Frau aus der Küche bekommen sie Teller, Tassen und Besteck. Sie wird das Getränkepulver mit Wasser und Eis zu Fruchtsaft bereiten.

Es brennt den Kindern nur eine Frage auf den Seelen: "Wann dürfen wir endlich heim?"

Die Eltern haben darauf keine Antworten. Ma'am Burque lenkt vom Thema ab: "Nun schaut doch einmal, was Eure Eltern da Tolles für Euch gekocht haben und es ist auch wieder so viel! Das reicht ja für eine ganze Basketballmannschaft."

"Ma'am", meldet sich dann auch sofort Aboy: "Dürfen unsere Freunde mitessen?"

Auch Dan und Phil fragen.

Schnell nicken die Mütter und Ma'am, denn es ist tatsächlich reichlich da.

Sofort schießen Aboy und Dan glücklich aus der Kantine, um die Freunde zu holen. Weit müssen sie nicht rennen, da die drei Straßenjungen und die zwei Brüder aus der Familientragödie bereits sehnsüchtig vor der Tür warten.

Vicente ist froh, heute nicht auf diese Ma'am Solano treffen zu müssen. 'Lang, Rica und Romolo geht es wohl genauso', denkt sie.

Ma'am Burque begibt sich eben in die kleine offene Küche, um den Saft zu holen. Sofort fragt Dan bitter: "Mama, müssen wir wirklich, bis wir achtzehn Jahre alt geworden sind, hier bleiben?"

Lang schüttelt verstohlen den Kopf und flüstert: "Nein, ganz bestimmt nicht."

Rica fragt: "Wer erzählt denn so etwas?"

Dodung, er ist der Älteste der Straßenjungen, zischt leise: "Das ist Quatsch, glaubt das nicht!"

Schon ist Ma'am Burque zurück und die Eltern wechseln geschickt das Thema zu den vielen frischen Speisen und alle beginnen den Tisch vorzubereiten und endlich - nach einem kurzen Tischgebet - auch mit dem Essen.

Die fünf Söhne sind noch nie lange von den Familien getrennt gewesen. Vielleicht auch deshalb belagern die Kinder nun ihre Leute so innig. Lang ist dicht flankiert von Jan und Dan. Sam sitzt nah bei seiner Mutter Rica. Phil geht Vicente nicht von der Seite und Aboy sitzt stolz zwischen seinem sechs Jahre älteren Bruder Silas und dem Vater Romolo. Er grinst breit mit einer neuen Zahnlücke, durch die er die Zunge schiebt. Die zwei Brüder aus der Familientragödie schauen traurig. Vicente vermutet, dass sie Heimweh haben. Die drei Straßenjungen greifen jedoch bei den leckeren Speisen ungehemmt zu.

Rica findet den Mut, nimmt Ma'am Burque beiseite und fragt direkt: "Wie geht es denn nun weiter mit unseren Söhnen?"

Ma'am Burque scheint überrascht und weiß offensichtlich nicht so recht zu antworten: "Na ja, also der Staatsanwalt wird ganz sicher die Kinder kommende Woche sehen wollen. Dann wird sich entscheiden, wie es weitergeht. Aber ich stecke in der Geschichte nicht so tief drinnen und Ma'am Solano und Sir Sala sind heute nicht hier, um Ihre Frage zu beantworten."

"Wäre es möglich, dass wir dabei sind, wenn der Staatsanwalt die Kinder befragt?"

"Ich denke, ja! Aber sicher bin ich mir da nicht, denn ich kenne mich mit den Gesetzen und den gerichtlichen Abläufen wirklich nicht aus. Ich werde Ihr Anliegen Ma'am Solano berichten. Ach, wissen Sie was, geben Sie mir doch schnell Ihre Nummer vom Cellphone. Ich informiere Sie, wenn es etwas Neues gibt. Aber nur unter vorgehaltener Hand, Ma'am Restito!"

"Ja, sicher", entgegnet Rica und schreibt die Nummer auf eine Papierserviette und übergibt sie, für alle anderen unbemerkt, an Ma'am Burque. Dann ruft Sam seine Mutter: "Mama, haben wir noch Reis?", obwohl die Tupperdose mit dem Reis direkt vor seiner Nase steht.

"Natürlich, Sam", antwortet Rica mütterlich und tut ihrem kleinen Prinzen sofort auf.

"Morgen geht die Schule wieder los", seufzt Lang gedankenverloren.

Die Jungen haken dort sofort ein und Lang wird sich ihres Fehlers in der gleichen Sekunde bewusst.

"Mama", ruft Dan, "ich will morgen in meine Klasse gehen, bitte!"

Sofort ereifert sich Jan, Langs zweiter Sohn: "Ich will auch zur Schule gehen! Mein Kurs in Boxen beginnt doch morgen und ich freue mich schon die ganze Zeit so sehr darauf. Mein Lehrer hat extra neue Boxhandschuhe in meiner blauen Lieblingsfarbe besorgt." Er wendet sich an Ma'am Burque: "Ich bin bei einem Talentwettbewerb ausgewählt worden."

Auch Aboy, Phil und Sam haben sofort jede Menge Argumente - die sie flehend vorbringen - für die Notwendigkeit des Schulbesuchs am nächsten Tag.

Die Emotionen der Kinder kochen hoch und Ma'am Burque ist um Ruhe bemüht. Auch die Mütter versuchen zu beruhigen. Nur Romolo schaut schweigend und grinsend der Situation zu, die immer weiter außer Kontrolle gerät.

Die drei Straßenjungen können das Unbedingt-in-die-Schule-wollen überhaupt nicht nachvollziehen und grinsen ebenfalls ungläubig.

Ma'am Burque verspricht, um die Gemüter zu beruhigen, morgen mit dem Schulunterricht weiterzumachen und scherzt: "Mit Boxsport kann ich allerdings nicht dienen."

Plötzlich fällt Sam auf, dass sein Bruder Jonathan überhaupt nicht anwesend ist. Sofort fragt er seine Mutter Rica: "Wo ist denn Jonathan?"

Rica, froh das Gesprächsthema wechseln zu können, antwortet schnell: "Der ist mit Marielou zu Tommy. Sie bringen das Essen und wollen Tommy etwas wegen der Schule fragen."

Silas springt auf: "Ich muss Tommy auch was fragen!"

Phil springt ebenfalls vom Stuhl: "Ma'am Burque, wann wird Tommy denn entlassen?"

Jan ruft: "Der arme Tommy, das ist doch voll ungerecht."

Wieder geraten die Kinder außer Rand und Band und bestürmen Ma'am und die Mütter mit diesen Fragen. Es dauert erneut Minuten, um die Kinder zu beruhigen.

Phil flüstert plötzlich leise: "Und ich möchte mein Cellphone zurück haben. Ich will meine Musik hören."

Die anderen Jungen aus dem Dorf nicken.

"Kinder, stopft Euch die Münder und lasst uns endlich in Ruhe essen!", versucht Romolo es mit gespielter Strenge.

Die Frauen sind zufrieden, dass Romolo auch endlich einmal die Initiative ergreift. Silas und Aboy erkennen natürlich, dass Romolo nur flunkert und grinsen darüber breit. Die drei Straßenjungen greifen weiter beherzt zu und schmatzen laut und genüsslich beim Essen. Dagegen sind die zwei Brüder aus der Familientragödie schüchterner, haben aber auch Berge auf den Tellern. Jetzt müssen sich die fünf Freunde aus dem Dorf beeilen, denn das Essen wird schnell weniger. Die Spannungen werden mit den ausgesprochen leckeren Speisen, dem süßen Nachtisch und dem kühlen Saft hinuntergespült.

Dodung nagt an einem Knochen vom Bein des gegrillten Schweins herum und grunzt wie ein Zombie, sodass alle lachen müssen. Sogar die Eltern und Ma'am Burque lachen mit, froh, endlich die Kinder glücklich zu sehen. Auch der 16-jährige Silas imitiert einen Zombie, indem er laut schmatzend und grunzend auf gegrilltem Schweinefleisch und an den Knochen zerrt, nagt und kaut. Alles lacht über die beiden Zombies. Nun ist die Stimmung endlich gut. Satt und glücklich liegen die Jungen und auch Silas mehr auf den Stühlen, als dass sie darauf sitzen, reißen Witze und unterhalten sich angeregt.

Romolo attestiert Dodung: "Junge, Du würdest einen guten Fischer abgeben."

Bernie, Dodungs Kumpan, kommentiert: "Oh, ja, Dodung fischt gerne, aber eher nach Geld als nach Fisch."

Dodung täuscht eine Kopfnuss an. Bernie ruft schon "Aua!", obwohl noch gar nichts passiert ist.

Die Stimmung ist ausgelassen und es wird viel gelacht.

Dennoch schaut Ma'am Burque nun verlegen auf die Armbanduhr und räuspert sich: "Es tut mir wirklich leid, aber wir müssen zum Ende kommen. Ma'am Solano hat nur 2 Stunden genehmigt."

"Mama, kommst Du morgen wieder?", fragt Dan besorgt und drückt seinen Kopf in Langs Schoß. Jan lehnt den Kopf an Mutters Schulter und hat traurige Augen.

Lang streicht Dan über das Haar: "Natürlich!"

Auch Phil und Aboy fragen die Eltern.

Vicente antwortet Phil und Aboy: "Papa besucht Euch."

Romolo räuspert sich: "Ja, Mik-Mik wird Dich nächste Woche besuchen, Aboy. Ich muss zurück ins Dorf, fischen gehen, Geld verdienen."

Sam weiß, dass seine Mutter Rica zusammen mit Lang in Tugalm City bleibt und ihn besuchen wird."

"Fahrt Ihr noch zu Tommy?", fragt Jan aufgeregt.

"Ja", flüstert Vicente verstohlen, mit Blick zu Ma'am Burque. Die tut so, als habe sie von der Unterhaltung nichts mitbekommen und lächelt den Eltern zu.

"Sage Tommy, wir vermissen ihn!", ruft Aboy.

Die Freunde aus dem Dorf nicken erneut.

Nachdem die Tupperdosen in den Tüten verstaut sind, heißt es Abschied nehmen.

"So, Kinder und Ihr haltet nun Mittagsruhe", weist Ma'am Burque die zehn Jungen an.

Es folgt ein kurzer Abschied im Flur. Die Eltern begeben sich ins Treppenhaus und dann zum Ausgang, die Jungen trotten zum Schlafsaal.

Dodung legt kameradschaftlich seinen Arm um Jans Schulter und flüstert, sodass nur Jan es verstehen kann: "Wie habt Ihr Euch entschieden?"

Jan weiß zuerst gar nicht, was Dodung meint. Der Ältere der zwei Brüder aus der Familientragödie hilft Jan und flüstert verschwörerisch: "Heute Nacht abhauen!"

Jan flüstert zurück: "Ich weiß nicht...."

-★-

9.04. Zwangsheirat

Mik-Mik und ich vertreiben uns die Zeit mit Erinnerungen und dem Erzählen von gemeinsam erlebten Geschichten. Wir lachen gerade darüber, wie Romolo beim fröhlichen Umtrunk im Garten von Adon, dem Vater von Franco, zum letzten Becher angesetzt hatte und beim Trinken mitsamt dem Stuhl einfach nach hinten umgekippt und genau so liegengeblieben war. Es war ihm - Gott sei Dank - nichts passiert, da der weiche Sand den Sturz abgedämpft hat. An dem Abend haben wir von Romolo nur noch die Sohlen seiner Flip-Flops gesehen.
"Auweia, sind wir betrunken gewesen!", lache ich laut.

Auch Mik-Mik grient und zieht dann an der Zigarette.

"Ich war danach noch zwei Tage krank", schüttelt es mich bei den Erinnerungen an die Kopfschmerzen und stöhne: "Cola, Tanduay Rum und Eis sind ein höllisches Gesöff."

Mik-Mik verzieht das Gesicht und es schüttelt ihn ebenfalls.

"Auch Deine Hochzeitsfeier wird mir immer in guter Erinnerung bleiben. Wie lange ist das jetzt her, elf oder schon zwölf Jahre?

"Ich bin schon zwölf Jahre verheiratet", seufzt Mik-Mik, "so lange, wie Phil alt ist. Also, er wird ja erst zwölf."

"Wie schnell die Zeit vergeht. Na, jedenfalls ist es mir nach der Feier auch ein paar Tage nicht wirklich gut gegangen."

Mik-Mik grinst breit: "Weißt Du eigentlich, dass die mich zur Heirat gezwungen haben?"

"Nein!", antworte ich überrascht, "Wer und warum denn?"

"Na ja", druckst Mik-Mik herum, "Vicente war doch erst 16 und ich schon über 25."

"Ach?", erwidere ich, "16 und 25? Das ist jung!"

Adon, Romolo, einige andere Onkel von Vicente, der Kagawad und weitere Leute haben mich damals überall gesucht. Die wollten mich verprügeln und sonst was mit mir anstellen. Ich bin aber schnell aus dem Dorf abgehauen." Mik-Mik sagt ernst: "In den Bergen bei meinen Freunden, den Rebellen der NPA, konnte mich keiner finden. Mensch, Tommy, hatten die einen Highblood, als bekannt geworden war, dass Vicente von mir schwanger ist."

Vor Schreck verschlucke ich mich, huste und speie Mineralwasser aus: "Was, schwanger, mit 16?"

Mik-Mik tut verlegen: "Ja, so ist das damals gewesen. Mein Vater und sein Cousin, ein Kommandant der kommunistischen Rebellen, hatten zwischen meiner Familie und der Familie Taslig vermittelt." Mik-Mik lacht plötzlich laut auf: "Was hatte ich für eine Wahl gehabt, mit einer Pistole auf der Brust, Tommy? Keine! Heiraten oder Anzeige wegen Verführung Minderjähriger und dann, ab in den Knast. Da habe ich Vicente halt geheiratet."

"Aber, aber", stammle ich, "Ihr liebt Euch doch?"

"Ja, natürlich ist es auch eine Liebesheirat gewesen!"

Ich muss beim Gedanken an die Pistole als Entscheidungshilfe zur Zwangsheirat lachen: "Eine Pistole auf der Brust? Da fällt die richtige Entscheidung wohl ziemlich leicht, was Mik-Mik? Haben sie Dir wirklich eine Waffe auf die Brust gesetzt?"

Mik-Mik prustet los: "Das mit der Pistole-auf-der-Brust sage ich nur so, weil es ein Sprichwort bei uns ist und Vicente ist wirklich eine tolle Frau!" Unerwartet springt er auf: "Tommy, schau dort, Kagawad, Franco, Marielou und Jonathan sind an der Schranke!"

'Dieses Sprichwort mit der Waffe kenne ich auch', denke ich und griene in mich hinein.

-★-

Die vier Besucher tragen schwer an Tüten mit Tupperdosen und Getränken. Marielou und Kagawad bemerken, dass sie uns schon an der Schranke haben lachen hören. Ich erzähle die lustige Story von Romolo noch einmal im Telegrammstil. Das sorgt auch jetzt für Gelächter. Die Geschichte von Mik-Mik und seiner Vicente möchte ich lieber ruhen lassen. Wir halten uns nicht lange mit der Begrüßung auf, sondern richten vier umgedrehte Colakisten, so gut es eben geht, als Tafel her. Auf die Kisten legt Kagawad Pappen und als Tischdecke dienen uns die Plastiktüten. Die Teenager nehmen die Deckel der Tupperdosen als Teller. Das Essen ist eine Mischung aus frisch Gekochtem und Resten der Geburtstagsfeier gestern. Die Speisen sind vorzüglich. Besonders eine helle Suppe vom Schwein mit viel Gemüse, in die ich noch Reis hinein tue, schmeckt mir besonders gut. Wie üblich gibt es kalte Brause dazu. Zum Nachtisch genießen wir den großen Rest einer einfachen zuckersüßen Cremetorte.

"Das war lecker!", sage ich und klopfe mir zufrieden auf den vollen Bauch.

Der Kagawad verteilt Verdauungszigaretten. Außer Marielou und Franco blasen alle blauen Rauch in den Himmel. Jonathan und ich mit dicken Wangen, Kagawad und Mik-Mik aus den Lungen. Wir schweigen und genießen die Sekunden des Friedens. Auch die anderen Insassen und deren Besucher unterhalten sich zur heißen Nachmittagsstunde in gedämpfter Lautstärke.

Marielou wird unruhig. Sie wirkt zuerst nachdenklich, dann nervös und nun verlegen: "Tommy", beginnt sie zögerlich, "wir müssen Dich etwas zur Schule fragen, denn morgen sind die Ferien zu Ende."

Ich schnippe die Kippe in die Stahltonne. Natürlich ist mir klar, worum es bei Marielous Frage geht. Deshalb rede ich nicht lange um den heißen Brei herum: "Wie viel wird denn benötigt, Marielou?"

Marielou ist von der Direktheit überrascht. Sie wird sogar ein wenig rot und flüstert: "2.000 wären toll, Tommy. Für ein neues T-Shirt zur Schuluniform, dann auch Dinge für den Unterricht und natürlich die Gebühren für die neuen Kurse."

Nun ist Franco ganz hibbelig auf seiner Colakiste: "Tommy, ich brauche auch noch einmal 2.000 Piso und wir alle brauchen Fahrgeld, um zurück ins Dorf und ich nach General de Santos zu fahren."

"Aha, Franco, also für Dich noch einmal 2.000?" Ohne eine Antwort abzuwarten, wende ich mich an Jonathan: "Und was ist mit Dir, junger Mann?"

Der ist überrascht, angesprochen zu werden: "Ich brauche für die Highschool nur 1.000 Piso", antwortet Jonathan ehrlich und mit glänzenden Augen.

Das sind schon wieder Beträge, die mir überhaupt nicht behagen. Aber verhandeln will ich mit den traurig dreinblickenden Teenagern dann auch wieder nicht.

"Na gut, dann muss Franco zum ATM. Und wer möchte Franco begleiten?"

Jonathan springt auf.

"Franco, 20.000 Piso bitte. Bringe mir die Belege und die gesamte Summe."

"Natürlich!", entgegnet Franco mit Nachdruck in der Stimme und ernstem Gesicht.

Unvermittelt wirft Jonathan die Marlboro beiseite, dreht sich zur Zelle, bläst schnell den Rauch aus, dreht sich zurück zu uns und ruft: "Die Eltern stehen an der Schranke!"

-★-

Auf halbem Weg vom Zellenvorplatz und der Schranke wechseln Franco und Jonathan einige kurze Worte mit den Müttern, Romolo und Silas.

"Phu!", stöhnt Rica beim Setzen, "Ist das immer anstrengend im Jugendheim."

"Ja, aber glücklicherweise ist heute nicht diese komische Ma'am Solano dort gewesen", sagt Lang und fragt den Kagawad: "Jacub, Du hast doch bestimmt Marlboro dabei?"

"Und dieser Sir Sala ist auch nicht aufgetaucht", ergänzt Vicente und lässt sich vom Mik-Mik Cola in dessen Pappbecher einschenken. Silas stürzt sich auf den Rest der Torte. Sein Vater Romolo raucht halbherzig eine von Mik-Miks More. "Marlboro kratzt mir zu sehr im Hals", krächzt er und nimmt auch einen tiefen Schluck Cola.

"Wie geht es den Jungs? Ich hoffe, die dürfen bald heim!", ist meine erste Frage an die Eltern.

Rica berichtet von Ma'am Burque und dass diese gesagt habe, dass die Kinder nächste Woche dem Staatsanwalt vorgeführt werden würden und dass alle Elternteile dabei sein sollen. Es würde sich dann entscheiden, wie es weiterginge und ob die Jungen schnell nach Hause kämen.

Ich kommentiere das mit "Also absolut nichts Neues!" und fahre mir durch das verschwitzte Haar.

Vicente erzählt aufgeregt, dass die drei Straßenjungen und zwei aus einer kaputten Familie jetzt die neuen Freunde der Söhne sind und die Zehn sich mit gesundem Appetit die Bäuche voll geschlagen haben.

Ich erinnere mich, wie aufgebracht Officer Sarang über die klebstoffschnüffelnden Straßenjungen gewesen ist.

Silas leckt die Tortencreme von den Fingern und ist ganz begeistert von Ma'am Burque: "Die Jungs haben eine junge und total nette Erzieherin. Sie gibt morgen sogar Schulunterricht!"

Romolo scherzt: "Na, wenn Du die Erzieherin so toll findest, kann ich Dich im Austausch mit Aboy ja ins BSWD stecken."

Silas erschrickt zuerst, erkennt dann aber den Scherz, grient und erwidert: "Ha, ha, Papa, sehr komisch."

"Die kommende Woche ist die Woche der Entscheidung. Also nächsten Sonntag weiß ich hoffentlich, was Sache ist!", fasse ich die Lage zusammen.

Kagawad betreibt Zweckoptimismus. Ohne Emotionen prophezeit er: "Du gehst heim, Tommy. Da habe ich überhaupt keine Zweifel."

"Dein Wort in Gottes Gehör", kommentiere ich.

Rica blickt auf meine Hand: "Tommy, das hat sich infiziert."

Vicente erschrickt: "Sorry, Tommy, aber ich habe vergessen, das Pflaster und eine Heilsalbe zu besorgen."

Ich lache: "Ich habe es ja auch versäumt, Dir heute Morgen Geld dafür zu geben, Vicente. Das kann doch Mik-Mik nach der Besuchszeit machen." Ich wende mich an Vicentes Ehegatten: "Und Zeitungen, Mik-Mik, vielleicht steht etwas über unsere Story darin?"

"Tommy, zeig mir das mal!", sagt Rica, kramt aus der Handtasche ein Fläschchen Ethylalkohol und Servietten einer Fastfoodkette hervor und beginnt vorsichtig, die oberflächliche Wunde auf dem linken Handrücken zu säubern.

Der Alkohol brennt und ich beiße die Zähne zusammen.

"Ein Pflaster habe ich leider nicht." Rica beendet die Wundversorgung.

"Ich besorge das später!", ruft Mik-Mik voller Tatendrang.

In dem Moment treten Franco und Jonathan freudestrahlend durch das quietschende Zauntor. Inzwischen sind einige der anderen Besucher gegangen und die Zwei finden schnell Sitzgelegenheiten. Feierlich übergibt Franco die drei Dinge: VISA-Karte, vier Belege des Geldautomaten über jeweils 5.250 Piso und die zwanzig zusammengerollten Tausender.

Ich frage Silas, ob zum Start der Highschool 1.000 Piso reichen würden? Er scheint darüber erleichtert zu sein, nicht selber fragen zu müssen, nickt kaum sichtbar und sagt schnell: "Der Mikel-Loy braucht auch Schulgeld."

Marielou und Franco bekommen jeweils 2.000 und jeweils 500 für den Bus. Romolo, Silas, Kagawad und Jonathan jeweils 1.500. Romolo nimmt die 1.000 für Mikel-Loy im Dorf entgegen. Für das Essen der Jungen im Heim gebe ich an Rica 2.000. Die Mütter Rica und Lang bekommen jeweils 1.000. Dann noch an Vicente 1.500 und an Mik-Mik 2.000, da er für mich noch einiges besorgen muss.

Ich erschrecke, komme ins Schwitzen und spreche meine Gedanken laut aus: "Ojemine, das sind 19.500 Piso! Also lange halte ich das finanziell nicht durch."

Meine Freunde schauen betreten zur Seite. Eine ungute Stille setzt ein. Ich bin so in Gedanken, dass ich den Wachmann in meinem Rücken überhaupt nicht bemerke. Mit aller Kraft drischt der mit einem Stahlstift auf das aufgehängte Stahlrohr ein und schreit: "Time! Time! Time!" Die extrem geräuschvolle Aufforderung an die Gäste, nun sofort das Gelände zu verlassen. Ich fahre vor Schreck hoch, denke 'Der Typ ist vollkommen irre' und lasse die restlichen vier Tausender fallen. Silas und Jonathan springen herbei, sammeln die Scheine auf und übergeben sie mir. Mir klingeln die Ohren.

Der Wachmann drängt zur Eile. Zum Aufräumen, zu langen Abschiedsszenen oder zu einem Gebet von Franco bleibt keine Zeit. Vicente und Marielou haben Tränen in den Augen. Schnell drücken sie mich und sofort danach werde ich weggeschlossen. Mik-Mik weiß, was er für mich zu besorgen hat. Ich rufe ihm dennoch hinterher: "Bringe auch noch Mineralwasser, Schokolade und Marlboro, Mik-Mik!"

Vicente, Marielou, Silas und Jonathan drehen sich noch mehrmals um und winken mir zu. Durch die Gitterstäbe winke ich zurück. Franco ist schon an der Schranke und nimmt dort sein Cellphone entgegen. Ich drücke meine Stirn gegen die Eisenstäbe und beobachte, wie meine Freunde an der Schranke vorbei in die Welt verschwinden. Die Welt, die mir versagt bleibt.

[Ende 9. Kapitel und achter Tag in Haft - Sonntag]

10. Kapitel - Montag

10.00. Ganz alleine

Dan wird vom Trubel wach, der im Flur vor dem Schlafsaal herrscht. Es muss gegen sechs Uhr sein, denn durch die waagrechten Lamellen der Milchglasscheiben fällt Licht. Die Tür wird aufgestoßen, Ma'am Burque schaut ins Zimmer, sagt "Das gibt's doch nicht!" und verschwindet sogleich wieder.

"Jan wach auf, der Dodung, Bernie und Necko und die zwei anderen sind weg", flüstert Dan vom oberen Etagenbett und fügt traurig hinzu: "Alle weg, jetzt sind wir ganz alleine." Er klettert zum Bruder hinunter. Der erwacht schlagartig, setzt sich auf die Bettkante, reibt sich die Augen und betrachtet dann ungläubig die leeren Betten. Dan schmiegt sich an den Bruder und schluchzt leise: "Jan, jetzt sind wir ganz alleine.

Keine Mama, keinen Papa und keine Freunde mehr. Niemand ist mehr bei uns!"

Jan streicht Dan übers Haar: "Mama und Rica kommen doch später, wir sind nicht alleine. Außerdem sind wir doch fünf Freunde hier. Mache die anderen wach."

Dan seufzt, schüttelt die Traurigkeit ab und tut wie ihm befohlen. Phil, Aboy und Sam setzen sich, müde und schlaftrunken, neben die Brüder und blicken nun ebenfalls ungläubig zu den leeren Betten.

"Die haben das wirklich gemacht, ich dachte, Dodung spinnt bloß und macht Spaß, als er über das Abhauen geredet hat", flüstert Phil.

"Alle Achtung", sagt Sam tief beeindruckt und gähnt.

Aboy dagegen ist wütend: "Blödmänner! Lassen uns hier im Heim mit den komischen Leuten ganz alleine. Tolle Freunde! Ich wäre auch abgehauen, aber Ihr wolltet ja nicht, weil Ihr Schiss in den Hosen habt!"

"Ist doch egal jetzt, Aboy. Sie sind weg!", versucht Jan Aboy zu beruhigen.

"Und mein Vater tut alles, damit wir hier so schnell wie möglich auch raus können, denn der kennt den Chef vom BSWD in Sendong. Also warum abhauen, wenn wir sowieso bald nach Hause können?", erzählt Sam.

Draußen im Flur wird es laut. Die Fünf schleichen zur Tür und spähen durch den Türspalt.

Der dicke Wachmann ist wütend und verzweifelt zugleich. "Wenn ich die Bälger erwische, dann können die was erleben", zischt er aufgebracht. Seine Tonlage ändert sich, er winselt nun: "Die sind einfach durch den Zaun! Ich hatte doch die Tür vom Gebäude abgeschlossen und dann noch einmal geprüft, ob die auch wirklich zu ist."

Sir Sala, der etwa einen Kopf kleiner als der Wachmann ist, geht nervös fünf Schritte, kehrt um und geht den gleichen Weg zurück. Er fuchtelt beim Sprechen wild mit der rechten Hand: "Mann, Sie haben doch gepennt! Wie sonst sind die dummen Jungen mit dem Schlüssel durch die Eingangstür?"

Der Wachmann wischt sich den Schweiß von der Stirn und stottert: "Entschuldigung, Sir, aber ich kann mir das nicht erklären!" Zu sich selber sagt er: "Verdammt, jetzt verliere ich auch noch meinen Job!"

"Halten Sie doch mal den Mund!", herrscht Sir Sala den Wachmann an. Dem ist wohl völlig das Rauchverbot im Haus entfallen, denn er zündet sich mit zittrigen Händen eine Zigarette an. Sala beachtet das nicht. Er denkt nach und brüllt unvermittelt: "Die Rugbyboys sind mir scheißegal, aber die zwei anderen! Das kann peinlich werden! Oh Mann, die sollten sowieso Ende der Woche zurück zu ihrer Mutter. Wenn die jetzt untertauchen, haben wir ein riesiges Problem. Das ist Ihnen doch klar?"

Der Wachmann nickt nervös und lässt unbeabsichtigt die Asche der Zigarette auf den Boden fallen.

Sala hingegen beruhigt sich, obwohl sein Kopf noch rot vom Bluthochdruck ist und die Glatze im Neonlicht vom Schweiß glänzt wie eine Speckschwarte. In normaler Tonlage sagt er: "Sorgen Sie dafür, dass das Loch im Zaun sofort gestopft wird. Nicht auszudenken, was passiert, wenn die fünf anderen auch noch stiften gehen. Ich werde jetzt die Polizei informieren. Die Zwei aus der Familie sind bestimmt nach Hause gelaufen oder ins Krankenhaus zur Mutter." Er redet sich in Rage: "Wohin die drei anderen sind, ist doch klar: zurück in die Gosse, dorthin, wo es den Rugby-Klebstoff und Drogen gibt. Sollen sie dort bleiben! Das ist besser für alle. Ich will die gar nicht zurück haben. Undankbares Pack."

Der Wachmann versucht Sir Sala zu beschwichtigen und biedert sich an: "Da haben Sie vollkommen recht, Sir! Bei denen ist alles zu spät. Die sollen schön dort bleiben, wo sie hingehören, in die Gosse und in den Müll."

Sir Sala ruft Ma'am Burque, die im zweiten Schlafsaal mit den kleineren Kindern beschäftigt ist: "Ma'am, sorgen Sie dafür, dass die Fünf aus der Hotelgeschichte um 8:30 Uhr fertig sind. Termin im Gericht. Der Staatsanwalt lässt bitten."

Sir Sala und der Wachmann gehen eilig ihrer Wege. Ma'am sieht fünf neugierige Gesichter im Türspalt: "Kinder, macht Euch fertig! Begebt Euch ins Bad und dann ab zum Frühstück." Ma'am Burque fischt ihr Cellphone aus der Hosentasche und sucht die neue Telefonnummer aus dem Adressbuch. Dann flüstert sie: "Ma'am Restito, gegen 9:00 Uhr im Gericht. Aber das wissen Sie nicht von mir."

"Natürlich, Ma'am!", hört Ma'am Burque Rica Restito leise antworten. Sogleich beendet Sie das Gespräch.

-★-

10.01. Bevor Staatsanwalt

Es geht gegen sechs Uhr und ich nehme mir die Sonntagszeitungen, die Mik-Mik gestern gebracht hat, noch einmal vor. An Pflaster, Watte, eine Jodtinktur und einige andere Dinge hat er auch gedacht. 'Ohne diesen Kerl wäre ich hier völlig aufgeschmissen. Auch die Emotionen seiner Ehefrau Vicente sind liebenswürdig. Die Eltern von Phil sind ein wirklich nettes Paar', denke ich, während ich die erste vollständige Reihe in das Sudoku eintrage.

Nur in der regionalen Zeitung, die in einem Mix aus Englisch und der Visayan-Sprache verfasst ist, steht ein kurzer Artikel über mich und der ist glücklicherweise komplett in englischer Sprache. Der Text ist in einem emotionslosen informativen Stil geschrieben und ich habe ihn gestern mindestens zehnmal gelesen. Die Überschrift lautet: "Fünf einheimische Minderjährige vor Deutschem aus Hotel gerettet." Der Term "rescued (gerettet)" findet sich noch zweimal im Text. Mein Name wird nicht genannt, dafür aber der des Hotels und der Name der ermittelnden Polizistin, Ma'am Papillio. Ich habe nach versteckten Botschaften im Zeitungsbericht gesucht, aber nur das Wort "Rescued" ist mir dann merkwürdig vorgekommen. 'Gerettet!', überlege ich. 'Vor mir muss niemand gerettet werden, denn die Jungen waren ja auch nicht gefesselt, betäubt oder entführt. Dieses Wort ist im Artikel völlig deplatziert. Sicherlich soll das "Rescued" die Story dramatischer klingen lassen, als sie tatsächlich ist.' Der Artikel war dann auch nur auf der vierten Seite in der Spalte

Lokales zu finden, hat also, denke ich, keine hohe Priorität. Ich versuche mich auf das Sudoku zu konzentrieren.

Es ist schon 6:30 Uhr. 'Wo bleibt nur Mik-Mik?'

Nur fünfzehn Minuten später kommt der Wachmann und schließt die Zelle auf: "Der Officer erwartet Sie im Büro, aber zuerst sollen Sie das Bad besuchen. Sie haben heute einen Termin!"

"Was für einen Termin, Sir?"

"Der Officer wird sie unterrichten."

Ich beeile mich im Bad. 'Warum der Officer nicht einfach sagt, worum es sich bei dem Termin dreht und warum die immer alle so geheimnisvoll tun?', frage ich mich während des Duschens.

Zu meiner Freude sitzt Mik-Mik schon im Büro und grinst breit, als ich den Raum betrete. Eine Tasse mit heißem Wasser, Instantkaffee und das übliche Gebäck stehen auch schon bereit. Noch bevor ich Officer Sarang fragen kann, platzt es aus Mik-Mik heraus: "Tommy, heute um 10:00 Uhr beim Staatsanwalt. Rica hat mir eine SMS gesendet."

Officer Sarang setzt sich zu uns: "Der Staatsanwalt hat uns am Samstag eine Vorladung für Sie übermittelt" und wird unruhig: "Am Samstag! Da arbeiten sie im Gericht nur wirklich ausnahmsweise. Das hat uns schon etwas gewundert." Er schlürft den dampfenden Kaffee und fährt fort: "Ich denke, der hat von irgendwoher Druck gekriegt. Wir werden sehen."

Ich bekomme ein mulmiges Gefühl in der Magengegend: "Sind die Kinder auch vorgeladen und was ist mit den Eltern? Mein Anwalt, Sir Sarang, mein Anwalt muss auch dahin kommen. Der weiß von nichts. Die Vorladung kommt doch jetzt sehr überraschend."

"An Ihr Cellphone komme ich nicht ran, aber vielleicht kann Ihr Freund den Anwalt anrufen?"

Sogleich fische ich die Visitenkarte aus meinem Portemonnaie: "Mik-Mik, rufe De Baron an oder sende ihm eine SMS. Wegen meiner Aussage wollte der mich heute eh besuchen." Ich wende mich an den Officer: "Sir, wird Ma'am Papillio auch zugegen sein?"

"Sicher!", entgegnet Officer Sarang.

Mein linker Handrücken pocht leicht und ist entzündet und das, obwohl ich in der Früh im Kerzenschein die Wunde, die die Handschelle hinterlassen hat, gereinigt habe. "Sir, das sollte sich ein Arzt ansehen. Der Handrücken ist entzündet und schmerzt auch leicht."

Officer Sarang antwortet schnell: "Ich habe das schon bemerkt. Etwa gegen acht Uhr werden die Ma'ams hier erscheinen, dann zeigen Sie das meiner Chefin."

Wir trinken den heißen Kaffee und ich esse zwei Brötchen. Mik-Mik ist schneller zurück, als ich das erwartet habe. Ich rieche den Zigarettenrauch und er ist außer Atem: "Tommy,

Cellphone Attorney ist aus, habe Text gesendet, er soll um 10:00 Uhr im Gericht sein."

"Danke sehr!" Ich wende mich erneut dem Officer zu und frage vorsichtig: "Sir, was wird denn der Staatsanwalt wissen wollen?"

"Na, der wird zuallererst die Kinder befragen, um herauszufinden, ob dort etwas gewesen ist, was einen Prozess gegen Sie rechtfertigen würde."

Ich verschlucke mich am heißen Kaffee, da mir diese Direktheit von Sarang neu ist. Ich frage ebenso direkt zurück: "Was glauben Sie, Sir, reichen die Beweise zu einer Anklage?"

Mik-Mik ist sofort ganz aufgeregt und antwortet für den Officer: "Niemals, Tommy, das ist doch ein Missverständnis. Ich hoffe und alle beten dafür, dass der Fall auf dem Schreibtisch des Staatsanwaltes niedergelegt wird."

"Das hoffe ich auch, Mik-Mik."

Officer Sarang erscheint erleichtert, da Mik-Mik bereits geantwortet hat. In gewohnter Manier weicht er der Frage aus: "Darüber sollten Sie mit Ma'am Papillio reden."

Wir pusten in den heißen Kaffee. Officer Sarang fragt unvermittelt: "Sir Heger, als Sie uns in den Hotelraum eingelassen haben, da war es sehr warm, fast schon heiß dort. Warum eigentlich? Der Raum hat doch eine sehr effektive Klimaanlage!"

Ich bin über die Frage überrascht, muss darüber nachdenken und frage mich erst einmal selber 'Warum eigentlich?' bevor ich antworte: "Ich habe mich den ganzen Tag unserer Anreise nicht gut gefühlt. Das fing schon in diesem vollklimatisierten Bus an. Sie stehen am Busterminal, warten eine halbe Stunde auf den Bus, das Hemd ist durchnässt vom Schweiß, sie kommen in den Bus, der die Temperatur eines Kühlschranks hat und holen sich sofort was weg. Deshalb habe ich auch auf den Swimmingpool im Hotel verzichtet. Als wir uns dann schlafen gelegt haben, ist meine Nase komplett zu gewesen und der Luftstrom der Klimaanlage ist mir schnell sehr unangenehm geworden. Dann habe ich sie halt erst auf minimal und dann ein paar Minuten später ganz abgestellt."

Der Officer und Mik-Mik hören interessiert zu. Sarang hat einen kritischen Blick: "Und das ist der Grund, warum wir die Jungen dann halbnackt auf den Betten vorgefunden haben?"

"Officer, die Jungen müssen sich die T-Shirts ausgezogen haben, als ich schon geschlafen habe. Wenn ich mich recht erinnere, sind doch auch zwei mit T-Shirts gewesen? Alle waren in Unterhosen, also keiner wirklich nackt und Sie erinnern sich, wie tief die Kinder geschlafen haben während der Polizeiaktion."

"Mit dieser Frage müssen Sie rechnen, Mr. Heger. Der Staatsanwalt könnte meinen, Sie drehen die Klimaanlage ab, sodass die Jungen sich halbnackt oder gar ganz ohne Sachen schlafen legen."

Ich verschlucke mich wieder am Kaffee, denn so offen hat der Officer noch nie über Details gesprochen. Es wird mir klar, dass ich soeben einen wertvollen Tipp bekommen habe. "Danke, Sir! Ich werde auf diese Frage gefasst sein."

"Da ist dann auch noch die Tatsache, dass jedes Kind ein eigenes Cellphone dabei hatte. Hier auf den Philippinen ist es sehr unüblich, dass schon zehn- oder elfjährige Kinder ein eigenes Cellphone besitzen, auch wenn die noch so billig sind."

Sofort verteidige ich mich: "Aber es sind doch die Cellphones der Familien und die Kids wollten im Bus MP3 hören."

"Wer hat die Dinger denn gekauft, Mr. Heger?"

Ich schweige betreten.

Mik-Mik springt mir zur Seite: "Aber das können wir Eltern doch klären! Das sind Geschenke zu Weihnachten gewesen."

"Wenn dem so ist!", antwortet Officer Sarang vielsagend.

"Überlegen Sie sich auch eine gute Antwort auf die Frage, warum Sie überhaupt im Hotel geschlafen haben und nicht am gleichen Tag zurück nach Sendong City gefahren sind."

"Das ist doch wegen der miserablen Straßenverhältnisse und der dadurch längeren Reisezeit gewesen."

Der Officer unterbricht mich: "Erzählen Sie das dem Staatsanwalt, Mr. Heger und nicht mir."

So offen und kritisch wie heute Morgen habe ich den Officer noch nicht erlebt. Ich empfinde das als Warnung und als gut gemeinten Hinweis: Tommy, sei auf der Hut!

"Mr. Heger, ich kann Ihnen nur alles Gute wünschen. Der Oberstaatsanwalt Escandor zählt nicht zu den Hardlinern."

"Wissen Sie schon, Sir, wer den Fall bekommt? Ich hörte, dort gibt es mehrere Staatsanwälte im Gericht?"

"Und mehrere Gerichtssäle. Die Notiz, wegen des Termins heute, kam wohl Samstag per Boten. Ich habe eine Kopie heute früh auf dem Tisch gefunden. Die Hall of Justice, also das Gericht, ist auch gleich um die Ecke", erwidert der Officer und erhebt sich.

Wir trinken noch einen Kaffee und unterhalten uns oberflächlich über Mik-Miks Nachmittag und Abend gestern, denn meine Gedanken kreisen um den bevorstehenden Termin beim Staatsanwalt.

"Sir Heger, wir haben heute unsere Flag-Ceremony mit Visite der Zellen durch den Major. Da kann Ihr Mik-Mik, ähm, ich meine Mr. Kabaltos nicht am Zellenvorplatz sein. Wir haben auch wahnsinnig viel zu tun. Es tut mir leid, aber ich bringe Sie zurück in die Zelle und Mr. Kabaltos, Sie kommen um 10 Uhr ins Gericht?"

"Tommy, dann fahre ich zum Attorney De Baron und rede mit ihm!"

"Mik-Mik, sehr gute Idee!", erwidere ich beim Verlassen des Büros.

-★-

10.02. Ernestos Horror

Ernesto Restito, er ist Ricas Ehegatte und Sams Vater, betritt pünktlich um acht Uhr am Morgen den BSWD in Sendong City. Er ist mit seinem Cousin, dem Head-Off des hiesigen BSWD Ronald Pagut, den alle nur Ron nennen, verabredet. Ernesto hätte gerne Matthew, Langs Ehegatte und er ist der Vater der Brüder Jan und Dan, dabei gehabt, doch leider ist er auf einer Baustelle unabkömmlich. Ein ungutes Gefühl beschleicht Ernesto, als er an die Tür des Büros klopft. Ihm brennt nur eine Frage auf der Seele: 'Wann kommen die Kinder heim?'

"Danke, dass Du so schnell hergefunden hast, Ernesto", eröffnet Ronald Pagut, der hagere Mittfünfziger, das Gespräch, während sich Ernesto ihm gegenüber an dessen Schreibtisch setzt.

Da sie verwandt sind, duzen sich beide Männer. Ernesto antwortet: "Ja, das mit dem Heger ist eine dumme Geschichte, Ron."

"Oh, das kann man wohl sagen, eine dumme Geschichte. Ich habe gehört, Ihr habt diesen Deutschen schon in Tugalm City besucht?"

"Wir, also alle Eltern, der Kagawad Jacub Castro und einige andere Freunde sind sofort nach Tugalm City gereist, nachdem wir zuerst durch die Anrufe informiert worden sind und dann die Story in den Nachrichten gesehen haben. Ich sage Dir, Ron, wir waren wirklich geschockt! Heger verhaftet, Kinder im BSWD!"

"Ja, Ernesto, das wäre wohl jeder. Alle Eltern wären wohl geschockt, wenn sie in solch eine unsägliche Geschichte hineingezogen werden würden." Ernestos Cousin beugt sich vor und räuspert sich. Mit gepresster Stimme fragt er: "Alle in Tugalm City fragen sich und natürlich fragen wir uns das hier in unserer Stadt auch, wie es dazu kommen kann, dass fünf unserer Kinder halbnackt und mitten in der Nacht aus einem Hotelzimmer in einer fremden Stadt vor einem Deutschen gerettet werden müssen?"

Ernesto schluckt und muss das Gesagte, das ihn wie ein Schlag ins Gesicht trifft, erst einmal verarbeiten.

Doch sein enger Verwandter setzt noch einen darauf: "Und die nächste Frage, die unbeantwortet im Raum steht, lautet: Welche Rollen spielen da die Eltern?"

"Also, auf früheren Reisen ist der Heger mit den Kindern immer am selben Tag zurück", stammelt Ernesto und führt aus: "Ich, ich weiß auch nicht so recht, warum die unbedingt im Hotel schlafen wollten? Der Heger hat erklärt, wegen der vielen Baustellen und der dadurch längeren Reisezeit. Der wollte einfach nicht mitten in der Nacht zurück nach Sendong City kehren. Keine Motorela ins Dorf, Stromausfall, einsames Busterminal. Du weißt schon, Ron, dass man sich nicht spät in der Nacht auf den Straßen unserer Stadt aufhält."

"Ernesto", antwortet Pagut gedehnt, "dann müssen die eben früher zurückfahren. Jetzt haben wir den Schlamassel. Aus Tugalm habe ich vom BSWD gehört, dass schon eine

Nongovernmental Organization hinter dem Fall her ist. Dann die Öffentlichkeit, die Zeitungen und das Fernsehen. Ach ja, dieser verdammte Fernsehbericht! Das ist auch sehr merkwürdig!" Nun klingt Pagut vorwurfsvoll und er wischt sich den Schweiß aus dem Gesicht: "Hast Du den zweiten Bericht in den Nachrichten gesehen, Ern?"

"Nein!", stöhnt Ernesto. Ihm ist das Gespräch höchst unangenehm und er weiß auch nicht so recht, auf was sein Cousin eigentlich hinaus will.

Ronald Pagut schaut Ernesto mit einem stechenden Blick an, atmet tief und hörbar ein und aus, knetet unablässig seine Finger und schweigt, um die Spannung zu erhöhen.

Genervt platzt Ernesto wenige Sekunden später in die Kunstpause: "Ron, wir im Dorf sind alle hart arbeitende Männer. Wir haben keine Zeit, den ganzen Tag Fernsehen zu schauen!"

"Schon gut, Ernesto, beruhige Dich bitte! Dann will ich Dir erzählen, was wir aus dem TV erfahren mussten: Es sind wohl fünf Jungen gewesen, die hier in Sendong den Heger besucht, dort nackt geduscht und auch noch übernachtet haben. Ernesto, da sind die Worte Fotokamera, Fotos und Peniscontest gefallen."

Ernesto muss sich den Schweiß von Gesicht und Hals wischen: "Irgendeiner der Nachbarn hat auch so etwas gefaselt. Darauf gebe ich nichts. Dieses dumme Gequatsche im Dorf!"

"Das sehen wir aber ganz anders, Ernesto!", entgegnet Pagut kühl und fragt: "Wie steht Ihr denn zu diesem Deutschen?"

"Das ist unser aller Freund. Der kommt schon so lange - immer und immer wieder - in unser Dorf. Er ist ein sehr umgänglicher Typ, gibt öfters mal einen aus, ist immer freundlich. Ja, und natürlich unterstützt der auch einige Kinder und Jugendliche in der Schule. Auch meine Söhne, den Sam und den Jonathan."

Der Cousin hat plötzlich ein erstauntes Gesicht, fragt ein langgezogenes "Was?" und wiederholt: "Unterstützt auch einige Kinder?" Er wird ärgerlich und wedelt beim Reden wild mit dem rechten Zeigefinger in der Luft herum: "Ernesto, das Unterstützen von Kindern ist unsere Aufgabe, die Aufgabe des BSWD und wenn Not am Manne ist, könnt Ihr immer gerne vorbeikommen! Das weißt Du und alle Eltern wissen das auch!"

Ernesto will protestieren, denn seine Erfahrungen sind vollkommen andere. Er lehnt sich zurück und fragt die Frage, die ihm schon die ganze Zeit durch den Kopf geht: "Ron, was verdammt noch mal willst Du eigentlich?"

Der aber antwortet mit einer Gegenfrage: "Warum seid Ihr sofort nach Tugalm City gereist? Wegen Heger oder wegen Eurer Söhne?"

Ernesto ist über diese Frage verwundert, fühlt sich überfahren und stottert: "Na, wegen beidem."

Pagut erhebt sich ein wenig vom Stuhl und antwortet erneut sehr laut mit einer Frage: "Wer ist Dir denn wichtiger, Ernesto, Dein Sohn oder dieser Deutsche?"

Ernesto sammelt sich noch, doch da kommt schon die nächste Salve von Pagut: "Ernesto, Du und ich sind beim Staat angestellt. Ich hier im BSWD und Du in Deiner Fischervolk Genossenschaft. Dann hast Du auch noch den Hut für Eure Hühnerfarm und die Fischzucht im Dorf auf. Das stimmt doch, oder?"

"Verdammt, Ron, worauf willst Du hinaus?", fragt Ernesto mit einem unguten Gefühl in der Magengegend. Sein Blutdruck steigt und ihm ist nun furchtbar heiß.

Wieder kommt keine direkte Antwort von Pagut: "Da kommt so ein Ausländer daher, verwöhnt Euch, gibt Geld für die Schule und im Gegenzug überlasst Ihr dem Eure Kinder?"

"Nein, nein, so ist das nicht, Ron! Du siehst das im völlig falschen Licht." Ernesto ist verärgert.

Pagut steht jetzt auf und schreitet wie ein alter Oberlehrer mit gefalteten Händen auf dem Rücken durch das Büro. Er ist wieder ruhig und sachlich: "Aber so wirkt es nun einmal, Ernesto. Für mich und für die anderen wirkt das leider so, genau so!"

Ernesto folgt mit nervösen Blicken dem Cousin und bringt nur ein krächzendes "Ron, sage endlich, auf was Du hinaus willst" heraus.

Pagut spricht nun in sanftem Ton: "Denke an Deine Anstellungen im Dorf, Ernesto. Das bringt doch eine Menge für Dich ein. Gut, ich will Dir sagen, was wir wollen: Wir wollen, dass Du mit uns zusammen arbeitest und auch die anderen Eltern auf unsere Seite bringst."

"Wer ist uns?", fragt Ernesto genervt.

"Das BSWD natürlich, mein Lieber."

Ernesto ist nun vollkommen am Boden zerstört. Er will nur noch raus, braucht frische Luft, denkt daran, zu Hause sofort die Karaoke anzuwerfen und ein paar Lieder zu grölen. Einfach nur um runterzukommen, abzuschalten und zu verdrängen. Vielleicht kann er unterwegs zwei oder drei kalte Biere besorgen? Es ist zwar noch früh, aber das ist nun auch egal. Der Tag ist sowieso versaut.

Dennoch versucht er sich noch einmal gegen den Cousin aufzubäumen: "Ron, der Heger ist unser Freund und ein wirklich netter Mensch. Der tut unseren Kindern nichts an und die Jungen haben auch nichts Übles in den Verhören berichtet. Wir glauben an ein Missverständnis."

"Herrgott, Ernesto, die Bürgermeisterin hat mich gestern privat angerufen! Sie duldet diese Sachen in unserer Stadt nicht. Dir ist sicherlich nicht bekannt, dass die Philippinen wegen dieser Dinge in der Welt verrufen sind? Dieser Sextourismus, Cybercrime und was es dort draußen sonst noch alles Widerwärtiges gibt."

"Ich weiß davon nichts, Ron und ich habe in meinem Leben noch niemals unsere Insel verlassen. Ich bin überzeugt, dass Tommy, also der Heger, damit nichts zu tun hat."

"Das Problem liegt ganz woanders. Das Problem ist, dass es zum Politikum wird."

Ernesto fehlt zu weiteren Argumenten die Energie.

Gut, dass sein Cousin in diesem Moment kurz auf die Armbanduhr blickt.

"Okay, Ron, ich muss dann auch los!", platzt es aus Ernesto heraus. "Die verdammte Pflicht ruft." Er wartet eine Antwort nicht ab, sondern ist schon an der Tür, da sagt Ron: "Ernesto, vergiss nicht, wir sind eine Familie, wir halten zusammen und sei nicht dumm. Du weißt, auf welcher Seite Du stehst!"

Ernesto verharrt kurz an der Tür, dreht sich nicht mehr um, nickt nur schnell und ist sofort aus dem Raum hinaus.

Nun sitzt er in der laut knatternden Motorela, die ihn zurück ins Dorf bringt. Langsam kommt er zu sich und beginnt, das Chaos im Kopf zu ordnen. "Verdammt", flüstert er ärgerlich, "ich habe meine Frage, wann die Jungen endlich nach Hause kommen, nicht gestellt!"

10.03. Der Staatsanwalt

Niemand ist gekommen und so ist meine linke Hand, die immer stärker schmerzt und beginnt anzuschwellen, auch nicht begutachtet worden. Zwischen acht und neun Uhr haben bewaffnete Officers einige Insassen abgeholt. Zuvor mussten sie sich diese albernen gelben T-Shirts mit dem auf den Rücken aufgedruckten "PNP Detainee" überziehen. Ich weiß, dass sie in die Hall of Justice, das Gerichtsgebäude, gebracht werden. Mich beachtet man nicht, obwohl ich doch auch einen Termin im Gericht habe.

Auf Zehenspitzen stehe ich auf dem Bett und spähe durch den Fensterspalt, denn die Flag Ceremony ist im Gange. Es ist das gleiche Schauspiel wie eine Woche zuvor. Mir kommt die Tüte mit meinen Exkrementen im Gebüsch hinter dem Zellenhaus in den Sinn. Die Hunde habe ich nicht wiedergesehen, die die erste Tüte gefunden, weggeschleppt und sich darum gestritten haben. Ma'am Papillio und Ma'am Tolisan nehmen auch heute nicht am feierlichen Hissen der philippinischen Flagge teil. Die Officers Sarang und Pangutana aber schon. Schneidig und stramm stehen sie in Reih und Glied zwischen den Kollegen, starren geradeaus und lauschen andächtig der Ansprache des Majors. Sie sehen gut aus und wirken stolz in den tadellosen dunkelblauen Uniformen mit den hohen Polizeimützen.

Hinter mir tut sich etwas. Das Schloss knackt und die Gitterstabtür quietscht: "Sir Heger, mitkommen, Termin im Gericht!"

'Endlich einmal einer, der sagt, worum es geht, wenn auch im Befehlston', sinniere ich und bin der Dinge wegen, die da heute passieren mögen, aufgeregt.

Auf dem Weg in die Polizeistation denke ich mit Bangen an den Attorney: 'Hoffentlich erscheint er und hoffentlich bringt der die Zeugenaussagen der Eltern und meiner Freunde mit.'

Ma'am Tolisan wendet meine linke Hand und schüttelt den Kopf. Das von mir aufgeklebte Pflaster hat sie entfernt und gegen einen leichten Verband getauscht. "So, Mr. Heger, das muss fürs Erste reichen. Wir werden Sie aber auf jeden Fall einem Arzt vorführen. Nun aber müssen wir zunächst einmal ins Gericht. Sie wissen ja, der Staatsanwalt wartet."

In dem Moment rauscht Ma'am Papillio ins Büro: "Guten Morgen, Mr. Heger, oh, Ihre Hand!" Sie wendet sich Ma'am Tolisan zu: "Ma'am, guten Morgen, legen Sie Mr. Heger vorsichtig die Handschellen an. Aber nicht auf dem Rücken! Wir müssen sofort los." Sie nimmt eine dünne Akte vom Schreibtisch und spricht zu mir: "Um die Hand kümmern wir uns später."

Wir sitzen auf einer Holzbank in einer Nische eines Flures, der von einem Innenhof des Gerichtsgebäudes abgeht. Gekommen sind wir mit dem schweren Toyota Polizei Pick-up. Am Entree haben uns zwei Polizisten, die als Pförtner dort arbeiten, freundlich begrüßt. Die Polizistinnen und der Officer, der uns begleitet, mussten dort die Waffen hinterlegen. Weder die Kinder noch deren Eltern noch mein Attorney sind zu sehen. Im Flur ist es düster und es riecht ähnlich wie in den Büros der Polizeistation nach feuchtem Papier. Zwischen den Bürotüren stapeln sich merkwürdigerweise Einarmige Banditen. Wahrscheinlich konfiszierte Geldspielautomaten aus illegalem Glücksspiel. Die selbstgebauten Kisten sehen ulkig aus, mit den grob gezimmerten Holzgehäusen. Da stehen auch zwei verunfallte und verstaubte Motorräder. Gesäumt werden die Dinge von jeder Menge aufgetürmter Akten, kaputten Klimaanlagen und defekten Geräten.

Am Ende des Flurs wird eine Tür geöffnet und eine ältere Frau gibt Zeichen. Dann verschwindet sie wieder. Wir begeben uns vor diese Tür und sitzen erneut in einer Nische. Im Raum hinter der Tür geht es geräuschvoll zu, denn ein Mann redet sehr laut und brüllt sogar einige Male. Das Schluchzen von Kindern und Frauen ist ebenfalls zu hören. Ich erkenne Rica, Lang und die fünf Jungen. Sicherlich befindet sich auch Mik-Mik im Raum hinter der Tür.

Es ist eine dieser Situationen, die wirklich niemand im Leben erleben möchte. Verzweifelt fahre ich mir mit den Händen, die mit Handschellen gefesselt sind, durch das vom Schweiß feuchte Haar und grüble: 'Verdammt, dort hinter dieser Tür werden gerade die Kinder fertig gemacht und ich sitze hier draußen und kann nichts tun. Wirklich gar nichts! Mir sind in jeder Hinsicht die Hände gebunden.' Ich fühle mich ob der Qualen, die meine Freunde erleiden müssen, schuldig, weil ich der Auslöser des Dilemmas bin. Mir ist hundeelend zu Mute.

Dann dieses schamlose Angeglotzt werden. Jeder, der vorbeikommt, starrt mich an, als hätte ich drei Augen im

Gesicht. Vorbeiziehende Gruppen reagieren erstaunt, bleiben dann auf Abstand stehen, werfen mir verstohlene Blicke zu, tuscheln und zeigen sogar mit Fingern auf mich. Ich wünsche mir, die Erde möge sich auf der Stelle auftun, damit ich, der Ausländer, für immer in diesem Spalt versinken kann.

Seit einigen Minuten ist es hinter der Tür und auch hier draußen im Flur ruhiger geworden. Das Licht am Eingang des Flures verändert sich. Die Schemen einer breiten Person werden erkennbar. Es ist mein Attorney und im Schlepptau eilt Franco hinterher. Sie wirken wie Vater und Sohn, da Franco mindestens zwei Köpfe kleiner und um Vieles schmächtiger als der Attorney ist.

Vor Freude springe ich auf und reiße die gefesselten Hände hoch. Das lässt die zwei Polizistinnen und den Officer zusammenzucken. Ich lasse die Arme sinken - meine Begleiter entspannen sich - und begrüße den Attorney De Baron herzlich, indem ich mit meinen beiden Händen seine rechte Hand heftig schüttele.

Der Attorney nickt kaum sichtbar den Polizistinnen und dem Officer zu.

"Franco, Du wolltest doch zurückreisen?"

"Tommy, ich fahre morgen oder übermorgen. Ich kann Dich doch jetzt nicht im Stich lassen."

"Attorney, haben Sie die Zeugenaussagen dabei?"

Der grinst als Antwort und klopft auf einen transparenten Umschlag, in dem sich ein dünner Ordner aus Pappe befindet.

Franco grinst ebenfalls, schaut kurz zu den Officers und flüstert: "Alles unter Kontrolle, Tommy."

De Baron räuspert sich: "Mr. Heger, sprechen Sie nur, wenn sie gefragt werden. Antworten Sie nur auf die gestellten Fragen und fassen Sie sich möglichst kurz."

Ich nicke.

"Reden Sie den Staatsanwalt mit "Sir" an!"

"Okay, okay!", erwidere ich ungeduldig.

"Und reden Sie langsam, Mr. Heger, damit es keine Missverständnisse gibt."

"Mache ich!"

"Sie haben das Recht zu schweigen, Mr. Heger. Belasten Sie sich nicht selber!"

"Natürlich, Attorney!"

Endlich öffnet sich die Tür.

Schon wieder ein Mittvierziger, hageres - wahrscheinlich vom Alkohol - ausgemergeltes Gesicht, mit diesen für die Menschen der Region typischen wulstigen Lippen. Seine Hautfarbe ist tiefbraun und er kann erstaunlich dichtes Haar aufweisen. Der Staatsanwalt Escandor begrüßt uns mit einem knappen: "Setzen Sie sich bitte dort hin."

Wie so oft auf den Philippinen hat auch dieser Raum, mit der als Klotz in einem Fenster hängenden Klimaanlage, die gefühlte Temperatur eines Kühlschranks. Meine Polypen schwellen sofort an und meine Nase ist nach wenigen Sekunden zu. Gut, dass ich ein kleines Tuch dabei habe. Ich schnäuze mich.

Die Kinder blicken mich nur ganz kurz, sehr scheu und verwirrt an. Dan schluchzt noch ab und an. Er sitzt neben seiner Mutter Lang, die ihn tröstet und an sich drückt. Wie auch Dan, sehen Jan, Sam, Aboy und Phil mitgenommen aus. Die beiden Letzteren sitzen links und rechts neben Mik-Mik. Der Staatsanwalt muss die Kinder hart ins Verhör genommen haben. Die Gesichter der Mütter Rica und Lang sind versteinert. Aus ihnen ist jegliche Fröhlichkeit gewichen. Nur Mik-Mik grinst mich verstohlen an.

Dem Staatsanwalt zur Seite sitzt die ältere Sekretärin, die vorhin zur Tür hinausgeschaut hat. Der Staatsanwalt streicht die Zettel vor sich glatt und hustet in die hohle Hand: "Mr. Heger, Sie kennen die Kinder und deren Eltern?"

Mein Hals ist trocken, ich huste und antworte: "Ja, schon sehr lange." Mir kommen des Attorneys Worte in den Sinn und ich korrigiere mich: "Ja, Sir, schon sehr lange!"

Die Sekretärin fliegt beim Schreiben über das gelbe Papier. Ich denke, sie wird wohl eine Stenografin sein.

"Sie sind Deutscher?"

"Ja, Sir."

"Was machen Sie in unserem Land?"

"Sir, ich bin Tourist, reise ein wenig herum und besuche die schönen Orte Ihres Landes, wie zum Beispiel, Strände, Inseln oder Wasserfälle, die Hotspots sozusagen."

"Aber die Kinder und die Eltern haben erzählt, Sie reisen immer in deren Dorf und bleiben dort die meiste Zeit, wenn Sie im Land sind."

"Oh, ja, Sir, ich bleibe immer erst einmal im Dorf und unternehme von dort dann meine Ausflüge."

"Und immer mit diesen oder anderen Kindern?"

Ich komme jetzt schon ins Schwitzen und stottere: "Manchmal, Sir, ja."

Die Sekretärin schreibt, der Staatsanwalt macht Notizen.

"Wenn Sie als Tourist kommen, warum gehen Sie dann nicht in die Resorts oder Hotels?"

"Sir, was ich überhaupt nicht leiden kann, dann sind es Landsleute oder andere Ausländer im Urlaub. Deshalb gefällt es mir im Dorf ja so gut. Dort bin ich der einzige Ausländer, na ja, fast der einzige." Sofort erinnere ich mich der Worte des Attorneys und bereue, so viel gequatscht zu haben.

"Warum das?"

Mir fällt kein Argument ein, warum ich nicht im Urlaub Landsleute sehen will. Es platzt aus mir heraus: "Dort in diesen Touristenhochburgen kann ich nicht entspannen - mich nicht erholen."

"Gut!", ist des Staatsanwaltes einzige Reaktion. Es folgen qualvolle Sekunden des Schweigens, denn der Staatsanwalt denkt nach und spielt dabei mit dem Kugelschreiber: "Gut!", wiederholt er und führt aus: "Und als Tourist supporten Sie philippinische Kinder?"

"Ja, weil ich doch schon so lange ins Dorf reise und ich deshalb die Eltern schon so lange kenne." Ich huste und schnäuze mich: "Entschuldigung, Sir, die Klimaanlage, habe wohl eine Allergie dagegen. Sir, die Kinder kenne ich seit deren Geburt." Ein weiteres Mal denke ich: 'Verdammt, ich rede zu viel.' Ich blicke verstohlen zum Attorney. Der reagiert nicht und wirkt abwesend mit seiner ausdruckslosen Miene.

Auf die Klimaanlage geht der Staatsanwalt nicht ein: "Aber haben Sie nicht gesagt, Sie reisen umher und besuchen touristische Hotspots? Das Dorf ist doch bestimmt kein Ort für Touristen oder ein Hotspot?" Er grinst breit und dreht den Kugelschreiber in den Händen.

Ich bin schon wieder in Bedrängnis: "Ja, aber zum Erholen und Relaxen ist das Dorf sehr gut, Sir."

"Ist das eine Erholung für Sie, Mr. Heger, mit fünf philippinischen Jungen umher zu reisen?"

"Damit habe ich keine Probleme, Sir. Philippinische Kinder sind - im Gegensatz zu vielen deutschen Jungen, ähm, ich meine Kinder - sehr ruhig, hilfsbereit, respektvoll und lieb." Abermals ärgere ich mich über mich selber, da ich erneut zu viel geredet habe. Auch der Attorney zuckt nervös mit einem Augenlid.

"Liebe Jungen?", wiederholt der Staatsanwalt gedehnt. "Was meinen Sie damit?"

'Eigentor!', denke ich und verfluche mich. "Nett und zuvorkommend", stöhne ich und traue mich nicht, den Schweiß aus meinem Gesicht zu wischen.

"Gut, gut!", wehrt der Staatsanwalt ab. Er scheint genervt zu sein und fährt fort: "Sie kennen die Jungen also seit deren Geburt?"

"Ja, Sir!"

"Und die sind Ihnen ans Herz gewachsen?"

'Sei auf der Hut, Tommy!', erklingen die Alarmglocken in mir. 'Das ist eine Fangfrage!'

Mit einem gedehnten "Nun ja, Sir", versuche ich Denkzeit herauszuschinden. "In erster Linie sind die Väter meine Freunde, die Jungen sind halt immer dabei und um uns herum. Es sind so sehr viele Kids, Sir, dort im Dorf und die scheinen sehr an mir interessiert zu sein. Vielleicht, weil ich Ausländer bin?"

"Okay, Mr. Heger, ich bin es, der hier die Fragen stellt und ich bitte Sie, meine Frage zu beantworten!", beendet der Staatsanwalt meine Rede.

Ich denke: 'Genau das habe ich doch gemacht, seine Frage beantwortet.'

"Verhält es sich nicht eher so, Mr. Heger, dass nicht die Kinder an Ihnen, sondern Sie an den Kindern interessiert sind?", fragt der Staatsanwalt und betont dabei jedes Wort.

'Scheiße!', denke ich, 'Du Idiot, das ist das zweite Eigentor!' und stottere: "Nein, nein, Sir, zunächst einmal sind die Väter meine Freunde."

Der Staatsanwalt blickt kritisch, zieht den linken Mundwinkel nach oben und scheint verärgert zu sein: "Wenn Sie von Sendong City hierher nach Tugalm City reisen, frage ich Sie, Mr. Heger, warum reisen Sie nicht am selben Tag zurück? Warum nur - in Gottes Namen - haben Sie im Hotel eingecheckt?"

Ich bin zerknirscht: "Das ist eine gute Frage, Sir, wäre ich doch bloß am gleichen Tag zurück!"

"Sir Heger, bitte beantworten Sie meine Frage!"

'Verdammt!', sinniere ich, 'Denke endlich, bevor Du dummes Zeug redest oder Deine Gedanken hier preisgibst.' Mir kommt Officer Sarang in den Sinn, denn über diese Frage haben wir geredet. Überhastet bringe ich die Argumente, die ich mir nach dem Gespräch gedanklich zurechtgelegt habe, vor: "Die miserablen Straßen mit sehr vielen Baustellen. Stop-

and-Go, Sir. Vier Stunden Reisezeit, anstatt nur zwei! Mitten in der Nacht zurück nach Sendong kommen? Nein, Sir, zu gefährlich. Dann keine Motorela ins Dorf und totaler Stromausfall. Ich mit fünf übernächtigten Kindern am gefährlichen Busterminal, nein, Sir. Da ist es doch besser, eine Nacht im Hotel zu bleiben und am nächsten Morgen zurückzufahren."

Die Sekretärin beugt sich zum Staatsanwalt und flüstert ihm etwas zu. Der räuspert sich: "Mr. Heger, bitte sprechen Sie langsam und deutlich. Ma'am versteht Sie nicht." Er fasst zusammen: "Sie schlafen also zum Schutz der Kinder im Hotel."

"Sorry, Sir, ich werde langsamer sprechen und ja, natürlich, ich schlafe nur zu unserem Schutz im Hotel!"

"Sie sagen, Sie haben eine Allergie gegen Klimaanlagen?"

Ich erinnere mich wieder an das Gespräch mit Officer Sarang heute in der Früh: "Ja, Sir, ich vertrage wohl Klimaanlagen nicht so gut. In meinem Land gibt es selten Räume mit Klimaanlagen. Deutschland ist kein tropisches Land wie die Philippinen, Sir."

"Gut, gut", entgegnet der Staatsanwalt vielsagend. "Die Kinder haben berichtet, Sie hätten sich eine Erkältung eingefangen und seien deshalb auch nicht baden gewesen."

"Korrekt, Sir!"

"Und deshalb hätten Sie auch die Klimaanlage im Hotelzimmer abgestellt? So steht es im Bericht von Ma'am

Papillio." Er grüßt Ma'am, die hinter mir sitzt. Dort sitzt auch diese arrogante Mitarbeiterin des BSWD, die im Hotel an die Tür klopfte und ihr zur Seite ein weiterer Officer. "Es heißt dort im Bericht weiter, der Raum sei sehr warm und stickig gewesen, als Sie die Damen und Herren eingelassen haben."

"Korrekt, Sir!"

"Und dass die Jungen sich fast nackt schlafen gelegt haben, das ist Ihnen entgangen?"

"Darauf habe ich nicht geachtet, Sir. Die müssen sich ausgezogen haben, als ich schon gedöst habe. Aber alle hatten doch zumindest die Unterhosen an."

"Mr. Heger, bitte beantworten Sie nur meine Frage!"

Ich beantworte die Frage noch einmal: "Ja, Sir, das ist mir entgangen."

"Danke, Mr. Heger. Einige Fragen noch: "Ich lese und höre von den Eltern, ich habe es ja auch schon erwähnt, dass Sie einige Kinder in der Ausbildung unterstützen. Sind Sie da in irgendeiner wohltätigen Vereinigung oder in einer NGO tätig?"

"Nein, Sir."

"Warum spenden Sie nicht dorthin? Warum direkt an die Eltern und warum direkt an die Kinder? Ich lese, Sie wollten Dinge für die Schule kaufen, haben das aber dann nicht getan? Dafür haben Sie den Kindern Cellphones gekauft!"

"Nein, Sir, bei diesen Spendenvereinen bin ich vorsichtig. Wie viel kommen denn von 5.000 gespendeten Pisos tatsächlich bei den Kindern an, Sir? Vielleicht 1.000 Piso? Die Dinge für die Schule wollten wir am nächsten Tag im Gaisano besorgen. Die Cellphones sind meine Weihnachtsgeschenke an die Familien - an die Eltern."

Der Staatsanwalt schaut mich mit kritischem Blick an. Unmöglich hinter seine Fassade zu schauen oder seine Gedanken zu lesen.

Nun mischt sich Attorney De Baron ein: "Sir Escandor, entschuldigen Sie bei allem Respekt, Sir, wir haben bereits Zeugenaussagen, die Counter Affidavits, der Eltern und von Hegers Freunden. Darf ich Ihnen die überreichen?"

Der Oberstaatsanwalt grinst breit: "Aber Attorney De Baron, Sie wissen doch, dass Sie Unterlagen bei meiner Sekretärin abzugeben haben. In doppelter Ausführung, sodass Sie auf Ihren Kopien den Stempel zur Einlieferung bekommen."

"Ja, natürlich, Sir, ich weiß das. Ich erledige das."

'Der Attorney zeigt doch ein sehr unterwürfiges Verhalten', denke ich.

"Attorney, warum kommen Sie jetzt schon mit Zeugenaussagen? Bis dato gibt es doch weder eine Anzeige noch eine Anklage gegen Mr. Heger. Wie wollen Sie denn adäquat mit Zeugenaussagen auf eine fiktive Anklage reagieren?"

De Baron überlegt einige Sekunden, er wirkt dabei wie ein Schuljunge, der beim Schummeln erwischt worden ist: "Ähm, ja, Sir, vorsorglich."

Der Staatsanwalt reagiert süffisant: "So, so, vorsorglich. Das ist ein sehr ungewöhnliches Vorgehen, Attorney."

Einerseits bin ich sehr erleichtert, da der Staatsanwalt gerade gesagt hat, es gebe gar keine Anklage, andererseits wundere ich mich über das gerade stattgefundene Gespräch über die Zeugenaussagen. 'Aber sind die nicht sowieso irrelevant, wenn es gar keine Anklage gibt?', überlege ich. Hoffnung keimt in mir. Eine Hoffnung auf ein schnelles Ende dieser unsäglichen Geschichte.

Der Staatsanwalt schaut auf die laut tickende Wanduhr, die fünfzehn Minuten vorgeht. Er beachtet mich schon gar nicht mehr: "Ma'am Papillio, danke sehr für den ausführlichen Bericht. Bitte bringen Sie Mr. Heger zurück in die Polizeistation. Ma'am Solano, die Kinder können ebenfalls zurück in Ihr Heim. Danke für Ihr Erscheinen."

10.04. Konfusion

Wir versammeln uns und verharren im Flur. Die Sozialarbeiterin des BSWD und der ihr zur Seite stehende Officer versuchen die fünf Jungen vor uns abzuschirmen.

Rica spricht schnell zu den Kindern: "Ihr habt doch bestimmt großen Hunger? Wir bringen Euch gleich gegrilltes Hühnchen ins BSWD."

Lang fügt hinzu: "Nun schaut nicht so traurig, wir kaufen auch Cola, Obst und Schokolade." Sie stellt sich plötzlich neben Dan, zieht ihn an sich und streicht ihm übers Haar. Dabei blickt sie die Polizistinnen an und sagt resolut: "Und dann kommen wir Euch besuchen!"

Ma'am Papillio nickt, das ist für alle klar erkennbar, ganz leicht.

Dan schluchzt: "Aber kein Essen für unsere Freunde, Ma. Die sind nämlich weg."

Lang fragt erstaunt: "Weg?"

Aboy und Jan wiederholen gleichzeitig leise: "Einfach weg."

Die Jungen schauen traurig drein und die Mitarbeiterin des BSWD blickt mit verkniffenen Gesicht zur Seite. Phil und Aboy stellen sich nah zu Mik-Mik.

"Ma'am, wie geht es denn nun weiter?" Rica ist ungeduldig und nervös. Sie nimmt ihren Sam an die Hand und zieht ihn an sich.

"Das obliegt dem Staatsanwalt und eventuellen anderen Entwicklungen", antwortet Ma'am Papillio ausweichend.

Rica zuckt mit den Schultern, gibt sich dennoch mit der Antwort zufrieden und sagt zu Sam: "Alles wird gut. Papa fährt heute ins BSWD zu seinem Cousin."

'Jetzt sind zum ersten Mal alle Beteiligten an einem Ort versammelt', denke ich. 'Nur die Väter Romolo, Ernesto und Matthew fehlen.'

Mik-Mik fragt mich: "Tommy, Du siehst müde aus. Geht's Dir gut?"

Jetzt bin ich es, der mit den Schultern zuckt. Der Attorney mustert schon die ganze Zeit erstaunt die verstörten Kinder. In dem Moment kommt Franco gut gelaunt den Flur entlang. Er wollte nicht mit in das Büro.

Da der Name der Sozialarbeiterin schon mehrfach gefallen ist, weiß ich nun, sie heißt Solano. Plötzlich ruft sie aufgeregt: "Gut, Kinder, wir müssen zurück." Den Müttern nickt sie zu, dann breitet sie die Arme aus und beginnt, die Kinder vor sich her den Flur entlang in Richtung Ausgang zu schieben. Rica und Lang haben es jetzt ebenfalls eilig. Mik-Mik schließt sich den Frauen an und Franco soll mich in der Polizeistation besuchen, damit ich nicht einsam und allein in der Zelle verharren muss. Er bekommt Geld von mir, sodass er für uns gegrilltes Huhn besorgen kann. Michael verspricht, auf jeden Fall heute noch bei mir vorbeizuschauen.

"Ma'am, habe ich fünf Minuten, um mit meinem Attorney zu sprechen?"

Ma'am Papillio schaut auf ihre Uhr, sagt dann aber: "Ja, natürlich."

Wir setzen uns in die Nische. Auch Franco begibt sich zu uns.

Der Attorney eröffnet das Gespräch: "Das sind aber sehr kleine Jungs!"

"Die Kinder hier in Ihrem Land sind in der Regel kleiner als in meinem, Sir."

Der Attorney blickt mich verständnislos an.

'Eigentlich ist das, was ich soeben geäußert habe, tatsächlich keine adäquate Reaktion auf seine Feststellung. Sicherlich ist das wirre Denken eine Folge der physischen und psychischen Erschöpfungszustände', sinniere ich, bin verärgert und frage mich: 'Ist das ein Wunder nach über einer Woche im Kerker - im stinkenden, feuchten Loch?' Zu allem Übel wird auch noch das Pochen in der linken Hand heftiger.

"Wie war ich, Sir?" Diese Frage brennt mir auf der Seele, seitdem wir den Oberstaatsanwalt verlassen haben.

Der Attorney räuspert sich: "Ja, ganz okay so weit, Mr. Heger. Sie sollten sich kürzer fassen. Aber das alles entscheidende Gespräch ist ja jetzt nun einmal vorbei."

Franco antwortet schnell: "Sir De Baron sagt, Du wärst okay gewesen. Das ist doch toll, Tommy! Beten und optimistisch bleiben."

Ich jedoch bin über die Antwort des Attorneys verwirrt und kann die weder als positiv noch als negativ werten. Der Kloß im Hals zwingt mich zum Schlucken. Ich frage ungläubig: "Es wird keine weiteren Gespräche mit dem Staatsanwalt geben?"

"Nein! Jedenfalls nicht in diesem Rahmen."

'Rahmen? Was für Rahmen soll es denn sonst noch geben?' Meine Gedanken äußere ich aber nicht, sondern frage stattdessen: "Sir, was ist mit meiner Zeugenaussage? Wir wollten die doch heute anfertigen."

"Warten wir der Dinge ab, die da kommen mögen, Mr. Heger. Erst dann sollten wir Ihre Aussage schriftlich festhalten."

"Was wird denn kommen, Sir?", frage ich neugierig.

De Baron grinst breit: "Mr. Heger, wenn ich in die Zukunft blicken könnte, wäre ich nicht hier."

'Soll das ein Scherz sein?', denke ich verwundert. Wieder eine Antwort, die nicht einzuordnen ist. 'Was ist nur los mit mir?', frage ich mich. 'Wo sind meine Power, meine schnelle Auffassungsgabe und die Kreativität beim Lösen von Problemen geblieben? Wohin sind mein Kampfgeist, die Schlagfertigkeit und meine Wortgewandtheit? Die Fähigkeiten, die mich im Berufsleben ganz weit nach vorne gebracht haben. Mensch, Tommy, reiß Dich endlich zusammen!' Mir fallen die Worte des Staatsanwaltes ein und ein wenig Optimismus keimt: "Attorney, der Staatsanwalt hat doch gesagt, es gäbe weder eine Anzeige noch eine Anklage gegen mich. Dann wäre doch alles okay?"

De Baron blickt auf seine Uhr: "Ja, Mr. Heger, wir werden sehen, wie sich das entwickelt."

'Verdammt', denke ich, 'kann der Kerl nicht einfach mit einem klaren "Ja" oder "Nein" antworten?' Ich verliere die

Geduld, denn schließlich bin ich in Haft und es geht um mein Leben. Ich bin kurz davor, die Contenance zu verlieren. Attorney De Baron bemerkt wohl, wie aufgewühlt ich bin und fragt atemlos: "Sir Heger, wann darf ich mit den versprochenen 120k Piso rechnen? Mein Erscheinen heute schlägt mit 4k zu Buche und dann die Zeugenaussagen der Eltern. Dafür erlaube ich mir jeweils 2k zu berechnen."

'Schlägt zu Buche', hallt es in meinem Gehirn nach und es verschlägt mir kurz die Sprache. Dann raune ich: "Heute ist doch erst Montag! Das Geld ist unterwegs. Keine Sorge, Sir. Ich muss meine Familie kontaktieren. Die Polizistinnen um Erlaubnis zum Telefonieren fragen." Ich stöhne besorgt: "Wie viele Aussagen sind es denn geworden?"

Er holt die Papiere aus dem transparenten Umschlag: "Ich zähle acht."

"Also wären das 16.000 Piso?", stottere ich ungläubig und nehme mir vor, ab sofort Notizen über die Ausgaben zu machen.

Der Attorney nickt schnell.

Ich seufze: "Okay, Sir!"

Erneut blickt Attorney De Baron auf seine offensichtlich falsche Rolex: "Entschuldigen Sie mich, Mr. Heger, aber ich habe heute Nachmittag einen Gerichtstermin. Ich muss nun wirklich los."

Auch Ma'am Papillio schaut mit einem Seitenblick auf ihre zierliche Armbanduhr.

"Aber Attorney", protestiere ich verzweifelt, "sagen Sie mir bitte, wie es jetzt weitergeht!"

"Das obliegt nun dem Staatsanwalt."

Diese Antwort habe ich heute schon einmal gehört. Ma'am Papillio und Ma'am Tolisan nicken, wenn auch kaum sichtbar.

"Kann ich denn nicht auf Kaution raus, wie in den USA, Sir?"

"Das, Mr. Heger, kann das Gericht erst entscheiden, nachdem es eine Anklage gibt. Hoffen wir, dass es so weit erst gar nicht kommt." Der Anwalt ergänzt: "Beten Sie, Mr. Heger, beten Sie!" Franco nickt heftig!

In mir grollt es: 'Dieses ständige "Beten Sie" nervt langsam. In meiner Welt beginnen wir zu beten, wenn Systeme so aus dem Ruder laufen, dass auch nach menschlichem Eingreifen es unausweichlich zur Katastrophe kommt. Das Problem hier muss doch mit gesundem Menschenverstand zu lösen sein und nicht mit Beten. Welchem Boxer hilft denn Gott, wenn sich beide vor dem Kampf bekreuzigen? Verdammt, ich weiß ja nicht einmal, wer mein Gegner in der anderen Ecke ist?'

Ich wende mich den Polizistinnen zu: "Ma'ams, ich muss heute Abend unbedingt mein Cellphone benutzen." Dann fixiere ich den Attorney und ergänze schroff: "Es geht ums Geld!"

-★-

10.05. Krankenhaus

Der schwere Polizei-Pick-up schaukelt durch den Verkehr. Wir befinden uns im Fond der Fahrerkabine. Franco und der Officer sitzen auf den beiden Bänken der Pritsche hinter uns. Ma'am Papillio sitzt links neben mir und rechts von mir schaut Ma'am Tolisan aus dem Fenster. Eine der beiden Damen hat ein sportlich-erfrischendes Parfüm aufgelegt.

"Während Sie vorhin so angeregt mit dem Attorney beschäftigt waren, habe ich für Sie einen Termin im Krankenhaus organisiert. Ich kenne den Oberarzt persönlich. Ein sehr fähiger Mann!"

"Danke, Ma'am Papillio. Das wird nun langsam auch nötig. Die Schmerzen werden stärker und es hat sich entzündet."

"Der Arzt wird schon wissen, was zu tun ist", antwortet Ma'am kurz und fährt fort: "Warum reisen Sie wirklich auf die Philippinen?"

"Wieso wirklich, Ma'am?"

"Mister Heger, was Sie dem Staatsanwalt erzählt haben - wie soll ich es sagen - klingt nicht sehr überzeugend."

"Nicht?", antworte ich überrascht.

"Na ja, Mr. Heger. Hotspots? Wenn Sie nur Hotspots besuchen wollen, können Sie doch auch in jedes andere asiatische Land reisen."

"Ihr Land ist schön! Sie haben immer warmes Klima, das mir gut bekommt. Es ist fast immer blauer Himmel und die Sonne scheint, super Strände, Wasserfälle und oft unberührte Natur. Die Filipinos sind sehr nette, ruhige Menschen, die zwar sehr arm, aber nicht aggressiv sind. Dann sind die Philippinen ein christliches Land und viele sprechen recht gutes Englisch und die Schrift ist, anders als in China, Indien oder Thailand, lesbar. Ich liebe Ihr Land, Ma'am!"

"Und die kleinen süßen Filipinos!", flüstert Ma'am Papillio. Ma'am Tolisan blickt kurz nach vorn, nickt und schweigt.

Ich weiß - verdammt noch mal - wieder nichts dem entgegenzusetzen. 'Vielleicht kommt meine fehlende Schlagfertigkeit vom nervenaufreibenden Gespräch mit dem Staatsanwalt, von der entwürdigenden Zelle oder es liegt an der gesamten prekären Situation. Ich bin schon wieder am ergebnislosen Analysieren', denke ich. Es schaudert mir und ich entgegne gepresst: "Das sind die Kinder meiner Freunde, Ma'am und sonst nichts!"

"Wir sind gleich im Krankenhaus. Haben Sie Bargeld für die Rechnung dabei? Da fällt bestimmt einiges an."

"Hab ich, Ma'am."

"Gut, dann können Sie die Rechnung des Krankenhauses sofort begleichen. Schön, dass der gutaussehende junge Mann mitgekommen ist. Der kann die Medikamente für Sie besorgen. Ich denke, Sie bekommen mindestens ein Antibiotikum."

"Gutaussehender junger Mann?", wiederhole ich ärgerlich. "Ohne mich, Ma'am, würde Franco nicht da hinten sitzen! Dem habe ich vor ein paar Jahren das Leben gerettet. Er hatte zum zweiten Mal Denguefieber. Nun fühlt er sich mir verbunden! Das ist alles!"

"Sie brauchen sich hier nicht zu verteidigen, Mr. Heger, ich verstehe Sie. Aber gestatten Sie mir noch eine Frage: Wie sind Sie denn an De Baron gekommen?"

"Der wurde mir empfohlen, Ma'am."

Ma'am Tolisan mischt sich in das Gespräch: "Haben Sie nicht mit Attorney Pizarro gesprochen?"

"Doch, ja, Ma'am. Aber was spricht denn gegen De Baron?"

Ma'am Papillio antwortet: "Erst einmal nichts, Mr. Heger. De Baron gewinnt auch den einen oder anderen Fall."

Ma'am Tolisan ergänzt: "Aber für die großen Fälle ist der nicht bekannt."

Wegen des Ärgers fällt es mir schwer, meine Stimme im Zaum zu halten: "Großer Fall? Warum denn großer Fall? Verdammt, ich habe doch niemanden umgebracht, vergewaltigt, geschlagen, gefoltert oder entführt. Ich habe nichts getan! Herrgott, warum sprechen alle vom großen Fall?"

"Es sind fünf kleine philippinische Kinder involviert", entgegnet Ma'am Papillio trocken.

"Na, so klein sind die nun auch wieder nicht!" Der Fahrer räuspert sich, ich bin wohl zu laut.

"Und dann noch Sie, ein Ausländer als mutmaßlicher Täter!" Ma'am Tolisans Stimme hat einen vorwurfsvollen Ton. Sie putzt ihr Cellphone mit einem Taschentuch: "Um noch einmal auf Attorney Pizarro zurückzukommen. Der hat es tatsächlich geschafft, diesen Amerikaner, der mit dem minderjährigen Mädchen im Hotel aufgegriffen worden ist, als unschuldig nach Hause ziehen zu lassen."

"Ja, das war eine Meisterleistung. Damit hatte niemand gerechnet", kommentiert Ma'am Papillio vollkommen emotionslos die Rede der Untergebenen.

Weil meine Hände gefesselt sind, kann ich mir nur mit beiden durch das Haar fahren. Ich werde immer wirrer im Kopf und mir ist, trotz der auf höchster Stufe arbeitenden Autoklimaanlage, heiß. 'Vielleicht bekomme ich Fieber', denke ich und will gerade fragen "Wie hat der das geschafft?", doch da stoppt der Wagen abrupt.

"Oh, wir sind schon da", bemerkt Ma'am Papillio.

Franco und der Officer springen ab und sofort wird die Tür auf Ma'am Papillios Seite geöffnet.

"Wir stehen am Polizeifahrzeug und warten, bis Ma'am Tolisan um den Wagen kommt, da sie an der anderen Seite ausgestiegen ist.

"Ma'am Papillio, wie hat der das geschafft?"

Sie schaut mich mit einem unergründlichen Lächeln an: "Fragen Sie Ihren Attorney und nun lassen Sie uns Ihre Hand verarzten."

Im Krankenhaus starrt mich niemand so schamlos wie im Gerichtsgebäude an, denn hier herrschen Chaos und Ausnahmezustand. Die Flure sind übervoll mit Menschen. Es ist laut und turbulent. Dort gibt es zwar einen halbmondförmigen Empfangstresen, an dem schreiten wir aber schnellen Schrittes vorüber, während Ma'am Papillio der Empfangsdame zunickt. Die gibt uns Zeichen, geradeaus zu gehen. Wir kommen in einen Raum, in dem Patienten zur Aufnahme oder zur Erstversorgung warten. Es gibt so gut wie keine medizinischen Apparate oder Monitore. An der Wand stehen nebeneinander unzählige Behandlungstische, die durch schmuddelige hellblaue Gardinen voneinander abgetrennt werden können. Dem gegenüber befindet sich der Wartebereich, der mit Menschen jeglichen Alters, Kranken, Verletzten, Gebrechlichen und deren Angehörigen, aber auch einigen Polizisten gut gefüllt ist. Ich werde gebeten Platz zu nehmen. Auf dem ersten Behandlungstisch liegt ein regungsloser Opa, daneben steht ein etwa 11-jähriger Junge, der geduldig den Beatmungsbeutel der Maske bedient, den sein Großvater auf Mund und Nase hat. Ob der alte Mann überhaupt noch lebt, kann ich nicht beurteilen. Der Junge erledigt seine Arbeit pflichtbewusst, ruhig und gleichmäßig. Seine Augen hellen sich auf, als er mich erblickt. Ein paar andere Kinder stehen um das Bett und schauen neugierig und fasziniert drein. Auch sie lächeln mir - der Langnase - freundlich zu. Weinen tut keines der Kinder. Dafür brüllt das Baby auf dem Nachbartisch umso lauter. Seine auf dem

Behandlungstisch sitzende Mutter, versucht verzweifelt es zu beruhigen. Hinter vorgezogenen Gardinen geht es hektisch zu. Scheinbar bindet der Fall derzeit alle Kräfte der Station. Der Officer, der die sichtgeschützte Szene bewacht, unterhält sich bereits angeregt mit dem Officer, der uns begleitet. Die Polizistinnen spielen mit ihren Cellphones.

Dass hier die Ärmsten der Armen sitzen, wird mir sofort klar. Aber auch hier in diesem Raum glotzt mich niemand so schamlos mit tötenden Blicken wie im Gerichtsgebäude an oder zeigt gar mit den Fingern auf mich. Nein, hier an diesem Ort ist das Gegenteil der Fall. Ich werde ausnahmslos von jedem nett gegrüßt und ich spüre die Solidarität untereinander. 'Vielleicht, weil es uns hier allen gleich schlecht geht? Vielleicht, weil der eine oder andere schon einmal in der gleichen Situation wie ich gewesen ist, in Begleitung gleich dreier Officers und in Handschellen?'

Franco reißt mich aus meiner Gedankenwelt. "Tommy, was hat die Polizistin da vorhin zu Dir am Polizeiwagen gesagt?"

"Wir haben über Attorneys gesprochen. Wusstest Du, dass Attorney Pizarro, mit dem hatte ich als erstem geredet, einen Amerikaner gerettet hat? Der ist mit einem minderjährigen Mädchen im Hotel aufgegriffen worden."

Franco antwortet nur mit einem "Aha?"

"Du, ich muss Attorney De Baron noch einmal überdenken."

Franco reagiert heftig: "Nein, Tommy, tue das bloß nicht. Schau doch mal, wie schnell De Baron reagiert hat, wie schnell unsere Zeugenaussagen fertig gewesen sind!"

"Lass uns später darüber reden", wehre ich die aufkommende Diskussion ab. Dazu habe ich gerade gar keine Lust und glücklicherweise steht plötzlich eine junge Schwester vor mir, mustert mich kurz, hält ihren Handrücken gegen meine Stirn, bemerkt "keine erhöhte Temperatur", legt mir ungefragt die Manschette des steinalten Blutdruckmessgerätes um den Oberarm und beginnt zu pumpen.

"Kein Fieber, Blutdruck normal", fasst sie zusammen, notiert sich das auf dem Patientenbogen, bittet mich zu einem freigewordenen Behandlungstisch, erledigt die Anamnese, säubert und verbindet gekonnt die Wunde und verschwindet in eines der Büros. Der kleine Junge drückt stoisch den Balg des Beatmungsgerätes, seine Geschwister lächeln mir zu und der Brustkorb des Opas hebt und senkt sich im Takt des Kindes. Ich frage mich, wo die Eltern der Kinder sind. Einige Minuten später erklärt die junge Schwester mir, wo sich die Kasse zur Begleichung der Rechnung befindet, drückt mir diese und ein Rezept in die gesunde Hand und gibt Ma'am Papillio Zeichen, dass die Behandlung abgeschlossen ist.

Den Chefarzt habe ich nicht gesehen. 'Kein Wunder, bei dem Chaos', denke ich beim Verlassen des städtischen Krankenhauses.

Auf der kurzen Fahrt vom Krankenhaus in die Polizeistation versuche ich nochmals Informationen zum Amerikaner von den Polizistinnen zu erhalten. Ma'am Papillio erzählt leise, dass es in ihrem Land Möglichkeiten gäbe - die sie nicht näher ausführen möchte - um Probleme zu lösen. Da wäre mein Attorney der richtige Ansprechpartner. Ma'am Tolisan bemerkt seufzend, dass es sich beim Amerikanern nur um eine einheimische minderjährige Person gehandelt hat und bei mir um gleich fünf, was die Sache doch erheblich erschwere.

Dann erreichen wir auch schon die Polizeistation und die Polizistinnen geben mich beim Officer Sarang ab.

10.06. Kinderheim des BSWD

Die fünf Jungen aus dem Dorf, ihre Angehörigen und Ma'am Burque haben schon fast die Hälfte der gegrillten Hühnchen aufgegessen, da öffnet sich die Tür und die zwei Brüder aus der Familientragödie trippeln verlegen in die Kantine des Kinderheims.

"Kyle, Albert, wie seht Ihr den aus?", ruft Aboy laut lachend und springt auf.

Auch Aboys Freunde lachen. Rica, Lang und Ma'am Burque sind über das Aussehen der zwei Brüder entsetzt. Mik-Mik grinst übers Gesicht.

"Wir mussten auf dem Bauch unterm Zaun durchkriechen", erklärt Kyle, er ist der Ältere der zwei Brüder, "dabei sind unsere Sachen und wir so dreckig geworden."

"Es hat geregnet und da war eine riesige Pfütze", ergänzt der jüngere Bruder Albert mit ausladenden Gesten und schielt auf das duftende Hühnchen.

"Wascht Euch die Hände und die Gesichter in der Küche und nicht das Abwischen der Hände vergessen", weist Ma'am Burque die bemitleidenswerten Gestalten an.

"Es ist genug für alle da!", ruft Rica.

"Wisch, wisch, wisch, Hände, Arsch und Gesicht", lacht Jan und denkt wehmütig an die drei Straßenjungen, die wohl nun die neue Freiheit genießen.

"Was?", fragt Ma'am Burque verwundert. Rica, Lang und Mik-Mik schauen ebenfalls fragend.

"Ach, nichts", antwortet Jan. Seine Freunde grienen verschmitzt. Dann erklärt er: "Das war ein Spruch von den Rugbyboys." Seine Freunde nicken, grinsen breit und erinnern sich an die lustige Szene.

Nun stopfen sich die Heimkehrer Hühnchen und Reis in die Münder und schütten den kalten Eistee hinunter, als hätten sie seit Tagen nichts mehr gegessen.

"Wo sind Dodung, Bernie und Neko?", will Jan wissen. Auch die anderen brennen darauf zu erfahren, was aus den Ausreißern geworden ist.

"Wissen wir nicht. Die sind Richtung Stadt, wir zum Krankenhaus", antwortet Kyle.

Zwischen zwei Bissen sagt Albert schnell: "Wir waren Mama besuchen."

"Und das war Euer Verhängnis! Da hat die Polizei wohl schon auf Euch gewartet?" Mik-Mik grinst und spielt mit der Zigarettenschachtel.

"Nö!", antwortet Albert. "Die sind kurze Zeit später gekommen, zusammen mit dem Chef von hier."

"Ist egal, wir gehen sowieso Freitag nach Hause, hat der Glatzkopf auf dem Weg zurück ins Heim erzählt", fügt Kyle hinzu, schaut erschrocken zu Ma'am Burque und korrigiert sich: "Hat Sir Sala gesagt."

Ma'am Burque tut so, als hätte sie nichts gehört, blickt dennoch zur Decke, verdreht die Augen, kneift den Mund zusammen und pustet kurz die Wangen auf. Die Jungen grinsen, Aboy, Phil und Dan kichern.

"Mama wird nämlich am Freitag aus dem Krankenhaus entlassen", murmelt Albert mit vollem Mund und stellt fest: "Total lecker, das Hühnchen!"

Der dicke Wachmann poltert zur Kantine herein: "Ah, die zwei Ausreißer sind zurück. Den Herrschaften gefällt es wohl nicht bei uns?" Dann erblickt er das Hühnchen: "Uns geht es ja so schlecht hier!" Jetzt droht er den Brüdern mit der flachen Hand: "Wehe, Ihr macht das noch einmal, dann könnt Ihr was erleben." Die Brüder machen sich klein. "Ma'am möchte mit Ihnen reden", wendet sich der Wachmann nun überfreundlich an die Angehörigen der fünf Jungen aus dem Dorf.

Mik-Mik springt auf: "Ohne mich, auf die Alt.., ähm, auf die Frau habe ich überhaupt keine Lust!"

Ma'am Burque wiederholt ihr lustiges Mienenspiel. Die Kinder grinsen.

Mik-Mik verabschiedet sich von den Jungen, verspricht morgen zurückzukehren und die beiden Mütter Rica und Lang begeben sich schweren Herzens zu Ma'am Solano.

-★-

Die drei Frauen, das sind die Sozialarbeiterin Ma'am Solano und die Mütter Rica und Lang, setzen sich an den Tisch in der Ecke des Büros. Sir Sala arbeitet an seinem Schreibtisch. Die Küchenhilfe bringt ein Tablett mit Keksen, Tassen mit heißem Wasser und Tütchen mit Instantkaffee.

"Es ist vielleicht sogar ganz gut, dass der Vater mit dem Zopf, also Mr. Kabaltos, nicht anwesend ist. Besucht der wieder diesen Deutschen in der Polizeistation?", eröffnet Ma'am Solano das Gespräch.

"Ja, Ma'am, der fährt bestimmt auf direktem Wege dort hin", entgegnet Rica. Lang nickt.

"Und Sie? Sind Sie dem Heger auch so zugetan?"

"Nein, wir kennen den Tommy eher flüchtig", antwortet Lang.

"Aber eigentlich doch schon sehr lange, Ma'am", fügt Rica hinzu. "Mein Mann und einige Freunde trinken mit dem Tommy ab und an schon einmal den Einen."

"Und wie ist Ihr Verhältnis zur Familie Kabaltos?"

"Auch eher flüchtig, Ma'am", entgegnet Rica. Lang bestätigt das mit einem erneuten Nicken.

"Frau Kabaltos ist erheblich jünger als Sie?", stellt Ma'am Solano fest.

"Oh, ja, das kann man wohl sagen, ich könnte Vicentes Mutter sein", stöhnt Rica und fährt sich nervös durch das Haar.

Lang hat ein besorgtes Gesicht: "Vicente hat den Phil schon sehr früh bekommen, ich erinnere mich, sie war erst sechzehn. Oder war sie siebzehn?"

"Sie glauben nicht, Ma'am Solano, was damals im Dorf los gewesen ist, als bekannt wurde, dass Vicente von diesem Typen geschwängert worden ist." Rica bekommt rote Flecken auf den Wangen, schwitzt und empört sich: "Vicente ist doch noch ein halbes Kind gewesen."

Nun ereifert sich auch Lang: "Und der Mik-Mik, also Mr. Kabaltos, hat sich erst einmal aus dem Staub gemacht, das arme Kind einfach sitzen lassen und sich in den Bergen verkrochen. Aber die Männer aus unserem Dorf haben ihn aufgespürt und er hatte die Wahl: Heiraten oder Gefängnis."

Ma'am Solano hört aufmerksam zu: "Ja und wie ist die wirtschaftliche Situation der Familie?"

"Nicht gut, Ma'am", Rica ist in Fahrt, "einen festen Job hat der nicht."

Lang seufzt: "Ganz das Gegenteil ist wahr, Ma'am. Er ist ein Spieler, Trinker und Kettenraucher."

"Ernesto, mein Mann, sagt immer, ein Taugenichts wie er im Buche steht." Rica schüttelt den Kopf und ist entrüstet.

"Ach, Ihr Mann, Ma'am Restito, der hat heute früh mit dem Chef des BSWD in Sendong City gesprochen. Wussten Sie das?"

"Ja, ja, natürlich, Ma'am, der Chef des BSWD in Sendong City ist ein Cousin meines Mannes."

"Das habe ich schon erfahren. Ich habe mit dem Cousin Ihres Mannes lange telefoniert. Übrigens ein sehr netter Kollege von uns." Sie schaut zu Sir Sala und erzählt weiter: "Da braut sich etwas zusammen." Ma'am Solano mustert die Mütter nun scharf und führt ernst aus: "Weder hier in Tugalm City noch in Sendong City dulden wir solche Leute, wie dieser Deutsche einer ist, nicht!"

"Aber was meinen Sie denn damit, Ma'am?" Rica, die geantwortet hat, und auch Lang sind durch Ma'ams Tonfall erschrocken.

Ma'am Solano fährt wütend auf: "Solche Leute wie Heger kommen in unser Land, missbrauchen unsere Kinder, reisen wieder ab, kommen eventuell überhaupt nicht mehr wieder und unsere Gesellschaft muss mit den beschädigten, traumatisierten Kindern klarkommen. Die Kinder müssen dann für viel Geld therapeutisch betreut werden. Wir haben viel zu wenig Psychologen oder anderes Personal, weil es dafür kaum Budget gibt."

Sir Sala steht plötzlich am Tisch und redet ebenfalls laut und eindringlich, sodass die Mütter unweigerlich zusammenzucken: "Wir alle zahlen für diesen Sextourismus! Deshalb muss das mit allen Mitteln und konsequent bekämpft werden."

Die Mütter sind eingeschüchtert. Rica versucht dennoch, Tommy zu verteidigen: "Aber so einer ist der nicht!" Lang steht ihrer besten Freundin Rica bei: "Da ist in mehr als zwölf Jahren nie etwas Negatives über Tommy berichtet worden und die Kinder sind immer gerne mit ihm zusammen gewesen. Der hat eben einfach ein großes Herz und eine gute Hand mit Kindern." Rica ergänzt: "Und wenn die Straßen nicht so schlecht wären, hätten die doch überhaupt nicht im Hotel übernachtet. Dann wäre das alles gar nicht passiert."

Sir Sala hat sich inzwischen zu den Frauen gesetzt und holt tief Luft: "Warum verteidigen Sie diesen Deutschen auch noch? Sie sollten lieber Ihren Kindern beistehen!"

Rica und Lang sind zutiefst verunsichert und trauen sich kaum zu atmen.

Ma'am Solano springt auf, geht um den Tisch und schreit: "Sie müssen sich entscheiden! Dieser Heger oder Ihre Kinder. Wir Filipinos müssen im Kampf gegen solche Verbrechen fest zusammenstehen!"

Sir Sala schaut die Mütter mitleidig an: "Ihr Mann, Ma'am Restito, hat sich bereits für die richtige Seite entschieden. Das jedenfalls hörten wir so aus Sendong City."

Rica und Lang schlucken. Rica stottert: "Ich, ich habe heute noch nicht mit Ernesto telefoniert."

Ma'am Solano setzt sich zurück an den Tisch. Auch sie blickt die Mütter nun mitleidig an: "Ma'am Restito, Ihr Mann arbeitet doch, gut bezahlt, für einige staatliche Organisationen. Wollen Sie das wirklich für einen Ausländer aufs Spiel setzen?"

Sir Sala fixiert Lang: "Und Ihr Mann ist doch ständig in lukrativen Bauprojekten von der Stadt Sendong City involviert. Arbeiten Sie mit uns zusammen und es könnten mehr Aufträge werden! Ganz abgesehen von den schulischen Unterstützungen für Ihre Kinder. Da gibt es spezielle Hilfsprogramme, gerade in solchen Fällen wie diesem hier."

Ma'am Solano schaut streng über ihre Lesebrille hinweg, die sie soeben aufgesetzt hat: "Und denken Sie endlich an Ihre Söhne!" Dann blickt sie kurz auf ihre Armbanduhr und sagt mit sanfter Stimme zu den Müttern: "Gehen Sie noch ein wenig zu den Kindern, die brauchen Sie."

10.07. Stress

Officer Sarang ist neugierig und möchte erfahren, wie es beim Staatsanwalt gelaufen ist.

"Ich bin ein wenig konfus und viel zu nervös gewesen", ist meine spontane Antwort. "Ma'am Papillio hat mir nach dem Verhör durch den Staatsanwalt die gleiche Frage, warum ich auf die Philippinen reise, noch einmal gestellt und dann konnte ich die viel besser beantworten. Was der Staatsanwalt die Kinder gefragt hat, weiß ich nicht, da ich erst in das Büro gerufen wurde, nachdem die Kinder verhört worden sind."

"Es wird schon okay sein." Der Officer stellt zwei Tassen mit heißem Wasser und Instantkaffee auf den Tisch in der Sitzecke.

"Ich war ganz schön aufgeregt, Sir. Wenn ich mich recht erinnere, wurden fast alle Fragen gefragt, die Sie mir heute Morgen gestellt haben. Vielen Dank dafür!"

"Keine Ursache."

"Wo ist Officer Pangutana?"

Officer Sarang lacht und scherzt: "Manchmal haben wir auch Einsätze."

Ich flunkere zurück: "Ach, wirklich? Das hätte ich jetzt nicht gedacht", werde aber gleich wieder ernst: "Was halten Sie von Attorney De Baron? Es scheint, Ma'am Papillio findet den nicht gut."

"Es werden da solche Geschichten erzählt: Frauenheld, trinkt ganz gerne Einen, der übliche Klatsch halt. Darauf gebe ich nichts. Wie es für De Baron im Gericht läuft, darüber habe ich keine Kenntnisse."

"Ma'am Papillio und Ma'am Tolisan haben da so etwas angedeutet. Wie soll ich es sagen, Sir, also, der Attorney Pizarro hat den Amerikaner doch rausgehauen. Ich meine, den mit dem Mädchen im Hotel. Sozusagen durch die Hintertür an der Justiz vorbei. Sir Sarang, ich denke daran, den Attorney zu wechseln. Bestimmt kann Attorney Pizarro mehr für mich tun, da der doch Erfahrung in solchen Dingen hat und weiß, wie man solche Probleme löst."

"Verfallen Sie nicht in Panik, Mr. Heger und seien Sie sehr vorsichtig mit diesen Dingen. Sie wären nicht der Erste, der dabei eine Menge Geld verliert. Dann, Mr. Heger, die Eltern stehen doch zu Ihnen und außerdem, der Amerikaner hatte nur mit einem Elternpaar zu tun, Sie aber gleich mit vieren. Das würde Sie eine ganze Menge Geld kosten und zu guter Letzt, es gibt doch auch noch keine Anklage gegen Sie. Also, bleiben Sie ruhig!"

"Das hat der Staatsanwalt auch gesagt: Es gäbe noch gar keine Anklage. Er hat sich gewundert, warum der Attorney schon Zeugenaussagen von den Eltern und einigen Freunden angefertigt hat."

"Hat der das?"

"Ja, Sir Sarang."

"Das ist in der Tat ungewöhnlich."

"Wenn das Geld an den Attorney De Baron noch nicht angewiesen ist, werde ich noch einmal mit Attorney Pizarro sprechen. Ich hoffe, mein Bekannter in Sendong City hat den Betrag aus Deutschland noch nicht angewiesen"

Franco und Mik-Mik kommen zur Bürotür herein.

"Themenwechsel", zwinkere ich Officer Sarang zu.

-★-

Schnell sind die knusprigen Hühnchen, der Reis und die Softdrinks ausgepackt und wir lassen es uns schmecken.

"Mik-Mik, was hat der Staatsanwalt die Kinder gefragt?" Vor Ungeduld kippe ich fast den Becher Cola vor mir um.

"Ich, ja, so genau kann ich das nicht sagen. Der hat gefragt, was Ihr im Hotel gemacht habt und wie lange die Jungs Dich schon kennen würden. Das hat der uns auch gefragt. Dann wollte der wissen, ob das die erste Reise der Jungen mit Dir gewesen sei. Die haben kaum was geantwortet. Ich glaube, die hatten richtig Angst. Der Staatsanwalt hat sogar einmal Highblood gehabt und rumgebrüllt. Danach haben die Jungs noch weniger gesagt."

"Das Geschreie habe ich gehört, Mik-Mik, und dass die Jungs nach dem Verhör ganz schön verstört waren, habe ich auch gemerkt."

"Tommy, im Heim waren die schon wieder ganz okay. Sie haben sich riesig über die Hühnchen gefreut, sogar gelacht haben wir."

"Gelacht?"

"Ja, über die zwei Ausreißer. Die haben Sie schon geschnappt. Die zwei Doofen hatten Sehnsucht nach Mama und sind direkt ins Krankenhaus. Na, dass die bei Mama aufkreuzen, konnten sich das BSWD und die Polizei natürlich auch denken. Als die zurück ins Heim gekommen sind, waren die Brüder von oben bis unten verdreckt. Die mussten nämlich beim Ausbüxen durch eine Schlammpfütze kriechen." Mik-

Mik lacht, dann sagt er: "Phu, ich könnte jetzt aber Eine gebrauchen."

Officer Sarang grinst verschmitzt: "Lassen Sie uns hinter das Gebäude gehen, da ist eine inoffizielle Raucherecke."

Auf dem Weg durch den Flur zum hinteren Teil des Gebäudes flüstere ich Mik-Mik zu, sodass es Officer Sarang und Franco nicht hören: "Hat der Staatsanwalt nicht gefragt, ob ich die Kinder belästigt habe?"

"Doch, hat er gefragt, aber die waren so eingeschüchtert, die haben gar nichts mehr gesagt. Was sollen die auch erzählen, wo doch nichts gewesen ist?"

"Da hast Du wohl recht, Mik-Mik."

"Tommy, das ist doch alles ein Missverständnis."

"Heute muss ich unbedingt meine Familie in Deutschland und Wolfgang Schmidt anrufen. Ich hoffe, Wolfgang hat noch nicht das Geld an De Baron angewiesen.

Nach dem Rauchen vertreiben wir uns die Zeit mit Fernsehen, Kaffee, Keksen und Smalltalk. Endlich ist es 16 Uhr und ich frage nach dem Telefon und Internet. Ein kurzer Anruf von Officer bei Ma'am Papillio und er kann den Rucksack mit den Gadgets holen.

Zuerst rufe ich Wolfgang in seinem Ladengeschäft in Sendong City an, bekomme aber nur seine Büroangestellte an den Hörer. Ich frage, ob der Betrag aus Deutschland für mich eingetroffen sei. Sie habe darüber keine Informationen, ihr Chef würde aber in Kürze zurückrufen.

'Hoffentlich sind die 120.000 Piso noch nicht angewiesen', denke ich. So eine große Summe dem Attorney De Baron vorab auszuzahlen, erscheint mir jetzt plötzlich auch nicht besonders klug. Diese vorschnellen Entscheidungen rechne ich meiner Panik zu. 'Erst denken und dann handeln', ermahne ich mich selbst. Wenn der Betrag noch nicht angewiesen wäre, könnte ich De Baron nur für die geleistete Arbeit bezahlen. Das sind die Zeugenaussagen und sein Besuch im Gericht heute, also insgesamt 20.000 Piso, etwa 400 Euro. Ich grüble über die 80.000 Piso Appearance Fee, die Gebühr zur Annahme des Falles, die De Baron angemeldet hat. 'Wie viel wohl Attorney Pizarro verlangt? Ich mache mir über ungelegte Eier Gedanken', kommt es mir in den Sinn.

Die Startmelodie von Windows reißt mich aus meinen unergiebigen Gedanken, denn Franco hat inzwischen den Laptop auf dem flachen Tisch startklar gemacht. Officer Sarang tippt das Passwort für das Wireless LAN ein und Skype startet.

Es ist inzwischen 16:30 Uhr, also ist es in Deutschland erst 7:30 Uhr früh am Morgen und ich bezweifle, dass jemand meiner Familie am Montag um diese Uhrzeit den Computer eingeschaltet hat. Meine Eltern genießen als Rentner das lange Ausschlafen, Sabine und Marie sind sicherlich gerade auf dem Weg zur Arbeit. So bleiben dann auch meine Anrufversuche mit Skype erfolglos.

Franco und Mik-Mik haben sich auf ein Wiedersehen mit meinen Eltern, meiner Schwester Sabine, der Lebensgefährtin Marie und auch auf den Hund Mickey gefreut. Nun sitzen sie etwas unschlüssig neben mir. Über den E-Mail-Provider Web.de sende ich an meine Familie SMS. Obwohl ich nicht damit rechne, meldet sich augenblicklich meine Schwester Sabine: "In zehn Min. bin ich bei den Eltern." Auch meine Mutter schreibt gleich zurück: "Papa schläft noch. Sabine kommt gleich."

'Homebanking!', kommt es mir in den Sinn. Ich frage mich, warum ich das nicht schon bei der letzten Internetsitzung gemacht habe und schreibe das erneut meiner verdammten Panik zu.

Ich überprüfe mein Girokonto und sehe die Auslandsanweisung von 5.000 Euro an Wolfgang Schmidt/Philippinen und die zusätzlichen 50 Euro Gebühren dafür. Dann die fast täglichen viermal 5.250 Piso. 250 Piso sind ATM-Gebühren. In Summe sind das jeweils 21.000 Piso, je nach Umrechnungskurs um die 420 Euro. "Moment, was ist das?", flüstere ich, "Da ist eine Abbuchung von 2.250 Piso." Ich wende mich an Franco: "Hier an diesem Tag hast Du zusätzlich 2.000 Piso abgehoben. Das war an dem Tag, als Marielou 2.000 Piso zum Herkommen gebraucht hat und Du für Dein Studium 2.000 nach General De Santos gesendet hast."

"Tommy, ich habe mich zuerst am ATM vertippt und dann habe ich doch auch 3.000 Piso an Marielou und den gleichen Betrag für meine Studiengebühren gebraucht."

"Also mir ist so, dass Du mir etwas von jeweils 2.000 Piso erzählt hast."

Weiter können wir darüber nicht diskutieren, da mein Laptop klingelt. Es ist der Skypeaccount meines Vaters.

Sabine meldet sich und sogleich sehen wir sie und meine Mutter auf dem Bildschirm: "Tommy, viel Zeit haben wir nicht. Ich bin gerade auf dem Weg zur Arbeit und zur Haustür hinaus, da habe ich Deine SMS bekommen."

"Gut, Sabine, dass Du gleich bei den Eltern um die Ecke wohnst", antworte ich.

Wir vier Männer begrüßen die beiden Frauen in Deutschland.

"Your sister is very beautiful, Mr. Heger", stellt Officer Sarang fest. Ich übersetze das ins Deutsche, Sabine und meine Mutter lachen.

"Sabine, ich habe schon im Homebanking geschaut, die 5.000 Euro sind raus!"

"Ja, das hatte Marie noch am selben Tag erledigt, als wir darüber gesprochen haben. Marie ist erkältet, sie hat das Handy bestimmt aus", antwortet Sabine in das Mikrofon vor sich.

Meine Mutter ruft, sodass die Lautsprecher des Laptops schnarren: "Vater ist jetzt unter der Dusche, wir müssen gleich wegen seiner Schilddrüse zum Arzt.

"Gut, okay! Die Kinder, die Eltern und ich sind heute beim Staatsanwalt gewesen. Die Jungen haben - laut Mik-Mik, das ist Michael - nichts gegen mich ausgesagt, dass Beste aber ist, der Staatsanwalt hat gesagt, es gäbe gar keine Anklage gegen mich."

"Ja, Mensch, das sind doch gute Nachrichten, Tommy", ruft meine Mutter. Der Hund Mickey bellt im Raum.

"Tommy, wie lange können die Dich festhalten und kannst Du nicht auf Kaution raus?"

"Verdammt, Sabine!", entfährt es mir, "Hach, so ein Mist, das habe ich den Staatsanwalt nicht gefragt! Der Staatsanwalt war auch komisch, hat ständig gesagt, er stelle hier die Fragen. Ich bin auch total durch den Wind, mache laufend Fehler und kann nicht klar denken." Mit meinen Angehörigen rede ich in Deutsch. Dass Franco und Mik-Mik nichts verstehen, ist mir gerade egal. Officer Sarang ist zurück an seinem Schreibtisch.

"Das kannst Du doch Deinen Anwalt fragen!", ruft Sabine.

"Ja, der war heute auch beim Staatsanwalt mit dabei. Hat umgerechnet 80 Euro für etwa 30 Minuten kassiert. Die Polizistin hat einen anderen Attorney, ähm Anwalt, empfohlen. Der habe einen Amerikaner mit einem ähnlichen Fall rausgehauen. Mit diesem Anwalt hatte ich als Allererstes gesprochen. Ich hoffe, Wolfgang hat die 120.000 Piso noch nicht an De Baron angewiesen. Ich warte gerade auf Wolfgangs Rückruf."

"Tommy, wir trinken noch schnell eine Tasse Kaffee, dann müssen wir aber los", ruft meine Mutter und rührt in der Tasse, die sie in der Hand hält.

"Moment, das Cellphone, ähm Handy, klingelt, oh, das ist Wolfgang."

"Hallo Wolfgang, gut mit Dir persönlich zu sprechen."

"Tommy, ich habe schon gehört, ekelhafte Story, die halbe Stadt redet darüber."

"Wolfgang, sorry, ich darf gerade meinen Laptop benutzen und skype mit Sabine und meiner Mutter und die müssen gleich los. Eine Frage, sind die 120.000 Piso schon an De Baron raus?"

"Ja, vor etwa zwei Stunden. Wie es mir befohlen wurde."

"Mist!", stöhne ich.

"Ist etwas nicht in Ordnung, Tommy?"

"Nein, nein, Wolfgang, alles okay. Sorry, kann ich Dich gleich zurückrufen?"

"Heute ist es schlecht, bin gleich mit meinen zwei Schäferhunden unterwegs. Rufe morgen zur gleichen Zeit an!"

"Gut, das kann ich probieren. Die Polizistin muss das Telefonieren nämlich jedes Mal genehmigen. Wolfgang, danke für den Geldtransfer."

"Keine Ursache! Ich helfe doch gerne, wenn jemand in einer Notlage ist."

"Tschüss!"

Ich rufe in das Mikrofon des Laptops: "Wolfgang hat die 120.000 Piso an den Attorney, ähm Anwalt, De Baron schon angewiesen. Das heißt, ein Wechsel wird jetzt schwierig."

"Aber warum willst Du überhaupt wechseln, Tommy?", ruft meine Mutter. Mickey bellt erneut. Sabine rührt geräuschvoll im Kaffeepott.

"War nur so 'ne Idee. Die Polizistinnen haben etwas von Weg-an-der-Justiz-vorbei angedeutet. Also eine finanzielle Einigung mit den Eltern. So sei es beim Amerikaner gelaufen."

"Tommy, die Eltern stehen doch hinter Dir und gerade hast Du davon geredet, der Staatsanwalt habe gesagt, es gäbe gar keine Anklage gegen Dich und die Kinder haben auch nicht gegen Dich ausgesagt", ruft Mutter, sodass die Lautsprecher erneut schnarren.

"Gut, gut, Du hast ja Recht."

"Franco ruft mit glänzenden Augen: "Hello Sabine!"

Ich kommentiere: "Sabine, Du scheinst eine Menge Verehrer hier auf den Philippinen zu haben."

Ich bin gleichzeitig damit beschäftigt, eine SMS an den Anwalt wegen der Kautionsfrage zu schreiben, aber das Guthaben ist aufgebraucht. "Moment, Mutter und Sabine", erinnere ich mich und rufe deshalb in das Mikrofon, "ich habe doch wegen einer Kaution den Anwalt schon gefragt. Die Antwort ist gewesen, zuerst muss es eine Anklage geben, erst dann könne ein Richter über eine Kaution entscheiden."

"Dann ist doch jetzt die Frage, wie lange Sie Dich ohne Anklage festhalten können?", erwidert Sabine.

"Sir Sarang, wie lange können Sie mich ohne Anklage festhalten?", rufe ich dem Officer in Englisch zu.

"Zwei Wochen", ist seine Antwort.

"Habt Ihr es gehört? Zwei Wochen!"

"Ja, Tommy! Wir haben aber jetzt einen Arzttermin und müssen los." Sabine seufzt: "Und ich muss zur Arbeit. Sei vorsichtig, Tommy."

"Ich frage die Polizistin, ob ich morgen wieder telefonieren darf. Tschüss Ihr Zwei und Grüße an Vater!"

Ich wende mich an Mik-Mik und Franco: "Sorry, kein Smalltalk heute, keine Zeit, Sabine muss zur Arbeit und meine Eltern zu einem Check-up zum Arzt."

"Ist okay, Tommy", antwortet Franco, Mik-Mik nickt nur.

Ich bin zum wiederholten Male heute durchgeschwitzt. Gedankenverloren rede ich nun in Englisch, sodass mich meine Freunde verstehen können: "Wolfgang hat die 120k Piso an De Baron bereits angewiesen."

Franco springt auf, klatscht in die Hände und ruft: "Das ist doch toll! Dann kann der jetzt richtig für Dich tätig werden."

Über Francos heftige Reaktion bin ich etwas überrascht. Auch Mik-Mik schaut verwundert.

"Franco, der Attorney hat doch sein Law Office gleich bei Deiner Kirche um die Ecke, gehe bitte bei ihm vorbei, sage ihm, dass das Geld angewiesen ist und ich ihn unbedingt morgen sprechen muss."

Ich wende mich an Mik-Mik: "Besorge mir bitte 500 Piso Guthaben für mein Cellphone, es ist aufgebraucht. Dann gebe ich Euch Geld für morgen, was mit Rica und Lang ist, weiß ich nicht. Ich denke, Ihr müsst auch bald gehen. Es ist schon nach 17 Uhr. Nicht, dass der nette Officer Sarang noch Ärger bekommt."

[Ende 10. Kapitel und neunter Tag in Haft - Montag]

11. Kapitel - Dienstag

11.00. Freunde

Auf einen schrecklichen Tag folgte eine grauenvolle Nacht und was soll ich nun vom neuen Tag erwarten? Er kann auch nur schrecklich werden. Gegen vier Uhr in der Früh muss die Tütenlösung angewendet werden, da es weder eine Kloschüssel noch ein Loch im Boden gibt. Außer dem maroden Doppelbett, meinen Habseligkeiten, einigem Viehzeug, den

Insekten, der Hitze, dem Gestank und der Einsamkeit gibt es hier nichts. Es schaudert mir und ich schüttle mich, wenn ich daran denke, dass sich die Tüten mit den Exkrementen schon hinterm Zellentrakt stapeln müssen.

Ein Königreich für eine erfrischende Dusche und einen Pott Kaffee. Das wären auch schon meine vorherrschenden Wünsche. Ich grüble über den Attorney: 'Es ist jetzt natürlich schwer, die schon ausbezahlten 120k Piso zurückzufordern und dann habe ich auch nur schwache Argumente: Sir De Baron, die Polizistinnen finden Sie nicht gut und empfehlen deshalb Attorney Pizarro. Der ist nämlich Profi im Heraushauen von Ausländern in vermeintlichen Missbrauchsfällen.' Auch wenn das Thema ganz und gar nicht zum Lachen ist, muss ich bei meinen merkwürdigen Gedankengängen grinsen und komme zum Schluss: 'So absurd meine Gedanken sind, so absurd wäre ein Wechsel in der jetzigen Situation zu einem anderen Attorney. Außerdem kann ich auch De Baron nach dem zweiten Weg - zum schnellen Beseitigen der Misere - fragen. Bei unserem Gespräch in Officer Sarangs Büro hat der Attorney doch auch ziemlich klar diese ominösen Wege angedeutet. Wie hat er sich ausgedrückt? Er kenne sie alle im Gericht, im BSWD und in der Polizei. Das hat er so gesagt. Ich muss mit dem Mann reden. Hoffentlich hat Franco De Baron gestern Bescheid gegeben, dass ich ihn sprechen muss.'

Meine Gedanken sind nun bei Franco und ich wundere mich sehr: 'Was ist nur mit dem Kerl los? Er zieht einfach 2.000 Piso am Geldautomaten und kassiert die ein. An Marielou hat er nur 2.000 und keine - wie er sagt - 3.000 Piso gesendet.' Da bin ich mir ganz sicher und suche schon den Beleg von Western Union für diesen Geldtransfer, finde aber von diesem Tag nur die Belege über viermal 2.250 Piso vom Automaten.

Frustriert und resigniert habe ich keine Kraft mehr, weitere Gedanken daran zu verschwenden.

Das Bett, auf dessen Kante ich sitze, ächzt und knarzt bei den kleinsten Bewegungen. Die linke Hand hat sich weder verschlechtert noch verbessert. Alle acht Stunden eine Tablette Antibiotika einnehmen, hat die junge Krankenschwester gestern angeordnet. Zwei von zehn Tabletten habe ich schon intus. Um acht Uhr muss ich die dritte Tablette nehmen. Ich lege mich wieder auf das Bett, leuchte mit der LED des Feuerzeuges die Spinnweben am Bett über mir ab und beginne, die ausgesaugten Insektenkörper zu zählen. 'Lieber Gott, sende so schnell wie möglich Mik-Mik zu mir! Amen."

"Mr. Heger, Toilette, Dusche, Besuch!" Das Schloss knackt, die Gitterstabtür quietscht. Wunderbare Geräusche und Worte wabern durch den Nebel des Halbschlafes leise zu mir. Nun duftet es auch noch nach Kaffee und frischen Brötchen. Das Leben kann so gut zu einem sein.

Es ist acht Uhr und der wolkenlose Himmel präsentiert sich in einem fast schon obszönen Azurblau. Ich nehme im Vorübergehen einen Schluck Kaffee und besuche das kleine Bad neben meiner Zelle. Keine zehn Minuten später trinken Mik-Mik und ich Kaffee und lassen uns die noch warmen Brötchen schmecken. Um uns herum der morgendliche Trubel. Inhaftierte sind auf dem Weg zum Bad, andere werden auf den Besuch im Gericht vorbereitet.

"Sorry, Tommy, dass ich heute erst so spät komme, aber ich musste mit den Wachleuten von der Schranke bis spät in die Nacht Karten spielen."

"Verloren oder gewonnen?"

"Zusammengerechnet habe ich weder verloren noch gewonnen."

"Mik-Mik, kannst Du Dich erinnern, wie viel Franco Marielou geschickt hat?"

"Nein, nicht so richtig, aber es waren doch 2.000 Piso, oder?"

"Mir ist auch so."

"Fragst Du wegen gestern, Tommy, als Du Dein Konto gecheckt hast?"

"Ja, ich kann den Western Union Beleg nicht finden und weiß deshalb nicht, wie viel er Marielou gesendet hat. Ist jetzt auch egal, Mik-Mik."

Der wirkt plötzlich verlegen und bietet mir eine Zigarette an: "Tommy, also, meine Vicente hat mir eine SMS gesendet, weil ich doch nicht fischen gehen kann und sie keinen Reis mehr im Haus hat."

"Ich stecke die Zigarette in den Mund und krame das Portemonnaie aus der Hosentasche: "Wie viel braucht sie?" Sofort ändere ich meine Ansprache: "Ich gebe Dir 2.500. Dann kannst Du ihr gleich heute etwas senden. Behalte aber auch Geld für Dich."

"Danke, Tommy! Ich habe den Jungs versprochen, sie heute zu besuchen. Ist es okay, ich gehe um neun Uhr?"

"Ja, klar, die Jungs brauchen Dich! Sende aber eine SMS an Franco. Der soll gleich herkommen."

Unterdessen in Attorney De Barons Law Office

"Die 120k sind gestern per Geldanweisung gebucht worden." De Baron grinst schief und sein Haar glänzt pomadig im kalten Neonlicht: "So, Ihr beiden Klienten Vermittler, wie verabredet, 10k für jeden von Euch als Provision."
Franco und der Pastor der Born Again Gemeinde zählen zufrieden die blauen Tausender.

"Bruder, solch einen Betrag hast Du doch noch nie in Deinem Leben besessen? Halleluja!"

"Nein, Vater, Amen!", antwortet Franco seinem Pastor verlegen.

Attorney De Baron schaut auf seine goldene Rolex: "So, ich muss nun ins Gericht, entschuldigt mich bitte."

"Attorney, Tommy hat gesagt, er müsse Sie heute unbedingt sprechen."

"Das ist nicht möglich. Von neun bis um zwölf Uhr habe ich Gerichtstermine."

"Und heute Nachmittag, Sir?", fragt Franco besorgt.

"Auch nicht möglich! Ich habe einen Gerichtstermin um 14 Uhr und dann Klienten hier im Office."

Franco kräuselt die Stirn: "Dann morgen?"

"Morgen ist Mittwoch! Ich habe eine Schulung in Balanguan, fahre schon heute Abend dorthin und komme erst am Freitag zurück. Sorry, aber diese Schulung ist für alle Attorneys Pflicht. Von Morgen bis nächste Woche Montag gibt es deswegen auch keine Gerichtsverhandlungen. Also frühestens Samstag, junger Mann."

"Das wird Tommy aber überhaupt nicht gefallen", entgegnet Franco. Er ist besorgt und fragt: "Attorney, wie stehen die Chancen auf ein schnelles Ende. Wann kann Tommy die Heimreise antreten?"

De Baron lacht gehässig: "Na, wohl Angst um das Schul-Sponsoring?"

Der Pastor grinst breit und Franco wird unsicher: "Nein, nein, aber Tommy sollte doch so schnell wie möglich zurück nach Deutschland. Dafür beten wir alle, Sir."

Der Attorney räuspert sich: "Das ist eine blöde Geschichte, in die Ihr da hineingeraten seid. Erzähle Deinem Freund, er werde schon bald entlassen werden, aber die philippinische Justiz arbeite nun einmal sehr langsam. Du musst den Heger beruhigen. Berichte ihm lieber nicht, dass es noch eine Weile dauern könne. Er darf die Hoffnung nicht verlieren."

Der Pastor erhebt sich und ruft dabei: "Amen, Sir De Baron! Wir werden gleich für Tommy beten." Und reicht dem Attorney zum Abschied die Hand.

Franco gibt sich noch nicht geschlagen. Resolut sagt er: "Attorney, ich will das Wort, das mit "K" beginnt nicht laut aussprechen. Und wenn Sie die Geschichte um Tommy mit Geld lösen, Sir? Die Eltern, Attorney, die Eltern kennen wir alle sehr gut. Romolo Taslig, das ist der Vater von Aboy, ist mein Onkel und die Oma von Philipp Kabaltos meine Tante. Die halten eh zu Tommy. Der Kagawad und ich werden mit Familie Restito, das sind die Eltern von Sam, und mit den Barcellas, die Eltern von Jan und Dan, reden. Ich denke, die Eltern stellen kein Problem dar, Sir."

De Baron verharrt während Francos Rede in seinen Bewegungen und denkt nach. Dann sagt er: "Die Eltern, BSWD, Staatsanwalt und sicherlich der Richter. Das wird ein immenser Betrag, junger Mann."

"Und wie viel etwa?"

"Zwei Millionen Piso, würde ich sagen, werden kaum reichen."

Der Attorney und Franco erheben sich. Franco sagt schnell: "Ich werde Tommy bestellen, Freitag oder Samstag besuchen Sie ihn."

"Ja, ja!", antwortet der Attorney genervt und beginnt, dünne Gerichtsakten in seine lederne Aktentasche zu stecken.

"Du kannst gerne die Eltern dazu befragen, junger Mann." Der Attorney blickt Franco skeptisch an.

"Ich werde das auf jeden Fall tun, Sir. So schnell wie möglich. Das bin ich Tommy schuldig." Franco und der Pastor verabschieden sich.

Während die zwei Glaubensbrüder das Law Office verlassen, spricht Franco gedankenverloren zu sich selbst: "Gut, dann gehe ich jetzt shoppen und danach besuche ich Tommy. Der isst so gerne Burger von McDonald's. Na, der wird sich freuen."

11.01. Ein schwarzer Tag

Mik-Mik sitzt in der knatternden und stinkenden Motorela und ist auf dem Weg zu den Söhnen ins Jugendheim. Ihm tut Tommy leid, da der nun wieder alleine in der Zelle sitzt. Ohne Besucher wird er eingeschlossen. Deshalb will Mik-Mik nicht zu lange im Jugendheim bleiben. Trotz der Stöße von der kaum gefederten Motorela spürt er das Vibrieren des Cellphones in der aufgenähten Hosentasche. Es ist eine SMS von Vicente: "Das BSWD ist im Dorf gewesen. Alle Eltern sollen morgen im BSWD erscheinen. Ich gehe dort nicht alleine hin."

Nun erreicht Mik-Mik das BSWD Tugalm City, gibt dem Fahrer 20 Piso, wirft die Kippe beiseite und wählt die Nummer seiner Schwiegermutter. Sofort ist Vicente am Cellphone und schluchzt: "Mik-Mik, ich traue mich nicht aus dem Haus. Der Chef vom BSWD in Sendong City und Ernesto sind von Haus zu Haus gegangen und wollten wissen, welche Kinder mit Tommy zusammen gewesen sind. Der Kagawad Jacub ist nicht mit denen herumgelaufen und fast alle wollten nicht mit dem BSWD über Tommy reden. Alle haben Angst."

"Beruhige Dich Vicente. Wann sollen wir denn im BSWD sein und was wollen die überhaupt?"

Vicente beruhigt sich: "Morgen um neun Uhr. Sie wollen wissen, warum wir unsere Kinder Tommy mitgegeben haben und wer von Tommy mit Geld unterstützt wird."

"Vicente, bleib ruhig. Okay, ich komme heute Abend zurück. Tommy hat mir auch gerade 2.000 Piso für uns gegeben. Ich sehe eh gleich Rica und Lang, denn ich bin gerade hier vor dem BSWD. Oh, Vicente, da kommen Rica und Lang. Ich mache Schluss, küss Dich."

Die Begrüßung zwischen Mik-Mik und den beiden Müttern ist frostig. Dennoch platzt es aus Mik-Mik heraus: "Das BSWD ist im Dorf von Haus zu Haus gegangen. Ernesto war mit denen. Die wollten was über Tommy wissen."

Rica antwortet kühl: "Ja, darüber sind wir informiert."

Lang ergänzt: "Wir haben heute Früh mit unseren Männern telefoniert."

"Gut, also ich fahre heute Abend zurück ins Dorf. Vicente sagt, um neun Uhr Morgen im BSWD. Ihr fahrt doch auch zurück?"

"Ja, natürlich!", erwidert Rica langgezogen.

Mik-Mik spürt, dass irgendetwas nicht stimmt. Er versucht die Stimmung aufzulockern: "Was habt Ihr denn Leckeres heute gekocht? Ich konnte Euch gestern leider kein Geld von Tommy für das Essen geben. Es war einfach zu verrückt im Gericht. Aber für morgen habe ich etwas Geld vom Tommy für die Jungs dabei. Vielleicht kann Silvia die morgen besuchen und ihnen etwas Schönes kochen."

"Michael (Mik-Mik wundert sich, warum Rica ihn nicht mit seinem Spitznamen anredet), Tommy braucht kein Geld mehr für Essen oder für sonst etwas für unsere Jungen zu geben."

"Jedenfalls nicht für Sam, Jan und Dan", flüstert Lang und ergänzt: "Das BSWD wünscht das nicht länger."

"Aber, aber?", stottert Mik-Mik, "Das sind doch unsere Kinder und woher das Geld für das Essen kommt, kann dem BSWD doch egal sein."

"Wir wollen das auch nicht", entgegnet Rica resolut. "Michael, wir müssen erst einmal sehen, was überhaupt los ist. Lang und ich, wir sind sehr verwirrt über das Ganze."

Lang sagt erneut sehr leise: "Das BSWD ist sehr mächtig, Mik-Mik. Das weißt Du. Alle wissen das." Die Drei stehen nun vor dem verschlossenen Tor und klingeln. Lang schaut sich um und flüstert: "Wir haben Angst vorm BSWD, Mik-Mik."

"Dann wollt Ihr Tommy heute nach dem Kinderheim auch nicht besuchen kommen?"

Rica und Lang schütteln nur ganz wenig die Köpfe. Lang sagt: "Aber für heute haben wir noch einmal für Tommy gekocht. Sage das bitte nicht denen vom BSWD."

Nun schüttelt Mik-Mik ganz leicht den Kopf und wirft frustriert über die neue Entwicklung die Kippe hinter sich. Er überlegt: 'Wie soll ich das alles nur Tommy beibringen? Ich morgen im Dorf, Rica und Lang wollen mit ihm nichts mehr zu tun haben. Da steckt doch das verdammte BSWD dahinter.' Aus Frust wird Wut. Mik-Mik zischt: "Rica, Lang, Tommy ist unschuldig und wir müssen - verdammt nochmal - zusammen und zu Tommy stehen!"

Die Frauen sind von Mik-Miks aggressivem Ton erschrocken und weichen einen halben Schritt zurück. In dem Moment wankt der gut beleibte Wachmann heran, grinst schräg und scherzt: "Ach, sieh an, der Vater mit den Marlboro. Und Verstärkung hat er auch noch mitgebracht. Meine Chefin erwartet Sie schon!"

Polizeistation

Es ist bereits 11:30 Uhr und der Wachmann lässt die Häftlinge Zelle für Zelle auf dem schmalen Zellenvorplatz im Kreis laufen. Zuerst dürfen sich die fünf Frauen aus der Zelle ganz rechts bewegen und Sonnenlicht tanken. Dann die Männer aus der Zelle links daneben und nun die letzte Zelle gemeinsam mit mir. Wie Zombies trotten wir im Kreis, glücklicherweise quatscht mich keiner an. Officer Sarang ist wohl nicht im Büro. Vielleicht hat er viel zu tun oder einen

Einsatz. Er scheint einer der wenigen hier zu sein, der von meiner Unschuld überzeugt ist.

Mir fällt ein, dass Franco eventuell gar nicht eingelassen wird, da noch keine Besuchszeit ist. Bei Mik-Mik hat man bisher immer eine Ausnahme gemacht. Mik-Mik scheint schnell Freunde zu finden. Immerhin darf er im Wachturm schlafen und die Wachleute scheinen nun seine Kumpanen zu sein. Ich grüble: 'Mik-Mik, noch einer, der zu mir steht. Wie gut, dass alle Eltern an meiner Seite sind. Für die ist diese Situation alles andere als angenehm. Dann die armen Jungen! In einem Haus eingeschlossen zu sein, das kennen sie nicht. Sie sind die Freiheit gewohnt. Abgesehen von der Schule und wenn es einmal regnet, bewegen sich die Kinder den ganzen Tag draußen im Dorf, gehen schwimmen oder fischen, spielen Basketball oder hängen ab. Und was ist mit dem Attorney?', wundere ich mich. 'Kaum hat der sein Geld bekommen, schon lässt der sich nicht mehr blicken!' Das Ende des "Suning", wie der Ausgang genannt wird, reißt mich aus meinen bitteren Gedanken. Ich versuche verloren gegangenen Schlaf nachzuholen und schaffe das dann auch.

Im Jugendheim des BSWD

Es geht gegen zwölf Uhr und die sieben Jungen essen mit gesundem Appetit. Das werten Rica und Lang als gutes Zeichen. 'Die Söhne verkraften die Situation scheinbar ganz gut. Ma'am Burque, die auch mit am Tisch sitzt, hat eine gute Hand mit Kindern', stellt Rica fest.

Mik-Mik sitzt zwischen seinem Sohn Phil und dem Cousin seiner Frau Aboy und wirkt abwesend. 'Wir müssen den Kindern noch erklären, dass morgen eventuell nur Silvia zu

Besuch kommt', denkt er. Ihm macht das unverständliche Verhalten von Rica und Lang zu schaffen. 'Am besten ist es, davon erst einmal Tommy nichts zu erzählen', kommt er zum Schluss. 'Vielleicht besinnen sich die Mütter auch wieder.'

Der Wachmann steht unvermittelt im Türrahmen der Kantine: "Ma'am Solano möchte Sie sprechen."

Wenige Minuten später sitzen die Mütter und Mik-Mik mit Ma'am Solano am Tisch in der Ecke des Büros.

Ma'am Solano redet nicht lange um den heißen Brei herum, sondern kommt nach einer kühlen Begrüßung gleich zur Sache: "Mr. Kabaltos, Sie scheinen diesem Deutschen ja sehr zugetan zu sein, besuchen den täglich, kaufen für ihn ein und versorgen ihn?"

"Ja, und, Ma'am?", stottert Mik-Mik, "Ich, nein wir kennen den Tommy schon ewig und er ist mein Freund."

Ma'am Solano nickt den Müttern Rica und Lang kaum merklich zu. Die haben versteinerte Mienen: "Sie sollten sich vielleicht besser in der gleichen Weise um Ihren Sohn Philipp kümmern, das ist immerhin Ihr Ältester, wie Sie das für diesen Heger tun. Sie haben doch auch die Verantwortung für Aboy, also Romolo Junior Taslig übernommen. Ist das der Sohn Ihres Onkels?"

"Aboy ist der Sohn des Onkels meiner Ehefrau, und ja, ich habe ein gutes Verhältnis zur Familie Taslig und übernehme natürlich die Verantwortung für Aboy. Ich kümmere mich um unsere Kinder, Ma'am. Ich bin doch jeden Tag hier!" Mik-Mik wird wütend: "Sogar als wir die Kinder nicht besuchen durften, bin ich in Ihr tolles Heim hineingekommen. Ihren Wachmann habe ich mit Marlboro bestochen, sodass ich die Jungen sehen durfte! So, jetzt wissen Sie es!"

Rica erinnert den Tag, als sie nicht vorgelassen worden ist, die negativen Erinnerung an die verstorbene Tochter und den Nervenzusammenbruch und beginnt zu schluchzen.

Ma'am Solano erkennt den Fehler in ihrer Gesprächsführung und versucht abzulenken: "Über diesen Wachmann reden wir hier nicht, Mr. Kabaltos. Aber, wie ich erfahren habe, gehen Sie keiner geregelten Arbeit nach?"

"Blödsinn, Ma'am, im Dorf gibt es immer etwas zu tun und dann habe ich in der Holzplattenfabrik und als Trisikad-Fahrer gearbeitet."

Ma'am Solano lacht laut auf: "Als Trisikad-Fahrer? Wie viel verdienen Sie denn mit dem Befördern von Fahrgästen mit diesem gefährlichen Dreirad? Wie viel haben Sie da in der Woche? 500 Piso? 600 Piso? Wie viele Kinder haben Sie? Vier? Wie wollen Sie denn mit diesem Hungerlohn eine Familie ernähren? Und derzeit? Womit bestreiten Sie den Unterhalt Ihrer Familie heute?"

"Fischen, Ma'am, außerdem ist die Familie Kabaltos sehr groß und es gibt auch vermögende und einflussreiche Familienmitglieder. Da gibt es immer etwas zu tun."

"Und was ist mit dem Vater von Aboy?", fragt Ma'am Solano spitz.

"Das ist ein redlicher und erfahrener Fischermann, so wie viele andere auch und das seit Generationen im Dorf!", verteidigt Mik-Mik die Familie.

"Tatsache ist doch, Mr. Kabaltos, dass im Gegensatz zu den Familien Restito und Barcella, Sie und der Vater von Aboy keine geregelten Einkommen besitzen. Da kommt doch so einer wie der Heger gerade richtig. Schenkt Ihnen Cellphones, unterstützt die Kinder in der Schule, schmeichelt sich bei den Vätern mit Saufgelagen ein."

"Worauf wollen Sie hinaus, verdammt nochmal?", zischt Mik-Mik.

"Und im Gegenzug dafür geben Sie diesem Heger Ihre Söhne! Das ist doch wahr!"

Die Mütter weinen leise und schnäuzen sich von Zeit zu Zeit in die Taschentücher.

"Das ist nicht wahr! Was fantasieren Sie sich da zusammen?", stöhnt Mik-Mik.

"Sie wären nicht die ersten Eltern, denen es so auf den Philippinen ergeht. Netter Ausländer mit Geld und so weiter. Aber die philippinische Regierung hat diesen Leuten den Kampf angesagt. Und wir, Mr. Kabaltos, wir als Volk, als eine geschlossene Gemeinschaft, müssen im Kampf gegen solche Verbrechen zusammenstehen. Der Staat und andere Organisationen unterstützen die Familien missbrauchter Kinder. Moralisch und natürlich finanziell. Auch eine Ausbildung in einer Privatschule wäre möglich."

"Verbrechen?", wiederholt Mik-Mik. "Aber Ma'am, der Tommy, der ist doch unschuldig! Der hat nichts getan. Der ist unser Freund und ein netter Kerl und unterstützt unsere Kinder schon in der Schule."

"Genau das ist der Punkt, Mr. Kabaltos, das Unterstützen unserer Kinder ist nicht die Aufgabe eines hergelaufenen Touristen und Pädophilen, sondern die unsere, also die Aufgabe des BSWD, denn das ist eine staatliche Aufgabe oder die Aufgabe von privaten oder kirchlichen Hilfsorganisationen."

"Einem hergelaufenen was?", stottert Mik-Mik.

"Ja, Sie haben mich schon ganz richtig verstanden, Mr. Kabaltos."

In dem Moment betritt Sir Sala das Büro: "Oh, Evelyn, Du hast Besuch, kann ich Dich trotzdem kurz sprechen?"

Ma'am Solano fixiert die drei Eltern scharf: "Wir waren eh gerade fertig. Leisten Sie noch ein wenig den Kindern Gesellschaft. Die brauchen Sie."

11.02. Das Heute und das Morgen

Mik-Mik sitzt erneut in der Motorela. Abwechselnd nagt er am linken Daumennagel oder zieht kräftig an der Zigarette. Die Kinder haben natürlich traurig reagiert, als die Mütter Rica und Lang und er ihnen erklären mussten, dass morgen nur

Silvia kommen würde. Immerhin haben sich die Mütter dann doch bereit erklärt, die Hälfte von Tommys Geld für das Essen der Jungen anzunehmen. Nun hat Mik-Mik noch 1.000 Piso vom Essensgeld und traut sich nicht, es Tommy zurückzugeben, da er die neue Abneigung der Mütter Tommy gegenüber lieber erst einmal nicht erwähnen möchte. Auch das Gespräch mit Ma'am Solano wird er vor Tommy verschweigen, so wie den geplanten Besuch der Eltern im BSWD Sendong City morgen Früh.

Alle haben Angst oder zumindest großen Respekt vorm mächtigen BSWD. Wer sich mit dieser staatlichen Organisation anlegt, spürt die Folgen unmittelbar. Gerade, wenn man arm ist. Die Familie steht zum Beispiel plötzlich nicht mehr auf der Liste, wenn das BSWD in Begleitung von ausländischen Ärzten das Dorf zu einer Reihenuntersuchung der Kinder besucht. Oder, wenn es wieder einen Taifun gegeben hat. Reisrationen der "National Food Authority", Wasser, Lebensmittelpakete, Decken und Hygieneartikel gibt es dann für alle als Spenden. Natürlich nicht für Menschen, die mit dem BSWD im Streit liegen oder lagen. Auch die Willkür des BSWD ist berüchtigt. Wie schnell werden Kinder ohne Grund aus Familien gerissen? Das BSWD ist eine Krake, sie hat ihre Arme nach allen Seiten ausgestreckt und redet überall mit.

Mik-Mik ist eingeschüchtert und verunsichert. Er erinnert die Story um seinen Schwiegeronkel und Aboys Vater: 'Romolos Frau brennt mit einem jüngeren Lover durch und was macht das BSWD? Die holen die jüngsten Kinder aus Romolos Haus. Und warum? Sicherlich doch nur, weil der Vater des Lovers ein Angestellter des BSWD Sendong City ist.'

Die Motorela erreicht gleich die Polizeistation. Trotzdem zündet sich Mik-Mik nervös die Nächste an und flüstert:

"Verdammt, hätte Tommy nur nicht im Hotel geschlafen oder wäre ich doch mitgereist. Tommy hatte mich noch gefragt und ich Idiot bin fischen gegangen. Wäre ich, als erwachsener Filipino in Tommys Begleitung gewesen, wäre niemals irgendwer auf den Gedanken gekommen, die Polizei zu rufen. Dann gäbe es auch keinen Gesetzesverstoß - weil es doch verboten ist, Kinder unter 12 Jahren mit ins Hotel zu nehmen, wenn man mit denen nicht verwandt ist - da ich Phils Vater, Aboys Onkel und auch mit den anderen drei Jungen in irgendeiner Weise verwandt bin. Herrgott, was für eine blöde Story."

Unterdessen am Zellenvorplatz

"Tommy, ich habe über anderthalb Stunden draußen gewartet, jetzt ist der Burger und sind die French Fries kalt."

"Ist egal, Franco, es schmeckt trotzdem!", antworte ich mit vollem Mund und trinke ein wenig von der warmen Cola. "Schickes Hemd, oh, von der Marke Timberlake. Das sieht teuer aus."

"Nein, nein, Tommy, das war stark reduziert. Du glaubst es nicht, aber es hat nur 195 Piso gekostet."

"Und die neuen Sandalen, auch reduziert?"

"Gaisano hat einen Sondersale, alles muss raus."

"Aha", sage ich zwischen zwei Bissen, "alles muss raus. Ich muss auch raus! Aber wie?"

Dann mustere ich den gut gekleideten jungen Mann scharf: "Franco, ziehe nicht einfach ohne mein Wissen Geld vom ATM."

"Aber Marielou hat nach 1.000 Piso mehr gefragt als Du ihr geben wolltest. Ich habe Dir das nicht gesagt, weil, weil, nicht dass Du noch ärgerlich wirst."

"Und die anderen 1.000?"

"Entschuldigung, Tommy, der Kleine von meiner Schwester ist im Krankenhaus, da hat sie gefragt, ob Du Ihr helfen könntest."

Ich unterbreche Franco: "Frage mich doch einfach vorher, Franco. Dann ist alles gut."

"Ja, okay, Tommy, mache ich das nächste Mal, versprochen."

"Und was ist denn nun mit De Baron? Der wollte doch vorbeikommen. Verdammt, ich muss den Kerl unbedingt sprechen. Der hat solche ominösen Wege angedeutet." Sarkastisch wiederhole ich des Attorneys Worte: "Ich kenne sie alle!"

"Ah, darüber haben wir auch gesprochen. Ich soll mit den Eltern reden, wegen einer finanziellen Lösung des Problems."

"Aber was gibt es da zu reden? Die Eltern stehen doch zu mir!"

"Nur zur Sicherheit, Tommy. Das ist nur zur Sicherheit."

"Wann willst Du denn mit denen reden?"

"Ich rede mit Ernesto und Matthew gleich morgen Nachmittag, Tommy. Denn ich mache einen Zwischenstopp in Sendong City, wenn ich zurück nach General de Santos reise. Onkel Mik-Mik und Onkel Romolo sind sicherlich nicht das Problem, mit den Zwei muss ich nicht unbedingt sprechen."

"Also hast Du den Attorney gesagt, dass ich ihn dringend sprechen muss, als Du im Law Office gewesen bist?"

"Natürlich habe ich das den Attorney gefragt. Du hast mich doch dort hingeschickt."

"Und was ist nun, wann kommt der Kerl?", frage ich ungeduldig und wische mit der Serviette das Fett von Mund und Kinn. "Der Burger war lecker!"

"Das ist ja das Problem, Tommy. De Baron hat heute den ganzen Tag Gerichtstermine und von Mittwoch bis Freitag ist der auf einer Schulung. Er kann also erst am Freitag oder am Samstag mit Dir sprechen."

"Ich verschlucke mich an der wässrigen Cola, springe auf und explodiere: "Verdammt, das kann doch nicht wahr sein!"

Die anderen Besucher schauen erschrocken zu uns. Schnell setze ich mich wieder und zische: "Jetzt, wo der das ganze Geld eingestrichen hat, hat der schon das Interesse verloren!" Viel zu laut rufe ich: "Ach, Mann, Scheiße!"

"Nein, nein, Tommy, die Schulung sei schon länger angesetzt gewesen und für Attorneys Pflicht, hat De Baron gesagt." Franco scheint mindestens genauso verzweifelt zu sein wie ich.

In dem Moment betritt Mik-Mik den Zellenvorplatz. Aus seinem Gesicht ist die gewohnte Fröhlichkeit gewichen. Er trägt eine Tüte und reicht die mir: "Das Essen von Rica und Lang."

"Mik-Mik, wie gut, dass Du kommst, hast Du Zigaretten dabei? Meine sind alle und was machst Du denn für ein Gesicht? Ist etwas passiert? Etwa mit den Jungs im BSWD?"

"Nein, nein, Tommy, mit den Jungs ist alles bestens. Die haben schon gegessen, morgen besucht Silvia die Kinder im Heim."

"Was ist denn mit Rica und Lang? Besuchen die nicht wieder morgen die Jungs im BSWD und kommen die heute nicht hier vorbei?"

Mik-Miks Hand zittert, als er mir Feuer gibt. Er ist offensichtlich nervös und antwortet: "Die haben zu tun und kommen deshalb nicht her. Morgen müssen - also wollen - sie im Dorf sein. Ich auch, Tommy, ich muss auch zurück ins Dorf."

"Na, sehr schön! Dann ist ja morgen gar keiner hier. So ein Mist, den ganzen Tag im Kerker und was soll ich essen? Mik-Mik und Franco, Ihr müsst später etwas für morgen kaufen. Warum wollen denn jetzt alle plötzlich zurück ins Dorf?"

"Na ja, wegen Schulbeginn und so weiter und die Familien müssen auch einmal die Mütter wiedersehen. Ich muss das Wellblech reparieren, da regnet es rein", antwortet Mik-Mik und zieht hektisch an seiner Zigarette.

"Tommy, das ist doch toll, dann können Mik-Mik und ich mit allen Eltern gleich morgen Früh reden", bemerkt Franco.

Mik-Mik zuckt zusammen, will etwas sagen, bleibt aber still.

Ich habe mich beruhigt: "Ja, so gesehen ist es vielleicht ganz gut, wenn Ihr morgen Früh alle gemeinsam miteinander redet. Der Kagawad soll auf jeden Fall teilnehmen. Vielleicht kann ich Officer Sarang fragen und Fernsehen schauen? Hoffentlich ist er morgen im Dienst."

"Tommy, es wäre doch gut, wenn ich etwas zum Knabbern, Softdrinks und eine Flasche Tanduay Rum für die Eltern kaufen würde."

"Ja, klar, Franco!"

"Und Fahrgeld brauche ich auch, Tommy."

"Aber ich hatte Dir doch Sonntag schon Fahrgeld und auch Geld für Dein Studium gegeben." "Leider alle, Tommy. Die neuen Klamotten und ich habe auch meinem Pastor etwas gegeben. Wegen Schlafen und Essen in der Kirche."

"Ich bin genervt und stöhne: "Ist gut, Franco. 3.000 Piso sollten okay sein."

"Mache vier, Tommy, nur nicht am falschen Ende sparen."

"Mik-Mik, brauchst Du noch etwas?"

"1.000 Piso wären gut."

"Zusätzlich zum Betrag, den ich Dir heute Morgen schon gegeben habe, gebe ich Dir 2.000. Gib Onkel Romolo 1.000 Piso. Da wird er sich freuen."

Nun habe ich es gründlich satt, über Attorneys und Geld zu reden. Ein ungutes Gefühl bleibt dennoch: 'Muss der Attorney nicht genau jetzt Klinkenputzen? Hier auf der Polizei, im Jugendheim, aber vor allem im Gericht? Geht da nicht extrem wertvolle Zeit verloren? Jetzt, wo die Story noch taufrisch ist.' Mir ist nicht wohl in der Magengegend.

"Tommy, noch 'ne Zigarette?", Mik-Miks Worte reißen mich aus meinen Gedanken.

Ich blicke in die Gesichter meiner Freunde und bemerke: "Ihr seht fertig aus."

Endlich grinst Mik-Mik wieder: "Tommy, Du siehst aber auch nicht besser aus."

Mir kommt die Tüte mit den Speisen der Mütter in den Sinn und ich stelle sie auf die umgedrehte Colakiste: "Kommt, lasst uns etwas essen!"

-★-

11.03. Außer Kontrolle

Mik-Mik und Franco sind gegen fünfzehn Uhr zurück ins Dorf aufgebrochen und haben zuvor Geld vom ATM und einige Dinge für morgen gebracht: Ein gegrilltes Hühnchen, das wir in die Tupperdosen der Mütter getan haben. Brötchen, die nun gut verschnürt im Plastikbeutel am Bett hängen, ein paar Kekse, ein kleines Heft, in das ich von nun an die Ausgaben notieren werde und ein paar Tageszeitungen. Ich bin also gut für den morgigen Tag gerüstet, der wohl ohne Besucher sein wird. Mik-Mik hat gut auf den Wachmann eingeredet. Fünfzig Piso und ein paar Marlboro haben es ermöglicht, dass ich noch bis zum Ende der Besuchszeit vor der Zelle sitzen durfte. 'Vielleicht kann ich auch morgen vor der Zelle sitzen?', denke ich jetzt. Es ist schon fast acht Uhr abends. Mit dem Eintragen der bisherigen Kosten in das Heftchen war ich dann am Nachmittag so beschäftigt, dass ich vergessen habe, nach dem Telefonieren zu fragen. 'Dann hätte ich De Baron anrufen können. Morgen werde ich das auf jeden Fall tun!', nehme ich mir vor. Ich grüble: 'Kein Attorney! Weder heute noch morgen. Möglich, dass er am Freitag oder Samstag kommt.' Es nagt an meinen Nerven und ärgert mich maßlos. "Hätte De Baron nicht diese Schulung absagen können, um Prioritäten zu setzen? Mich zur verdammten ersten Priorität machen?", flüstere ich und seufze in die Nacht. Es ist jetzt bereits nach zwanzig Uhr und sehr ruhig, bis auf die zirpenden Grillen, den gedämpften Lärm der Straße und das entfernte Bellen der Hunde. Es werden mir die Augenlider schwer. Die Spirale des Lion Tigers glimmt und duftet nach Räucherstäbchen. 'Ob das wirklich gegen die Mücken hilft?' Fast unbeweglich steht die Flamme der Kerze in der Nacht.

'Schlafen, einfach nur schlafen', denke ich und wenige Sekunden später schlafe ich dann auch.

Dorf

Während sie mit dem Bus zurück ins Dorf gereist sind, hat Mik-Mik Franco über die Aufforderung des BSWD an die Eltern informiert, morgen früh dort zu erscheinen. Franco hat die Entscheidung Mik-Miks gut gefunden, erst einmal Tommy nicht über die Aufforderung des BSWD an die Eltern in Kenntnis zu setzen. Dann sind sie übereingekommen, noch heute mit den Eltern über die Geschichte zu diskutieren. Ihre SMS hat sich schnell im Dorf verbreitet und alle wissen über das geplante Treffen Bescheid. Deshalb ist es im Dorf nun laut und hektisch.

Ernestos Hütte ist der Treffpunkt der Eltern, deren Kinder nun im Heim des BSWD in Tugalm City unter Obhut stehen. Sogar Romolos Ex-Frau Inday ist anwesend. Der Dorfvorsteher Kagawad Jacub Castro kommt gerade, auch Mik-Mik und Franco treffen soeben ein. Sie tragen schwer an Tüten mit Softdrinks, zwei Flaschen Tanduay Rum, mit gegrilltem Hühnchen und Schweinefleisch. Die Schaulustigen, Kinder, Teenager und Unbeteiligte vor Ernestos Hütte bekommen beim Anblick der Tüten große Augen.

Rica, die Hausherrin, bereitet gemeinsam mit Lang die Speisen auf Tellern an und stellen sie dann mit Reis und dem

Geschirr auf den runden Tisch, an dem fast alle Platz genommen haben.

Matthew, Romolo, Mik-Mik und Ernestos Sohn Alvin können es kaum erwarten und öffnen schnell die erste Flasche Tanduay Rum. Ernesto trinkt lieber Bier und die Frauen bevorzugen Softdrinks. Das Essen ist reichhaltig und lecker, die Stimmung hingegen gedrückt. Keiner scheint so recht das eigentliche Thema ansprechen zu wollen, warum man sich hier und heute versammelt hat?

Franco kommt soeben vom Händewaschen aus der Küchennische zurück und es platzt aus ihm heraus: "Der Tommy ist unschuldig, das ist doch klar!"

Alle Anwesende schauen betreten beiseite, so, als sei wirklich niemand an diesem Thema interessiert.

Kagawad Jacub Castro ergreift das Wort: "Ja, natürlich glauben wir an Tommys Unschuld, Franco." Er schaut sich um, aber nur Vicente und ihre Mutter, Romolo, Marielou, Jonathan und die anderen Teenager, Mik-Mik und natürlich Franco erwidern seinen Blick.

Ernesto antwortet trotzig: "Aber das BSWD glaubt an was ganz anderes, Kagawad!"

Rica, Lang und Romolos Ex-Frau nicken leicht. Matthew lässt das Eis im Glas mit Rum klirren und konzentriert sich darauf.

"Was glaubt Ihr denn?", fragt der Kagawad in provozierendem Ton.

"Wichtig ist doch, dass die Jungs so schnell wie möglich zu uns zurückkommen", weicht Rica der Frage aus und beginnt den Tisch abzuräumen. Lang schaut betreten und hilft Rica dabei.

"Und dass Tommy endlich freikommt!", ruft Vicente. Ihre Mutter Marie-Ann ergänzt: "Amen!" Auch Romolo und Franco bekreuzigen sich.

Marie-Ann fragt Mik-Mik: "Wie geht es Tommy, weiß seine Familie in Deutschland Bescheid und hat er einen Attorney?"

Mik-Mik, überrascht angesprochen zu werden, stottert: "Ja, ja, Tommys Familie weiß Bescheid, die ist total nett, wir haben mit dem Computer telefoniert. Mit Kamerabild! Auch einen Attorney hat er schon und Tommy ist okay."

"Einen sehr guten Attorney!", ruft Franco schnell dazwischen.

Marielou rutscht schon die ganze Zeit nervös auf dem Kunststoffstuhl herum, ihre Stimme überschlägt sich, während sie atemlos fragt: "Mik-Mik, Franco, wann kann Tommy raus? Wann kann er zurück nach Deutschland? Was sagt die Polizei?"

Mik-Mik und Franco schauen sich mit unwissenden Gesichtern an und schweigen.

"Aber hat die Polizei denn nichts gesagt?", bohrt Marielou nach.

Mik-Mik fällt die Skype-Situation und Officer Sarang ein: "Vierzehn Tage, hat ein Officer gesagt, könne die Polizei Tommy festhalten."

"Das wäre doch kommender Samstag!", überlegt Marielou laut. Die Leute im Raum nicken.

"Samstag will auch der Attorney bei Tommy vorbeischauen", berichtet Franco.

"Was, erst am Samstag?", wundert sich Ernesto. "Genau jetzt muss der Attorney doch für Tommy und unsere Jungs arbeiten. Es ist doch der De Baron oder Franco?"

Franco stammelt: "Ja, ja, der De Baron."

"Oh, Gott!", stöhnt Ernesto. "Na dann, gute Nacht!" und nimmt einen tiefen Schluck aus der Flasche.

"Wie ist Tommy denn an den Rechtsverdreher gekommen?", fragt Matthew mit verkniffenem Gesichtsausdruck, trinkt das halbe Glas Rum in einem Zug aus und rülpst laut.

"Ist doch jetzt total egal!", verteidigt sich Franco.

Ernesto springt auf, verkündet viel zu laut und wild mit der rechten Hand gestikulierend: "Aber Attorney Padernesto hätte gerne Tommy verteidigt. Ich bin extra dort gewesen und habe dem alles lang und breit erklärt!" Dann setzt er sich wieder und nimmt, mit zitternder Hand erneut einen tiefen Schluck aus der Bierflasche. Viele im Raum nicken Ernesto zu.

Marielou blickt zu Jonathan und sagt ernst in die gespannte Stille: "Jonathan und ich wären auf dem Weg zu Attorney Padernesto fast gestorben!"

Jonathan schaut ebenfalls ernst und muss dennoch grinsen: "Der Frank ist verrückt!"

Alvin, Ernestos Ältester, lacht laut auf: "Ihr seid ja auch verrückt! Steigt freiwillig auf Franks altes Motorrad auf. Jeder kennt Franks lebensgefährlichen Fahrstil!" Einige Teenager lachen laut mit.

Marielou verzieht das Gesicht: "Ha ha, Alvin!" Sie schaut sich verwundert um: "Ist Frank nicht gekommen oder weiß der nicht, dass wir heute über Tommy reden?"

Die Teenager Silas und Mikel-Loy werden unruhig. Silas, Romolos Sohn, erklärt: "Frank hat am Sari-Sari-Store Zigaretten gekauft. Er hat gesagt, er müsse in die Berge, sein Lastauto sei kaputt."

"Als wenn das nicht bis morgen Zeit hätte", zischt Marielou. Die Leute kennen sie und wissen genau, Marielou ist stinksauer.

Ernesto kommt auf seinen Attorney zurück: "In Fällen von Missbrauch oder in anderen Fällen, wo das BSWD involviert ist, ist Attorney Padernesto einfach der Beste! Er und der Senior Head-Off vom BSWD hier in Sendong City waren Klassenkameraden. Padernesto hat alle Möglichkeiten, da was zu drehen. Mit Geld, Ihr versteht, was ich meine."

"Es ist zu spät, Ernesto. Tommy hat schon die Acceptance Fee an De Baron bezahlt", entgegnet Franco ungerührt und ergänzt: "De Baron kennt sie auch alle."

Nun will Franco die Eltern zu einer finanziellen außergerichtlichen Einigung mit Tommy befragen, aber bevor er seinen Satz sagen kann, redet Mik-Mik.

Mik-Miks Gesicht hellt sich auf: "Aber der Staatsanwalt hat gesagt, es läge noch gar keine Anzeige gegen Tommy vor."

Franco triumphiert: "Seht Ihr, das ist doch toll!"

Matthew kontert emotionslos: "Und was hat das bitte mit den Attorneys zu tun, Franco?"

Franco bleibt still und ärgert sich über Matthey. Er setzt gerade zu seiner Ansprache an, aber nun redet Marie-Ann.

Vicentes Mutter ist nervös und besorgt: "Was wollt Ihr denn dem BSWD morgen erzählen?" Sie fleht: "Ihr müsst Tommy helfen und lasst Euch nicht vom BSWD Honig um den Bart schmieren. Was die versprechen, halten die eh nicht."

Lang hat unruhig zugehört und erst von Mik-Mik und dann vom Kagawad eine Zigarette geraucht. Sie sagt ehrlich: "Wir haben Angst vorm BSWD."

Rica ergänzt schnell: "Mit denen legt man sich nicht an!"

Ernesto haut die Bierflasche auf den Tisch und brüllt: "Genau!"

Romolo schwieg bisher. Er nimmt einen großen Schluck Rum, reicht das Glas weiter, dann schüttelt und räuspert er sich umständlich: "Noch lange keinen Grund nun Tommy über die Klinge springen zu lassen, Ernesto!"

Ernesto, Rica, Lang und Matthew sind vor dem Gespräch übereingekommen, die indirekten Drohungen des BSWD ihnen gegenüber, hier und heute nicht zur Tagesordnung zu machen. Auf Romolos Einwand schauen sie sich nur verstohlen an und schweigen.

Nun hat das Glas für den Rum den Kagawad erreicht (das Glas geht reihum). Er nimmt das ganze Glas mit einem Schluck, rülpst laut, knallt das Glas auf den Holztisch und springt auf: "Verdammt noch mal, der Tommy ist unschuldig. Eure fünf Söhne haben doch auch absolut nichts gegen Tommy ausgesagt! Oder ist noch etwas Neues rausgekommen?"

Mik-Mik und Franco schütteln wild die Köpfe.

Kagawad scheint schon angetrunken zu sein, er wankt ein wenig und lässt sich wie ein nasser Sack auf den Stuhl zurückfallen: "Na, seht Ihr?", lallt er und zündet sich umständlich eine Marlboro an.

Auch bei Ernesto zeigt der Alkohol erste Wirkungen: "Aber wir müssen aber auch darauf hören, was uns das BSWD sagt." Er wirbelt mit dem rechten Zeigefinger in der Luft herum und stöhnt: "Das BSWD ist nämlich sehr, sehr, sehr mächtig." Er steht mühselig auf, setzt sich aber sofort wieder: "Das wisst Ihr alle!", dann brüllt er: "Alle!"

Seine Frau Rica und sein Sohn Alvin springen herbei. Rica stöhnt: "Zeit für Dich, Ernesto, schlafen zu gehen. Denk an Deinen Blutdruck! Hast Du Deine Tabletten genommen? Ernesto wehrt Rica barsch mit dem Arm ab: "Ach, lass mich!"

Auch dem stets schweigsamen Matthew merkt man den Alkohol bereits an: "Da gebe ich dem Ern vollkommen recht!" Er schaut sich verschwörerisch um und tut geheimnisvoll: "Denn es steht viel auf dem Spiel!"

"So, was denn Onkelchen?", fragt Marielou ein wenig zu frech.

Matthew bekommt die Feinheiten schon gar nicht mehr mit: "Viel, Mädchen, viel, sehr viel!" An seine Frau Lang gewandt fragt er: "Ist noch Bier da? Ich will jetzt viel lieber Bier trinken."

Lang schaut Franco an, der kramt 500 Piso aus der Hosentasche und schickt zwei Teenager mit den Worten "Drei Flaschen Bier und das Wechselgeld zurück zu mir!" die Getränke besorgen. Er setzt erneut an, sein Anliegen zur außergerichtlichen Einigung vorzubringen, nun kommt ihm aber sein Onkel zuvor.

Auch Romolo lallt schon ein wenig. Der Alkohol vertreibt die Schmerzen im arthritischen Knie. Er wird übermütig. Mit der Faust schlägt er auf den Tisch, sodass alle erschrecken und einige, die schon am Dösen gewesen sind, aufwachen und hochfahren. Er brüllt: "Scheiß BSWD!" und bedenkt seine Ex-Frau Inday mit einem scharfen Blick. Die schüttelt als Reaktion nur den Kopf und fragt Rica: "Hast Du mal ein Glas?" Silas, Indays Sohn, holt es von Rica, gießt den Tanduay Rum bis zum Rand des Glases ein, nimmt einen großen Schluck und reicht das halbe Glas seiner Mutter weiter. Die empört sich künstlich: "Also, sage mal? Genau wie Dein Vater!" und schüttet den Rum in einem Zug runter. Mit den Worten "Hier Lang, Du siehst aus, als könntest Du auch was gebrauchen!" reicht sie das Glas an Lang. Die überlegt nicht lange und lässt sich das Glas von Silas halbvoll machen. Mikel-Loy und Jonathan schauen gierig. Marielou, Vicente und Marie-Ann verziehen die Gesichter.

Mik-Mik hält sich zurück, da seine Frau Vicente und die Schwiegermutter Marie-Ann jedes Mal, wenn er einen kleinen Schluck nimmt, kritisch schauen. Mit seinem rechten Fuß schiebt er die Tüte mit der zweiten Flasche Tanduay Rum vorsichtig unter seinen Stuhl. 'Für später', lächelt er in sich hinein.

Franco ist die Situation nun zuwider. Weder raucht noch trinkt er. Nein, er macht sich ehrliche Sorgen um Tommy. Er ist genervt und frustriert und hat das Gefühl, gar nichts heute Abend erreicht zu haben. Er kommt gedanklich zum Schluss, heute nicht mit den Eltern über eine finanzielle Lösung zu diskutieren. Das würde eh zu nichts führen. Bei dem Gespräch mit dem BSWD morgen sind nur die Eltern erlaubt. Seine Sorgen teilt er wohl mit Marielou und Jonathan. Jedenfalls glaubt er das, in den Gesichtern der Zwei lesen zu können.

Kagawad schaut auf die Uhr und lallt: "Mein Gott, schon so spät! Ich muss jetzt aber los."

Ernesto scheint schon auf seinem Stuhl in der Ecke dem Delirium nahe. Dennoch schlägt er kurz die Augen auf und stammelt: "Kagawad, bleib noch. Du musst doch nur fünf Schritte laufen und schon bist Du in Deinem Zuhause."

"Lass gut sein, Ern."

Auch Vicente drängelt. Wenn schon die Frauen Lang und Inday anfangen zu trinken - das weiß sie aus Erfahrung - dann endet das meistens in Problemen, Streitigkeiten in der Nachbarschaft und in Zickenterror.

Bis auf Jonathan, Alvin, Romolos Ex-Frau Inday, Lang und ihren Ehemann Matthew verlassen nun alle Besucher Ernestos geräumige Hütte.

Keiner bekommt mit, dass Mik-Mik sich eine Tüte unter den Arm geklemmt hat. Franco und Marielou sind frustriert schnell in die Nacht verschwunden. Sie haben beide den gleichen kurzen Weg zum Strand, dort wo die Hütten der Fischer stehen.

Mik-Mik stößt Romolo an und zeigt auf die Tüte. Vicente und die anderen bemerken das nicht.

"Vicente, Onkel Romo und ich, wir gehen noch zu meinem Bruder. Ich komme später zu Dir, aber warte, ich gebe Dir die 2.000 Piso von Tommy."

Vicente freut sich über das Geld, das sie gut gebrauchen kann. Allerdings ahnt sie noch nicht, wie viel später ihr Ehegatte Mik-Mik heimkommen wird.

[Ende 11. Kapitel und zehnter Tag in Haft - Dienstag]

-★-

12. Kapitel - Mittwoch

12.00. Hässlicher Morgen

Nachts an der Zelle

Gegen 22 Uhr rüttelt es an der Zellentür und ich schrecke hoch. Ein Typ hält mir ein Cellphone in die Zelle: "Telefonieren?"

Ich greife das Ding und eine tiefe Frauenstimme raunt etwas, aber ich verstehe kein Wort, denn sie stöhnt in der Visayan-Sprache und die Verbindung ist grauenhaft. Der Typ grinst breit, hat eine Alkoholfahne und flüstert verschwörerisch: "Chicks, 50 Pisos only."

Ich schüttle schlaftrunken den Kopf und gebe das Cellphone zurück. Augenblicklich ist der Typ verschwunden. Wahrscheinlich sucht er an der Zelle nebenan sein zweifelhaftes Glück. Schon höre ich das Murmeln, Kichern und Jauchzen von der Nachbarzelle. 'Komisch?', wundere ich mich. 'Wie kommt der Typ auf den Zellenvorplatz?' Dann bemerke ich, dass das Tor des Drahtzaunes unverschlossen ist. 'Sicherlich der Fehler des Wachhabenden. Das gesamte Gelände der Polizeistation scheint auch nicht vollständig hermetisch abgeriegelt zu sein.'

Die übrige Nacht ist ruhig, an einen erholsamen Schlaf ist dennoch nicht zu denken. Im Kopf rotieren zu viele beunruhigende Gedanken. Auch wenn ich mich immer wieder selbst ermahne, mit diesem unergiebigen Grübeln aufzuhören, kreisen dann doch die Gedanken wieder umher.

Zwischendurch uriniere ich in eine Wasserflasche und hoffe, der Wachmann möge früh erscheinen, sodass ich das größere Geschäft nicht in eine Tüte verrichten muss.

Um sechs Uhr setzt ein Nieselregen ein, der sich gegen sieben Uhr zu einem tropischen Starkregen auswächst. Es regnet so heftig, dass Wasser in die Zelle tritt und ich die Sandalen und die wenigen Habseligkeiten, die sich auf dem Boden befinden, auf das obere Bett retten muss. Es ist 7:30 Uhr, als der Wachmann angerannt kommt. Als Regenschutz trägt er ein Poncho mit Kapuze und schwarze Gummistiefel. Er schließt meine Zelle als Erstes auf und sucht unter dem vorstehenden Betonvorsprung ohne Regenrinne Schutz vor den Wassermassen, die, einem Wasserfall gleich, vom Dach stürzen.

Unter der Dusche wird mir klar, dass sich das Fragen nach Vor-der-Zelle-sitzen erübrigt hat. Auch wird sich wohl niemand der Studenten, die eilig durch den Regen huschen, bereit erklären, Kaffee zu besorgen.

Die Zellentür quietscht erbärmlich, das Schloss knackt bedenklich, ich bin wieder eingeschlossen und sitze traurig auf der Bettkante. Der Tag beginnt nicht gerade vielversprechend.

Frühmorgens im Dorf

Seit etwa einer Stunde suchen Vicente und ihre Kinder verzweifelt Mik-Mik. Es ist acht Uhr, als Vicentes Tochter und der zweitälteste Sohn den Vater in einem hölzernen Fischerboot am Strand schlafend vorfinden. Sie bekommen ihn nicht wach und holen Vicente zur Hilfe. Mit einem halben Eimer Meerwasser schaffen sie es dann doch. Mik-Mik ist mürrisch, denn er hat einen ordentlichen Kater. Jetzt muss er erst einmal im Toilettenhäuschen von Francos Bruder duschen und zu sich kommen. Auf dem Weg zurück in ihre Hütte versäumt es Vicente nicht, bei Romolo vorbeizuschauen. Das ist auch nötig, denn Romolo schläft ebenfalls noch tief und fest seinen Rausch aus. Auch er ist mürrisch, als er recht unsanft von Silas geweckt wird. Romolo hat das Gefühl, als seien die Schmerzen im Knie heute doppelt so stark wie sonst immer. Deshalb nimmt er auch einfach die doppelte Menge an Schmerzmittel wie gewöhnlich. 'Viel hilft viel', denkt er und schickt Silas zum Sari-Sari-Store eine Aspirin besorgen. Wie gut, dass ihm Mik-Mik gestern 1.000 Piso von Tommy übergeben hat, denn die Tablette gegen Kopfschmerzen ist teuer. Das Stichwort "Tommy" erinnert ihn an die unangenehme Aktion, die ihm und allen Eltern heute bevorsteht: Um zehn Uhr im BSWD Sendong City erscheinen. Darauf hat er nun wirklich überhaupt keine Lust.

In seiner Hütte angekommen, redet seine Schwiegermutter Marie-Ann ununterbrochen auf Mik-Mik ein: "Mik-Mik und Vicente, lasst Euch von denen nichts versprechen und glaubt dem BSWD nichts. Die versprechen viel, aber halten sich dann sowieso nicht dran. Und bloß nichts unterschreiben. Ihr müsst Tommy verteidigen, denn alle wissen, Tommy ist unschuldig, da war auch nie etwas Schlechtes gewesen und er ist ein guter Mann! Amen!"

Mik-Mik schlürft gequält den zuckersüßen Instantkaffee. Nach Marie-Anns "Amen" schlägt Mik-Mik mit der flachen Hand leicht auf den Tisch. Ihm ist, als platze ihm gleich der Schädel. Vicente ist verärgert, sendet die Tochter ebenfalls ein Aspirin kaufen und zetert: "Wir haben heute einen wichtigen

Termin im BSWD und Ihr habt nichts Besseres zu tun, als Euch zu besaufen. Schau mal, wie Du aussiehst! Und den Tanduay Rum rieche ich bis hier!"

Mik-Mik begibt sich vor die Hütte, macht sich auf der Bambusbank lang und schläft sofort wieder ein.

"Lass den noch eine halbe Stunde schlafen", sagt Marie-Ann zur Tochter. Sie hat ein besorgtes Gesicht: "Vicente, hast Du den Lärm mitten in der Nacht gehört?"

"Nein, ich habe geschlafen. Was war denn los?"

"Den Stimmen nach war etwas mit Inday, Romolos Ex."

"Ja, aber doch nicht mit Romolo? Der hat mit Mik-Mik und dessen Brüdern bis um vier Uhr morgens zwischen den Hütten am Strand getrunken."

Marie-Ann stimmt Vicente zu: "Das war nicht mit Romolo."

"Ma, Du kennst Inday, sie ist ein Trinking-Master. Und wenn es dann wieder einmal so weit ist, sucht sie nur noch Streit. Wie gut, dass wir gestern so früh aufgebrochen sind." Vicente lacht gehässig: "Na, ob Onkel Romolos Ex Inday es heute ins BSWD schafft?"

"Dafür werden Rica und Lang schon sorgen. Ich habe das Gefühl, dass die drei Mütter mehr auf das BSWD als auf ihre Herzen hören."

Um 9:30 Uhr treffen sich alle am Waiting Seat, bis auf Ernesto, weil der schon vor einer Stunde in das BSWD gefahren ist. Auch Franco, Marielou und einige Teenager warten schon dort. Als Franco sieht, in welcher Verfassung sich sein Onkel Romolo und Schwiegeronkel Mik-Mik befinden, verflucht er seine Idee mit dem Tanduay Rum. 'Eine große Hilfe beim Kampf um Tommy werden die heute im BSWD nicht sein', denkt er bei sich. Marielou ist wütend auf die zwei verantwortungslosen Männer. Sie hat überhaupt kein Verständnis für das Saufgelage eine Nacht zuvor. "Typisch Männer!", zischt sie und schmollt in sich hinein.

Morgens in der Zelle der Polizeistation

'Verdammt', fällt es mir siedend heiß ein, 'ich muss der Firma Bescheid geben! Bloß auf welchem Weg?' Ich überlege: 'Am besten wäre eine E-Mail. Ich werde ehrlich sein und meinem Chef nichts verschweigen. Wie er, die Kollegen in der Abteilung und die Geschäftsleitung wohl reagieren werden? Kündigen sie mich gleich? Diese Geschichte hört sich doch sofort für jedermann nach schlimmem Sextourismus an!' Mein Flug zurück nach Deutschland soll am Samstag stattfinden. Ich ziehe mir die Sandalen an und mache den Schritt zur Zellentür. Es sind heute keine Inhaftierten in gelben Shirts zum Gerichtsgebäude gebracht worden. Der Regen hat etwas nachgelassen. Trotzdem regnet es aber immer noch kräftig und ich stehe in einer Pfütze. Das Tor des Drahtzaunes ist im Gegensatz zur letzten Nacht mit Ketten und einem Vorhängeschloss verrammelt. Der Regen scheint alle anderen Geräusche zu dämpfen. Kein Wachmann weit und breit. Niemand, dem ich Bescheid geben könnte. Außerdem kein Kaffee, kein Mik-Mik und kein Franco. Automatisch manifestieren sich die negativen Gedanken: 'Es wird nicht besser und es ist kein Licht am Ende des Tunnels zu sehen. Ganz das Gegenteil ist der Fall! Es wird alles kontinuierlich schlechter und komplizierter und das, obwohl ich jede Menge Geld investiert habe. Da sind zu viele Unbekannte in der Gleichung.

Links vom Gleichheitszeichen stehen an meiner Seite:

- Die Eltern der Kinder
- Die Kinder
- Freunde aus dem Dorf
- Die Botschaft
- Meine Familie in Deutschland
- Attorney De Baron

Dem Gegenüber stehen rechts:

- Die Polizei
- Das Jugendamt BSWD
- Die Justiz
- Die Öffentlichkeit
- Medien
- Nichtregierungsorganisationen (NGOs)
- Ich befinde mich im Kriegszustand!

Das BSWD und diese NGO haben schon im Dorf herumgeschnüffelt.' Mir wird übel bei diesen Gedanken. Mit Grausen flüstere ich: "Was ist da für ein Uhrwerk in Gang geraten und wie kann ich es stoppen? Fragen über Fragen." Beim Stichwort "Uhrwerk" kommt mir der Film "Uhrwerk Orange" von Stanley Kubrick in den Sinn. Ich erinnere mich: 'Den habe ich mindestens zwanzigmal gesehen. Der junge Protagonist, der Mörder Alex, der im Knast mit brutalsten

Methoden zum besseren Menschen umerzogen werden soll. Erst Täter, dann Opfer und dann wieder Täter. Toller Film mit einer nachdenklichen Story, die in einer vollkommen zerrütteten Gesellschaft spielt.'

12.01. BSWD Sendong City

Ronald (Ron) Pagut, der Chef vom hiesigen BSWD, und Ernesto erwarten die Eltern aus dem Dorf bereits, als diese das Büro betreten. Die Aufmachung und Einrichtung des Büros hier in Sendong City ist ähnlich der in Tugalm City. Sir Pagut ist freundlich und bittet die Mütter und Väter Platz zu nehmen.

Alle Eltern sind aufgeregt und aus Respekt vor dem BSWD auch ein wenig eingeschüchtert. Michael (Mik-Mik) und Romolo fühlen sich besonders mies an diesem Morgen. Auch Romolos Ex-Frau Inday schaut mit ihrem verquollenen Gesicht und den kleinen Augen krank aus. Matthew hat gut daran getan, dass er gestern Abend frühzeitig von Rum auf Bier umgestiegen ist. Seine Frau Lang hat wohl sehr wenig getrunken, denn sie wirkt ausgeruht und frisch. Die Eltern haben sich, so gut es eben geht, für den BSWD herausgeputzt und sind in ihren besten Sachen erschienen. Nun warten sie gespannt auf das, was der Chef des BSWD zu sagen hat.

Der faltet zunächst einmal die Hände, presst die Lippen zusammen, atmet hörbar durch die Nase ein und sagt dann: "Ja, das ist eine wirklich dumme Geschichte, in die wir da hineingeraten sind. Ich sage extra wir, weil uns diese Angelegenheit alle angeht. Natürlich Sie, als Eltern, und uns, als Vertreter unserer Gemeinde. Es ist schon viel Staub aufgewirbelt worden und wir haben bereits mit unserer Bürgermeisterin Ma'am Legaspi zusammen gesessen. Sendong City kennt aus der Vergangenheit zwar Fälle von Missbrauch von Kindern, aber dort waren weder Ausländer noch Jungen involviert."

"Aber, Sir", protestiert sofort Vicente, "unsere Kinder sind nicht missbraucht worden."

"Und schon gar nicht von Tommy, also ich meine, von Mr. Heger. Der tut so etwas nicht, Sir!" Vicentes Ehemann Michael ist wacher, als er erscheint.

Sir Pagut bleibt gelassen und schaut in den dünnen Ordner aus Pappe, der vor ihm liegt: "Sie müssen die Eltern von Philipp Kabaltos sein?"

Michael reibt sich die Schläfen: "Korrekt, Sir."

Vicente erwidert schnell: "Wann dürfen Phil und die anderen vier Jungs zu uns zurück nach Hause?"

Alle, außer Ernesto, der neben Sir Pagut sitzt, und Romolo, der zu dösen scheint, nicken nach Vicentes Frage. Romolos Ex-Frau fordert sogar recht forsch: "Ich will sofort meinen Aboy wiederhaben. Er fehlt mir so sehr!"

Michael stößt Romolo leicht an, der kommt zu sich und stöhnt: "Scheiß Knie, wer, was?"

Vicente denkt: 'Ach, plötzlich spielt Inday die besorgte Mutter. Normalerweise ist ihr Interesse an Aboy eher gering.' Dennoch freut sich Vicente über die unerwartete

Unterstützung, da auch Rica und Lang mutiger werden und Forderungen stellen.

Rica flüstert: "Ich habe schon einmal ein Kind verloren, jetzt nicht auch noch Sam. Die Kinder gehören zu den Eltern und sonst nirgendwohin!"

Ihr Ehegatte Ernesto fällt ihr in den Rücken: "Rica, das ist doch was ganz anderes gewesen. Das war der Teufel Dengue."

Sir Pagut nickt und spielt mit einem Bleistift.

Lang streift das störrische Haar zurück: "Meine zwei Söhne fehlen mir überall und täglich im Haushalt. Keiner sucht Brennholz, keine Helfer da, die das Wasser vom Waschplatz zum Haus tragen. Jan ist ein guter Junge. Der ist ein begabter Fischer und bringt immer etwas nach Hause. Mein Dan, unser jüngster Sohn, hängt sehr an mir. Wissen Sie, Sir, mein Dan ist ohne mich sehr unglücklich. Das fühle ich als Mutter."

Matthew räuspert sich. Mit tiefer Stimme stellt er fest: "Und mir fehlt Jan als Helfer auf den Baustellen. Das ist ein kräftiger Kerl."

Plötzlich hat Lang ihr Cellphone in der Hand: "Heute früh hat mich vollkommen aufgelöst Jans Lehrer angerufen. Er hat Jan für den Kurs in Boxen angemeldet und extra für ihn die Ausrüstung besorgt. Der Kurs hat Montag begonnen. Nun fehlt Jan. Einer seiner talentiertesten Kinder mit viel Ehrgeiz sei Jan. So hat sich der Lehrer ausgedrückt."

Sir Pagut zuckt mit den Schultern: "Auch dafür finden wir eine Lösung."

Romolo schnauft: "Mein Aboy fehlt mir ebenfalls. Sie sehen ja, Sir, ich habe nur noch ein Auge und ein Finger fehlt. Diese verdammte Krappenfischerei. Außerdem funktioniert nur ein Ohr und das auch nur ein bisschen. Von meinen kaputten Knien ganz zu schweigen. Auch ich brauche sofort meinen Aboy zurück!"

Da die Eltern teilweise zur gleichen Zeit gesprochen haben, braucht Sir Pagut ein paar Sekunden, um die Informationen zu verarbeiten. Sicherlich hat er auch nicht mit den klaren Forderungen der Eltern gerechnet. Er wirkt etwas verwirrt, schüttelt schnell den Kopf und antwortet: "Ja, schon wichtig, Kinder im Haus zu haben!"

Vicente ergreift erneut das Wort: "Sir, wie geht es denn jetzt weiter? Unsere Kinder haben nichts gegen Tommy ausgesagt."

Nun reibt sich Michael die Augen: "Und der Staatsanwalt in Tugalm City hat gesagt, es läge gar keine Anzeige gegen Tommy vor!" Vielleicht ist es dem Restalkohol zuzuschreiben, denn Michael ist plötzlich aggressiv und laut: "Also, Sir, was wollen Sie? Und wir wollen sofort unsere Söhne zurück!"

Sir Pagut bleibt ungerührt: "Bleiben Sie ruhig, Mr. Kabaltos. Es gibt keinen Grund hier herumzuschreien."

Ernesto grinst und nickt.

Sir Pagut fährt fort: "Wann Ihre Kinder zu Ihnen zurückkommen, kann ich nicht sagen, denn das liegt nicht in der Entscheidungsgewalt des BSWD. Weder in Tugalm noch hier in Sendong. Aber eines ist doch klar, und deshalb habe ich

Sie heute hergebeten: Arbeiten Sie mit uns, dem BSWD, zusammen."

"Aber warum denn?" Michael ist wieder ein wenig zu barsch."

"Weil, wenn da nur ein winziges Stück Wahrheit an dieser Geschichte ist, kann das für Sie recht unangenehm werden!", antwortet Sir Pagut wieder ohne jegliche Emotion.

Ernesto dagegen ist aufgeregt: "Alle fragen sich, warum wir Tommy unsere Kinder mitgegeben haben. Wie stehen wir denn jetzt da?"

"Genau!", pflichtet Sir Pagut dem bei. "So etwas nennen wir Menschenhandel! Dieser Heger verschleppt Ihre Kinder in eine fremde Stadt, gibt ihnen Geschenke oder Geld, unterstützt die Kinder in der Schule und schmeichelt sich bei den Eltern ein und im Austausch dafür bekommt der Heger das, was er sucht."

Endlich wird auch Romolo angriffslustig: "Was soll er denn suchen?"

"Was solche Typen wie der Heger halt suchen", weicht Pagut der Frage aus.

"Absurd!", schimpft Vicente plötzlich. "Erstens ist Tommy nicht solch ein Typ, wie Sie hier andeuten und zweitens, was hat das mit Tugalm City zu tun? Das verstehe ich nicht!"

Michael fügt hinzu: "Aber Tommy wollte zuerst doch gar nicht im Hotel schlafen. Nur wegen der Baustellen und der langen Reisezeit hat er das getan."

Matthew unterstützt Michael und wendet sich an Ernesto und nicht an Sir Pagut: "Ernesto, im Grunde genommen wollte Tommy doch nur die Kinder schützen, indem er die Nacht im Hotel verbringt, um nicht mitten in der Nacht nach Sendong City zurückzukehren." Er wendet sich nun an Ernestos Cousin: "Ehrlich gesagt, Sir, bei allem Respekt, ich glaube auch nicht, dass der Heger ein, also, ein Kinderschänder ist."

"Ja, das mit dem Übernachten habe ich ja auch versucht, Ron zu erklären", verteidigt sich Ernesto.

Michael wundert sich sehr über Matthew, weil der gestern Abend noch auf Konfrontation zu ihnen gewesen ist.

Sir Pagut merkt, dass ihm das Gespräch entgleitet: "Wie gesagt, wenn da auch nur ein Fünkchen Wahrheit in der Geschichte steckt, müsst Ihr erklären, warum Ihr dem Ausländer Eure Kinder mitgegeben habt." Er redet sich in Rage, gestikuliert wild mit der rechten Hand, schwitzt dabei und wird laut: "Nicht mir! Oh, nein, nicht mir müsst Ihr das erklären, sondern der Polizei und dem Staatsanwalt!"

Die Eltern gehen sofort bei diesen beiden Schlagwörtern in Verteidigungsstellung. Nur Michael wagt sich, dem Konter zu geben: "Wahrheit, Wahrheit? Es ist nichts gewesen, das ist die Wahrheit!"

"Das sehen viele aber anders!", entgegnet Pagut trotzig. "Und dann auch noch der zweite Fernsehbericht mit dieser komischen Story hier in Sendong City. Fünf Jungen schlafen bei Heger, duschen dort, dann erzählen die Jungen etwas von Fotografieren. Na, gut, wenn nötig, wird das die Polizei schon klären!"

Vicente schreckt hoch: "Ja, ist denn das nötig?"

Romolo ist erbost: "Diesen schwachsinnigen Bericht haben wir in der Polizeistation in Tugalm City gesehen. Auf solchen Blödsinn geben Sie etwas?"

Vicente und ihr Michael nicken heftig. Michael bestätigt Romolo: "Stimmt, den haben wir gesehen. Die Kinder haben etwas von Spaß erzählt. Ich erinnere mich an den Tag, als das gewesen sein soll. Wir hatten einen langen Starkregen und ja, die Jungs haben deshalb bei Tommy übernachtet. Wir haben aber darüber Bescheid gewusst."

Sir Pagut schaut auf die Wanduhr: "Gut, gut, wir werden sehen, was wird. Aber wie gesagt, sollte da nur ein Fünkchen Wahrheit sein! Ich will ehrlich sein, was uns als BSWD und die Bürgermeisterin ärgert, ist die Tatsache, dass dieser Heger Euch unterstützt und als Ergebnis dann solche Geschichten entstehen. Wer Hilfe braucht, wendet sich an uns und nicht an einen hergelaufenen Touristen. Dazu sind wir da!"

Romolo ruft frech: "Ha, Eure Hilfe kennen wir! Wer sich auf Euch verlässt, ist verlassen!"

Matthey sagt nur: "Stimmt!"

Sir Pagut mustert beide Väter scharf, bleibt aber still.

Vicente ist sichtlich aufgeregt: "Aber wir haben uns doch gar nicht an Tommy gewandt und um Hilfe gefragt. Tommy ist auf uns zugekommen."

Rica, Lang und Inday nicken leicht.

Sir Pagut duzt die Eltern weiter: "Seht Ihr, das ist ja gerade der Punkt! Warum macht Euer toller Freund, der deutsche Tourist, das? Darüber wundern wir uns doch sehr."

Alles in allem ist Pagut mit dem Gespräch nicht zufrieden. Die Eltern, bis auf Ernesto und Rica, stehen ihm kritisch gegenüber. Er möchte das Treffen mit den Eltern jetzt nur noch so schnell wie möglich beenden. Insgeheim denkt er bei sich, dass das nicht das letzte Gespräch gewesen sein wird. Und dann kann er immer noch schärfere Geschütze auffahren. Er schaut erneut auf die Wanduhr: "Oh, schon so spät. Ich habe nun leider einen anderen Termin. Ich denke, wir sehen uns bald wieder."

"Ich hoffe nicht!", flüstert Vicente zu Michael und Romolo beim Verlassen des Büros.

Doch da irren sich die Eltern gewaltig.

12.02. Strafanzeige?

Die Sozialarbeiterin des BSWD in Tugalm City Ma'am Solano hat ihren Entschluss gefasst und kurzentschlossen telefonisch mit dem Oberstaatsanwalt Escandor einen Termin vereinbart. Soeben klopft sie vorsichtig an die Bürotür im Erdgeschoss des Gerichtsgebäudes und wird sofort hereingebeten.

Wenige Minuten später sitzen der Staatsanwalt und Ma'am Solano am kleinen Besprechungstisch. "Sie wollen also wieder einmal zur Tat schreiten und Fakten schaffen, Ma'am?", eröffnet Sir Escandor das Gespräch nach einer kurzen Begrüßung.

"Ja, Sir Escandor, ich muss wohl. Es bleibt mir doch nichts anderes übrig und die Zeit drängt."

"Ma'am, Sie brauchen sich nicht zu entschuldigen. Ist das in diesem Jahr Ihre erste Anzeige?" Der Staatsanwalt lacht: "Gut, das Jahr ist ja auch noch jung!" Mit ernster Stimme fährt er fort: "Letztes Jahr waren es wie viele Anzeigen, vier oder fünf?"

"Sir, letztes Jahr waren es insgesamt acht Strafanzeigen. Zwei zu Menschenhandel und acht zu Missbrauch von Kindern. Aber da waren nur Filipinos involviert und ich möchte solch eine Panne, wie sie uns beim US-Amerikaner unterlaufen ist, vermeiden."

Sir Escandor lacht erneut laut auf, sodass Ma'am zusammenzuckt: "Panne, Ma'am?"

"Na, ja, Sie wissen schon, Sir, nach außen hin wurde es als Panne verkauft."

Der Staatsanwalt wird schnell wieder ernst und kneift die Augen zusammen: "Wie sehen Sie denn persönlich die Beweislage gegen den Deutschen, Ma'am?"

Die Sozialarbeiterin weicht der Frage aus: "Sir, ich kann hier nur wiedergeben, was ich von den fünf kleinen Jungen gehört habe." Sie räuspert sich und sucht sichtlich nach Worten: "Und die Kinder haben etwas von Masturbieren und Spielen mit den privaten Organen im Hotelraum berichtet. Warum sollen kleine Jungen in dem Alter das freiwillig tun?"

"Na, so klein sind die Burschen ja nun auch nicht mehr, Ma'am Solano!"

"Wenn Sie meinen, Sir. Ich persönlich bin davon überzeugt, dass etwas zwischen dem Deutschen und den Kindern vorgefallen ist. Aber ich denke, es ist die Aufgabe der Justiz, die Wahrheit ans Tageslicht zu bringen und den Täter entsprechend hart zu bestrafen."

"Ja, Ma'am, das ist schon klar, aber wenn Sie nur wiedergeben, was Sie von den Jungen gehört haben, dann wäre das Hörensagen und eigentlich als Grundlage für eine Strafanzeige unzulässig."

"Sir, denken Sie an die Öffentlichkeit, die Medien und den NGO. Der und sein Gefolge hat auf Ma'am Papillios Pressekonferenz ein ganz schönes Aufsehen erregt. Alle starren nun auf uns. Wir stehen unter immensem Druck und müssen liefern! Die Zeit wird auch knapp. Wenn bis Samstag keine Anklage gegen Heger steht, Sir, das wissen Sie besser als ich, dann müssen wir Heger laufen lassen. Das Geschrei wäre groß, Sir!"

"Genau so verhält es sich, Ma'am, und nach einer Strafanzeige stellt sich der Haftbefehl wie von selbst aus." Der Staatsanwalt blättert in der dünnen Akte und räuspert sich:

"Schauen wir doch einmal, was wir haben: Heger hat Sie und die Polizei in den Hotelraum eingelassen. In dieser Situation ist weder einer nackt gewesen noch wurde masturbiert und es gibt auch keine anderen sexuellen Handlungen. Der Raum ist zwar sehr warm gewesen, aber die Kinder haben tief und fest geschlafen. Letztendlich sind auch keine pornografischen Fotos gefunden worden."

Ma'am wirft ein: "Aber die Gadgets sind vom Forensiker noch nicht untersucht worden. Wir warten auf den Untersuchungsbericht, Sir."

Der Staatsanwalt schaut kurz auf, dann zitiert er weiter die Protokolle der Polizei: "Einer der Jungen, das ist Romolo Taslig Junior, hat ausgesagt, Heger habe ihm ein Briefchen Shampoo gebracht, beim Duschen zugesehen und ihm beim Abtrocknen geholfen. Jan Barcella ist kurz im Bad gewesen und hat das beobachtet." Der Staatsanwalt grinst plötzlich breit: "Hier steht etwas von Contest. Ein Contest: Wer den größten Penis hat. Aus den Aussagen wird nicht klar, ob der Deutsche die Kinder dazu aufgefordert hat." Sir Escandor legt den Ordner zurück auf den Tisch, lehnt sich zurück und faltet die Hände hinter dem Kopf: "Zu Menschenhandel müssen, grob gesagt, drei Elemente vorhanden sein. Ma'am, das ist Ihnen bekannt.

Erstens: Der Transport von A nach B.

Zweitens: Das Ausführen einer strafbaren Handlung. Das wäre hier sexueller Missbrauch oder eine Ausbeutung der Kinder in einer anderen Form.

Drittens: Im Gegenzug zur Ausbeutung eine Entlohnung der Kinder mit Geld oder anderen Sachleistungen.

Wo sind die Elemente zwei und drei, Ma'am Solano?"

Ma'am Solano atmet kurz und stottert: "Lassen wir das Gericht klären, ob sexuelle Handlungen stattgefunden haben, Sir, und zum dritten Element: Jedes Kind hatte ein Cellphone bei sich getragen, das immerhin Heger besorgt hat und er hat den Kindern den Kauf von Schulsachen und Kleidung versprochen. Ich kann mich nur wiederholen. Mein Vorgesetzter, Sir Sala, und ich sind der festen Überzeugung, dass Heger ein Täter ist." Ma'am wischt sich den Schweiß von der Stirn: "Ach, ja, Sir, da fällt mir noch etwas ein: Die Tatsache, dass drei Kinder noch nicht zwölf Jahre alt sind, erfüllt einen Gesetzesverstoß zum Paragraphen Republic Act 7610, Absatz 5."

Sir Escandor mustert Ma'am Solano und lächelt unergründlich: "Dieser Paragraph ist mir bekannt, Ma'am Solano."

"Gewiss, gewiss, Sir!" Ma'am Solano verbeugt sich sogar ein wenig, während sie spricht.

"Dieser Fakt ist belegt, was gedenken Sie nun zu tun, Ma'am?"

Ma'am Solano zieht ein Papier aus einem dünnen Schnellhefter aus Pappe: "Hier, bitte, Sir!"

Der Staatsanwalt überfliegt das Papier und liest Stichworte vor:

- "Complaint Affidavit (Strafanzeige), gegen den Deutschen Thomas Heger.

- Heger hat fünf philippinische Minderjährige zum Zwecke der sexuellen Ausbeutung nach Tugalm City in ein Hotel verbracht.
- Verstoß gegen die Paragraphen Republic Act 7610 und 9208, Missbrauch von Kindern und Menschenhandel."

Sir Escandor steht unvermittelt auf, begibt sich in den Nebenraum, diskutiert kurz mit seiner Sekretärin, kommt mit ihr zurück und sagt dann: "Gut, schreiben Sie bitte mit, was Ma'am Solano zu sagen hat!"

Die beiden Frauen nicken sich kurz zu. Sie kennen sich. Privat und von den vielen Strafanzeigen, die Ma'am Solano in der Vergangenheit in diesem Büro erstattet hat.

12.03. Die Hoffnung stirbt zuletzt

Zelle

Der Tag neigt sich dem Ende zu. Kein einziger Officer hat sich mehr blicken lassen. Der Regen hält ununterbrochen an und das Wasser in der Zelle ist noch ein paar Zentimeter gestiegen. Ich muss darauf achten, dass die dreckige Brühe nicht in die Sandalen läuft. Zwischendurch habe ich an der Zellentür gestanden und beobachtet, wie der Regen auf die Blätter prasselt. Der heftige Regen, die Luftfeuchte, die Wärme, die hohen dichten Bäume, sogar der Geruch von draußen und die Stimmen der tropischen Vögel suggerieren, wenn ich die Augen schließe, mitten in einem triefenden

Regenwald zu stehen. Doch wenn ich die Augen wieder öffne, sehe ich das ganze Dilemma: dort ist der überflutete Platz vor den Zellen mit den gestapelten Colakisten, den rostigen Müllfässern, dem ebenfalls rostigen Drahtzaun mit dem verrammelten Tor und dahinter das verwitterte Polizeigebäude. Es scheint, dass alles dem Verfall preisgegeben ist. Tropische Endzeitstimmung, passend zu meiner Situation und meinem Gemütszustand.

Das monotone Geräusch des Regens hat mich einige Male auf dem maroden Bett einnicken lassen und das nur, um kurze Zeit später schweißgebadet hochzuschrecken und mit Grausen festzustellen, immer noch im Kerker zu sitzen.

Irgendwann im Laufe des Tages habe ich lustlos das Hühnchen verspeist und ein wenig Kuchen als Nachtisch gehabt. Was hätte ich für einen Kaffee zum süßen Gebäck gegeben! Vorbeieilende Officers kann ich mit meinem Kaffeewunsch unmöglich belästigen. Ab und an huschen Studenten mit übergeworfenen Regencapes am Zellenhaus vorbei. Manchmal sind sie zu zweit und benutzen dann einen Regenschirm. Ihnen zuzurufen und sie zu fragen erscheint aussichtslos. Sie beeilen sich und blicken dabei ständig zu Boden, sicherlich um nicht ins Stolpern zu geraten. Außerdem, wie soll der Kaffee die Distanz vom verschlossenen Zauntor zur Zellentür überwinden? In Gedanken flehe ich: 'Ein Himmelreich für einen Kaffee!' Stattdessen trinke ich lauwarmes Mineralwasser. Ich muss es mir nun einteilen. Anderthalb Liter sind noch übrig. Es wird noch einige Zeit dauern, bis Mik-Mik und Franco wieder erscheinen. Ein mulmiges Gefühl beschleicht mich: 'Was wäre, wenn Sie mich fallen lassen würden? Wenn niemand zurückkehrt? Wer besorgt und erledigt dann das Nötigste, das Überlebenswichtige: Nahrung, Wasser, Kommunikation nach draußen, zum Attorney, ins Dorf hinein und zu den Eltern der Jungen?' Mik-Mik und Franco fehlen. Aus Langeweile qualme ich eine. Nach zwei Zügen werfe ich die Marlboro in die dunkle Ecke der Zelle, wo sie zischend erlischt. In Einsamkeit schmeckt die Zigarette grauenhaft. 'Was wohl das Treffen der Eltern im Dorf gebracht hat?' Ich brenne vor Neugier.

Ununterbrochen wedle ich mir mit einer Sonntagszeitung Luft zu. 'Schwitze ich nun wegen des Wedelns oder wegen der Hitze so sehr?'

Die Flasche mit dem Urin habe ich schon mehrmals aus dem Zellenfenster gekippt. 'Das spült sofort der Regen weg', grüble ich beim Blick aus dem Fensterspalt. Zum Abendbrot gibt es schwammig-weiche Brötchen und lauwarmes Wasser. Passend zur Situation kommt mir ein Spruch in den Sinn, über den ich schmunzeln muss: 'Verschärfte Haftbedingungen bei Wasser und Brot.' Meine erneute Sorge über das zur Neige gehende Trinkwasser lässt mich damit sparsam umgehen. An das Telefonieren wage ich erst gar nicht zu denken: 'Was würde ich damit auch schon erreichen? Es ist Mittwoch. Meine Eltern haben sicherlich einen ihrer vielen Arzttermine. Sabine und Marie sind arbeiten. Es wäre schon interessant zu erfahren, ob die Botschaft in Manila helfen kann.' Vorsichtig gehe ich die zwei Schritte vom Bett zur Zellentür und wieder zurück. "Verdammt", fluche ich, denn wie schon heute Früh kommt mir die Firma in den Sinn, "ich muss dringend dort Bescheid geben, dass ich kommenden Montag nicht auf der Matte stehe. Mein Chef, die lieben Kollegen, ja die gesamte Firma warten auf mich. Sie werden wohl vergebens warten. Wie soll es dort jetzt mit meinem neuen Projekt weitergehen? Ich muss hier raus! Mit dem blöden Attorney telefonieren, sodass der - verdammt nochmal! - endlich alle Hebel in Gang setzt, um mich hier irgendwie herauszubekommen! Und dann schnell weg hier. Vielleicht mit einer Fähre nach Indonesien oder Sumatra, zurück nach Deutschland und danach, nie wieder Philippinen!"

Die aufkeimende Bitternis und Verzweiflung unterdrücke ich erfolgreich mit Ablenkung. Die falsch gelösten Sudokus skizziere ich einfach in mein kleines Buch ab und löse sie erneut. Diesmal erfolgreich.

Draußen ist es bereits dunkel, der Regen lässt nicht nach und dämpft weiter jegliche Geräusche. Gegen sieben Uhr schlafe ich endlich erschöpft ein.

Dorf

Michael Kabaltos (Mik-Mik) steht an einem Sari-Sari-Store im Dorf und kauft gerade fünf Zigaretten der Marke More zu insgesamt 15 Piso. Beim Herausfischen der Münzen aus seinem Portemonnaie bemerkt er in der rechten Ecke des fast immer leeren Faches für Papiergeld den klein gefalteten blauen Tausender. Den hatte er nicht mehr im Sinn. Es waren eigentlich 2.000 Piso, die Tommy gestern für das Mittagessen der Kinder gegeben hat. Die Mütter Rica und Lang hatten sich aber geweigert, den gesamten Betrag anzunehmen. So ist die Hälfte des Geldes bei ihm geblieben, weil er sich nicht getraut hat, Tommy zu berichten, dass die Mütter ein Teil des Geldes zurückgewiesen haben. Die zwei Mütter verhalten sich seit dem Gespräch im BSWD in Tugalm City merkwürdig. Scheinbar gehen sie auf Distanz zu Tommy. Das wundert ihn sehr, da ausnahmslos alle im Dorf - so wie auch seine Frau

Vicente und er - der Meinung sind, dass die Geschichte nur ein gewaltiges Missverständnis ist und Tommy bald wieder freikommt.

'1.000 Piso Extrageld', überlegt Mik-Mik. Er kauft für zweihundert Piso Cola, Brötchen und Kartoffelchips, bringt das zu Vicente und den Kindern, die sich natürlich begeistert auf die Leckereien stürzen. Schnell verabschiedet sich Mik-Mik von seiner Familie und steuert die Billardhalle an.

Billardhalle ist übertrieben, denn es gibt nur zwei verschlissene und verstaubte Tische für Poolbillard. Die Seiten des grob gezimmerten Verschlages sind offen und das Dach besteht aus dünnem Wellblech. Auf der halbhohen Holzumzäunung sitzen Jungen, schauen dem Spiel der Männer zu und diskutieren vor jedem Stoß, wie der am besten gespielt werden sollte. Mik-Mik steigt beim nächsten Spiel mit 100 Piso ein und gewinnt. Das nächste Spiel wird mit 200 Piso angesetzt. Er gewinnt wieder und gibt - zur Freude aller - eine Flasche Tanduay Rum aus. Die Stimmung ist bestens und Mik-Mik in seinem Element. Als einige Freunde bemerken, dass Mik-Mik mehr Bares als gewöhnlich in den Taschen hat, wird er zum Kartenspiel eingeladen. Auch hier gewinnt er, sodass sein Guthaben auf über 2.500 Piso anwächst. 'Jetzt ist der beste Zeitpunkt aufzuhören', denkt er noch, aber die Leidenschaft hat ihn gepackt. Keine drei Stunden später ist der gesamte Betrag verloren und schlimmer noch, er geht frustriert mit 500 Piso Schulden nach Hause. Er hat eine Woche, um die geborgte Summe zurückzuzahlen. Immerhin ist er heute nicht so sturzbetrunken wie letzte Nacht und morgen in der Früh will er zurück zu Tommy. 'Vier Stunden Schlaf müssen reichen', denkt er, als er sich auf der Bambusbank vor seinem Haus ausstreckt und einschläft.

13. Kapitel - Donnerstag

13.00. Nichts wissen, nichts ahnen

Es ist Donnerstag früh fünf Uhr. Ich konnte tatsächlich von neunzehn Uhr bis jetzt ohne große Unterbrechungen schlafen. Eigentlich ist das die erste von den dreizehn Nächten in diesem Kerker, in der ich einigermaßen gut geschlafen habe. Ich führe das auf den beständigen und beruhigenden Regen zurück, der alle anderen Geräusche dämpft. Die Temperatur hat sich auf ein erträgliches Maß reduziert. Auch die Luft ist frischer und scheint mit Sauerstoff angereichert zu sein.

Es wird wohl noch einige Zeit dauern, bis der Wachhabende auftaucht und ich eine Dusche nehmen kann. Ich hoffe, Officer Sarang ist im Dienst und lädt mich in sein gemütliches Büro zum Frühstück ein.

Es hilft alles nichts, denn ich kann nicht länger warten. Anschließend nehme ich ein Blatt der Sonntagszeitung als Klopapier, verknote die Tüte und werfe sie wieder an der Hauswand entlang in Richtung Bad. Ich höre es klatschen und denke, dass die Tüte sicherlich weggespült wird. Jetzt wasche ich mir die Hände mit dem duftenden Alkohol, um anschließend die letzten beiden weichen Brötchen mit dem letzten Schluck Mineralwasser hinunterzuspülen.

Draußen ist es noch finster und ich habe auf der Bettkante eine Kerze angezündet. 'Heute ist also Donnerstag', überlege ich. 'Officer Sarang hat doch erzählt, dass sie mich nur vierzehn Tage ohne Haftbefehl festhalten können. Zwei Wochen inhaftiert wäre dann übermorgen. Vielleicht sind es ja tatsächlich nur noch zwei Tage in diesem Loch. Die Hoffnung stirbt zuletzt', denke ich und mein Gemüt hellt sich auf: 'Die Hoffnung stirbt zuletzt, war gestern. Heute heißt es, mit Optimismus in die Zukunft blicken!' Ich knabbere an einem Kokosnusskeks. Der letzte Proviant. 'Sind eigentlich schon einmal auf den Philippinen Menschen im Knast verhungert? Ich weiß es nicht.' Was für dumme Gedanken. 'Optimismus sieht anders aus. Aber ich muss kämpfen!'

Um sieben Uhr rasseln die Ketten am Tor des Drahtzauns. Gleich danach knackt das Schloss und quietscht meine Zellentür: "Mr. Heger, kommen Sie bitte in das Büro von Officer Sarang. Zuvor sollen Sie aber die Duschen besuchen."

"Danke, dass ich duschen durfte, Sir Sarang. Hallo John, wie geht es Dir?"

Officer Sarang bittet mich, auf der Sitzecke Platz zu nehmen. Sarangs Sohn John zieht als Antwort auf meine Frage nur die Augenbrauen leicht nach oben und spielt weiter Counter Strike.

"Keine Ursache, Mr. Heger, wenn Sie möchten, können wir Frühstück holen lassen."

"Ja, natürlich, Sir."

Officer Sarang telefoniert kurz und wenige Minuten später gebe ich an einen Polizeischüler in Trainingsanzug 500 Piso für Kaffee, Brötchen und Gebäck. "Kaufen Sie bitte auch drei Liter Mineralwasser." Der junge Mann salutiert und ist augenblicklich aus dem Raum.

"Das ist ja ein Regen, Sir."

"Das Tiefdruckgebiet zieht wohl weiter, sagen die News."

"Ganz schön hart, über 24 Stunden in der Zelle eingesperrt und vollkommen ohne Besuch zu sein."

"Wo sind denn Ihre Leute, Mr. Heger?"

"Ach, die wollten sich beraten. Die Eltern und meine Freunde hatten gestern ein Treffen im Dorf."

"Wir hatten gestern Großkampftag, Mr. Heger. Teilweise mit Überflutungen in der Stadt. Die Highways sind aber wieder frei. Wann kommen Ihre Freunde zurück?"

"Ich hoffe heute, Sir." Ich fahre mir durch das noch feuchte Haar: "Wann kann ich hier endlich raus?"

"Oh, Sir Heger, das weiß ich auch nicht. Ma'am Papillio hat mir aber gestern die Anweisung gegeben, Sie heute Früh duschen zu lassen. Haben Sie Rasierzeug?"

"Nein, Sir?"

"Hier, ein Einwegrasierer. Sie können sich nach dem Frühstück rasieren. Laut Ma'am Papillio haben Sie heute einen Termin im Gericht."

"Ach?"

"Etwas Genaues weiß ich auch nicht, Mr. Heger. Anweisung der Chefin."

Ich drehe den gelben Einwegrasierer zwischen den Fingern: "Und dafür muss ich mich schön machen?"

"Ich weiß auch nicht, Mr. Heger?"

"Allerdings ist es wirklich nötig", stelle ich fest, als ich mit der Hand übers Kinn fahre.

Mit fester Stimme bitte ich: "Officer Sarang, ich muss heute unbedingt telefonieren. Mit meiner Familie und dem Attorney. Es ist wichtig! Mein Chef denkt, ich bin kommenden Montag zurück. Ich muss in der Firma Bescheid geben, dass ich ein paar Tage später zurückkehre. Auch wegen der deutschen Botschaft muss ich telefonieren. Bitte, Sir!"

"Sie können Ma'am doch später selber fragen, denn sie wollte um acht Uhr hier erscheinen und Sie sollen um neun Uhr fertig für das Gericht sein."

"Okay, Sir, ich werde Ma'am fragen."

Die Bürotür öffnet sich und der Polizeischüler bringt die Brötchen und das Mineralwasser. Es folgt ihm Mik-Mik, der ebenfalls stolz eine Tüte Brötchen trägt.

-★-

Nach einer kurzen und herzlichen Begrüßung platzt es aus mir heraus: "Mik-Mik, wie ist das Treffen gestern gewesen? Was ist dabei herausgekommen?"

"Ach, Tommy, eigentlich nichts, genauso wie im BSWD." Mik-Mik erscheint plötzlich, als habe er versehentlich ein Geheimnis ausgeplaudert.

"BSWD?"

Mik-Mik bläst verlegen in den heißen Kaffee: "Ja, also, das BSWD in Sendong City hatte uns Eltern eingeladen."

"Und was wollten die von Euch?"

"Eigentlich nur hören, wie wir zu Dir stehen, warum die Kinder mit Dir gewesen sind und wie lange wir Dich schon kennen? Denen vom BSWD haben wir es aber richtig gezeigt, Tommy. Wir stehen zu Dir! Das haben wir ihnen ganz klar gesagt!" Von Ernestos, Ricas und Langs merkwürdigem Gebaren erzählt Mik-Mik lieber nichts.

Über das Treffen im BSWD bin ich verunsichert und verwundert. Ich frage mich, warum das BSWD die Eltern einlädt und nicht die Polizei: "Waren der Kagawad, Franco und Marielou auch dabei gewesen?"

"Nein, Tommy, nur wir Eltern. Sogar Romolos Ex war anwesend. Sie hat aber nicht viel gequatscht, ist nämlich den Abend zuvor sturzbetrunken gewesen."

"Was war denn mit Eurem Treffen? Ihr Eltern wolltet Euch doch zusammensetzen."

Mik-Mik kichert: "Das ist doch der Grund, warum Romolos Ex betrunken gewesen ist. Wir, also alle Väter, haben natürlich auch etwas getrunken. Franco hat Tanduay Rum, Bier und etwas zu essen besorgt. Die Stimmung ist gut gewesen, Tommy." Die Dissonanzen zwischen Romolos Ex-Frau, Ernesto, Rica und Lang und den Rest der Eltern verschweigt Mik-Mik ebenfalls.

Ich bin über Mik-Miks Ausführungen verwirrt, lasse es aber dabei und frage nicht weiter nach. Ändern kann ich sowieso nichts. Auch stelle ich die Frage, warum anstelle der Polizei das Jugendamt BSWD einlädt, nicht. Ich denke, das kann nur ein gutes Zeichen sein, bedeutet es doch, dass die Polizei in Sendong City nicht ermittelt. 'Was wollen die auch ermitteln?', ärgere ich mich sogleich über meine Gedanken und beiße herzhaft in ein warmes Brötchen. Officer Sarang hört nur interessiert zu, schweigt aber. Sein Sohn John kaut mit vollen Wangen eine Zuckerschnecke und trinkt ein Schokoladengetränk mit dem Namen "Milo."

"Mik-Mik, ich habe heute noch einen Termin im Gericht."

"Oh, das ist vielleicht ganz gut! Ich hoffe, sie werden Dir mitteilen, dass die Ermittlungen eingestellt sind und Du zurück nach Deutschland darfst."

Wir klatschen mit den Handflächen ab.

"Mik-Mik, das hoffe ich auch!" Sofort werde ich wieder ernst: "Ist Franco nach General de Santos gereist?"

"Ich denke, ja, Tommy. Ich bin heute sehr früh los und habe Franco nicht gesehen. Der hat bestimmt noch geschlafen oder ist schon abgereist."

"Was ist denn mit Rica und Lang? Besuchen die mich heute? Bringen sie den Jungs Mittagessen? Ich weiß gar nicht, was mit den Jungen ist, wie es ihnen geht?"

"Tommy, ich kann die doch nachher besuchen. Wenn Du ins Gericht fährst, besuche ich die Kinder und bringe ihnen Pandesal-Brötchen und Kakao."

"Gute Idee, Mik-Mik. Es regnet auch noch. Wir können also sowieso nicht vor den Zellen sitzen. Später kannst Du dann das Mittagessen bringen."

"Tommy, das BSWD hat gesagt, sie wollen es nicht, dass Du weiter das Essen für die Kinder bezahlst."

Ich reagiere verärgert und etwas zu laut: "Dem BSWD kann es doch egal sein, woher das Geld für das Essen kommt!"

John, der wieder Counter Strike spielt, schreckt hoch. Auch sein Vater Officer Sarang, er arbeitet inzwischen am Desktop Computer, schaut auf.

"Entschuldigung, Sir."

"Ist schon okay, Mr. Heger" Der Officer schaut auf die Uhr. "Wollen Sie TV schauen? In einer Stunde müssen Sie sich dann fertig machen. Kommt Mr. Kabaltos mit ins Gericht?"

"Nein, nein, Sir. Mr. Kabaltos wird die Kinder besuchen, die hatten gestern doch auch keinen Besuch."

13.01. Das Zittern

Das gelbe T-Shirt, auf der Rückseite ist in fetten schwarzen Buchstaben "PNP Detainee" aufgedruckt, ist definitiv zu klein. Ich zwänge mich hinein, sehe aus wie eine Presswurst und habe Angst, es wird beim ersten Einatmen bersten. Die Polizistinnen sehen es ein und lassen mich wieder mein schwarzes T-Shirt anziehen. Den Grund für den Termin im Gericht haben sie bisher, trotz meines mehrmaligen Nachfragens, noch nicht genannt. Sie tun sehr beschäftigt und Ma'am Papillio fragt mich allerdings nun, ob ich mit meinem Cellphone meinen Attorney anrufen möchte, um ihn ins Gerichtsgebäude zu bitten.

Sein Cellphone ist aus und in seinem Law Office springt nur der Anrufbeantworter an. Das, was gerade passiert, spreche ich dem Attorney auf das Band und erkläre den Polizistinnen, dass mein Attorney - wie alle Attorneys - auf einer Schulung ist und erst morgen oder übermorgen zurück sein wird.

Die Polizistinnen wundern sich, da sie von der Weiterbildung der Attorneys zwar gehört haben, diese aber nicht verpflichtend, sondern freiwillig ist und mehrmals stattfindet.

Jetzt bin ich es, der sich verwundert an den Kopf fasst: 'Franco hat doch so getan, als wäre die Weiterbildung für De Baron überlebenswichtig und auf keinen Fall verschiebbar.' Verärgert denke ich: 'Nun ist wertvolle Zeit ungenutzt verstrichen und dieser Attorney steht mir in meinen schweren Stunden nicht zur Seite. Der Typ wird mir immer suspekter. Hauptsache erst einmal das Geld einstreichen!', grolle ich und lenke mich mit Optimismus ab, sonst werde ich nur noch richtig wütend. 'Vielleicht gibt es gleich das Entlassungspapier!' Aber sofort kommen die Zweifel: 'Warum sind der Attorney im Gericht, das gelbe T-Shirt und das Rasieren notwendig?' Ein komisches Gefühl beschleicht mich und ich zweifle: 'Hat Ma'am Papillio mich wegen des Besuches im Gericht heute Früh duschen lassen und sollte ich mich deshalb rasieren? Für ein Entlassungspapier?' Ich frage erneut, da Ma'am Papillio gerade vor mir steht, um mir die Handschellen anzulegen: "Ma'am, was ist der Grund des Gerichtstermins?"

"Mr. Heger, ich habe nur die Information erhalten, Sie in das Gerichtsgebäude zu bringen. Alles Weitere erfahren Sie gleich."

"Sind diese albernen Handschellen wirklich nötig?"

"Routine, Mr. Heger, alles Routine!"

Mik-Mik hat das Drama mit dem viel zu kleinen gelben Hemdchen nicht miterlebt, da er vor Sarangs Büro sofort nach links zum Ausgang gestrebt ist, um die Kinder im BSWD zu besuchen. Ich bin nach rechts in Richtung Ma'am Papillios Büro abgebogen. Wie gerne wäre ich mit Mik-Mik aus dem Gebäude marschiert. Wehmütig habe ich ihm nachgeblickt.

Wir betreten gerade das Gerichtsgebäude, dessen Innenhof ohne Dach ist und den ein paar ungepflegte Pflanzen zieren.

Heute sitzen wir nicht in diesem düsteren Flur, sondern im besagten Innenhof, kurz hinter dem Haupteingang und vor einer Bürotür, die zu einem Großraumbüro führt. Ständig eilen Mitarbeiter und Besucher hinein und heraus. Ausnahmslos jeder bleibt kurz stehen, wenn er oder sie mich erblickt und gafft schamlos, als hätte ich einen üblen Ausschlag im Gesicht. Ich bin erneut in dieser Situation, in der kein Mensch jemals sein mag. 'Was kommt da auf mich zu?', frage ich mich abermals. Ich spüre in unangenehmer Weise meinen Magen, mir ist gleichzeitig heiß und kalt, ich schwitze stark, mein Kopf dröhnt und ich fühle mich hundeelend. 'Verdammt, was erwartet mich hinter dieser Tür?' Mir kommt plötzlich ein ganz dummes Sprichwort in den Sinn: 'Hopp oder top?' Wenn die Filipinos nur nicht so impertinent glotzen würden. Ich bin hier der einzige Ausländer weit und breit. Zwar frisch rasiert, aber die einzige Langnase in Handschellen, die gleich von zwei Polizistinnen und von zwei schwerbewaffneten Officers bewacht wird. Alles zusammen genommen sind das keine guten Vorzeichen für den kommenden Termin. 'Verdammt, wo bin ich nur hineingeraten? Das ist ein Horrorfilm!' Die Anspannung ist wieder einmal spürbar. Wie im Hotel, kurz bevor ich festgenommen worden bin. Da sind wieder diese fühlbaren negativen Vibrationen. Wenn ich in Ma'am Papillios Gesicht schaue, wird mir sofort klar, dass sie mehr weiß, als sie behauptet. Asiatisches Lächeln hin oder her, ihr hübsches, aber heute sehr besorgtes Gesicht spricht Bände! Und auch alle

Filipinos, hier Angestellte sowie Besucher des Gerichtes scheinen zu wissen, was hier vor sich geht. Die ganze Welt scheint zu wissen, was mit mir geschieht. Nur einer weiß es nicht und das bin ich!

-★-

13.02. Strafanzeigen

Endlich bittet man uns in das Büro. Wir bleiben gleich am ersten Schreibtisch stehen. Eine junge Sekretärin stellt sich zu uns, mustert mich kurz und fragt, ob ich Englisch verstehe. Ich bejahe. Sie beginnt sofort sehr langsam und andächtig mit dem Vorlesen eines Textes, der dann auch in Englisch verfasst ist.

Mit dem heutigen Datum ergeht gegen den Deutschen Thomas Heger folgende Strafanzeige mit der Kriminalfall-Nummer 14839. Es liegt ein Verstoß gegen den Paragraph Republic Act 7610 - Missbrauch von Kindern - vor. Dem Angeklagten wird Folgendes vorgeworfen:

Am Tag seiner Festnahme, etwa gegen zehn Uhr abends in Tugalm City, Philippinen, hat der oben genannte Angeklagte die folgenden Minderjährigen mit der Absicht des sexuellen Missbrauchs und der sexuellen Ausbeutung, mit Vorsatz, entgegen dem Gesetz und unter Zwang in das Hotel "Le Mount Beach Resort and Convention Center" in Tugalm City, Philippinen, verbracht: Samuel Restito, 12 Jahre alt, Jan Barcella, 12 Jahre alt, Philipp Kabaltos, 11 Jahre alt, Dan Barcella, 11 Jahre alt und Romolo Jn. Taslig, 10 Jahre alt. Dann und dort hat der Angeklagte an den Kindern den sexuellen Missbrauch begangen, indem er die Kinder aufgefordert hat zu masturbieren. Währenddessen hat der

Angeklagte Fotografien angefertigt und hat selber masturbiert. Die Minderjährigen sind im besagten Hotel in Begleitung des Angeklagten gewesen, obwohl es weder gesetzmäßig legitimierte Gründe noch eine Blutsverwandtschaft oder ein anderes verwandtschaftliches Verhältnis zwischen dem Angeklagten und den Kindern gibt. Der Angeklagte hat die Minderjährigen zu seinem Vorteil und sexuellen Verlangen verführt, hat ihre kindliche Naivität ausgenutzt, ihre Gesundheit gefährdet und ihrer psychologischen und mentalen Entwicklung geschadet. Die besagten Minderjährigen werden hier rechtlich durch die BSWD-Sozialarbeiterin Evelyn Solano vertreten. Aufgrund der Anzeige soll der Angeklagte sich vor einem Strafgericht verantworten. Der Fall wird dem Gericht in Tugalm City übergeben.

Verstoß gegen Paragraph Republic Act 7610, Absatz 10(b).

Die Sekretärin macht eine kurze Pause, blättert zur nächsten Seite, räuspert sich und liest weiter.

Eine weitere Strafanzeige mit der Kriminalfall-Nummer 14840 ist heute eingereicht worden. Hier liegt ein Verstoß zum Paragraph Republic Act 9208 - Menschenhandel - vor. Dem Angeklagten wird Folgendes vorgeworfen:

Am Tag seiner Festnahme, etwa gegen zehn Uhr abends in Tugalm City, Philippinen, hat der oben genannte Angeklagte die folgenden Minderjährigen in der Absicht des Menschenhandels und der Rekrutierung zum Zwecke der sexuellen Ausbeutung und der Pornografie, mit Vorsatz, entgegen dem Gesetz und unter Zwang in das Hotel "Le Mount Beach Resort and Convention Center" in Tugalm City, Philippinen verbracht: Samuel Restito, 12 Jahre alt, Jan Barcella, 12 Jahre alt, Philipp Kabaltos, 11 Jahre alt, Dan Barcella, 11 Jahre alt und Romolo Jn. Taslig, 10 Jahre alt. Dann und dort hat der Angeklagte die Straftat begangen, indem er die Minderjährigen zuvor in das Hotel verbracht und sie dort zum Masturbieren aufgefordert hat. Währenddessen hat der Angeklagte Fotografien angefertigt und selber masturbiert. Im Austausch dazu hat der Angeklagte den Minderjährigen Geld, Cellphones und andere wertvolle Dinge gegeben. Der Angeklagte hat die Minderjährigen zu seinem Vorteil und sexuellen Verlangen verführt, hat ihre kindliche Naivität ausgenutzt, ihre Gesundheit gefährdet und ihrer psychologischen und mentalen Entwicklung geschadet. Die besagten Minderjährigen werden hier rechtlich durch die BSWD-Sozialarbeiterin Evelyn Solano vertreten. Aufgrund der Anzeige soll der Angeklagte sich vor einem Strafgericht verantworten. Der Fall wird dem Gericht in Tugalm City übergeben.

Verstoß gegen Paragraph Republic Act 9208, Absatz 4(a) und Absatz 6(a).

Mir ist, als würde mir der Boden unter meinen Füßen weggezogen. Ich wanke leicht und muss mich am Schreibtisch festhalten, um nicht das Gleichgewicht zu verlieren. Ich sei ein Angeklagter? Was erzählt die junge Frau da, die mich trotz der Wucht ihrer Worte milde anblickt. Ich schließe für Sekunden die Augen und sehe sogleich eine tiefgrüne Sommerwiese mit tausenden blühenden Blumen und weiße Wolken am strahlend blauen, sonnigen Mittagshimmel. Das Symbol einer heilen Welt. Gleichzeitig denke ich an meine liebe Familie, die Freunde und die netten Kollegen daheim, die Eltern der Kinder, an die fünf Jungen im Kinderheim und die Freunde im Dorf. 'Was passiert mit mir?', frage ich mich. 'Ich habe doch niemals jemandem etwas Schlechtes getan, habe niemals im Konflikt zum Gesetz gestanden.' Wie durch Watte, dringen

Ma'am Papillios Worte zu mir, vernehme ich wieder den ungebrochenen Lärm des Großraumbüros und spüre die Hand auf meinem Unterarm. Ich öffne die Augen und stammle: "Alles okay, Ma'am, alles okay!"

-★-

13.03. Die Hoffnung und das Beten

Mik-Mik betritt freudestrahlend Officer Sarangs Büro, erschrickt und setzt sich dann zu mir. Er hat Tüten dabei. Aus einer duftet es nach gegrilltem Hühnchen. Die zweite beinhaltet Literflaschen mit Limonade und Mineralwasser.

Mein Gesicht spricht wohl Bände, denn Mik-Mik fragt vorsichtig: "Nicht gut, Tommy?"

Ich erwache aus einer leichten Trance, räuspere mich und antworte einsilbig: "Nicht gut, Mik-Mik. Die Geschichte wird wohl noch etwas länger dauern. Wie geht's den Jungs im BSWD?"

"Tommy, die sind in Ordnung. Sie haben wieder mit dieser jungen Erzieherin für die Schule gelernt und sich riesig über das Hühnchen gefreut."

"Verdammt, Mik-Mik, ich muss jetzt unbedingt den Attorney De Baron sprechen. Der muss sofort hierherkommen. Mik-Mik, diese komische Frau vom BSWD hat mich angezeigt. Wie heißt die noch, Solano?"

Mik-Mik verharrt erschrocken beim Auspacken der Köstlichkeiten: "Was, Tommy, angezeigt? Ja, aber warum denn?"

Ich fahre mir durch das Haar und wische den Schweiß von der Stirn: "Soweit ich das verstanden habe, sind es zwei Strafanzeigen, Mik-Mik. Einmal Missbrauch und einmal", ich lache verbittert, "Mik-Mik, Du glaubst es nicht, denn eine Anzeige lautet auf Menschenhandel!" Ich vergrabe mein Gesicht in meine Hände und schüttle den Kopf: "Das kann doch alles nicht sein, Mik-Mik! Es ist vollkommen unglaublich und absurd. Ich soll ein Menschenhändler sein? Ist die Frau verrückt? Das ist ein Alptraum, wohin soll das alles noch führen?" Nun werde ich wütend und laut: "Verdammt, dieser verfluchte Attorney, wo ist dieser Scheißkerl, wenn man ihn braucht? Der muss jetzt genau hier sein und wo ist der? Auf einer überflüssigen Schulung! Weißt Du was, Mik-Mik? Die Polizistinnen haben gesagt, die Schulung sei freiwillig und fände mehrmals statt. Er hätte das also verschieben und mir beistehen können!"

Mik-Mik stottert: "Ja, aber, Franco hat doch gesagt, der müsse dorthin? Tommy, später fahre ich in das Law Office und versuche, dort etwas zu erreichen. Die Sekretärin ist doch bestimmt im Büro. Die kann den Attorney anrufen!"

Officer Sarang blickt traurig von seinem Laptop auf. Deshalb rede ich nun in normaler Lautstärke weiter: "Ich habe heute Morgen versucht dort anzurufen. Es ging nur der Anrufbeantworter an. Wäre ich doch nur zu Padernesto oder diesem Pizarro gegangen." Dann erblicke ich das Hühnchen und trotz meiner Wut und der Frustration bekomme ich

Hunger: "Officer Sarang, möchten Sie mit uns essen? Es ist genügend da."

Der Officer bringt Geschirr, Tassen und Besteck und setzt sich zu uns: "Verlieren Sie nicht die Hoffnung, Mr. Heger und beten Sie. Das BSWD ist immer schnell mit Anzeigen. Die haben ja auch nichts zu verlieren und die Anzeigen sind schnell getippt."

"Hoffnung und beten, Sir? Die zerstören mit den Anzeigen mein Leben. Wie geht es nun weiter? Was muss ich jetzt tun? Der Attorney hat doch etwas von Kaution geredet?"

"Ihr Attorney muss jetzt so schnell wie möglich einen Antrag zur Niederlegung der Verfahren bei Gericht einreichen. Kaution wird der Richter nur gewähren, wenn die Beweise zu den Anklagepunkten minimal sind. Und da sehe ich die Hoffnung für Sie, Mr. Heger. Wir haben keine kriminelle Handlung gesehen, als Sie uns in den Hotelraum eingelassen haben. Es gibt auch keine schmutzigen Bilder in Ihren Gadgets und das, was die fünf Jungen ausgesagt haben, ergibt kein schlüssiges Bild. Es verwirrt eher." Obwohl wir nur zu dritt im Büro sind, schaut sich der Officer verstohlen um und blickt dann Mik-Mik und mich kurz an: "Das bleibt unter uns!"

Mik-Mik nickt heftig, ich erwidere: "Sicher, Officer Sarang und vielen Dank!"

Wir essen das Huhn und den Reis und trinken dazu die Softdrinks.

"Officer, wie lange dauern denn diese Anträge bei Gericht? Was soll ich nur meiner Familie erzählen und wie wird meine Firma reagieren? Vielleicht werfen die mich sofort raus!" Gedankenverloren füge ich hinzu: "Jetzt bin ich schon seit mehr als 20 Jahren dort beschäftigt und nun das."

Officer Sarang nickt anerkennend und wiederholt: "20 Jahre?"

Ich nicke geistesabwesend.

Der Officer sagt: "Sie werden, bis ein Richter dazu eine Entscheidung trifft, mit mindestens zwei Monaten rechnen müssen."

"Zwei Monate?", rufe ich wieder viel zu laut, beruhige mich aber sogleich: "Verdammt, ich muss heute Abend meine Familie und die Firma informieren, Sir. Oje, das wird ein totaler Schock für die!"

"Ma'am hat es doch schon erlaubt und sie haben Glück, ich habe heute Abend Bereitschaft, aber im Innendienst, bin also im Büro. Wir können dann auch wieder etwas länger machen. Ich hoffe nur, das Internet geht nicht wieder, wie es das so oft tut, in die Knie. Teilen Sie Ihrer Familie und der Firma mit, dass das erst einmal der ganz normale juristische Gang ist und dass weder etwas bewiesen noch beschlossen ist und solange bis kein Urteil gefällt ist, sie auch als unschuldig gelten!"

"Sir, ich bin unschuldig!"

Die Bürotür öffnet sich und Ma'am Tolisan steht im Türrahmen: "Mr. Heger, ich bräuchte Sie dann mal für eine halbe Stunde."

Schnell weise ich Mik-Mik an: "Fahre Du in das Law Office, der Attorney soll sofort herkommen."

-★-

Ich bin davon ausgegangen, dass wir in das Büro der Polizistinnen gehen, aber nein, Ma'am Tolisan betritt wenige Minuten später, bewaffnet mit einer einfachen digitalen Kamera, einer Dose, in der sich Büromaterial befindet, einem dünnen Papierordner und einer etwa A4-großen grünen Tafel, die an einem Stöckchen befestigt ist, das Büro.

Ich muss mich in das gelbe T-Shirt zwängen. Ma'am beschreibt unterdessen in Zeitlupentempo und akkuraten Lettern die Tafel. Dann stehen dort mein Name, mein Alter, das heutige Datum und Case #7610, Case #9208.

Ich muss mich vor die Folie mit den Inch-Skalen, die neben der Bürotür an die Wand geklebt ist, stellen. Die grüne Tafel halte ich mir unter das Kinn und lächle gezwungen, während ich frontal, von links und von rechts fotografiert werde.

'Polizeifotos!', denke ich resigniert. 'Deshalb das Rasieren heute Früh. Die Polizistinnen haben also die ganze Zeit von den Strafanzeigen gewusst!'

Ma'am holt indessen einen Block aus dem Ordner und klappt eine flache Dose mit einem feuchten Stempelkissen darin auf. Von jedem Finger werden fünf Abdrücke auf fünf

Bögen gemacht. Ma'am Tolisan dreht dabei umständlich meine Finger in die richtigen Positionen. Ich versuche, sie gewähren zu lassen, aber nicht immer klappt das Ausrichten der Finger auf Anhieb. Irgendwann haben wir die Prozedur hinter uns. Officer Sarang ist das alles sichtlich peinlich und er springt förmlich auf, als Ma'am ihn anweist, mich zum Händewaschen in die Toilette zu begleiten.

"Alles Routine, Mr. Heger, alles Routine", sind seine Worte im Flur.

"Für mich nicht!", erwidere ich mit deutlichem Sarkasmus in der Stimme und ergänze: "Das verspreche ich Ihnen, Sir, ich werde mich nicht zum Monster machen lassen, ich werde mich wehren und werde kämpfen!"

13.04. Die Welt dreht sich weiter

Officer Sarang hat an Seife und eine Bürste gedacht, trotzdem braucht das Schrubben der Hände seine Zeit. Die schwarze Farbe des Stempelkissens scheint wasserfest zu sein. Zurück in Sarangs Büro springt Franco auf. Er hat in der Sitzecke Platz genommen.

"Franco, was machst Du denn hier?", entfährt es mir, denn ich bin ehrlich überrascht. "Ich dachte, Du bist in General de Santos, zurück an der Universität! Hast Du noch Mik-Mik gesehen, als Du gekommen bist? Der ist zu Attorney De Baron. Der Typ ist nicht aufzutreiben, obwohl ich den jetzt dringend brauche!"

"Nein, Mik-Mik habe ich nicht gesehen. Tommy, wir haben heute in der Früh zusammengesessen. Die Eltern, Marielou, Deine Freunde und der Kagawad waren anwesend. Der hat dann die Idee gehabt, einen Jeepney zu mieten. Tante Edin, die Nachbarin von Frank im Dorf, würde ihr Jeepney zur Verfügung stellen. Dann könnten alle Eltern und einige Freunde Dich gleich morgen in der Früh besuchen. Wir könnten De Baron abholen und herkommen, mit den Polizistinnen reden und danach zum Staatsanwalt ins Gericht fahren. Denen klarmachen, dass nichts an der Geschichte dran ist und deshalb alle Eltern und Deine Freunde zu Dir stehen. Wir benötigen dazu aber Geld! Der Jeepney braucht Öl und Benzin und natürlich die Miete für Edin, dann auch etwas für den Fahrer und natürlich Verpflegung für alle. Es sind etwa 16 Leute, Tommy. Ich würde gleich heute zurück nach Sendong City fahren, um das Geld dorthin zu bringen."

Gedanklich drifte ich weg und höre Franco nur noch wie durch Watte. Zusammengesunken sitze ich, mit traurigem Gesicht und hängenden Mundwinkeln, auf dem flachen Bambusstuhl. Mein starrer Blick geht ins Leere. Die plötzliche Ruhe lässt mich hochschrecken.

"Tommy, Tommy, was ist mit Dir? Du bist ganz blass im Gesicht! Du siehst schlecht aus! Geht's Dir nicht gut?"

Ich reagiere aufbrausend: "Franco, wie - in Gottes Namen - soll es mir hier drinnen gut gehen? Ich bin schon dreizehn Tage in Haft und es werden wohl noch einige Tage mehr werden!"

Franco erschrickt und stottert: "Ja, aber, aber warum denn?"

"Diese blöde Frau vom BSWD hat mich angezeigt. Heute Morgen haben Sie mir die Strafanzeigen im Gericht vorgelesen. Mik-Mik ist ins Law Office von diesem Attorney De Baron. Verdammt, wo ist der Kerl, wenn man ihn braucht?"

Augenblicklich entweichen aus Franco die Fröhlichkeit, der Enthusiasmus und die Körperspannung. Er fällt förmlich in sich zusammen, lehnt sich auf der Bank zurück und flüstert heiser: "Angezeigt? Ja, aber warum denn?"

Ich habe mich etwas beruhigt: "Weil die hier alle verrückt sind, Franco! Sie sind einfach verrückt!"

"Aber weshalb, Tommy, welche Paragraphen?"

"Missbrauch und Menschenhandel, Franco!" Ich springe auf, rufe viel zu laut und gestikuliere dabei theatralisch: "Menschenhandel! Ich ein Menschenhändler! Vollkommen verrückt! Das ist vollkommen irre! Mit dem Übernachten im Hotel wollte ich die Kinder schützen und sie nicht verkaufen! Und von Beruf bin ich Ingenieur und nicht ein mieser Menschenhändler!"

Officer Sarang schaut kurz auf. Schnell setze ich mich wieder hin und versuche mich zu beruhigen.

Franco erholt sich vom Schrecken: "Was? Das ist doch absolut absurd!" Auch sein Enthusiasmus kehrt zurück. "Umso wichtiger ist es doch jetzt, dass alle Eltern und Freunde zum Staatsanwalt fahren und ihm erklären, dass Du unschuldig bist! Unschuldig, Tommy!"

"Wer sind denn alle, Franco?"

"Na, ich habe Dir doch erzählt, dass wir uns heute Morgen im Dorf unterhalten haben, einen Jeepney mieten wollen und damit morgen herkommen."

"Ach ja, ich war im Gedanken woanders. Wie viele passen in so einen Jeepney rein und was soll der Spaß kosten?"

"Ja, also etwa fünfzehn bis zwanzig Leute, Tommy. Miete kostet 3.000 Piso, Fahrer, Öl und Benzin auch 3.000 und Verpflegung denke ich, 3.000 Piso. Also alles zusammen, mache 10k, Tommy. Und das ist immer noch viel billiger, als würden die alle mit dem Überlandbus kommen!"

"10k?", wiederhole ich gedankenverloren.

Franco versucht mich aufzumuntern: "Tommy, diese Leute vom BSWD wollen doch nur Geld sehen. Vielleicht kann man da etwas mit einem gewissen Betrag regeln? Dann würde diese Frau bestimmt die Anzeige zurückziehen." Francos Fröhlichkeit ist ebenfalls zurück: "Hallo, Tommy! Wir sind auf den Philippinen, hier wird so etwas mit Geld geregelt, amen!"

Ich wiederhole leise: "Mit Geld?" und stöhne: "Der Attorney hat neulich etwas von Kaution gefaselt. Die wäre aber erst nach einer Anklage möglich. Nun ist es ja so weit, die Anklage steht! Der nette Officer Sarang meinte, wenn die Beweislage sehr gering sei, wäre die Kaution sicherlich möglich! Die Entscheidung zur Genehmigung der Kaution dauere etwa zwei Monate. Soll aber unter uns bleiben. Ich meine, dass der Officer mir das erzählt hat."

Auch Francos Körperspannung ist zurück. Er sitzt wieder gerade auf der Bank, wirft einen schnellen Blick zum Officer, der an seinem Schreibtisch arbeitet, nickt und flüstert: "Ja, das ist die Lösung, Tommy! Wir beantragen die Kaution! Und dann verschwindest Du über Indonesien oder ein anderes Land zurück nach Deutschland. Du hast recht, De Baron muss sofort loslegen!"

Meinen Ärger über den Attorney kann ich nicht verhehlen: "Franco, aber Du hast gesagt, De Baron müsse unbedingt auf diese Schulung. Die Polizistinnen meinten dagegen, die Schulung fände mehrmals statt und sei freiwillig."

"Tommy", flüstert Franco mit einem Seitenblick zu Officer Sarang, "glaube doch der Polizei nicht!"

In dem Moment betritt Mik-Mik das Büro. Auch er hat sich scheinbar schnell vom Schock erholt und seine Fröhlichkeit ist zurück: "Tommy, die Sekretärin hat De Barons Privatnummer angerufen. Der kommt noch heute nach Tugalm City zurück und besucht Dich ganz sicher morgen hier in der Polizeistation."

"Endlich einmal eine gute Nachricht, Mik-Mik!"

Mik-Mik packt indessen Schokoladenkuchen und Zuckerteile aus und fragt den Officer nach Tassen und nach heißem Wasser für den Instantkaffee. Natürlich ist auch der Officer zu unserer Kaffeetafel eingeladen.

'Die Welt dreht sich weiter', denke ich, während ich lustlos auf einem faden Stück Kuchen herumkaue: "Mik-Mik, begleite Franco nachher zum ATM. Wir brauchen 20k. Kagawad will

Tante Edins Jeepney mieten und alle Eltern und Freunde wollen kommen."

"Das ist eine wirklich gute Idee, Tommy!", antwortet Mik-Mik erfreut.

Franco übernimmt das Wort, als ich einen Schluck Kaffee nehme: "Mik-Mik, wir beantragen die Kaution und dann wird Tommy ab...!"

Gerade kommt Officer Sarang mit mehr heißem Wasser zurück zu uns und Franco ist auf der Stelle still.

"Zunächst einmal, junger Mann,", klärt der Officer auf, "muss der Antrag auf Niederlegung des Verfahrens gestellt werden."

Franco nickt nur und nimmt einen übertrieben langen Schluck Kaffee.

Ich stöhne: "Viel Arbeit für den Attorney und das wird sicherlich auch noch einiges kosten!"

"Dazu sind die Attorneys ja da, Mr. Heger!", antwortet der Officer trocken. Er runzelt die Stirn: "Bei uns auf den Philippinen besteht die Pflicht, sich vor Gericht von einem Attorney vertreten zu lassen. Deshalb steht Ihnen, Mr. Heger, rein rechtlich gesehen, ein kostenloser staatlicher Attorney zu. Das nennt sich hier "Public Attorneys Office" kurz "PAO" genannt. Aber wenn man sich auf die verlässt, ist man verlassen, sagt man."

Ich fahre mir durch das verschwitzte Haar: "Um einen privaten Attorney komme ich wohl nicht herum?"

"Hinter vorgehaltener Hand, Mr. Heger, das sage ich nur hinter vorgehaltener Hand, aber vor einem PAO rate ich Ihnen dringend ab."

-★-

13.05. SMS und Skype

Franco und Mik-Mik haben das Geld vom Automaten geholt und ich habe unterdessen die üblichen Katastrophen der Welt auf CNN-Philippines geschaut. Natürlich wurde nichts über mich und meine unwichtige Geschichte berichtet. 'Was ist auch schon passiert?', sinniere ich während des World Weathers. 'Fünf schlafende Kinder und ein Deutscher sind aus einem Cottage gezerrt worden. Keiner ist unbekleidet gewesen und es hat weder Mord und Totschlag gegeben noch wurden Kinder zum Verkauf angeboten.

Für die morgige Reise der Eltern und einiger meiner Freunde gebe ich an Franco 10k Piso. Dann brauchen Mik-Mik und Franco zusätzlich noch jeweils 1.000 Piso extra. Franco muss ins Dorf zurückreisen und Mik-Mik will morgen Früh den Kindern im BSWD und mir Frühstück bringen. Ich möchte die beiden bei meinem schweren Telefonat mit meiner Familie nicht dabeihaben und die E-Mail an meinen Chef muss ebenfalls geschrieben werden. Dazu brauche ich Ruhe und volle Konzentration. Wie ich der Firma erklären soll, dass ich wohl erst zwei Monate später aus dem Urlaub zurückkehre, weil ich wegen Missbrauch und Menschenhandel von Kindern im Knast sitze, darüber bin ich mir nicht wirklich im Klaren.

Ich komme zum Schluss, diese zwei grauenhaften Wörter nicht zu erwähnen. Es schreit in mir: 'Was, verdammt nochmal, habe ich mit Missbrauch und Menschenhandel zu tun? Was? Das klingt so dermaßen irreal und verrückt!'

Nun ist es 17 Uhr und der Officer lässt den Rucksack mit meinen Gadgets kommen. Der Laptop ist schnell aufgebaut und das WLan eingerichtet. Zuerst muss ich aber erst einmal an Marie, Sabine und an meine Eltern SMS senden und ihnen mitteilen, dass ich jetzt online bin. Danach sichte ich die unzähligen SMS im Handy, sortiere die in wichtig und unwichtig und lasse die unwichtigen unbeantwortet. Ich schreibe Wolfgang, dass das Geld beim Attorney verbucht ist und kann mich nicht erinnern, ob ich ihm für den Geldtransfer schon gedankt habe, als ich das letzte Mal das Telefon benutzen durfte. 'Es passiert so viel und alles geht Schlag auf Schlag', überlege ich, 'und es wird wohl so weitergehen.' Mit Bangen kommt es mir erneut in den Sinn: 'Wie soll ich es nur meinen Lieben und der Firma in Deutschland erklären, dass ich mindestens zwei Monate länger im Land bleiben muss?''

Endlich eine SMS von Marie: "Bin gerade dienstlich unterwegs. Wäre es möglich, dass Du am Samstagmorgen ins Internet gehst? Dann sind wir alle bei Deinen Eltern verabredet."

Ich frage sofort Officer Sarang danach und erkläre ihm, dass heute an einem Donnerstag um zehn Uhr morgens die Leute in Deutschland arbeiten müssen. Er telefoniert kurz mit Ma'am

Papillio und bejaht dann, mit einem zufriedenen Gesicht, meine Bitte.

Mein Laptop meldet sich und meine Eltern erscheinen im Skypefenster. Meine Mutter sitzt im ledernen Chefsessel. Mein Vater steht im Unterhemd hinter dem Stuhl und hält Mickey im Arm.

Bevor ich etwas sagen kann, ruft meine Mutter in das Mikrofon, das sich vor ihr auf dem Schreibtisch befindet: "Tommy, Junge, wann lassen Sie Dich endlich gehen? Die Deutsche Botschaft in Manila weiß über alles Bescheid. Die sagen, Sie hätten bei der philippinischen Justizbehörde eine Anfrage gestellt und wollen erfragen, warum Du überhaupt verhaftet worden seist, aber hätten noch keine Rückmeldung erhalten. Deine Marie und Sabine sind arbeiten, wir wollen uns aber Samstag um zehn Uhr hier bei uns treffen. Kannst Du dann anrufen?"

"Ja, Marie hat mir bereits wegen Samstag eine SMS gesendet und der nette Officer hat schon zugesagt. Ich hoffe, die Botschaft und das Auswärtige Amt können etwas erreichen und mir helfen!" Ich entscheide mich, meine Eltern zu schonen, ihnen noch keinen reinen Wein einzuschenken und die Tatsachen etwas abzumildern. Da ist auch meine Angst, sie könnten sich zu sehr aufregen und dass sich das sofort negativ auf ihre Gesundheit auswirkt. Mein Vater und auch meine Mutter haben ihre Krankheiten: Mutter ihre Darm- und Vater seine Herzkreislaufgeschichten. Ich formuliere deshalb vorsichtig und sage: "Hört zu, dass kann noch eine kleine Weile dauern, bis sich die Geschichte hier klärt. Da gibt es diesen Paragraphen, den es in Deutschland nicht gibt. Der verbietet es, mit Kindern unter zwölf Jahren im Hotel zu schlafen, wenn man mit ihnen nicht verwandt ist oder keine andere Legitimation besitzt, die Kinder bei sich zu haben. Das wollen die nun im Gericht klären, bevor ich zurück nach Deutschland darf. Die Justiz hier arbeitet sehr langsam und deshalb kann das bis zu einem oder sogar zwei Monate dauern. So sieht es leider aus."

"Das kann doch nicht wahr sein?", entrüstet sich Vater lautstark. "Wir rufen gleich noch einmal beim Auswärtigen Amt an. Die spinnen doch!"

Auch Mutter ist geschockt: "Zwei Monate, Tommy?", keucht sie heiser und fragt: "Was sagt denn Deine Firma dazu? Oh mein Gott, hoffentlich werfen die Dich da nicht raus?"

"Nein, nein, ich bin doch schon über 20 Jahre dort angestellt und habe einen guten Stand in der Firma. Das wisst Ihr doch. Dann gibt es auch Kündigungsschutz und so weiter. Ich will jetzt gleich meinem Chef eine E-Mail schreiben, denn ich hätte eigentlich dort nächste Woche auf der Matte stehen müssen. Mein armer Chef, wir haben dringende Projekte. Macht Euch wegen der Firma aber keine Sorgen."

Mutter stottert: "Ja, aber, Tommy, wie geht's denn nun weiter? Was passiert jetzt mit Dir?"

"Die Staatsanwaltschaft gibt den Fall, ähm, ich meine die Geschichte, ins Gericht und ein Richter wird dann hoffentlich schnell entscheiden, wann ich rauskomme. Vielleicht sogar auf Kaution." Obwohl wir uns auf Deutsch unterhalten, schaue ich kurz verstohlen zu Officer Sarang und spreche mit gesenkter Stimme weiter: "Dann haue ich einfach ab! Über Indonesien zum Beispiel. Das ist nicht so weit entfernt. Drei oder vier Stunden mit einem Boot."

Meine Eltern schauen entsetzt. Mickey auf Vaters Arm winselt und er lässt ihn runter. Wieder antwortet Mutter: "Aber Tommy, das hört sich alles schrecklich an. Wir hoffen, dass das alles schnell niedergelegt wird und Du dann nie wieder dort hinfliegst!"

"Wenn ich erst einmal zurück in Deutschland bin, verbrenne ich meinen Reisepass! Das schwöre ich Euch!"

Vater stützt sich auf die hohe Lehne des Chefsessels: "Können wir noch irgendwas tun? Gibt es vielleicht deutsche Anwälte, die sich mit philippinischem Recht auskennen?"

"Oder Hilfsorganisationen?", ruft Mutter erfreut über ihren Einfall.

"Ihr könnt doch danach googeln. Meine Computerzeit ist begrenzt und ich muss jetzt unbedingt noch eine E-Mail an die Firma senden und auch an Marie. Die muss das Festgeldkonto kündigen. Ich hatte mit ihr schon darüber gesprochen. Habt Ihr heute keine Arzttermine?"

"Nein, aber wir wollen gleich Einkaufen fahren. Wir haben fast nichts mehr zuhause", antwortet Mutter. Vater hat sich indessen eine Zigarette angezündet.

"Seid bitte am Samstag gegen zehn Uhr am Computer. Die Polizistinnen haben es mir erlaubt. Sicherlich weiß ich dann auch mehr darüber, wie es nun weitergeht. Der Anwalt will morgen herkommen. Mal sehen, was der zu sagen hat. Ach, das hätte ich beinahe vergessen: Die Leute aus dem Dorf mieten einen Kleinbus, wollen schon morgen anreisen, mit dem Staatsanwalt und den Polizistinnen sprechen und natürlich mich und die Kinder im Kinderheim besuchen kommen."

"Dass alle zu Dir stehen, Tommy, das ist doch prima! Hoffentlich können Deine Freunde den Staatsanwalt dazu bewegen, die Geschichte niederzulegen", antwortet Mutter. "Und natürlich bezahlst Du den Bus!", ruft Vater laut.

"Ja, aber was soll ich denn machen? Habe ich eine Wahl? Das kann doch nur positiv sein, wenn die Eltern und meine Freunde mit den Polizistinnen reden und der Staatsanwalt merkt, dass alle an meiner Seite sind."

"Das stimmt auch wieder!", unterstützt mich meine Mutter.

"Ich bin froh, dass ich Euch habe und Ihr zu mir steht!"

Meine Eltern scheinen über meine Ausführung verwirrt zu sein. Resolut antwortet Mutter: "Was redest Du denn da, Junge? Natürlich stehen wir Dir bei!" Vater nickt, der Hund bellt.

"Mickey muss Gassi gehen und wir müssen uns nun auch fertig machen", klingt es aus den Laptoplautsprechern.

"Ja, klar!", erwidere ich und schaue auf meine Armbanduhr. "Ich muss jetzt die E-Mail an die Firma schreiben. Dann sehen wir uns am Samstag zur gleichen Zeit."

"Samstag zur gleichen Zeit!" Wir winken uns kurz zu, dann wird das Skypefenster schwarz.

Die E-Mail schreibe ich in der Art, wie ich es geplant habe und die Unwörter "Missbrauch" und "Menschenhandel" lasse ich weg. Ich schreibe, dass ein Paragraph es auf den Philippinen verbietet, Kinder unter zwölf Jahren in ein Hotel zu bringen, wenn man mit ihnen nicht verwandt ist. Schreibe über meine Unwissenheit, den langsamen juristischen Gang und dass ich dennoch hoffnungsvoll bin, dass das Missverständnis in ein bis zwei Monaten aus der Welt geschafft ist. Ich nehme Marie und meine Schwester Sabine in den Verteiler. Dann prüfe ich mein Bankkonto. Die 20k Piso vom ATM heute, es sind umgerechnet 391,56 Euro, sind schon auf meinem Girokonto zu sehen, wurden aber noch nicht verbucht.

Officer Sarang hat, nachdem ich das Skypen beendet habe, den Ton des Fernsehers wieder auf Laut gestellt. Es läuft eine dieser reißerischen Nachrichtensendungen, die man hier so sehr liebt. Sie heißt "TV Patrol." Der Sprecher steht im Studio und rattert die Informationen zum nächsten Einspieler nur so runter. Ich höre immer und immer wieder das Wort "Exklusive" und kurz vor Beginn des Beitrages hebt der Sprecher die Stimme und beginnt seine Ansage in einer Art Singsang vorzutragen. Zum Schluss seines Gesanges ruft er "TV Patrol!" und zieht das "Tie-Wie" unendlich in die Länge.

'Was für ein Tag!', resümiere ich.

[Ende 13. Kapitel und zwölfter Tag in Haft - Donnerstag]

-★-

14. Kapitel - Freitag

14.00. Nachts im Kinderheim

"Jan", flüstert leise Dan und schluchzt. Jan schläft tief und Dan rüttelt nun heftiger an der Schulter des großen Bruders. "Jan, wache doch auf!"

Endlich bewegt sich Jan. Es dauert noch einen Moment, dann reibt sich Jan endlich die Augen und setzt sich auf. Dan kuschelt sich sofort an Jan und sagt mit erstickter Stimme: "Jan, ich glaube, dass Mama und Papa uns schon vergessen haben, denn sie besuchen uns nicht mehr. Ich vermisse sie und auch unsere Schwestern sehr. Wann können wir endlich heim?" Dan beginnt bitterlich zu weinen. Es fällt ihm schwer, seine nächste Frage zu formulieren: "Und warum sind wir denn eigentlich hier?"

Jan sucht etwas, womit er Dans verheultes und verschwitztes Gesicht säubern kann, findet aber nur sein kleines Tuch und versucht seinen Bruder zu beruhigen, während er Tränen trocknet. "Dan, nun höre auf zu heulen. Wir sind schon so lange hier und seit Montag ist auch wieder Schule. Die müssen uns bald in die Schule schicken und mich zum Boxtraining."

"Ja, aber warum kommen unsere Mütter nicht mehr? Die waren immer hier. Jetzt sind sie zurück ins Dorf gefahren und haben uns schon vergessen. Das stimmt doch, Jan?"

"Aber nein, Dan, die sind nur beschäftigt und müssen unsere Wäsche waschen. Die kommen morgen und holen uns ab!"

Dan beruhigt sich langsam.

"Was macht ihr beiden da?", murmelt Phil schlaftrunken.

"Nichts, wir unterhalten uns bloß, weil Dan wach geworden ist", antwortet Jan leise.

"Jetzt kann ich nicht mehr schlafen", sagt Phil, der inzwischen zu den Brüdern gekommen ist und sich zu ihnen setzt.

"Ich auch nicht." Dan schnäuzt sich die Nase.

"Warum hast Du denn geheult?", möchte Phil wissen.

"Och, ich habe geträumt, wir bleiben hier, bis wir groß sind und niemand besucht uns. Dann bin ich wach geworden und war ganz traurig und Jan hat geschlafen und mich nicht gehört."

Jan schüttelt den Kopf: "Und ich habe geträumt, wir haben zwei Kilo Fisch gefangen und wollten den gerade im Dorf verkaufen. Ich habe mich schon auf die 300 Piso gefreut und dann machst Du mich wach!"

Nun kichern die drei Jungen.

"Psst", hören sie aus der Ecke, wo die zwei Brüder Kyle und Albert schlafen.

Phil wirft Jans Kissen in die Richtung. Die Antwort ist ein "Hey!" und dann das Kissen, das zurückgeflogen kommt und Dan trifft, obwohl es düster im Raum ist, denn es ist noch tiefste Nacht.

Kyle, er ist der ältere der zwei Brüder aus der Familientragödie, setzt sich zu den Dreien: "Was ist denn mit Euch los? Warum pennt Ihr nicht?"

"Dan hat schlecht geträumt", antwortet Phil, "und uns alle wach gemacht."

"Dagegen habe ich was ganz Tolles geträumt!", wendet Jan ein. "Nämlich von zwei Kilo gefangenen Fisch und 300 Piso. Aber dann hat mich Dan geweckt." Traurig ergänzt Jan: "Es ist schon Freitag und Ihr beide könnt heute bestimmt nach Hause und wir bleiben wohl noch hier!"

"Kyle lacht bitter: "Ja, solange bis der Alte wieder anfängt zu saufen. Dann geht die ganze Geschichte von vorne los."

"Ihr werdet uns fehlen", sagt Jan leise. "Wie es wohl den Rugbyboys geht?"

"Mache Dir um die mal keine Sorgen!", entgegnet Kyle und seufzt: "Die wissen, wie man auf der Straße überlebt!"

"Trotzdem werdet Ihr uns fehlen!", wiederholt Phil traurig.

"Ihr uns auch!", grinst Kyle.

"Kommt uns doch einfach besuchen, hier im BSWD", sagt Dan mit ernster Stimme.

"Freiwillig zurück ins BSWD?", amüsiert sich Kyle. "Niemals!"

Dan wundert sich über Kyles Fröhlichkeit und glaubt, dass Kyle so froh ist, weil sie heute nach Hause dürfen. Er murmelt: "Aber Ihr könnt uns immer im Dorf besuchen kommen."

"Ja, ruft Phil etwas zu laut, "dann gehen wir fischen und schlafen am Strand!"

"Das machen wir", verspricht Kyle und gähnt.

Das Gähnen steckt an und Kyles drei Freunde gähnen ebenfalls.

"Ich haue mich noch einmal hin", sagt Kyle müde und begibt sich zu seinem Bett.

"Jan, ich muss aufs Klo. Ich habe aber Angst alleine. Kommst Du mit?"

Phil springt auf: "Ich muss auch mal, ich begleite Dich, Dan."

-★-

14.01. Rassismus und Menschenjagd

Da liege ich nun im düsteren, feuchten Loch und werde unglaublicher Verbrechen bezichtigt. Es riecht unangenehm nach abgestandener Luft und nach verfaulter Erde. Ich bin lebendig begraben. Draußen beginnt dennoch der Tag, mit fröhlichem Vogelgezwitscher in den hohen tropischen Bäumen. Irgendwo krähen Hähne um die Wette, Kater verteidigen lautstark die Reviere und Hunde jauchzen und bellen beim morgendlichen Raufen. Die Armbanduhr zeigt 6:30 Uhr. Es ist immer das gleiche frühe Spektakel auf den Philippinen. Wenn ich die Augen schließe und den üblen Geruch ignoriere, könnte ich auch auf der Veranda des Hauses im Dorf sitzen, welches so idyllisch an der Flussmündung gelegen ist. Dort hätte ich allerdings keine Stadt als permanente Geräuschkulisse im Hintergrund, sondern würde das Meer rauschen hören. Ich würde den Fischern bei der Arbeit, den Frauen beim Wäschewaschen im Fluss und den Kindern beim Planschen zusehen. Natürlich würde ich um diese Uhrzeit Kaffee trinken.

Heute ist schon Freitag. Morgen, am Samstag vor zwei Wochen, haben wir uns auf die verhängnisvolle Reise ins Verderben nach Tugalm City begeben, die die Kinder ins Kinderheim und mich in den Knast gebracht hat. Was gerade passiert, ist unbegreiflich. Es ist ein totales Desaster. Eine von Menschen gemachte Katastrophe. Das "Warum" drängt sich mir immer und immer wieder auf. Ich überlege und zermartere mir den Kopf: 'Warum die Überreaktion der Sozialarbeiterin? Warum steht die mir so absolut feindlich gegenüber und warum zeigt die mich an? Ich habe mit der Frau keine drei Sätze gewechselt. Ich kenne sie nicht und sie kennt mich nicht.'

Empört denke ich: 'Einem Filipino wäre das nicht passiert. Niemand hätte die Polizei verständigt. Nur weil ich ein

Ausländer bin, ist bei der Polizei angerufen worden. Wo auch immer der anonyme Anrufer herkommt, aus dem Dorf oder aus Tugalm City, das ist egal. Der Fakt "Ausländer" spielt die entscheidende Rolle.' Ich bin frustriert, werde wütend und denke erneut: 'Einem Filipino wäre das nicht passiert!' Mir kommen 'Menschenjagd auf Ausländer' und 'Rassismus' in den Sinn. 'Oder geht es hier ums Geld? Um Kopfprämien? Vielleicht bekommt das Jugendamt Zuschüsse oder wird bei Anzeigen zu Missbrauch finanziell unterstützt. Die Nichtregierungsorganisationen können diese Geschichte in der Welt extrem gut für ihre Zwecke ausschlachten: das Einsammeln von Spendengeldern. Wäre ich doch nur einfach am selben Tag nach Sendong City zurückgefahren. Ein Ausländer mit fünf kleinen Filipinos im Hotel aufgegriffen!' Auch für mich hört sich dieser Satz spektakulär an. Eine Geschichte mit dieser Schlagzeile verkauft sich als News sicherlich blendend. Ich wälze mich auf der Matte hin und her und überlege: 'Geht es hier im eigentlichen Sinne gar nicht um mich oder etwa um die vermeintlichen Opfer, nämlich die Kinder? Geht es hier nur um die Profilierungssucht einiger Personen und vor allem eben ums Geld? Um mein Geld? Um Spendengelder für staatliche oder nichtstaatliche Organisationen?' Ich kann nur mutmaßen. 'Bin ich zu naiv an die Geschichte herangegangen?', frage ich mich. 'Was hätte ich anders - besser - machen können? Hätte ich von Anfang an viel aggressiver auf meine Rechte pochen sollen? Aber hätte das zum Ziel - freigelassen zu werden - geführt und würde die Polizei mich dann so zuvorkommend, wie sie das bisher gemacht hat, behandeln? Dieser Attorney De Baron scheint ein Fehlgriff zu sein. Das habe ich nicht wissen können. Eine Chance will ich ihm noch geben. Er muss sofort einen Antrag zur Niederlegung der Verfahren aus Mangel an Beweisen stellen und soll gar nicht lange fackeln, sondern gleich den

Antrag zur Kaution hinterherschicken. Es muss endlich etwas geschehen!'

Inzwischen stehe ich an der Gitterstabtür der Zelle und rüttle leicht daran. Viel lieber würde ich wild dagegen schlagen und treten. Ich muss mich zurückhalten, um nicht aus vollem Hals zu brüllen: "Lasst mich endlich aus diesem menschenunwürdigen Loch! Nicht einmal Tiere hält man so! Was gibt Euch das verdammte Recht, mich so zu demütigen? Lasst mich frei!" Es fällt schwer, nicht die Nerven zu verlieren.

Doch endlich, dort! Officer Sarang kommt eilig um die Gebäudeecke. In seiner Hand trägt er den Schlüsselbund.

Frust und Ärger weicht grenzenloser Freude, als Officer Sarang das Schloss knacken und die Zellentür quietschen lässt. "Ihr Freund Mr. Kabaltos wartet auch schon. Er hat Frühstück dabei. Aber ich denke, Sie brauchen wohl erst einmal eine Dusche."

"Oh ja, eine Dusche und einen guten Kaffee, das brauche ich jetzt. Ein neuer Tag, Sir, mal sehen, was der bringt."

"Ich hoffe, nur Gutes, Mr. Heger!"

Wie jeden Morgen ist auch die heutige Dusche ausgesprochen belebend für Körper, Geist und Seele. Mik-Mik springt auf, als er mich in Begleitung des Polizeischülers, der vor der Toilettentür auf mich warten musste, zur Bürotür hereinkommen sieht. Auf dem Tisch liegen die obligatorischen Zuckerschnecken und die Pandesalbrötchen. Für sich selbst hat Mik-Mik Reis und eine Fischsuppe mitgebracht, in der Fischköpfe schwimmen.

"Tommy, konntest Du mit Deiner Familie skypen und ihnen alles erklären?"

"Ja", seufze ich, "dass die Anzeigen Menschenhandel und Missbrauch lauten, habe ich aber erst einmal verschwiegen. Meine Eltern sollen sich nicht unnötig aufregen. Ich denke, niemand in Deutschland würde ernsthaft glauben, dass ich - ausgerechnet ich! - ein Menschenhändler sein soll. Das klingt zu absurd. Das hört sich an wie ein schlechter Witz."

Der Officer und Mik-Mik schweigen betreten bei meinen Ausführungen und konzentrieren sich auf das Frühstück. Mik-Mik hat Officer Sarang die Hälfte seines Reises abgetreten und er isst dazu einen Becher Fertigsuppe, in den er kochendes Wasser gegeben hat.

"Ich habe auch der Firma, in der ich angestellt bin, Bescheid gegeben. Wie die wohl reagieren werden? Das ist ein Schock für die, wenn ich erst zwei Monate später als geplant zurückkomme. Was für ein Drama! Hoffentlich verliere ich nicht meinen Job!"

"Tommy, ich habe den Jungs heute schon ganz früh Pandesal gebracht. Aber der Pförtner hat mich nicht reingelassen. Der Typ weiß nun, dass wir heute die Kinder besuchen wollen. Vicente hat geschrieben, dass die Restitos uns schon beim BSWD angemeldet haben. Sie sind bereits unterwegs und werden so gegen zehn Uhr hier ankommen."

"Da wird der Staatsanwalt aber staunen, wenn plötzlich alle Eltern und Ihre Freunde im Gericht erscheinen.", freut sich der Officer und nimmt sich ein Brötchen.

"Ja, Sir, ich denke, das ist eine gute Sache!"

"Natürlich, Mr. Heger, ist das eine gute Sache, wenn Ihre Freunde und die Familien der Kinder hinter Ihnen stehen und das auch so zeigen!"

"Ich nehme einen tiefen Schluck Kaffee, dann frage ich Officer Sarang vorsichtig: "Wäre die Geschichte auch einem Filipino passiert: die Verhaftung nach dem Schlafen mit philippinischen Kindern im Hotel?"

Mik-Mik lacht und redet sofort ausgelassen daher: "Niemals, Tommy!" Geht ein Filipino mit einheimischen Kindern ins Hotel, denkt doch jeder, die Kinder sind Familie. Niemand würde auch nur das kleinste Wörtchen darüber verlieren."

Officer Sarang ist vorsichtiger: "Ein Ausländer, der mit kleinen einheimischen Kindern ins Hotel geht, kann schon Aufmerksamkeit erregen, Mr. Heger. Das kommt natürlich auch auf das Hotel an und wo und wie sich das abspielt. In den großen Städten in unserem Land ist man sehr sensibilisiert, schon wegen der Nähe zu den Flugplätzen."

Mir entgeht nicht, dass Officer Sarang geschickt das Wort "Sextourismus" umschifft und ich beschließe, die Wörter "Menschenjagd" und "Rassismus" in dieser gastfreundlichen Atmosphäre nicht in den Mund zu nehmen. Vielleicht liege ich mit meinen Gedanken und Vermutungen auch vollkommen falsch.

14.02. Die Besucher

Wir schauen Fernsehen. Es läuft ein englischsprachiger Actionfilm. Zwischendurch trinken wir Kaffee und Mik-Mik verschwindet einige Male, um seine Nikotinsucht zu befriedigen. Ich bin sehr nervös und bekomme deshalb kaum etwas vom Film mit. Meine Gedanken kreisen pausenlos um die desaströse Situation und auch um die Kinder, die weiterhin im Kinderheim interniert sind. Die letzten beiden Wochen nach der Verhaftung haben eine unsägliche Spirale von Ereignissen in Gang gesetzt. Die Geschichte hat sich von Tag zu Tag verschlimmert. 'Wie sich wohl die Eltern und meine Freunde aus dem Dorf mir gegenüber verhalten werden?', frage ich mich besorgt.

Um 10:30 Uhr wird es endlich turbulent vor der Bürotür. Zuerst klopft es und unmittelbar danach öffnet ein junger Officer unaufgefordert die Tür einen Spalt weit, späht ins Büro und berichtet: "Officer Sarang, Sir, da draußen sind jede Menge Leute, die den Ausländer besuchen wollen. Sie sind mit einem Jeepney aus irgendeinem Dorf angereist."

"Ist schon okay!", antwortet Officer Sarang. "Lassen Sie Mr. Hegers Freunde herein. Die Formalitäten an der Schranke sind erledigt?"

"Jawohl, Sir!" Damit öffnet der Wärter die Tür ganz und es treten tatsächlich mehr als fünfzehn Freunde ein.

-★-

Michael umarmt bereits seine Gattin Vicente. Unterdessen begrüße ich die Eltern und meine Freunde: Ernesto und Rica Restito und deren Sohn Jonathan, Matthey und Lydia Barcella, sie wird von allen nur kurz "Lang" genannt, und Romolo Taslig Senior, der mit seinem Sohn Silas angereist ist. Ich freue mich über meinen Freund, den Ortsvorsteher Jacub Castro, der von allen "Kagawad" gerufen wird und freue mich auch über die nett anzuschauende Marielou, die ihre Eltern Wilfredo und Rosita Taslig mitgebracht hat. Mikel-Loy und sein Onkel Richard Taslig sind hin- und hergerissen zwischen der Wiedersehensfreude und dem besorgten Mitleid, welches sie für mich empfinden. In den Gesichtern meiner Besucher sind diese Emotionen zu lesen: Freude und Trauer. Franks Nachbarin aus dem Dorf, sie ist die Eigentümerin des Jeepneys, alle nennen sie "Tante Edin", hat sogar ihre vierjährige Tochter mitgebracht. Das Kind ruft fröhlich meinen Namen, als sie mich sieht und macht sofort Anstalten, auf meinen Schoß zu hopsen, nachdem ich wieder Platz genommen habe. Tante Edins Mann ist wie viele Filipinos in der Schifffahrt angestellt und derzeit auf hoher See. Vicentes Mutter Marie-Ann, sie ist eine geborene Taslig, trägt eine große Tüte mit Gekochtem, Getränken, Brot und Obst, die sie zu meinen Füßen abstellt. Lächelnd sagt sie: "Für Dich, Tommy. Du musst beten! Vergiss das Beten nicht!"

Ich nicke und krächze nur ein leises "Danke." Ein Kloß drückt auf meine Stimmbänder und ich versuche den Kloß mit einem Schluck Mineralwasser hinunterzuspülen, das aus der Tüte stammt.

Da sind noch weitere junge Männer aus dem Dorf, einige von ihnen kenne ich nicht einmal beim Namen. Sie nicken mir aufmunternd mit einem stehenden Lächeln zu und bleiben schweigend auf Abstand an den Wänden stehen. Nun blicken mich alle erwartungsvoll an. Es herrscht plötzlich ein bedrückendes Schweigen. Die Sekunden vergehen und es platzt aus mir heraus: "Was ist denn Euer Plan, wen wollt Ihr zuerst besuchen? Den Staatsanwalt, den Attorney oder die Kinder? Wollt Ihr mit den Polizistinnen sprechen?" Ich schaue zu Officer Sarang.

"Oh, die lässt sich entschuldigen. Ma'am hat einen Termin beim Chef, ähm, bei unserem Major."

"Tommy", antwortet der Kagawad, "Franco hat gesagt, der Attorney käme erst gegen 13 Uhr ins Büro zurück. Wir fahren zuerst zum Staatsanwalt ins Gericht. Ich hoffe, der ist überhaupt zu sprechen!"

"Das hoffe ich auch! Wo ist eigentlich Franco?"

Marie-Ann seufzt: "Der muss etwas Wichtiges in General de Santos erledigen, hat er gesagt und deshalb könne er nicht mitkommen."

"Okay!", erwidere ich. "Habt Ihr Hunger und Durst? Wollt Ihr etwas essen? Wir könnten was besorgen!"

"Nein, nein", entgegnet der Kagawad und Tante Edin fügt hinzu: "Wir haben schon gefrühstückt. Tommy, wie geht es Dir hier? Ich habe gehört, Du bist allein in einer Zelle. Fühlst Du Dich da nicht sehr einsam?"

Vicente fragt schnell: "Tommy, geht es Dir gut? Du siehst mitgenommen aus."

"Die Zelle ist schon okay, die Polizisten nett, aber ich kann halt schlecht schlafen und grüble ständig, wie ich hier endlich herauskomme. Diese dumme Geschichte verschlimmert sich leider von Tag zu Tag."

Rica räuspert sich: "Tommy, Deine Familie in Deutschland weiß Bescheid?" Ernesto ergänzt: "Und Deine Botschaft?"

"Ja, die Polizisten erlauben mir von Zeit zu Zeit meinen Laptop und das Cellphone zu benutzen. Mit meiner Familie konnte ich mehrmals sprechen, mit der Botschaft noch nicht direkt. Meine Familie hat sie in Kenntnis gesetzt."

Marielou meldet sich: "Tommy, bitte halte durch! Das ist doch alles nur ein blödes Missverständnis!" Mit einem deutlichen Seitenblick zu Ernesto und Rica sagt sie mit fester Stimme: "Wir stehen alle hinter Dir und glauben natürlich an Deine Unschuld!"

Frustriert antworte ich: "Ja, alle glauben an meine Unschuld, nur diese überspannte Tante vom Jugendamt glaubt das nicht und die scheint eine ganze Menge Macht zu besitzen. Dass die mich anzeigt, darauf wäre ich niemals gekommen!"

Marie-Ann schaut zu ihrem Bruder Romolo und schüttelt den Kopf: "Ja, ja, das BSWD."

Romolo reibt sich das Knie und stöhnt nur: "Idioten!"

"Verzweifle nicht, Tommy!", ruft Tante Edin.

Marie-Ann sagt gleichzeitig: "Beten und zuversichtlich bleiben, Tommy!"

"Wollte Frank nicht mit Euch kommen?", frage ich ungläubig, während mein Blick über die Freunde schweift.

"Den haben wir schon seit einigen Tagen nicht mehr gesehen", erwidert Marielou zerknirscht.

"Der ist wohl mit seiner schrottreifen Mühle in die Berge getuckert", kichert Silas. Einige kichern mit.

"Na, das ist ja ein toller Freund, besucht Dich nicht einmal!", entrüstet sich Mikel-Loy.

Nun nicken die Umstehenden betreten.

"Tommy, können wir irgendetwas für Dich tun?", fragt einer der Bekannten. Ich denke, es ist Vicentes jüngerer Bruder, also Phils Onkel, denn er hat eine frappierende Ähnlichkeit mit Phil, Vicentes und Mik-Miks Sohn.

Ich überlege kurz und lache bitter: "Ja, klar! Bittet diese merkwürdige Frau vom BSWD, die idiotischen Anzeigen zurückzunehmen!"

Ernesto bleibt ernst: "Tommy, genau das haben wir vor! Aber das wird schwierig. Also Attorney Padernesto hätte da alle nötigen Kontakte ins BSWD gehabt!"

Seine Frau Rica stößt ihn an: "Lass gut sein, Ern!" Ernesto verstummt. Fast alle schauen betreten beiseite und in mir macht sich beim Denken über die Attorneys ein ungutes Gefühl in der Magengegend breit.

Wieder ist es Marie-Ann, die das Wort ergreift: "Mit einem Seitenblick zu Officer Sarang, der trotz seines überfüllten Büros an seinem Laptop arbeitet, flüstert sie: "Die wollen alle nur Geld sehen. Dieses korrupte Pack!"

Ernestos Gesicht zeigt Entsetzen und er will wohl gerade zum Protest ansetzen, aber Rica stößt ihn erneut an und hält ihn so zurück.

Ich wechsle schnell das Thema: "Wie geht's im Dorf, habt Ihr viel Fisch gefangen?"

Marielou erscheint verzweifelt: "Alle im Dorf vermissen Dich, Tommy!"

Tante Edin ist zuversichtlich: "Tommy, das klärt sich auf!"

Auch der Kagawad versprüht Optimismus: "Du bist schneller draußen, als Du denken kannst!"

"Ja!", ruft Silas. "Und dann machen wir eine riesige Strandfete!"

Jonathan klatscht in die Hände: "In dem Beachresort mit dem Swimmingpool. Dort, wo wir schon einmal gewesen sind!"

Silas erinnert den Namen: "Tommy, Jonathan meint San Juan."

"Ja, da ist es schön", flüstere ich traurig.

"Mit Tanduay Rum und Bier", ruft Mikel-Loy fröhlich.

Onkel Richard schlägt seinem 15-jährigen Neffen leicht auf den Hinterkopf: "Das könnte Dir so passen, Freundchen!"

Mikel-Loy ruft theatralisch: "Aua" und reibt sich die vermeintlich schmerzende Stelle. Nun lachen alle.

"Strandfete in San Juan!", rufe ich. "Na, klar. Wir grillen ein ganzes Schwein und kaufen jede Menge Bier!"

Richard Taslig freut sich: "Gar kein Problem, Tommy. Ich habe jedes Gewicht im Stall."

Ernesto bleibt ernst, schaut auf seine verschlissene Seiko und macht Druck: "Leute, wir müssen los. Wer bleibt bei Tommy?"

Marie-Ann und ihr Neffe Mikel-Loy melden sich. Auch Marielou will bleiben. Jonathan möchte seinen Bruder Sam wiedersehen. Silas brennt ebenfalls darauf, seinen Bruder Aboy im Jugendheim zu besuchen.

"Gut, dann fahrt Ihr also zuerst in das Gericht?"

Erneut beantwortet Kagawad Jacub meine Frage: "Ja, zuerst ins Gericht, dann ins Kinderheim und danach müsste Dein Attorney in seinem Law Office sein."

"Gut, dann wünsche ich Euch viel Erfolg! Fordert den Staatsanwalt auf, meine Fälle aus Mangel an Beweisen niederzulegen! Redet auch mit dieser Frau vom BSWD. Da gibt es noch einen weiteren Mitarbeiter, so ein kleiner Dicker, das ist wohl ihr Chef. Vielleicht ist es möglich, direkt mit dem zu sprechen, um die Anzeigen zurückzunehmen?"

Mik-Mik verzieht den Mund, blickt in die Runde und schüttelt sich: "Den Sir Sala und die Ma'am Solano vom BSWD kennen wir. Mit denen mussten wir leider schon sprechen."

Ich führe weiter energisch aus: "Und der Attorney muss hier erscheinen. Der muss einiges einleiten. Zum Beispiel eine Eingabe bei Gericht zur Niederlegung der Verfahren und eine Eingabe wegen einer möglichen Kaution machen. Ich brauche den Mann jetzt dringend hier!"

14.03. Eltern und Staatsanwalt

Mit diesem Ansturm haben die zwei Pförtner am Empfang des Gerichtsgebäudes nicht gerechnet. Nach kurzer Rücksprache mit dem Oberstaatsanwalt der Stadt Tugalm City Sir Escandor werden die Eltern und auch der Kagawad, in seiner Funktion als Ortsvorsteher, am Empfang vorgelassen. Zuvor müssen sie sich aber in das Buch für Besucher eintragen und sich einer Leibesvisitation unterziehen. Allen anderen Mitgereisten wird der Zugang zum Gebäude nicht gestattet. Sie begeben sich kurzentschlossen ins nächste Straßenrestaurant.

Nun sitzt die Gruppe etwas unschlüssig im Büro des Oberstaatsanwaltes. Die Eltern warten und schauen sich respektvoll um. Wann sprechen sie schon einmal mit einer so hochgestellten Person? Nur das Gesicht des Kagawads Jacub Castro zeigt Entschlossenheit. Er, als gewählte Amtsperson, ist den Umgang mit höheren Angestellten des Staates gewohnt, wenn es für ihn auch nicht alltäglich ist.

Zuerst erscheint eine Sekretärin und ist wegen der vielen Besucher verwundert. Wenige Sekunden später betritt auch der Oberstaatsanwalt sein Büro. Er mustert die Eltern und lächelt dabei vielsagend. Kagawad würde es als spöttisch bezeichnen. Escandor setzt sich an seinen opulenten Schreibtisch aus dunklem Mahagoni, räuspert sich und sagt: "Nun gut, Sie sind also die Eltern der fünf Jungen, die gemeinsam mit einem Deutschen im Hotel aufgegriffen worden sind." Er schaut zu Michael (Mik-Mik), Rica und Lang: "Einige Gesichter sind mir ja bekannt. Was führt Sie so überraschend zu mir?" Er klatscht aufmunternd in die Hände: "Was kann ich für Sie tun?"

Ernesto und der Kagawad wechseln nervöse Blicke. Dann erhebt der Kagawad das Wort: "Sir, entschuldigen Sie, dass wir Sie so unangemeldet besuchen und danke, dass Sie sich für uns Zeit nehmen. Ich begleite die Eltern in meiner Funktion als Ortsvorsteher, also als Kagawad des Dorfes, wo alle Eltern und Kinder leben. Mein Name ist Jacub Castro, Sir."

Michael unterbricht den Kagawad barsch: "Und Tommy, also der Thomas Heger, der lebt auch im Dorf!" Seine Frau Vicente knufft ihn kaum sichtbar für die anderen und Michael verstummt.

Der Oberstaatsanwalt grinst breiter. Die Sekretärin, die an einem Katzentisch am Laptop beschäftigt ist, zuckt zusammen, arbeitet aber dann ungerührt weiter.

Kagawad Jacub Castro schaut Michael ungläubig an und fährt fort: "Ja, ähm, Sir Escandor, bei allem Respekt, Sir, aber wir sind uns alle einig, dass Thomas Heger unschuldig ist."

Der Oberstaatsanwalt lässt einen Kugelschreiber zwischen den Fingern kreisen: "Wieso sind Sie so sicher, dass dieser Deutsche unschuldig ist? Ihnen als Kagawad sind doch sicherlich schon Fälle von sexuellem Missbrauch untergekommen?"

Der Kagawad nickt kaum sichtbar.

Der Oberstaatsanwalt lässt seinen Blick über die Eltern schweifen und fährt fort: "Dann wissen Sie auch, Kagawad, dass es oft sehr schwierig ist, die Wahrheit aus den Kindern herauszubringen. Aus Scham oder sei es, um den Täter zu schützen. Gerade, wenn es keine psychische Gewalt oder wenn der Missbrauch am Körper des Kindes nicht nachweisbar ist, ist die Sachlage zu Beginn eines Gerichtsprozesses oft schwierig. Aber um die Wahrheit herauszufinden, habe ich meine Staatsanwälte und wir haben Spezialisten, wie zum Beispiel Psychologen, die uns bei unserer Arbeit unterstützen. Da Sie schon einmal hier sind, liebe Eltern, rate ich Ihnen dringend, mit uns zusammenzuarbeiten! Ich bin nicht im Bilde, aber hat Sie etwa der Deutsche zu mir geschickt?"

"Nein!" Ernesto schüttelt heftig den Kopf. "Wir sind aus freien Stücken hier. Das hat mit dem Heger nichts zu tun, Sir!"

Rica, Ernestos Frau, ergänzt schnell: "Sir, bitte, wir möchten unsere Söhne zurück! Die Kinder vermissen uns sehr."

Die Spannung der Eltern löst sich und alle, bis auf den Kagawad, reden plötzlich gleichzeitig drauflos: "Wir wollen unsere Kinder wiederhaben. Sie müssen doch zurück zu den Familien. Die Schule hat begonnen. Alle im Dorf vermissen die Kinder. Das BSWD ist nicht der geeignete Ort für die fünf Jungen. Jan hat sich so auf seinen Boxkurs gefreut und der hat nun ohne ihn begonnen."

Der Oberstaatsanwalt unterbricht die Eltern nicht und hört ungerührt zu. Es ist der Kagawad, der für Ruhe sorgt: "Bitte nicht alle gleichzeitig reden, also einer nach dem anderen!"

Sogleich erinnern sich die Eltern, wo sie sich befinden und es herrscht Ruhe.

Romolo reibt sich das Knie und stöhnt: "Ich brauche meinen Aboy im Haus und zum Fischfang."

Matthey berichtet: "Der Jan, mein Großer, ist eine unentbehrliche Hilfe auf meinen Baustellen und der Kleine, das ist der Dan, eine große Hilfe im Haushalt."

Seine Frau Lydia - sie wird Lang gerufen - nickt heftig.

Ernesto will gerade ansetzen, doch der Oberstaatsanwalt hebt die Hand und es ist sofort wieder still im Raum: "Wann Ihre Kinder zu Ihnen zurückdürfen, wird der Staatsanwalt entscheiden, dem ich diesen Fall übertrage. Ich bin mir derzeit noch nicht sicher, welcher meiner Mitarbeiter das sein wird."

Rica entrüstet sich: "Sir, wie lange wird das denn noch dauern?"

Vicente und Lang beginnen zu schluchzen und halten sich kleine Tücher vor die Münder."

"Nun machen Sie sich doch um Ihre Söhne keine Sorgen! Im BSWD haben sie alles, was sie brauchen und wie ich gehört habe, hat eine Erzieherin mit Schulunterricht begonnen", weicht der Oberstaatsanwalt Ricas Frage aus.

Lang ist ungewohnt mutig und schluchzt: "Die Jungs haben alles, nur nicht ihre Eltern, Familien und Freunde. Was können die Kinder für diese Situation? Gar nichts, Sir!"

Auch Vicente, sicherlich von Langs forscher Art beflügelt, wird mutig: "Sir, es gibt doch keine Beweise für die Anschuldigungen gegen Tommy, also Thomas Heger. Sir, das ist ein guter Mensch mit einem großen Herz. Er unterstützt etliche Kinder und Teenager in der Ausbildung. Ein Neffe von mir, Sir, studiert bereits in General de Santos. Auch eine Nichte, sie heißt Marielou und begleitet uns heute, wird von Tommy unterstützt. Sie besucht ein College in Sendong City."

"Gut, das mag ja alles sein, Ma'am", antwortet Escandor gelangweilt und schaut mit einem Seitenblick auf seine Armbanduhr. "Aber was hat das mit dem Fall zu tun? Und wissen Sie überhaupt, wie oft wir Fälle in unserem Land haben, wo Sexgangster die Kinder und Eltern verwöhnen, um an die Kinder zu gelangen? Ich möchte das Verhalten des Deutschen nicht kommentieren, das ist nicht meine Aufgabe, trotzdem sage ich Ihnen, dass das Verhalten des Deutschen doch höchst suspekt ist. Aber das ist meine ganz persönliche Meinung."

Vicente wiederholt traurig und ungläubig: "Sexgangster?"

Kagawad antwortet jedoch mit fester Stimme: "Bei allem Respekt, Sir Escandor, aber da ist niemals etwas Negatives über Heger im Dorf zu hören gewesen. Nicht das Geringste!"

"Kagawad, das hatten wir doch schon, Kinder schweigen oft lange bei diesen Delikten."

Kagawad schluckt und bleibt still.

Escandor legt aber nach: "Kagawad, Ihre Position, ich meine, auf welcher Seite Sie stehen müssen, sollte Ihnen eigentlich bekannt sein. Gerade in Fällen von sexuellem Missbrauch, wo philippinische Kinder und Ausländer involviert sind. Unsere Regierung mag das überhaupt nicht!"

Kagawad wird weiß im Gesicht und schluckt erneut.

Vicente versucht es noch einmal: "Sir, bitte lassen Sie Tommy gehen. Der hat wirklich nichts getan!"

Die Gruppe nickt zaghaft. Der Staatsanwalt blickt Vicente mit ausdrucksloser Miene an. Seine Sekretärin grinst und fixiert mit gesenktem Blick ihren Laptop. Kagawad schaut zur Decke.

Escandor prüft erneut seine Armbanduhr: "Es tut mir ausgesprochen leid, aber ich habe nun zu tun."

"Ja, aber wie geht es denn nun weiter, Sir?", ruft Rica aufgeregt.

Escandor grinst süffisant: "Ihr Thomas Heger, der hat doch schon einen Attorney? Soweit ich das beobachtet habe, ist das der De Baron? Der muss nun tätig werden. Dafür ist der engagiert. Teilen Sie das dem Deutschen mit! Und beten Sie, beten Sie für Ihren Freund und vor allem für Ihre Kinder!"

14.04. Wunden lecken

Den Eltern und dem Kagawad steht das Entsetzen in den Gesichtern, denn Tante Edin und einige andere der Mitgereisten springen erschrocken vom Tisch auf, als die Gruppe in das Restaurant hereinschleicht.

Tante Edin ruft: "Nicht gut gelaufen?"

Die Antworten sind betretenes Schweigen und gesenkte Blicke.

Besonders der Kagawad, der seine Umwelt immer mit einem jungenhaften Lächeln erfreut, sieht schwer angeschlagen aus. Seine sonst vor Tatendrang sprühenden Augen liegen nun tief in den Höhlen und die vom Wetter gegerbte, gesunde braune Gesichtsfarbe hat einen aschgrauen Farbton. Er, der immer aufrecht und stolz durchs Leben schreitet, setzt sich gekrümmt, mit glasigem Blick und wortlos an den Tisch. Tante Edin und die anderen sind verwirrt und besorgt. Die Mütter Rica, Lang und Vicente haben verheulte Gesichter, schluchzen noch und schnäuzen sich ab und zu die

Nasen. Vicente sucht Trost und legt ihren Kopf auf Tante Edins Schulter. Tante Edins Töchterchen streichelt sogleich Vicentes Hand und stammelt: "Tante Cente, alles wird gut, nicht weinen." Die Väter Ernesto, Matthey, Michael (Mik-Mik) und Romolo schauen grimmig drein und setzen sich, schwerfällig und schweigend, an den großen Tisch.

Ernesto zetert plötzlich los: "Ich habe es doch gleich gesagt, das bringt nichts, zum Staatsanwalt zu fahren und es wird auch nichts bringen, mit denen vom BSWD zu reden. Hätte ich doch nur auf meine innere Stimme gehört und wäre ich doch bloß nicht mit hierhergefahren. Zuhause wartet ein kaputtes Netz und das Boot muss auch ausgebessert werden. Die Löcher im Rumpf werden immer größer und heute Nacht wollen wir fischen gehen."

Rica schaut besorgt und ermahnt ihren Ehemann: "Ern, denke an Deinen Blutdruck, bitte rege Dich nicht auf!"

Matthey schnauft: "Nach dem Typ gerade habe ich absolut keine Lust auf die zwei komischen Gestalten vom BSWD."

Seine Ehefrau Lang protestiert sofort: "Aber die Kinder wissen doch, dass wir in der Stadt sind. Die müssen wir besuchen, Matthey!"

Auch Vicente, Rica, Tante Edin und die Teenager Jonathan und Silas sind entsetzt. Vicente weint: "Das können wir den Jungs nicht antun. Ich will meinen Philipp sehen!"

Tante Edins Töchterchen reicht Vicente ihr Kindertaschentuch: "Nicht weinen, Tante." Vicente streicht dem Kind über das Haar.

"Ja, natürlich fahren wir da hin, aber mit dem BSWD rede ich nicht, basta! Was soll das auch bringen?", antwortet wütend Matthey und haut mit der flachen Hand leicht auf den Tisch, sodass die Gläser klirren.

"Ich auch nicht!", stimmt Mik-Mik zu. "Ich höre mir nicht wieder diesen Quatsch 'Warum haben Sie dem Heger Ihre Kinder mitgegeben?' an! Darauf kann ich gerne verzichten!" Seine Frau Vicente nickt, schnäuzt sich und lehnt sich nun an ihren Mik-Mik.

Romolo reibt das arthritische Knie: "Verdammtes Bein! Mit den Idioten vom BSWD habe ich nichts zu schaffen! Mit denen will ich nichts zu tun haben. Die haben mir die Kinder aus dem Haus geholt, als diese Schlampe mit einem anderen abgehauen war!"

Silas unterbricht seinen Vater: "Papa, das sind Geschichten von gestern! Und wir sind doch zurück."

Romolo ist aufgebracht und fährt ungestüm fort: "Hast recht, Silas, das ist heute egal! Aber jetzt holen die mir auch noch meinen Aboy fort. Das lasse ich nicht zu! Haben wir 20 Minuten? Ich brauche jetzt dringend ein Bier! Kagawad, hat Franco Dir Geld für uns gegeben?"

Der Kagawad fährt sich durch das Haar, reibt sich das Gesicht und sieht aus, als wäre er gerade wach geworden: "Ja, hat er, nur 500 Piso. Aber ich gebe einen aus. Aber nur ein Glas! Heute Abend genehmigen wir uns Tanduay Rum und Karaoke! Das brauchen wir!" Er ruft die Bedienung herbei. Gedankenverloren blickt er zu Tante Edin: "Erinnere mich bitte später daran, Tommy wegen des Geldes für den Jeepney zu fragen."

Tante Edin und ihr Fahrer nicken heftig.

Ernestos und Ricas Sohn Jonathan fragt trotz der miserablen Stimmung: "Wie ist es gelaufen? Wann dürfen die Jungs nach Hause? Kommt Tommy bald frei?"

Silas ergänzt: "Wir wollen doch eine Strandfete machen. Wo ist denn eigentlich das verdammte Problem? Warum halten die Tommy überhaupt fest?"

Rica fährt die Jungen an: "Seid still und flucht nicht!" Die Eltern und der Kagawad belegen die naiven Teenager mit scharfen Blicken.

Es setzt ein ungutes Schweigen ein, welches nach belastenden Sekunden von Tante Edin unterbrochen wird: "Also kommt Tommy vorerst nicht frei und Eure Jungs kommen nicht zurück ins Dorf?"

Kagawad zieht lange an der Marlboro, hustet und antwortet: "Der Staatsanwalt hat gesagt, Tommys Attorney solle nun sofort tätig werden."

"Aber das ist doch gut!", freut sich Tante Edin. "Ich meine, wenn der Staatsanwalt das selber vorschlägt, dass der Attorney jetzt arbeiten soll, dann ist das doch ein gutes Zeichen, oder?"

Es hat niemand eine Antwort auf diese Frage.

Ernesto verzieht das Gesicht: "De Baron, dieser Stümper von Attorney! Na dann, Tommy, gute Nacht! Attorney Padernesto wäre heute mitgekommen, hat er mir gesagt! Der hätte dem Oberstaatsanwalt aber so richtig Paroli gegeben. Wo ist denn der tolle De Baron? Aber so kennt man ihn ja! Nur so! Er macht seinem Ruf alle Ehre!"

Mik-Mik raucht mit zitternden Händen eine nach der anderen. Mit Ausnahme von Tante Edin, Rica und Vicente rauchen alle mit. Sogar die Teenager Silas und Jonathan greifen frech zu und nutzen so die Ausnahmesituation. Es achtet sowieso keiner auf sie und eigentlich gehören sie schon mehr zu den Erwachsenen als zu den Kindern. Beide grinsen breit.

Die kalten Bierflaschen und jede Menge Gläser kommen. Der Kagawad sieht wieder etwas gesünder aus und bezahlt: "Es war ein Fehler, den Staatsanwalt zu besuchen. Gehe niemals zu einem König, wenn er dich nicht ruft!"

Die Teenager und einige Freunde aus dem Dorf kichern über Kagawads Spruch und die Stimmung wird besser.

Die Gläser sind voll und Kagawad ruft: "Auf Tommy, wir werden uns nicht unterkriegen lassen, von niemandem! Prost!"

"Ja!", prosten Tante Edin, Mik-Mik, Romolo, Lang und Matthey, die Teenager und die anderen dem Kagawad zu und kippen das Bier in einem Zug runter.

Romolo rülpst und stöhnt: "Ah, besser als jede Medizin."

Der Fahrer des Jeepneys, Rica, Vicente und Tante Edins kleine Tochter trinken Cola. Auch Ernesto nippt nur am Glas. Ihm ist wahrlich nicht zum Biertrinken zumute. Missmutig und unzufrieden denkt er: 'Heute sind wir so richtig erniedrigt worden. Mit Attorney Padernesto wäre das nicht passiert. Vielleicht wären sogar die Jungs jetzt schon frei und bei uns. Wie soll das alles nur enden? Der Kagawad und ich, wir müssen schauen, wo wir stehen. Wir können uns nicht gegen die Regierung stellen. Dazu steht zu viel auf dem Spiel.' Er äußert keine Silbe seiner Gedanken, sondern schweigt, vermeidet Augenkontakt zu seinen Nachbarn aus dem Dorf und nippt weiter nervös am kalten Bier.

14.05. Freude und Leid im Kinderheim

Kagawad Jacub Castro bleibt mit dem Fahrer des Jeepneys und einigen anderen Freunden aus dem Dorf auf dem Parkplatz des Kinderheims vom BSWD. Sie parken schattig unter riesigen Mahagonibäumen, schweigen und rauchen. 'Dieser arrogante Oberstaatsanwalt Escandor hat uns ganz schön zugesetzt. Dem möchte ich nicht noch einmal begegnen', sinniert Jacub bitter. 'Und auf diese Angestellten vom BSWD Tugalm City habe ich jetzt definitiv auch keine Lust. Was für ein Schlag Leute diese Staatsdiener sind, das ist bekannt. Gib den Leuten nur ein Quäntchen Macht und sofort werden sie zu unangenehmen Zeitgenossen. Nein, auf diese Leute und ihr Gelaber kann ich jetzt gerne verzichten. Escandor reicht mir für heute.' Kagawad ist des Denkens überdrüssig. Wie gut, dass eine Pritsche des Jeepneys unbesetzt ist. Kagawad schnippt die Kippe weg, macht sich lang und ist auf der Stelle eingenickt.

-★-

Was für eine Wiedersehensfreude! Aboy ist sichtlich im Stress und kann sich nicht entscheiden, wem er zuerst um den Hals fallen soll: seinem Vater Romolo, dem großen Bruder Silas, dem Onkel Richard oder dem Onkel Wilfredo mit Tante Rosita? Außer sich vor Freude laufen ihm dicke Krokodilstränen über die runden Wangen. Silas putzt dem kleinen Bruder die Nase und die Tränen vom Gesicht. Onkel Richard und Wilfredo und seine Frau Rosita sind über Aboy amüsiert.

Richard lächelt milde: "Aboy, Du tust ja gerade so, als hättest Du uns einen Monat nicht gesehen."

Für Aboy sind zwei Wochen wie ein Monat. Er lächelt schief und schluchzt noch ein wenig: "Aber das war doch ein Monat - oder?" Er schnäuzt sich in Silas kleines Tuch, grinst nun von einem Ohr zum anderen, kramt etwas aus der Hosentasche und öffnet dann die Kinderfaust: "Guckt mal hier, hab ich beim Zahnarzt verloren, hat gar nicht weh getan."

Papa Romolo, Bruder Silas, die Onkel und die anderen lachen.

Tante Rosita streicht dem Neffen übers Haar: "Bist ja auch schon ein großer Junge."

Philipp hat sich zwischen Mutter Vicente und Vater Mik-Mik gedrängt. Sein Kopf liegt abwechselnd an Mamas Vicentes oder an Papas Schulter: "Ich habe Euch so vermisst, Mama und Papa!", sagt er traurig. "Wann dürfen wir endlich heim?"

Vicente erinnert sich, dass der Oberstaatsanwalt Ricas Frage, wann die Kinder zurück zu ihnen dürfen, nicht beantwortet hat. Deshalb hat sie keine Antwort und flüstert: "Ich denke, bald, Phil. Die Polizei ist doch schon fertig mit den Ermittlungen. Warum sollen die Euch noch hierbehalten?"

Phil gibt sich mit der Antwort zufrieden und seufzt: "Und Tommy, darf der auch bald zurück ins Dorf?"

Mik-Mik antwortet: "Sicherlich, Phil."

Phil und seine vier Leidensgenossen schauen mit großen Augen auf die Leckereien, die Tante Edin und Tante Rosita auf dem Tisch der Kantine im BSWD Kinderheim aufbauen. Die Erzieherin Ma'am Burque und Edins kleine Tochter helfen fleißig.

Auch Sam sucht elterliche Zuwendung und sitzt zufrieden zwischen Vater Ernesto und Mutter Rica. Er hat beide Arme auf die Schultern und um die Hälse der Eltern gelegt. Sein großer Bruder Jonathan steht hinter Sam und massiert Sam die Schultern. Sam ist das Glück ins Gesicht geschrieben.

Rica beobachtet das Aufbauen der mitgebrachten Speisen: "Schaut doch, was wir alles für Euch gekocht haben."

"Ja, Mama und Papa, das ist fast wie Fiesta im Dorf oder Geburtstag!", freut sich Sam.

-★-

Dan liegt halb auf seiner Mutter: "Mama, hast Du geweint?", fragt er besorgt und wischt mit seinem Tuch ein wenig verschmierten Lidschatten aus Langs Gesicht. Lang mag das überhaupt nicht, lässt sich von Dan das Tuch geben und wischt nun selber die äußeren Augenwinkel: "Nein, nein, ich habe nicht geweint, Dan, ich habe mich vorhin nur verschluckt und musste husten."

"Mama, ich will endlich zurück zu Euch, bitte. Nimm uns heute mit!" Seine vier Freunde aus dem Dorf nicken betreten.

Jan, Dans großer Bruder, steht neben seinem Vater Matthey und massiert dessen linke Hand: "Papa, mein Boxkurs! Mein Lehrer hat für mich Boxhandschuhe, Hose und T-Shirt besorgt. Und nun bin ich nicht da. Das ist doch voll unfair!" Er schaut kurz zu Ma'am Burque, die beschäftigt und abgelenkt ist und flüstert traurig: "Das BSWD ist gemein!"

"Das wissen wir, mein Sohn", erwidert Matthey kühl. "Ihr fehlt uns an allen Ecken und Enden. Du auf den Baustellen und niemand bringt Mutter das Wasser ins Haus und sammelt Feuerholz. So geht das nicht weiter. Ihr müsst zurück zu uns."

"Ja, Papa!", antwortet Jan kurz und massiert Vaters Hand fester. Auch Dan nickt.

-★-

"So, Kinder!", ruft Ma'am Burque erfreut. "Essen ist fertig."

Tatsächlich ist eine große Tafel mit den Lieblingsspeisen der fünf Jungen aus dem Dorf angerichtet. Auch Fruchtsaft aus Getränkepulver mit Eisstücken darin bringt die Küchenhilfe.

Aboy hat sich vom Schock des Wiedersehens seiner großen Familie Taslig erholt, aber drückt sich immer noch dicht an Papa Romolo: "Ma'am Burque, dürfen Kyle und Albert mitessen?"

"Aber ja doch, Aboy", blickt Ma'am Burque in die Runde. Auch die Eltern nicken.

Just in dem Moment wird die Tür der Kantine geöffnet. Der Wachmann ruft in den Raum: "Ma'am Solano würde jetzt gerne die Eltern sprechen. Aber bitte nur die Eltern!"

Nun sitzen die Eltern erneut am Tisch in der Ecke des Büros. Sir Sala ist nicht anwesend.

Ma'am Solano wirkt gehetzt und pustet: "Ich habe gar keine Zeit, denn ich muss dringend zu einer wichtigen Familienangelegenheit und gebe Ihnen zehn Minuten. Was führt Sie zu mir?"

Die Eltern sind einige Sekunden perplex über Ma'am Solanos Ansage. Dann platzt es aus Matthey heraus: "Was uns herführt, Ma'am? Das fragen Sie auch noch? Wir wollen unsere Kinder wiederhaben! Und zwar jetzt!"

Romolo ist ärgerlich: "Die Polizistinnen sind doch fertig mit den schwachsinnigen Ermittlungen. Also, wir nehmen heute unsere Kinder mit! Die gehören zu uns ins Dorf und nicht hier in diesen Betonklotz eingesperrt."

Ma'am Solano lacht spitz, so dass es einigen Besuchern in den Ohren klingelt. Ihre Atmung ist hektisch: "Ohne Beschluss vom Richter geht hier überhaupt kein Kind nach Hause! Wir hier im BSWD folgen nur den Anweisungen der Justiz und sonst niemandem."

Vicente steht die Zornesröte im Gesicht. Sie faucht: "Ma'am, warum haben Sie Tommy, also den Thomas Heger angezeigt? Das wäre überhaupt nicht nötig gewesen. Er ist unschuldig!"

Ma'am Solano faucht erbost zurück: "Ich habe es Ihnen doch angeboten! Ich habe Sie gefragt, ob Sie diesen Heger anzeigen wollen, aber Sie haben das ja kategorisch abgelehnt! Und wenn nicht innerhalb von vierzehn Tagen eine Anzeige ergeht, muss Ma'am Papillio den Deutschen laufen lassen. Nein, diesen Fehler haben wir schon einmal bei dem Amerikaner gemacht. Ihr Heger muss sich vor Gericht verantworten. Dort kann er seine Unschuld beweisen, wenn er denn unschuldig ist. Aber daran habe ich meine Zweifel!" Ma'am wischt den Schweiß aus dem Gesicht. Die Anspannung fällt von ihr ab und sie sackt auf dem Stuhl in sich zusammen. Das Gesagte scheint ihr jegliche Energie genommen zu haben.

Die Eltern jedoch sind einige Sekunden sprachlos und müssen das Gehörte erst einmal verdauen.

Obwohl es verboten ist, zündet sich Mik-Mik eine Marlboro an. Ma'am scheint weggetreten zu sein und beachtet Mik-Mik überhaupt nicht. Auch Matthey zündet sich eine von Mik-Miks Zigaretten an.

Mik-Mik bläst den Rauch gen Decke: "Ma'am, wir zeigen - verdammt noch einmal - den Thomas Heger nicht an!"

Vicente schluchzt: "Niemals, Ma'am, niemals! Das ist unser Freund und er ist unschuldig!" Nun weint Vicente: "Unschuldig, Ma'am!"

Ma'am steht geistesabwesend auf, mustert die Eltern, als ob sie die zum ersten Mal sieht, geht zum Wasserspender, zieht einen Becher Wasser und seufzt: "Ich habe alles gesagt, was es zu sagen gibt. Aber Sie sollten einen Attorney befragen, warum es besser gewesen wäre, wenn Sie den Heger angezeigt hätten! Der Heger hat doch einen Attorney." Sie schaut auf ihre goldene Damenarmbanduhr: "Es tut mir sehr leid, aber gehen Sie doch nun zu Ihren Söhnen. Die Kinder brauchen Sie!"

Die Eltern sind verwirrt. Sie können das, was Ma'am gerade gesagt hat, nicht einordnen. Rica ist unzufrieden: "Ma'am, was meinen Sie damit, wir sollen einen Attorney fragen?"

Auch Lang hat eine verwirrte Miene: "Warum ist es besser, wenn wir Tommy anzeigen? Das verstehe ich nicht?"

"Es ist zu spät! Zu spät, denn die Anzeigen sind bereits gestellt, und zwar von mir, da dies zu meinen Aufgaben gehört und Sie keine Anzeigen stellen wollten. Und nun entschuldigen Sie mich bitte!"

-★-

14.06. Bittere Wahrheiten

BSWD

Der nahende Abschied von den Kindern schmerzt die Familien aus dem Dorf. Mehr noch schmerzt die Ungewissheit, wie es nun weitergehen soll: Wann dürfen endlich die Jungen zurück zu ihnen und wann lassen sie Tommy gehen? Hoffentlich gibt es beim Abschied keine Tränen.

Die fünf Kinder und ihre zwei Freunde Kyle und Albert lassen es sich schmecken und amüsieren sich über die drei ausgebüxten Straßenjungen, die das festliche Mahl verpassen und betteln gehen oder sich Reste aus den Mülltonnen zusammenklauben müssen, um satt zu werden. Ein wenig traurig stimmt sie die Erinnerung an die drei witzigen Straßenkinder schon. Immerhin sind sie alle gute Freunde geworden.

"Vielleicht besuchen die Drei uns im Dorf!", schwärmt Phil.

"Ja, dann gründen wir eine coole Gang!", fantasiert Aboy begeistert weiter.

"Und bleiben für immer Freunde!", ruft Dan mit kindlicher Naivität und ernstem Blick.

Dass sie gleich drei elternlose Straßenjungen, die auch noch Klebstoff schnüffeln, bei sich begrüßen sollen, behagt den Dorfbewohnern natürlich überhaupt nicht.

Jan berichtet aufgeregt, dass die Drei das Schnüffeln von Klebstoff längst aufgegeben haben.

Die Besucher grinsen ungläubig. Jan verteidigt die armen Burschen und ruft mit sich überschlagender Stimme: "Das stimmt aber!"

Die Kinder werden nach dem üppigen Mahl schnell müde und Ma'am Burque ruft zum Mittagsschlaf. Das kommt den Eltern gerade recht. Können sie sich doch deshalb rasch und ohne große Abschiedszeremonie aus dem Staub machen.

Nun sitzt die Gruppe missmutig im Jeepney und avisiert das vierte Ziel des Tages an, nämlich das Law Office von Attorney De Baron.

"Was haben wir denn erreicht?", flucht Ernesto laut.

"Ern, bitte beruhige Dich, denke an Deinen Blutdruck", ermahnt ihn Rica, seine Ehefrau.

"Nichts erreicht und im Dorf am Strand warten das Netz und das Boot auf die Reparatur", zürnt Ernesto.

"Dann gehen wir eben heute Nacht nicht fischen", wendet Romolo ein und reibt sich das Knie.

Lang gehen Ma'am Solanos Worte nicht aus dem Sinn. Sie flüstert: "Wir hätten Tommy anzeigen sollen! Warum sagt sie das?"

Vicente entgegnet: "Niemals, die Frau spinnt doch!"

Lang antwortet: "Das können wir gleich De Baron fragen."

Auf Vicentes Schoß sitzt Tante Edins kleine Tochter und Vicente hat alle Mühe, die Kleine bei den Stößen und dem Schaukeln des Jeepneys festzuhalten. Das Kleinkind macht sich einen Spaß daraus, jauchzt und lacht bei jedem Schlagloch. Der Kagawad, Matthey und Mik-Mik bekommen von der Unterhaltung der Mütter nichts mit, denn sie sitzen am niedrigen Einstieg, der sich über der Stoßstange am Heck des lauten Jeepneys befindet. Sie rauchen und schweigen. Silas und Jonathan empfinden den Ausflug zu Tommy nach Tugalm City als großes Abenteuer und als willkommene Unterbrechung in ihrem öden Dorfalltag. Es sind nur etwa zwanzig Minuten, dann hat der Fahrer das Gefährt durch den chaotischen Stadtverkehr manövriert. Am Law Office erlebt die Fahrgemeinschaft eine weitere Enttäuschung: De Baron ist nicht anwesend und das Office geschlossen.

Officer Sarangs Büro

Ich befinde mich mit De Baron, Marie-Ann, Marielou und Mikel-Loy auf der Sitzgruppe in Sarangs Büro der Polizeistation, als die Eltern, die Geschwister und die Freunde das Büro betreten. Die Begrüßung ist kurz und knapp. Tante Edins Tochter versucht sofort auf meinen Schoß zu krabbeln. Sanft weise ich sie ab. Ungläubig konzentriere ich mich wieder auf De Barons Kostenaufstellung:

- Acceptance Fee 80k Piso.
- Neun Witness Affidavits, die mit jeweils 2k Piso zu Buche schlagen.
- Der Besuch beim Staatsanwalt im Gericht mit 4k Piso.
- Die Pressekonferenz mit 2k Piso.
- Zweimal mich hier in der Polizeistation besucht, das macht 4k Piso.
- Dann ein Betrag für kommende Arbeiten, das sind die Anträge beim Gericht auf Niederlegung der Verfahren aus Mangel an Beweisen und vorsorglich einen Antrag auf Kaution. Das kostet 4k Piso.
- Weiter ist da noch ein Posten Büromaterial und Sekretärin, der 3k Piso lautet.

In Summe sind also 115k Piso der von Wolfgang Schmidt überwiesenen 120k Piso verbraucht.

Der Attorney schaut mich an, die Besucher stehen oder sitzen irgendwo im Büro, ich raufe mir die Haare, atme tief durch die Nase ein und laut durch den Mund wieder aus: "Ja, gut, dann muss ich morgen meine Familie bitten, noch einmal einen Betrag anzuweisen."

Alle Erwachsene sind still, nur Tante Edins Töchterchen quengelt auf dem Arm ihrer Mutter.

De Baron schaut auf seine protzige Armbanduhr: "Am besten, Mr. Heger, doch gleich 120k. Es kommt wirklich viel Arbeit auf uns zu."

"Ja!", wiederhole ich gedankenverloren. "120.000 Piso!" Sarkastisch sage ich: "Das sind ja nur fast 2.400 Euro!" Dann schaue ich mich um und bemerke, dass mich alle anblicken. "Hey, wie war Eure Rundreise, wie geht es den Kindern, was sagt der Staatsanwalt? Habt Ihr mit dieser Frau vom Jugendheim gesprochen?"

Die Gruppe schweigt. Wenn ich in ihre Gesichter schaue, wird mir sofort klar, es ist besser, nicht noch einmal nachzufragen. Dennoch möchte ich wissen: "Aber den Kindern geht's gut?"

Rica antwortet: "Die Jungs haben sich sehr über das Essen gefreut, Tommy. Es geht ihnen halt so, wie es Kindern ergeht, wenn sie aus ihren geliebten Familien herausgerissen werden."

Ich schlucke.

"Den Eltern entrissen!", sagt Matthey bitter und flucht: "Verdammt, die Jungs fehlen uns an allen Ecken und Enden!"

Vicente schluchzt: "Tommy, die haben Sehnsucht nach dem Dorf."

"Heimweh", erklärt Lang.

Ich fahre mir frustriert durch das Haar.

Tante Edin versucht die Stimmung mit Zweckoptimismus aufzubessern: "Nun kommt mal runter. Die junge Erzieherin ist doch nett. Die sind gut versorgt im Kinderheim und so lange kann das ja wohl nicht mehr dauern, bis Eure Jungs zu

Euch zurückdürfen." Sie richtet sich an den Attorney: "Sir De Baron, wie lange darf das BSWD die Kinder festhalten?"

De Baron, erstaunt angesprochen zu werden, erwidert: "Nun stellen wir erst einmal den Antrag zur Niederlegung aus Mangel an Beweisen. Wenn dem stattgegeben wird, gehen Thomas Heger und die Kinder sofort nach Hause."

"Und wenn nicht?", ruft Ernesto ein wenig zu aggressiv.

Attorney De Baron schaut erneut irritiert auf seine Armbanduhr.

Der Kagawad Jacub Castro antwortet für den Attorney: "Sie verbleiben so lange im Kinderheim des BSWD, bis die Kinder vor Gericht ausgesagt haben. Das ist normal in diesen Fällen."

Vicente ruft spitz: "Sodass das BSWD genug Zeit hat, um den Kindern das Gehirn zu waschen!"

Ein Raunen geht durch die Gruppe.

Mir ist, als schlage man mir zum wiederholten Male in den Magen.

De Baron räuspert sich und nickt: "Ja, so ist es, bis die Kinder vor Gericht ausgesagt haben, verbleiben sie wohl im Kinderheim."

Romolo fragt sofort: "Wann wird das sein, Attorney?"

Matthey will das ebenfalls wissen: "Wie lange dauert das?"

Der Attorney streicht sich über das pomadige Haar: "Bis die ersten Zeugen, das wären hier die Kinder, in einem Gerichtsprozess aussagen können, muss man mit mehreren Monaten rechnen. Ich veranschlage so zwei bis drei Monate."

Erneut geht ein Raunen durch die Gruppe. Rica ist empört: "Drei Monate? Sie erzählen uns tatsächlich, dass unsere Söhne noch drei Monate im Kinderheim bleiben?" Nun weint Rica. Tante Edins Töchterchen reicht Rica ihr rosafarbenes Kindertaschentuch. Rica nimmt es tatsächlich entgegen und tupft sich Tränen aus den Augenwinkeln.

Bevor das Thema außer Kontrolle gerät, fragt Attorney De Baron schnell: "Sie waren tatsächlich bei Escandor, dem Oberstaatsanwalt? Na, Sie sind ja mutig!"

"Mutig oder dumm", antwortet der Kagawad frustriert.

"Haben Sie etwas erreicht?", fragt De Baron neugierig.

"Nein!", ruft Ernesto hart. "Das hätten wir uns gut und gerne sparen können! Aber wir fragen uns alle, wo sind Sie gewesen?"

Die Stimmung im Raum wird wieder aggressiver. Attorney De Baron antwortet knapp: "Verhindert! Das ist aber auch alles ein wenig kurzfristig gewesen. Entschuldigen Sie mich, aber ich muss um 15:30 Uhr im Gericht sein." An mich gewandt, sagt er schnell: "Machen Sie sich keine Sorgen, Mr. Heger, es ist nur eine Frage der Zeit, wann Sie entlassen werden. Bleiben Sie geduldig! Und ich muss es einmal sagen, Sie machen das bisher ganz hervorragend hier in der Polizeistation."

'Was will er damit sagen?', brodelt es in mir.

Der Attorney eilt durch das Büro, nickt Officer Sarang zu und will gerade die Tür öffnen. Doch Lang hält ihn auf: "Attorney, Sir, Ma'am Solano hat da etwas Merkwürdiges angedeutet. Sie hat gesagt, es wäre besser gewesen, wir hätten Tommy angezeigt und wir sollen uns das von Ihnen erklären lassen. Also, was meint sie damit?"

Der Attorney fragt ungläubig zurück: "Hat sie das? Hat Ma'am Solano das tatsächlich zu Ihnen gesagt?"

"Ja!", ruft Rica spitz. "Ma'am Solano hat uns das schon vor längerer Zeit vorgeschlagen."

'Komisch', fällt es mir plötzlich siedend heiß ein. 'Ma'am Papillio und auch der erste Attorney, dieser Pizarro, haben das ebenfalls beiläufig erwähnt. Sie sind aber niemals näher darauf eingegangen, geschweige denn haben erklärt, warum.'

"Tommy, wir zeigen Dich nicht an!", keucht Mik-Mik heiser.

Marie-Ann stöhnt: "Niemand aus der Taslig-Familie zeigt Dich an, Tommy!"

Ihre Tochter Vicente weint jetzt ungehemmt: "Niemals, nein, wir zeigen Dich nicht an."

Auch Romolo und sein Bruder Richard sind außer sich: "Von unserer Familie zeigt Dich keiner an, Tommy!", schreit Romolo.

Lang bleibt gefasst und lässt nicht locker: "Attorney, warum erzählt Ma'am Solano vom Jugendamt das?"

In diesem Moment ertönen die ersten Akkorde der Melodie der Band Queen "I want to break free" in De Barons Aktentasche.

Ich fasse mir an den Kopf und denke: 'Das kann alles nicht wahr sein.'

Entgeistert schaut De Baron nun auf das Display, nimmt den Anruf entgegen und flucht los: "Ja, verdammt, ich bin ja schon auf dem Weg! Der Besitzer des Grundstückes wartet schon im Office? Neue Beweise? Okay, ich komme." Er schaut sich gehetzt und erstaunt um, als kenne er uns überhaupt nicht: "Mr. Heger, meine Damen und Herren, sorry, aber ich habe einen dringenden Termin." Die Bürotür knallt und schon ist er aus der Tür hinaus. Was bleibt, ist ein Hauch von seinem Aftershave.

"So kennt man ihn", kommentiert Ernesto trocken. Alle schütteln die Köpfe.

Tante Edins Töchterchen auf Mamas Arm tätschelt Vicentes Wange: "Nicht weinen, Tante Cente."

In mir brodelt es: 'Verdammt, was soll das bedeuten: die Eltern sollen mich anzeigen?' Während ich darüber nachdenke, warum alle darüber reden, aber niemand den Grund dafür ausspricht, beobachte ich, wie der Kagawad wie ein begossener Pudel zum Officer Sarang schleicht und mit dem ein paar leise Worte wechselt. Dann begeben sich beide zur Sitzecke und setzen sich mir gegenüber. Auch alle anderen versammeln sich um uns. Der Kagawad spricht leise: "Tommy, hätten Dich die Eltern angezeigt, hättest Du mit den Eltern in Verhandlungen treten können."

"Wie das in solchen Fällen bei uns oft auf den Philippinen gehandhabt wird. Probleme werden mit Geld gelöst", ergänzt Officer Sarang.

Ich bin sprachlos. Gut, dass ich sitze, sonst würde ich vor Schwindel auf der Stelle umfallen. Ich kneife fest die Augen zusammen und schüttle den Kopf. Mir schnürt es die Kehle zu und ich bin nur zu wenigen Worten fähig: "Warum, warum sagt mir das keiner? Attorney Pizarro hat das angedeutet und Ma'am Papillio hat das auch beiläufig erwähnt."

"Es wundert mich sehr, dass Ma'am das überhaupt vor Ihnen angedeutet hat. Da wollte sie wohl eine Brücke bauen. Das ehrt Sie, Mr. Heger!", antwortet Officer Sarang erstaunt.

Der Kagawad sieht schlecht aus, er keucht: "Es hätte niemand ahnen können, dass das BSWD Dich sofort anzeigt."

"Ich mache Euch doch gar keine Vorwürfe und schon gar nicht Dir, Kagawad." Meine Kehle ist trocken und meine Stimme klingt kratzig. Mir dämmert es und ich ahne die Antwort. Dennoch stelle ich die Frage: "Aber was bedeutet denn das?"

"Das bedeutet, dass Sie, Mr. Heger, den Eltern einen Betrag ausgezahlt hätten und die Sache wäre aus der Welt, weil dann die Eltern ihre Anzeigen gegen Sie zurückgezogen hätten. Ganz einfach! So ist es auch beim Amerikaner gelaufen." Nun redet Officer Sarang so leise, dass nur sein nahes Umfeld ihn verstehen kann. "Gut, das BSWD hat natürlich mitverdient und der Staatsanwalt ist auch ein sehr armer Mann und freut sich über jede Zuwendung. Letztes sage ich aber nur unter der Hand, Mr. Heger! Nur unter vorgehaltener Hand!"

Vicente, Marie-Ann und Marielou weinen. Auch Rica und Lang schluchzen. Nur Tante Edin ist gefasst.

Anklagend und laut weint plötzlich Vicente los: "Wir wollen kein Geld von Dir, Tommy und wir zeigen Dich nicht an!"

Mik-Mik herrscht seine Frau an: "Sei doch mal still, Vicente."

Ich weiß nicht, was ich denken soll und krächze: "Und nun?"

"Nun haben Sie das Jugendamt vom BSWD am Hals und die werden Sie so schnell nicht los. Mr. Heger, Tommy, ich will es klar sagen, aber eine außergerichtliche Einigung mit Geldbeträgen ist nun so gut wie ausgeschlossen."

"Scheiße!", rufe ich aufgebracht. "Verdammte Scheiße, aber ich bin doch unschuldig!"

Officer Sarang redet beruhigend auf mich ein: "Nun verzweifeln Sie nicht, Tommy. Es spricht doch vieles für Sie! Beweisen Sie Ihre Unschuld vor Gericht. Nehmen Sie den Kampf auf, rüsten und verteidigen Sie sich. Eine starke Mannschaft steht hinter Ihnen. Sie befinden sich nun im Krieg, Mr. Tommy."

Trotz meines inneren emotionalen Chaos entgeht mir nicht, wie der Officer während seiner hitzigen Ansprache von Mr. Heger, zu Tommy und dann zu Mr. Tommy wechselt: "Im Krieg? Und die fünf Jungs im Kinderheim sind Kriegsgefangene?"

Der Officer schweigt. Auch der Kagawad und alle anderen schweigen. Nur Tante Edins Töchterchen brabbelt ununterbrochen vor sich hin.

Officer Sarang stellt mir eine kleine Flasche Wasser hin, die ich in einem Zug leere. Ich weiß nicht, was ich denken soll. In meinem Kopf herrscht plötzlich eine angenehme Leere. 'Kann es noch dümmer laufen?', durchzuckt es mich wie ein Blitz. Ich sehne mich zurück nach meinem Zuhause. Möchte auf meiner gemütlichen Eckcouch liegen. Im Rücken und vor dem Bauch habe ich dicke Kissen. Mit der Fernbedienung in der Hand, faul und im Halbschlaf, zappe ich alle Sender durch. Auf der Couch unterm Dachfenster. Innerlich seufze ich: 'Die Welt kann so schön und friedlich sein. Nun befinde ich mich mitten in einem Krieg! Im Krieg, wie absurd!'

Kagawad reißt mich aus meinen Tagträumen: "Tommy, es tut mir leid, aber wir müssen los. Der Fahrer möchte nur ungern im Dunkeln fahren."

"Ja, klar, Kagawad, dann vielen Dank für alles, für das Organisieren und den Jeepney und so."

Tante Edin stößt Kagawad leicht in die Rippen. Der ringt nach Worten. Schließlich brummt er: "Tommy, sorry, aber das Geld für den Jeepney, Diesel und dann habe ich auch das Frühstück bezahlt."

Ich starre den Kagawad wohl einige Sekunden zu lange an und doch sehe ich niemanden.

"Tommy?", dringt es wie aus Watte zu mir durch.

Ist es die Wut, ist es die Verzweiflung oder ist es die Ohnmacht, ich weiß nicht warum, aber mir werden die Augen feucht. Ich huste hektisch, um die Tränen zu vertuschen und stöhne: "Ja, gut, Kagawad, na klar. Ich dachte doch, ich hätte Franco schon 10k für alles gegeben. War wohl ein Missverständnis."

Officer Sarang stellt noch ein Wasser hin. Woher holt er nur all die Flaschen? Ich kippe es sofort hinunter. Am liebsten würde ich mich jetzt in einem rostigen Barrelölfass im Mineralwasser ersäufen. Selbstmord mit Waterboarding. Irgendwie ist mir das alles gerade zu viel. Nun grinse ich mit einem irre verzerrten Gesicht und Kagawad fragt erneut besorgt: "Tommy, ist alles okay?"

Alle Frauen, die Väter, die Besucher und die drei Teenager reden nun gleichzeitig. Es prasselt auf mich ein: "Verliere nicht die Hoffnung! Bete! Denke an Deine Familie in Deutschland! Niederlegung der Fälle aus Mangel an Beweisen! Unschuldig, Kaution. Kämpfe, Tommy, kämpfe! Das Dorf wartet. Strandfete, Amen!"

Mein Kopf schmerzt und ich bin genervt. 'Es reicht', denke ich, aber ich zwinge mich, ruhig zu bleiben und nicht laut zu explodieren, denn ich befinde mich in Asien und wer hier die Contenance verliert, verliert das Gesicht. Nachdem ich die Hand gehoben habe, ist es augenblicklich still im Raum.

Zurück in der Realität frage ich Kagawad: "Wie viel hat Dir denn Franco gegeben?"

Kagawad antwortet nicht.

"Egal, wie viel braucht Ihr?"

"Zusammengerechnet wären 7k okay, Tommy."

"Marielou, würdest Du bitte mit den Teenagern zum Automaten gehen? Ziehe 20k. PIN weißt Du noch?"

Marielou flüstert mir meine PIN ins Ohr. Ich bestätige.

Rica und Lang, Vicente und Mik-Mik wollen in Tugalm City bleiben. Auch der Kagawad bleibt über Nacht. Er erzählt etwas von einem Hotel, das nur 400 Piso die Nacht kostet. Dort können auch Mik-Mik und seine Vicente bleiben. Ich weise Marielou an, doch gleich dreimal 10k zu ziehen.

14.07. Wut!

Die Gruppe aus dem Dorf brach gegen 16 Uhr auf. Neben den 7.000 Piso für den Jeepney drückte ich auch noch jedem Besucher 500 Piso als Dankeschön in die Hand. Die Teenager Silas, Mikel-Loy und Jonathan steckten sich - breit grinsend - jeweils 250 Piso in ihre Taschen. Dann gab ich noch Beträge an den Kagawad und Mik-Mik mit seiner Vicente, denn sie wollen im billigen Hotel übernachten. Die Mütter Rica und Lang bekamen 2.000 Piso, auch für das Essen der Kinder im

Kinderheim morgen. Der Abschied war unkompliziert und mit Ausnahme von Marie-Ann emotionslos, denn sie musste unbedingt noch ein Gebet sprechen, bevor dann die Besucher das Büro vom Officer Sarang verließen. Zum Schluss schienen alle erleichtert zu sein, dass dieser unerfreuliche Besuchstag beendet war.

Lange habe ich es nicht im Büro vor dem Fernseher ausgehalten. Zu viel ist mir durch den Kopf gegangen und ich habe mich nicht auf das TV konzentrieren können. Officer Sarang ist bei einer dieser billigen Shows hängengeblieben, einem Singwettbewerb. Ohne Tonlagen halten zu können und mit dünnen Stimmchen, glauben die aufgedonnerten Filipinas, ihr lautes Schreien und Kreischen sei professionelles Singen. Von diesem üblen und schrägen Gejohle habe ich schnell Kopfschmerzen bekommen. Dann hat eine der Armeleutestars auch noch "My Heart Will Go On" von Celine Dion angestimmt. Das ist dann der Tropfen gewesen, der das Fass zum Überlaufen gebracht hat. Bevor mir übel geworden wäre, habe ich den Officer um 17:30 Uhr gebeten, mich in die Zelle zu bringen. Über die vielen grausamen Tatsachen, die heute sukzessive für mich ans Licht gekommen sind, haben der Officer und ich kein Wort mehr verloren. Ein Gespräch habe ich aber auch nicht gesucht.

Hinter mir quietscht die Zellentür und das Schloss knackt beim Abschließen. Officer Sarang wünscht mir eine gute Nacht, verschließt auch das Tor des Drahtzauns und verschwindet in die Abenddämmerung. Eine Dose mit

Hühnerteilen, die verknotete Tüte mit Brötchen und die drei Literflaschen mit Mineralwasser verstaue ich auf dem oberen Bett.

Wieder im dunklen, stickigen Loch überfällt mich sofort die Einsamkeit. Nun stehe ich an der Zellentür, kralle die Hände um die rostigen Gitterstäbe, presse die Stirn dagegen und starre auf die verwitterte Gebäudewand der Polizeistation. 'Was würde ich dafür geben, meine geliebte Musik hören zu können', denke ich. 'Tangerine Dream oder etwas von Pink Floyd. Gemeinsam mit einem Gläschen Rotwein auf der Couch entspannen und runterkommen. Stattdessen bin ich wie ein Tier unter menschenverachtenden Bedingungen weggesperrt.' Die sentimentalen und blöden Gedanken werden sofort von den heutigen Ereignissen verdrängt.

"Verdammter Mist, dümmer kann es gar nicht sein! Warum geben mir alle nur unvollständige Informationen? Warum erkenne ich die Zusammenhänge nicht?", rufe ich in den Abend.

Die Reaktionen aus den anderen Zellen sind Gemurmel und auch das "Hey, Joe!"

Leise rede ich weiter vor mich hin und raufe mir dabei wild die verschwitzten Haare. "Ma'am Papillio und auch Attorney Pizarro haben in Nebensätzen angedeutet, dass die Eltern mich anzeigen sollen. Aber ich Idiot habe es nicht kapiert, habe das als schlechten Scherz abgetan. Und selbst die Eltern haben nicht erzählt, dass diese merkwürdige Sozialarbeiterin erwähnt habe, dass die Eltern mich anzeigen sollen. Warum erfahre ich das erst heute?"

Ich grüble und zermartere mir das Gehirn: 'Da sind nur diese verdammten Nebensätze zu Anzeigen der Eltern gegen mich gewesen. Und ich habe eins plus eins nicht zusammenzählen können! Wie auch? Solche Wege wären in Deutschland vollkommen undenkbar: mit vier Eltern in Verhandlungen treten, um angebliche Missbrauchsgeschichten aus der Welt zu schaffen. Dieser Weg ist doch vollkommen abstrus. Ohne explizit darauf hingewiesen zu werden, würde mir nicht im Entferntesten der Lösungsansatz "Korruption" in den Sinn kommen.

Ich zische in die Dämmerung: "Verdammt, ich bin unschuldig!"

Das Grübeln setzt wieder ein: 'Aber unschuldig oder nicht, das interessiert hier absolut niemanden. Um Schuld geht es nicht. Das war schon bei der Verhaftung mit der erniedrigenden öffentlichen Zurschaustellung klar. Es geht nicht um Gerechtigkeit für angebliche Opfer oder mutmaßliche Täter. Es geht um lautes Spektakel, Medienrummel, Profilierungssucht diverser Personen und natürlich um das Geld.'

Erneut rufe ich in die Nacht: "Wo bin ich nur hineingeraten? Das kann doch nicht sein? Lasst mich gehen, ich bin unschuldig!"

Aus den anderen Zellen vernehme ich Kommentare auf meine Ruhestörungen. Da in Visayan geflucht wird, verstehe ich kein Wort.

'Was ist nur mit Franco los?', frage ich mich und bemerke, wie sich meine Herzfrequenz beschleunigt und mir das Blut in das Gesicht steigt. 'Warum stiehlt er Geld?' Enttäuschung und Wut kochen hoch. Nun kommt mir auch noch der Attorney De Baron in den Sinn: 'Der hätte Verhandlungsmöglichkeiten mit den Eltern andeuten oder zumindest als Alternative ansprechen müssen.' Sein hohles Geschwafel erklingt in meinen Ohren: 'Er kenne sie alle! Alle wichtigen Personen bei der Polizei, dem Gericht und dem Jugendamt BSWD. Da könne er etwas unter der Hand regeln.'

Die Wut steigert sich, aber noch rüttle ich nur leicht an der Gittertür, sodass das Schloss leise gegen den stählernen Riegel schlägt. Erneut zische ich: "Scheiße, das kann doch alles nicht sein!" Doch jetzt bricht die ganze Frustration, die Verzweiflung und die Wut heraus. Ich explodiere. Wild und unkontrolliert trete und schlage ich mit den Füßen und den Fäusten gegen die Zellentür, sodass es knallt und laut scheppert und brülle wie von Sinnen: "Scheiße, so eine blöde Scheiße! Hey, lasst mich sofort hier raus! Wer gibt Euch das verdammte Recht, mich wie ein Tier einzupferchen? Ich bin unschuldig!"

Das Echo der anderen Zellen folgt sogleich: Es wird scheinbar mit allem Metallischen gegen die Gitterstabtüren geschlagen, was zu finden ist und ein lautes Jauchzen, Johlen, Gelächter und Gebrülle setzt ein. Der gleißende Scheinwerfer des Wachturms an der Schranke wird eingeschaltet und in unsere Richtung gedreht. Sofort verstummen die Zellen neben mir. Sekunden später steht der Wachmann am Zauntor, knipst seine Stabtaschenlampe an und blendet mich: "Alles okay, Mister German?"

"Alles okay, Sir", keuche ich und wische mir den Schweiß von der Stirn. Das T-Shirt klebt am Rücken und ich reibe meine schmerzenden Fäuste auf meinem Bauch.

In Richtung der anderen Zellen flucht der Wachmann wüst, laut und aggressiv. Ich verstehe nichts, da er Visayan spricht. Dort ist es jetzt mucksmäuschenstill. Kein Lachen und Gejohle, kein Räuspern, kein Husten, kein Seufzen oder Stöhnen.

Die Taschenlampe erlischt. Ich greife eine Wasserflasche, setze mich auf das marode Bett, nehme einen tiefen Schluck und wiederhole leise: "Alles okay, Sir, es ist alles okay!"

[Ende 14. Kapitel und dreizehnter Tag in Haft - Freitag]

15. Kapitel - Samstag

15.00. Der nächste Schock

Was für eine schreckliche Nacht! Ich konnte kaum Schlaf finden und schon gegen vier Uhr habe ich eine Plastiktüte hernehmen müssen, um darin mein Geschäft zu verrichten. Gut verknotet ist sie dann in die gleiche Richtung an der Gebäudewand entlang geflogen - wie die Tüten an einigen Tagen zuvor.

Dann habe ich doch noch zwei Stunden schlafen können. Jetzt um 6:30 Uhr stehe ich an der Zellentür und warte wieder einmal, dass etwas passiert. Die Seiten der Hände und die kleinen Finger sind von den Faustschlägen gegen die Zellentür gestern Abend ein wenig gerötet und schmerzen leicht. Ungeduldig spähe ich und wünsche mir so sehr, dass der nette

Officer Sarang kommen wird und wir gemeinsam frühstücken werden. 'Hoffentlich sind die Officers wegen des gestrigen Spektakels jetzt nicht mir gegenüber reserviert', denke ich mit Unbehagen und sinniere weiter: 'Ich darf meine privilegierte Behandlung durch die Officers mit solchen Aktionen nicht in Frage stellen. Ständig in diesem Loch eingesperrt zu sein, würde ein Leben hier unerträglich machen. Selbst das Benutzen von Handy und Laptop könnte ich damit gefährden.' Ich setze mich auf das Bett und bin voller Scham, Sorge und Ärger. Schlimmer als meine Lebenssituation in der Polizeistation sind aber diese unsägliche Geschichte, die sich bisher täglich verschlimmert hat und in den Strafanzeigen endete und das ganze Drumherum:

- Das Verbrennen von Geldbeträgen.
- Die Kinder sind weiterhin im Kinderheim.
- Dieser Attorney De Baron erweist sich als Fehlgriff.

Die Eltern Restito und Barcella gehen merklich auf Distanz zu mir.

Den gestrigen Besuchstag der Eltern und der Freunde aus dem Dorf würde ich als Reinfall bezeichnen. 'Verdammt, wie kann ich den Gordischen Knoten möglichst schnell lösen?' Das Zerbrechen des Kopfes beende ich wie fast immer ergebnislos.

Ich höre Schlüsselgeklimper am Zauntor und einen fröhlichen Officer Sarang rufen: "Guten Morgen, Mr. German, haben Sie gut geschlafen? Mir ist zu Ohren gekommen, dass es hier gestern Abend etwas lauter gewesen sein soll?"

Ich drehe die geröteten Stellen an den Händen verschämt aus Sarangs Blickfeld, denn mein Ausraster ist mir nun furchtbar peinlich. 'Aber andererseits ist ja nichts kaputtgegangen', resümiere ich und bin erleichtert, da das Lärmen wohl keine Konsequenzen nach sich ziehen wird. Diese wunderbaren Geräusche des knackenden Schlosses und das Quietschen der Zellentür beim Öffnen erfreuen mich.

"Gehen Sie erst einmal duschen, Mr. Tommy, ähm, Mr. Heger. Sie werden sich freuen, denn Ihre treuen Freunde warten schon auf Sie und haben ein kräftiges Frühstück mitgebracht!"

Vicente umarmt mich zur Begrüßung wild und herzlich. Mik-Mik und Kagawad reichen mir nur die Hände. Ich fühle mich nun bedeutend besser, da ich frisch geduscht und im Kreise meiner Freunde bin. Tatsächlich gibt es heute keine süßen Brötchen, sondern eine kräftige Hühnersuppe mit Reis. Natürlich trinken wir den zuckersüßen Instantkaffee dazu.

Wir speisen seit einigen Minuten, da fragt unvermittelt Kagawad Jacub Castro: "Sir Sarang, wie geht es denn nun weiter mit unserem Tommy?"

Überrascht blicke ich von meiner Suppe auf.

Officer Sarang antwortet freimütig: "Kommende Woche wird Tommy in das Stadtgefängnis verlegt. Ma'am Papillio hat beim Gefängnisdirektor, schon ein gutes Wort für ihn eingelegt. Er wird in der Zelle der Trustees sogar ein eigenes Bett bekommen."

Geschockt frage ich hastig: "Nächste Woche ins Stadtgefängnis? Was sind Trustees? Was bedeutet das, Sir?"

"Das sind die Häftlinge mit besonderen Aufgaben wie zum Beispiel Auf- und Zuschließen der Zellen, Reinigen des Gefängnisses, Küchenarbeit, Bürohilfe und so weiter. Die Zelle der Trustees wird - meines Wissens - nie verschlossen."

In mir steigt die Panik hoch: "Officer", keuche ich, "kann mein Attorney da etwas tun, sodass ich noch in Ihrer Polizeistation bleiben kann?"

"Dort im Stadtgefängnis ist es allemal bedeutend besser als hier. Wenn der Direktor Sie als Trustee akzeptiert - und das wird er sicherlich tun - können Sie sich dort frei auf dem Gelände bewegen."

Die Angst vor dem Neuen und dem Ungewissen ergreift mich. Ich flehe: "Aber kann ich nicht doch noch hier bleiben? Ich meine, nur solange bis die Kaution entschieden ist, Sir?"

"Nein, so will es das Gesetz! Nach vierzehn Tagen in der Polizeistation müssen Sie in das Stadtgefängnis verlegt werden. Heute ist Samstag und morgen sind Sie schon volle vierzehn Tage hier. Also Montag oder Dienstag werden wir Sie dort hinbringen. Aber machen Sie sich keine Sorgen, Mr. Heger. Dort ist es wirklich sehr viel besser als hier."

Ich bin keineswegs beruhigt und habe den Appetit verloren.

Vicente fragt besorgt: "Können wir Tommy dort besuchen?"

Nach einem tiefen Schluck Kaffee antwortet Sir Sarang: "Ja, natürlich! Außer am Montag, denn Montag ist Ruhetag. Soweit ich das weiß, ist die Besuchszeit jeden Tag ab dreizehn Uhr. Samstag und Sonntag sogar schon ab neun Uhr."

"Tommy, dann können wir Dich doch oft besuchen und Du bist nicht so alleine in der Zelle!", freut sich Mik-Mik.

Ich bin besorgt und unruhig, denn ein sicherlich total überfüllter philippinischer Knast ist die absolute Horrorvorstellung für mich und was soll es dort schon Gutes geben?

Es klopft an der Bürotür und die wird dann auch ohne Aufforderung geöffnet. Der Wachmann von der Schranke tritt in das Büro. Hinter ihm befinden sich zwei ernst blickende Deutsche und ein freundlich lächelnder Filipino mit glänzender Vollglatze. Die Deutschen überragen den Filipino um mindestens zwei Kopflängen.

15.01. Zwei Deutsche und ein Filipino

Was für eine Überraschung! Wolfgang Schmidt, Frank Matschulat und ein mir unbekannter Filipino betreten Officer Sarangs Büro. Kagawad Jacub Castro springt auf, er scheint den Einheimischen zu kennen, denn sie begrüßen sich wie alte Freunde. Mik-Mik und seine Vicente rücken auf der Bank aus Bambusrohr eng in eine Ecke und machen so Platz für den über zwei Meter großen Frank und den Filipino. Beim Setzen begrüßen wir uns kurz. Wolfgang Schmidt lässt sich auf einem flachen Bambusstuhl nieder, legt einen Schlüsselbund auf den Tisch und ich verstehe, dass er der Fahrer der Dreiergruppe ist. Jacub ist immer noch hocherfreut und stellt den Herrn mit Glatze vor: "Tommy, das ist Attorney Andrada Rodjenn Miomoto Tensung aus Sendong City."

Der lustig klingende lange Name des Attorneys zaubert mir ein Lächeln ins Gesicht. Er wird etwa so alt wie ich sein, schätze ich: Also etwa Ende vierzig. Dabei ist er nur circa einen Meter und fünfundsechzig Zentimeter groß, wiegt aber offensichtlich nicht sehr viel weniger als ich.

Der Attorney erhebt sich ein wenig, reicht mir die Hand zum Gruß und teilt mit einem breiten Grinsen mit: "Nennen Sie mich einfach Attorney Tensung. Ich habe japanische Wurzeln."

'Dass er meine Gedanken errät, macht ihn sympathisch. Aber vielleicht reagieren viele so wie ich auf seinen Namen', überlege ich.

Ich freue mich über den überraschenden Besuch: "Nett, dass Ihr gekommen seid!" Wir unterhalten uns in Englisch, sodass die Filipinos verstehen, was gesprochen wird.

Der Attorney blickt zu Vicente: "Sind Sie nicht die Tochter von Kommandeur Tanio? Der inoffizielle Rebellenführer der kommunistischen New Peoples Army?"

Vicente erscheint verlegen: "Ja, das war mein Vater", antwortet sie traurig.

"Ihr Vater war ein wirklich hochgeachteter Bürger unserer Stadt. Natürlich vermutete man seinerzeit nur, dass Ihr Vater ein Rebellenführer und Kommandeur sei. Beweise dafür gab es keine. Traurige Geschichte, wie er damals bei einer dieser unsäglichen Säuberungsaktionen sein Leben lassen musste."

"Er, Sir, sein Bruder und zwei Weitere wurden brutal mit einem Maschinengewehr erschossen!" Vicentes Stimme ist nun hart.

"Ich war zu der Zeit als junger Berufsanfänger in Attorney Paternestos Law Office beschäftigt und hatte mit dazu beigetragen, den Officer der Polizei - wenn ich mich recht erinnere, war er sogar ein Major - der die Tat beging, hinter Schloss und Riegel zu bringen. Inzwischen habe ich mein eigenes Law Office."

"Attorney, ich war damals erst vier Jahre alt. Ich kann mich eigentlich an nichts erinnern. Aber der Schmerz meiner Mutter und auch der Schmerz der Familie meines Vaters halten bis heute an. Meine Mutter weigert sich beharrlich, mit irgendeiner staatlichen Behörde zusammenzuarbeiten." Sie schaut mit einem scheuen Seitenblick zu Officer Sarang, der wieder an seinem Schreibtisch beschäftigt ist und flüstert: "Wir trauen unserem Staat und vor allem der Polizei nicht. Dazu zählt auch das BSWD." Vicente schluchzt nun: "Dort, wo sich jetzt unser Sohn und die vier anderen Kinder befinden."

"An Ihre Mutter kann ich mich gut erinnern. Eine resolute Frau. Sie heißt Marie-Ann? Wie geht es ihr?"

"Sie ist okay, Sir und ist sehr mit ihren Enkeln beschäftigt."

"Das sind alles sehr üble Geschichten", nickt mir Wolfgang Schmidt mit starrer Miene und der Hand am Kinn zu und führt aus: "Attorney Tensung hat mich schon in einigen Dingen zu meinem Handelsunternehmen gerichtlich und als Notar vertreten. Ich hörte, Du bist hier an einen Rechtsverdreher mit sehr zweifelhaftem Ruf geraten? Wer hat Dir denn den empfohlen?"

"Den hat der Junge aus dem Dorf angepriesen. Er ist aus der Nachbarschaft und ich unterstütze ihn bei der Schulausbildung."

"Franco Taslig", unterbricht Frank Matschulat sein Schweigen, wickelt knisternd einen weißen Bonbon aus und schiebt ihn sich in den Mund.

"Ja, genau, Franco! Wie geht's im Dorf? Mit Deinem Haus ist alles okay, Frank?"

"Keine Sorge, mit dem Haus ist alles schön. Nur wegen Deiner kruden Story sind alle im Dorf etwas aufgekratzt. Mannomann, Thomas! Mit fünf Äffchen im Hotel?"

Ich bin kurz perplex und will gerade antworten, aber da wird Mik-Mik unruhig und nutzt die plötzliche Stille: "Tommy, ist das okay für Dich? Wir besuchen die Jungs jetzt im Kinderheim und kaufen später das Mittagessen für uns alle?"

Kagawad Jacub Castro räuspert sich: "Ich würde gerne etwas Geschäftliches im Fruchtgroßmarkt erledigen, wenn ich schon einmal hier in Tugalm City bin."

"Ja, natürlich, Mik-Mik, hier sind 2.000 Piso. Kauf den Kindern Bonbons und Schokolade und bringt Essen für uns mit. Am besten gegrilltes Hühnchen!"

-★-

Die Drei verlassen das Büro und wir führen unser Gespräch fort.

Der Attorney aus Sendong City schaut mich nachdenklich an: "Gefährliche Geschichte, Mr. Heger. Die Anzeigen sind schon gestellt und wurden ihnen verlesen?"

"Ja, leider! Ich wurde deshalb extra zum Staatsanwalt gebracht. Einer der schwärzesten Momente in meinem Leben."

"Oberstaatsanwalt Escandor?"

Ich nicke nur.

"Das ist ein harter Hund."

"Das habe ich bemerkt, Sir. Dass die Eltern dort auch nicht gerade glücklich gewesen sind, ist mir nicht entgangen. Sie haben sich über den Besuch ausgeschwiegen. Das sagt eigentlich alles."

Der Attorney reibt sich das Kinn und fährt fort: "Jacub Castro hat erzählt, dass die Zeugenaussagen von den Eltern und Freunden schon angefertigt worden seien, bevor es Anzeigen gab?"

"Ja!", bestätige ich. "Das ist so gelaufen."

Attorney Tensung denkt sichtlich nach und wischt sich den Schweiß von der Stirn. Nach einigen Sekunden sagt er: "Es wäre der richtige Weg gewesen, die Anklagen abzuwarten, um dann mit den Zeugenaussagen adäquat darauf zu antworten. Solche Zeugenaussagen ins Blaue hinein zu erstellen, das ist ungewöhnlich und sinnlos. Ich denke, Mr. Heger, die Aussagen sind wertlos."

Der letzte Satz ist wie ein Nadelstich ins Fleisch: "Wertlos?", keuche ich ungläubig. "Dafür habe ich 18.000 Piso bezahlt. Das sind etwa 360 Euro!"

Frank pfeift durch die Zahnlücke und zischt: "Scheiße!"

Der Attorney ergänzt: "Man müsste die Aussagen erst einmal prüfen. Gegebenenfalls können sie verwendet werden."

Ich bin aufgebracht: "Das sind ja wieder einmal ganz tolle Neuigkeiten. Kann auch einmal irgendetwas vernünftig und korrekt laufen?"

Wolfgang räuspert sich: "Tommy, deshalb schlagen wir Dir vor, Dich von Attorney Tensung vertreten zu lassen und diesem Attorney De Baron zu kündigen."

"Aber ich habe dem De Baron schon 115.000 Piso in den Hintern geblasen. Verdammt, das sind ja etwa 2.300 Euro! Von den von Dir, Wolfgang, überwiesenen 120k sind nur noch 5k Piso übrig."

"Lieber ein Ende mit Schrecken als ein Schrecken ohne Ende", stellt Frank fest und schiebt sich den zweiten Bonbon in den Mund. Das macht mir meine trockene Kehle bewusst. Ich frage Officer Sarang: "Officer, haben Sie noch Kaffee?"

"Kein Problem, Mr. Heger. Ich lasse welchen kommen." Er telefoniert kurz und nur Sekunden später gebe ich einem sehr jungen Officer Geld für Getränke.

Auch Wolfgang bringt ein typisch deutsches Sprichwort zum Thema Attorney: "Tommy, wie man sich bettet, so liegt man." Ich habe Zweifel, dass Attorney Tensung die deutschen Redensarten, die ins Englische übersetzt sind, versteht.

Ich entscheide mich sofort: "Ist okay, Wolfgang! Heute Abend kann ich Handy und Computer benutzen. Attorney De Baron wird eine SMS von mir bekommen: Sorry, aber Sie sind nicht länger für mich tätig." Ich reibe mir die Augen: "Aber da gibt es zuvor noch Dinge zu klären."

"Fragen Sie alle Ihre Fragen!", ermuntert mich Attorney Tensung.

"Was ist mit Attorney Paternesto? Hatte der nicht Interesse?"

"Attorney Paternesto ist schwer mit einem neuen Fall beschäftigt. Ein Radiomoderator hat über den Major der Polizei in Sendong City im Radio in übelster Weise hergezogen. Na ja, eigentlich hat er nur die Wahrheit ausgesprochen, die sonst niemand in den Mund nimmt. Es geht um Korruption und fingierte Straftaten zu Drogendelikten, die als Konsequenz natürlich in Verhaftungen endeten. Eine heikle Sache, Mr. Heger. Das benötigt die gesamte Kapazität des Attorneys. Nun ist er damit beschäftigt, den Radiomenschen so schnell wie möglich auf Kaution freizubekommen."

"Denken Sie, ich könnte auch auf Kaution freikommen?"

"Wenn Sie mich beauftragen, Mr. Heger, werde ich die Akten studieren und erst danach kann diese Frage beantwortet werden."

"Was ist denn mit der Anreise aus Sendong City, wenn Sie für mich im Gericht oder anderweitig hier in Tugalm City tätig werden? Wie hoch sind Ihre Acceptance Fee und Ihr Satz bei Gerichtsterminen oder wenn Sie Dokumente - wie zum Beispiel Anträge bei Gericht oder Zeugenaussagen - erstellen müssen?"

Der Attorney streicht sich mit einem kleinen Tuch über die Glatze: "Okay!", antwortet er langsam und führt aus: "Anträge bei Gericht und Zeugenaussagen kosten pauschal 2.000 Piso. Gerichtstermine verbuche ich mit 4.000 Piso. Wir können es so vereinbaren, Mr. Heger, dass Sie mir anstatt 4.000 Piso 5.000 Piso für einen Gerichtstermin zahlen und ich verzichte auf die Acceptance Fee."

"Aber wäre es nicht doch besser einen Attorney hier aus der Stadt zu engagieren? Ich meine, einen Attorney, der hier in der Stadt alle kennt. Das scheint ja in Ihrem Land das Wichtigste zu sein!"

"Das und Geld", antwortet der Attorney unverhohlen.

Seine Ehrlichkeit beeindruckt mich.

Attorney Tensung erklärt: "Lassen Sie es uns so machen: wir schauen nach einem Attorney hier aus dem Ort, nachdem wir wissen, bei welchem Staatsanwalt und welchem Richter Ihr

Fall landet. Der Staatsanwalt wird übrigens ausgelost. Wussten Sie das?"

"Nein, wusste ich nicht." "Nun gut, Mr. Heger. Der Richter steht eigentlich schon fest. Hier in Tugalm City gehen alle Fälle, die in irgendeiner Weise mit Familie und Kindern zu tun haben, in die Branch - ich meine damit den Gerichtssaal - Nummer 2. Das ist der sogenannte Familybranch und dort hat Richter Carsola das Sagen. Ich weiß auch schon, welchen Attorney ich hier in Tugalm City ansprechen kann. Ein sehr guter privater Freund vom Richter."

Ich überlege nicht lange und reiche dem Attorney die Hand: "5.000 Piso pro Gerichtstermin, 2.000 Piso für Anträge und Sonstiges und keine Acceptance Fee!"

Wir schütteln uns die Hände. Zufriedenheit in allen Gesichtern. Gerade in dem Moment bringt der junge Officer Kaffee und Backwaren vom Bäcker ins Büro. Doch was ist das? Hinter dem Officer taucht Attorney De Baron im Türrahmen auf.

15.02. Bitterböse Erkenntnisse

'Das kann doch nicht sein?', hadere ich mit meinem Schicksal. 'Die ganze Zeit lässt sich Attorney De Baron nicht blicken, aber in der ungünstigsten Stunde kreuzt der Typ hier auf!' Ich springe vom Stuhl, haste in großen Schritten durch das Büro, vorbei am verdutzten Officer, der den Kaffee hält, und zerre Attorney De Baron auf den Flur. Sofort taucht

Officer Sarang mit panischem Blick auf. Er muss glauben, ich unternehme einen Fluchtversuch.

"Attorney!", ich will es kurz machen. "Sie vertreten mich nicht länger."

De Baron verbirgt wohl hinter dem stehenden Lächeln seine wahren Emotionen. Nur im linken Augenwinkel zuckt es. Er schaut mich mit starrem Blick an, holt unvermittelt einen Kamm aus der Gesäßtasche seiner grauen Stoffhose, kämmt sich mit der rechten Hand das pomadige Haar und hält dabei die linke Hand schützend über den Kamm.

'Komische Geste', denke ich.

Nun wirkt sein Blick spöttisch. Er zuckt mit den Schultern und antwortet: "Nun gut, wenn dem so ist."

"Es tut mir leid. Aber in der schwersten Stunde meines Lebens habe ich Sie als Beistand vermisst. Und das mit den Zeugenaussagen ist auch so eine komische Sache."

Nun brechen De Barons Emotionen doch durch. Er beginnt auf der Stirn zu schwitzen und räuspert sich: "Das wird sowieso extrem schwer, Sie aus dieser Geschichte herauszuhauen, Mr. Heger. Sie als Ausländer mit gleich fünf kleinen philippinischen Jungen in der Nacht im Hotel. Alle stürzen sich mit Freuden auf Ihre Story: Medien, Öffentlichkeit, Politiker und nicht zuletzt ist das ein gefundenes Fressen für die NGOs. Sie werden sehen, was passiert, Mr. Heger! Keine eindeutigen Aussagen der fünf Kinder?" Der Attorney lacht laut und fährt fort: "Das BSWD hat die Fantasie und die NGOs das Geld! Da wird schon ein nettes Märchen herauskommen. Ein wenig Gehirnwäsche und die Jungs erzählen Lügen vor

Gericht. Die Eltern sind bettelarm! Ein wenig Bares, ein Sack Reis, Schulausbildung auf einer Privatschule und schon sind das Ihre Freunde gewesen." De Baron lacht fies und künstlich: "Das BSWD hat es doch noch nicht einmal eilig. Die Kinder sind schon dort. 24 Stunden am Tag, Mr. Heger." Er kämmt sich noch einmal von vorne nach hinten das schon perfekt liegende schwarze Haar: "Und nun entschuldigen Sie mich. Schließlich habe ich noch andere Klienten. Ach, grüßen Sie bitte Attorney Tensung ganz herzlich von mir." Damit dreht er sich auf dem Absatz um und verschwindet grußlos im Windfang der Polizeistation.

Ich puste laut die Luft aus. Officer Sarang und ich schauen uns ungläubig an. Einerseits bin ich froh, ein Ende mit Schrecken mit diesem Attorney gefunden zu haben, andererseits bin ich zutiefst über das verstört, was der Attorney da gerade gesagt hat.

"Gehirnwäsche?", wiederhole ich gedankenverloren.

"Tommy, ähm Mr. Heger, De Baron ist wütend. Der hat dummes Zeug geredet. Gehen wir zurück ins Büro? Ihr Besuch wartet."

Beruhigen kann mich der Officer nicht.

Beim Setzen stoße ich erneut laut die Luft aus und stöhne: "Erledigt! Den bin ich los. Oh Gott, war der Mann wütend!"

"Kein Wunder", kommentiert der lange Frank, "dem geht jede Menge Kohle verloren." Er wickelt den dritten Bonbon aus und steckt ihn sich in den Mund.

Attorney Tensung schaut betreten beiseite.

"Hast Du noch einen Bonbon?", keuche ich und nehme einen tiefen Schluck Kaffee.

"Oh, nein, das war der letzte, sorry."

'Schönen Dank!', denke ich und der junge Officer rückt mir auf die Pelle, denn er will mir das Wechselgeld für den Kaffee geben.

"Ist schon okay", weise ich ihn ab. Er verschwindet schnell durch die Bürotür.

"De Baron hat nun sein wahres Gesicht gezeigt und Blödsinn geredet! Von Gehirnwäsche der fünf Jungen, von Geldgeschenken an die Eltern, um diese gegen mich aufzubringen und dann auch noch von diesen Organisationen und der Öffentlichkeit, die sich wie Aasgeier auf meine Geschichte stürzen."

Wolfgang stellt seinen Kaffeebecher auf die Glasplatte des flachen Tisches: "Tommy, wir sind hier auf den Philippinen. Hier ist alles möglich."

"Frank grinst breit: "Vor allem, wenn ein Ausländer involviert ist und es Kohle zu holen gibt."

Attorney Tensung schaut erneut betreten zu Boden.

Wolfgang relativiert: "Das müssen wir sehen, Tommy. Jedenfalls Glückwünsche zum neuen Attorney! Das ist ein Schritt in die richtige Richtung!"

"Attorney, ist es wirklich so, dass das BSWD den Kindern das Gehirn wäscht? Vicente hat das auch angedeutet."

"Wir müssen uns erst einmal auf das Hier und Heute konzentrieren", weicht der Attorney meiner Frage aus. "Ich besorge mir die Akten und die Anklageschrift und dann sehen wir weiter."

"Was ist mit Freikommen auf Kaution, Sir?"

"Den Antrag reiche ich so schnell wie möglich bei Gericht ein. Der Richter muss zum Antrag eine Anhörung im Gericht einberufen und der Staatsanwalt wird dazu ebenfalls befragt. Die Entscheidungsgewalt per Gerichtsurteil liegt aber nur beim Richter und der steht bis dato noch nicht endgültig fest."

"Attorney, brauchen Sie einen Betrag dafür? Wir dürfen keine Zeit verlieren!"

"Heute ist Samstag", überlegt Tensung laut und wendet sich an Officer Sarang, der wie immer an seinem Schreibtisch arbeitet: "Sir, ich bin ab sofort der gerichtliche Vertreter von Mr. Heger. Ist es möglich, Informationen zum Fall zu bekommen?"

"Leider nein, Sir. Ma'am Papillio und Ma'am Tolisan sind nicht im Dienst und die Akte ist für mich nicht zugänglich."

"Gut, okay, aber Montag?"

"Ja, Sir, sicherlich. Montag ist die Akte zugänglich."

Attorney Tensung beugt sich zur Mitte des Tisches. Wir tun es ihm gleich, da es klar ist, dass er etwas sagen wird, was der Officer nicht hören soll: "Wenn das mit der Kaution klappt, wüsste ich schon einen Weg, Sie aus dem Land zu bekommen, denn sicherlich würde man Ihren Ausweis einziehen und Ihnen das Ausreisen untersagen."

Die Hoffnung keimt in mir: "Sir, ich muss zurück nach Deutschland. Meine Familie und meine Arbeit warten."

"Frank wird unruhig: "Kaution, Kaution! Tommy, sieh es realistisch. Kein Richter auf den Philippinen wird Dir Kaution gewähren. Genau aus diesem Grund: Fluchtgefahr! Der verliert seinen Job, wenn das passiert."

"Na, wir wollen mal nicht so pessimistisch sein, Frank", antwortet Wolfgang.

Attorney Tensung erwidert: "Es gab schon etliche Ausländer, denen Kaution gewährt wurden. Zwar in anders gelagerten Fällen, aber eine Kaution wäre möglich, wenn wir es schaffen, den Richter davon zu überzeugen, dass die Beweislast sehr gering ist. Sie haben nach einem Betrag gefragt. Gut, ich muss meine Bürohilfe am Montag hierher nach Tugalm City ins Gericht und zu Ma'am Papillio schicken. Dann der Antrag zur Kaution. Also 5.000 Piso würde ich veranschlagen."

"Das ist okay!", antworte ich schnell. "Wolfgang, meine Familie hatte 5.000 Euro auf Dein Konto angewiesen. Das sind also etwa 250k Piso. Dann hatte De Baron 120k bekommen, also sind noch 130k Piso auf Deinem Konto?"

"Ja, so ungefähr. Da ging aber etwas für Überweisungsgebühren ab. Das war nicht wenig. In Summe hast Du noch etwa 122k Piso."

"Gut, Wolfgang, dann gib doch Attorney Tensung gleich 20k."

"Attorney, könnten Sie eine Liste der Ausgaben führen? So behalten wir den Überblick."

"Natürlich, natürlich!", entgegnet der Attorney schnell und fragt: "Wie lange sind Sie nun schon inhaftiert?"

"Morgen sind es volle vierzehn Tage, Sir."

"Okay, dann treffen wir uns also zum nächsten Besuch im Tugalm City Jail, dem Stadtgefängnis hier."

Wolfgang und Frank schauen fragend. "Nach zwei Wochen müssen Verhaftete in das City Jail verbracht werden, so will es das Gesetz", erläutert Attorney Tensung.

"Oder freigelassen werden!", ergänze ich sarkastisch und füge hinzu: "Hätte De Baron verhindert, dass diese Ma'am Solano vom Jugendamt des BSWD mich anzeigt, wäre ich jetzt sicherlich frei."

"Genau so verhält es sich, Mr. Heger. Jeder Attorney auf den Philippinen weiß, dass in solchen Fällen - und wenn dann auch schon Kinder dort interniert sind - die erste Adresse das BSWD ist. Normalerweise trifft man sich mit den Verantwortlichen im privaten Rahmen, zum Beispiel in einer dunklen Ecke in einem Restaurant im weit entfernten General de Santos."

"Oder in einem abgelegenen Beach Resort", wirft Wolfgang ein.

"Eine Summe und schon ist das Problem aus der Welt", weiß Frank zu berichten.

"Dann verschleppt das BSWD die Anzeige - und Ende der Geschichte", schließt der Attorney die Fantastereien meiner drei Gäste ab.

"Wie so etwas abläuft, ist mir schon klar", antworte ich genervt. "De Baron hat noch getönt, er kenne sie alle und könne da was durch die Hintertür regeln! Bloß getan hat er nichts!"

"Ja, diese Untätigkeit rächt sich nun", kommentiert Attorney Tensung.

"Mann, Scheiße!", zische ich, raufe mir die verschwitzten Haare, bin den Tränen nahe und bringe kaum ein Wort über die Lippen. "Dann habe ich diese Misere zu einem großen Teil De Baron zu verdanken?"

Officer Sarang hat - wohl auch der Lautstärke wegen, in der ich rede - meinen Ärger bemerkt und stellt ein kaltes Mineralwasser hin. Ich bedanke mich, leere es in einem Zug und spüle den Kloß im Hals damit hinunter.

"Warum De Baron so sehr untätig gewesen ist, ist durch nichts zu entschuldigen. Ich habe gehört, er sei auf einer Schulung gewesen? Ich habe auch eine Einladung zu dieser Schulung. Die findet mehrmals statt."

Ich bin wieder einmal am Boden zerstört. Was der Attorney da erzählt, macht mich wütend. Aber ich darf hier nicht explodieren und halte mich unter Kontrolle.

Frank muss dennoch einen draufflegen: "Der hat das große Geschäft gewittert. Heger, das goldene Kalb. Je länger der Prozess läuft, desto mehr kann er abkassieren. Ist doch klar! Der hatte gar kein Interesse, Dich schnell rauszuholen."

"Warum hat mir das niemand vor einer Woche erzählt, Frank?", antworte ich ärgerlich. Um mich unter Kontrolle zu behalten, atme ich mehrmals tief ein und aus. Dann sage ich: "Ihr wisst nicht, dass der erste Attorney, mit dem ich sprach, mir sagte, es sei besser, die Eltern zeigen mich an. Auch Ma'am Papillio bemerkte das in einem Halbsatz. Die Krönung ist aber, auch diese Solano vom BSWD hat das den Eltern vorgeschlagen. Sie waren außer sich, denn einen guten Freund zeigt man nicht an. Zuerst haben mir die Eltern das nicht erzählt - erst später."

"Mr. Heger, das sind dermaßen viele - mehr oder weniger - versteckte Hinweise. Die gute Dame vom BSWD hat ganz klar auf eine Zuwendung gewartet und wenn die Eltern Sie angezeigt hätten, hätte es das BSWD nicht mehr tun können und Sie hätten mit Hilfe des Attorneys in aller Ruhe eine außergerichtliche Einigung mit den Eltern vereinbart."

"Hätten, könnten, sollten, würden!", rufe ich viel zu laut und springe auf. "Attorney, es ist zu spät!" Officer Sarang schaut zu uns und ich bringe mich wieder unter Kontrolle. "Warum redet niemals jemand Klartext? Warum fragt niemand, Tommy, gib mir 20.000 Euro und ich schaffe die Sache aus der Welt?"

Attorney Tensung scheint mein Gelaber peinlich zu sein.

Wolfgang ergreift das Wort und sagt in deutscher Sprache: "Tommy, komme runter! Niemand, wirklich niemand nimmt auf den Philippinen das Wort Korruption in den Mund. Das Wort ist tabu und Bestechungen gehören hier zur Tagesordnung. Ich als Geschäftsmann kann ein Lied davon singen."

Beim Wort "Korruption" nickt Attorney Tensung. 'Klar, hört es sich doch sehr ähnlich wie im Englischen an', sinniere ich kurz.

Die bitterböse Erkenntnis trifft mich sogleich wie ein Schlag ins Gesicht: "Verdammt, verdammt!", schluchze ich. "Ich habe die Zeichen nicht deuten können, weil ich ein anständiger, braver Deutscher und kein Filipino bin, der in dem System aufwächst." Ich bin vollkommen frustriert. Mir kommt mein Ausraster am Freitagabend in der Zelle in den Sinn: 'Da habe ich auch über Korruption gegrübelt. Aber am Freitag waren schon alle Messen gelesen. Die Strafanzeigen wurden am Donnerstag gestellt.' Verstört stöhne ich: "Kann es noch dümmer laufen?"

"Andere Länder, andere Sitten", witzelt Frank trocken.

414

Ich bin kurz davor, ihm meine Faust in sein blödes Gesicht zu drücken. Doch in dem Moment öffnet sich die Bürotür und der Wärter von der Schranke begleitet einen breit grinsenden Mik-Mik und seine nett lächelnde Vicente zum Büro hinein. Sie tragen schwer an Tüten mit Speisen und Getränken. Vicentes Lächeln erstirbt sofort, als sie mich erblickt. "Tommy, Du siehst krank aus! Hast Du Fieber oder Highblood?"

15.03. Neue Hiobsbotschaften

Auf Officer Sarangs Schreibtisch stapeln sich die flachen Akten. Er hat offensichtlich einen Berg von Arbeit, ist bereits vom Essen zurück an den Arbeitsplatz gekehrt und scheint nun in seine Büroarbeit vertieft zu sein. Ich spreche leise, sodass er uns nicht hören kann.

"Vicente, Mik-Mik, hättet Ihr mich angezeigt?", frage ich unvermittelt.

Vicente verschluckt sich und trinkt schnell ein wenig Cola. Dann antwortet sie: "Nein, niemals, Tommy. Wieso auch? Die Kinder sind immer gerne mit Dir zusammen gewesen. Bevor Du dieses Jahr gekommen bist, waren Phil und die anderen schon ganz aufgeregt: Tommy feiert Weihnachten mit uns!"

Mik-Mik, Vicentes Ehegatte, schüttelt heftig den Kopf und ergänzt: "Tommy, Du bist doch unser Freund. Wir würden Dich niemals anzeigen."

"Da sehen Sie es, Attorney. Die Eltern hätten mich nicht angezeigt."

"Wir hätten den Eltern natürlich erklärt, warum die Anzeigen nötig sind."

"Attorney, bei mir in Deutschland wäre es undenkbar, das Problem auf diese Weise einfach so aus der Welt zu schaffen!"

"Oh, einfach ist das hier bei uns natürlich auch nicht. Besonders, wenn gleich fünf Kinder involviert sind. Aber andererseits ist die Geschichte doch sehr mysteriös und die Beweislage scheinbar dürftig. Jedenfalls ist mir das so durch Hörensagen zu Ohren gekommen. Ich habe übrigens mit dem Head-Off vom BSWD Sendong City darüber gesprochen."

"Sie können mit dem Head-Off vom BSWD darüber sprechen, Sir?", wundere ich mich.

"Natürlich unterhalte ich mich mit dem BSWD, Mr. Heger. Sir Pagut, der Head-Off, ist ein guter Freund von mir. Sendong City ist keine große Stadt. Jeder kennt jeden - sozusagen."

"Dann hätten wir doch einen Fuß in der Türe des BSWD Sir, wenn man es so ausdrücken kann."

"Wir sagen hier auf den Philippinen eher, jemanden am Haken haben. Bei mehr als 7200 Inseln hat ein jeder das Fischen im Blut." Der Attorney grinst noch breit, wird aber wieder ernst und beantwortet meine eigentliche Frage: "Derzeit liegt die Verantwortung beim BSWD hier in Tugalm und leider nicht in Sendong City."

Kagawad Jacub Castro kommt zurück und verspeist die Reste des Hühnchens. Wir sind bereits satt.

"Am Haken haben, wie passend", scherze ich sarkastisch.

Attorney Tensung blickt zu Vicente und Mik-Mik und schmunzelt: "Wie Ihr um Eure Kinder gekämpft und wie Ihr Tommy verteidigt habt, hat Sir Pagut sehr beeindruckt."

Mik-Mik schwillt die Brust: "Ja, dem haben wir es aber richtig gegeben!"

Vicente dagegen sagt traurig: "Pagut und Ernesto wollten uns davon überzeugen, mit dem BSWD zusammenzuarbeiten."

"Gegen Dich, Tommy!", ergänzt Mik-Mik schnell.

"Davon habt Ihr gar nichts berichtet", sage ich erstaunt.

"Hat Pagut Anzeigen gegen Tommy erwähnt?", fragt Attorney Tensung neugierig.

Mik-Mik und Vicente überlegen einen Moment. Dann antwortet Vicente: "Nein, der hat nur etwas von Zusammenarbeit mit seinem BSWD erzählt und dass das für uns besser wäre."

"Das stimmt, nur diese Ma'am Solano hier aus dem BSWD Tugalm City hat etwas von Anzeigen gelabert", fährt Mik-Mik hoch. Er ist nun aufgebracht und führt aus: "Gedroht hat uns dieser Pagut! Er sagte, die Geschichte könne für uns sehr unangenehm werden. Alle fragen sich, sagte Pagut, warum wir unsere Kinder dem Tommy mitgegeben haben. Dann erzählte er uns etwas von einer merkwürdigen Story in Sendong City."

Tensung wirkt nachdenklich: "Ja, diese Geschichte hat Pagut auch erwähnt. Da ging es um fünf Jungen, um Starkregen, Überflutungen und ums Übernachten, Duschen und Fotos gemeinsam mit Ihnen, Mr. Heger. Das alles soll sich in Ihrem Apartment in Sendong City abgespielt haben."

"Das ist die Story aus den Nachrichten. Dieses verdammte TV-Team!", rufe ich aufgebracht und werde wütend: "Das war der gleiche miese Sender, der auch bei meiner Verhaftung dabei war. Dieses schmierige Pack! Ziehen den Jungen unsinnige Geschichten aus den Nasen, die dann von allen möglichen Leuten aufgebauscht werden! Ich habe es so satt!"

"Tommy, kann man hier irgendwo rauchen?", unterbricht Frank nervös meinen Wutanfall.

Verärgert entgegne ich: "Da musst Du Officer Sarang fragen, vielleicht kann der etwas arrangieren."

Tatsächlich kommt nach einem kurzen Telefonat ein junger Officer ins Büro und sogleich verschwinden Frank, der Kagawad und natürlich Mik-Mik zum Flur hinaus.

Wolfgang unterbricht unterdessen sein Schweigen: "Tommy, Highblood bringt nichts! Rege Dich ab. Das ist deren Business. Deine Story ist nun einmal eine Sensation. Gerade hier in unserer abgelegenen Gegend, wo neben den Motorradunfällen, dem üblichen Mord- und Totschlag und vielleicht noch die eine oder andere Familientragödie nichts weiter Aufregendes passiert."

"Auf diese Sensation kann ich gerne verzichten, Wolfgang!"

Der lacht und wird zynisch: "Deine Sensation geht auch nur so lange, bis die nächste Sensation über uns hereinbricht."

Attorney, Vicente und ich lachen mit Wolfgang. Officer Sarang grinst breit und freut sich sichtlich über die nun bessere Stimmung.

Attorney Tensung wird sofort wieder ernst: "Pagut sagte, man überlege, eventuell dieser Geschichte in Sendong City nachzugehen."

"Nachzugehen?", wiederhole ich erschrocken. "Was meinen Sie damit, Sir?"

"Befragung der Kinder durch die Polizei. Aber es ist noch nicht klar, ob das tatsächlich stattfinden wird."

'Eben noch gute Laune und jetzt schon wieder einen Tiefschlag eingesteckt', denke ich und bin frustriert. "Attorney, diese Geschichte muss doch einmal ein Ende haben. Es wird aber von Tag zu Tag alles nur noch schlimmer."

"Nun warte doch, Tommy. Ich habe die Nachrichten auch im Fernsehen gesehen. Das ist keine Geschichte, um Dir daraus einen Strick zu drehen.", kommt Wolfgang zum Schluss. Er blickt zu Officer Sarang: "Die Kinder waren bei Dir doch wegen des Regens und Du wolltest die Kinder nur schützen. Das verhält sich wie hier in Tugalm City. Ihr habt nur im Hotel gepennt, weil Du mit den Kindern nicht nachts auf den unsicheren Straßen unterwegs sein wolltest." Der Attorney und Vicente nicken.

"Das sind sehr gute Argumente, Mr. Heger, die für Sie sprechen. Ich werde mich erkundigen, wie es in Sendong City weitergeht", erklärt der Attorney, "und gebe Ihnen dann Bescheid. Ich denke, ich werde Sie in der kommenden Woche im Tugalm City Jail besuchen. Dann weiß ich mehr und wir können das weitere Vorgehen besprechen."

Inzwischen sind die Raucher zurück und Wolfgang schaut auf seine Armbanduhr: "Tommy, wir müssen langsam los. Frank will unbedingt noch im Motorradshop wichtige Ersatzteile kaufen."

Frank verzieht das Gesicht: "Wenn ich schon einmal in Tugalm City bin."

Wolfgang schaut sich um: "Den Platz hätte ich, wollen Deine drei Freunde mit uns zurück nach Sendong City fahren?"

"Meine Frau Vicente fährt gerne mit Euch mit. Ich bleibe noch bei Dir, Tommy. Dann kann ich am Montag Essen an das Gefängnistor vom Stadtgefängnis bringen. Montag ist ja dort kein Besuchstag. Dienstag besuche ich Dich dann."

Kagawad räuspert sich: "Ich habe oft in Tugalm City zu tun. Ich besuche Dich auch und bringe meine Familie mit. Die werden sich freuen, Dich wiederzusehen. Meine Frau wird für Dich kochen."

Beim Gedanken an das Stadtgefängnis wird mir ganz mulmig in der Magengegend. "Sir", wende ich mich an Officer Sarang, "wann genau bringen Sie mich in das City Jail, Montag oder Dienstag?"

Nachdenklich blickt der Officer von seinem Laptop auf: "Ich denke, gleich am Montag. Morgen sind sie doch schon volle vierzehn Tage hier?"

"Ja, das sind tatsächlich schon vierzehn Tage!", wiederhole ich gedankenverloren und resümiere: "Die Zeit vergeht rasend schnell." Dann fällt mir etwas Wichtiges ein: "Sir Sarang, was ist mit meinem Cellphone, dem Laptop und dem Tablet? Kann ich das mitnehmen?"

Officer Sarang lacht laut: "Nein, natürlich nicht, Mr. Heger. Das ist alles im Gefängnis verboten. Außerdem sind das Beweisstücke. Sie stehen jedenfalls auf der Liste der Beweise und sind deshalb konfisziert."

Attorney Tensung schaut mit leerem Blick zu Boden und schüttelt langsam den Kopf. Das Neonlicht spiegelt sich in seiner Glatze.

Ich bin verwirrt, traurig und besorgt, da ich mich bald von meinen Gadgets trennen muss: "So ein Mist! Nein, das geht nicht! Wie soll ich dann Kontakt zu meiner Familie halten?"

"Da werden sich schon Wege finden, Mr. Heger. Mik-Mik sollte Ihnen ein billiges Cellphone besorgen. Das können Sie dann im Büro vom Direktor hinterlegen. Versuchen Sie das."

"Gut, Mik-Mik, das kannst Du gleich kaufen. So ein billiges Cherrymobile. Die kosten nur etwa 800 Piso."

Wolfgang räuspert sich: "Die haben wir auch bei uns im Shop vorrätig. Keine 16 Euro muss man für die Dinger hinlegen. Die haben zwei Plätze für SIM-Karten und einen für eine Memorykarte. Dann kannst Du sogar MP3 hören. Gut, Internet, WhatsApp oder Facebook gehen damit natürlich nicht."

"Nach MP3 ist mir gerade gar nicht", scherze ich bitter und frage Vicente: "Brauchst Du noch Geld?"

Vicente druckst herum, ihr Mik-Mik schaut beschämt zur Seite.

"Vicente, ich gebe Dir 2.000 Piso. Dein Mik-Mik will ja hier bleiben und kann kein Geld für Euch verdienen. Mik-Mik, hier sind 1.000 Piso für das Cellphone, kaufe auch gleich eine SIM-Karte dazu. Dann nehme noch die 1.000 Piso hier für Dich." Ich überlege laut: "Oh, dann muss ich heute Abend alle wichtigen Telefonnummern aus meinem Adressbuch im Laptop in mein kleines Heft übertragen."

Kagawad wehrt sich zwar zuerst, steckt sich die 500 Piso dann doch mit einem gezwungenen Lächeln in die Hosentasche.

Wolfgang nimmt seinen Schlüsselbund vom Tisch. Das unmissverständliche Zeichen des bevorstehenden Aufbruchs.

"Wolfgang, bekommst Du etwas für Benzin?"

Wolfgang macht mit der Hand eine abwehrende Geste: "Nein, nein, Tommy, sage mir lieber, was Du noch brauchst, denn wir kommen auf dem Rückweg hier noch einmal vorbei."

"Eine kleine Thermosflasche wäre gut. Dann könnte ich heute Abend heißes Wasser mit in die Zelle nehmen und bringe mir bitte löslichen Kaffee mit. Ein Glas Nestlé Gold vielleicht, Mineralwasser und Kekse. Was bekommst Du, Wolfgang?"

Der macht wieder diese abweisende Handbewegung und antwortet: "Sei vorsichtig mit dem Geld, Tommy. Gerichtsverfahren auf den Philippinen können extrem teuer werden."

"Male den Teufel nicht an die Wand." Es soll scherzhaft klingen, hört sich aber eher verbittert an. 'Das waren aber auch heute schon wieder Zuviel unerfreuliche Neuigkeiten. Die Hiobsbotschaften reißen nicht ab', denke ich.

Meine Freunde und der Attorney erheben sich.

"Mik-Mik, Du kommst später wieder hierher?"

"Ja, klar. Du brauchst doch Dein neues Cellphone."

15.04. Beunruhigende Nachrichten

Mik-Mik ist unterwegs, um ein billiges Telefon zu besorgen, da meine Geräte hier in der Polizeistation bleiben, wenn ich am kommenden Montag oder Dienstag in das Stadtgefängnis gebracht werde.

'Wie dumm von mir, Officer Sarang zu fragen, ob ich die Gadgets in das Gefängnis mitnehmen darf', überlege ich und muss mir eingestehen: 'In wohl keinem Knast der Welt sind Handys, Tablets oder Laptops erlaubt.' Ich bin völlig durch den Wind und diese unüberlegte Frage ist ein weiterer Beleg dafür. Meine Panik ist nicht zu leugnen: 'Was wird mich im Stadtgefängnis erwarten?'

Der junge Officer, der ins Büro stürmt, reißt mich aus meinen düsteren Gedanken, denn er kommt schnurgerade auf mich zu und stellt mit einem Grinsen meinen Rucksack mit den Gadgets auf den Stuhl neben mir.

"Danke, Sir!", kann ich gerade noch sagen, denn der Officer ist genauso schnell aus dem Raum, wie er ihn betreten hat. Auch bei Officer Sarang bedanke ich mich. Ich bin so im Gedanken gewesen, dass ich nicht mitbekommen habe, dass Sarang telefoniert hat, um meinen Rucksack bringen zu lassen. Ich bitte den Officer um ein Stück Papier und um einen Stift, denn ich habe die traurige Aufgabe, alle Adressen und Telefonnummern aus dem Laptop und dem Handy aufzuschreiben. Heute werde ich die Dinge zum letzten Mal benutzen und für eine gewisse Zeit nicht mehr wiedersehen. 'Mein Gott', denke ich, während ich den Laptop startklar mache und das Samsung B2100 Handy einschalte, 'hoffentlich klärt sich diese unsägliche Geschichte um mich und die fünf Jungen im BSWD Kinderheim bald zum Guten auf.'

Officer Sarang tippt das Passwort für das Funknetzwerk ein und die Internetverbindung kommt sofort zustande. In Deutschland geht es gegen halb zehn Uhr morgens. Hier ist es

16:25 Uhr. 'Ob meine liebe Familie schon ungeduldig vor dem Computer sitzt und wartet?'

Der Laptop zeigt neue E-Mails an. Drei erscheinen mir als besonders wichtig: die von meiner Firma, auch die meiner Schwester Sabine und zu meiner Verwunderung ist da eine E-Mail meines Vaters, denn eigentlich ist es nicht seine Art, mittels E-Mails zu kommunizieren. Obwohl ich darauf brenne zu erfahren, was Vater schreibt, öffne ich zuerst die E-Mail meiner Firma. 'Ist das bereits die Kündigung?', überlege ich mit einem flauen Gefühl in der Magengegend.

In dem Moment stürmt freudestrahlend Mik-Mik ins Büro. Er trägt eine große und eine kleine Tüte. Stolz hält er die kleine Tüte hoch: "Das Cellphone, Tommy! Mit SIM-Karte und 150 Piso Guthaben. Die 1.000 Piso haben gerade so gereicht!"

"Hey, das ist toll! Dann kann ich meiner Familie und den Freunden in Deutschland gleich die neue Nummer mitteilen und bitte sende Du sie zu den Leuten ins Dorf."

"Tommy, das hier ist von Wolfgang!"

"Wow!", rufe ich begeistert, denn in der Tüte befinden sich Kekse, Schokolade, Kartoffelchips, Fertigsuppen im Becher, ein großes Glas Nescafé Gold, Kaffeeweißer und eine kleine Thermosflasche.

Ich halte den Kaffee hoch: "Sir, heißes Wasser bitte, Kaffeezeit!" Dann wende ich mich schnell an Mik-Mik: "Mache Du das Cellphone startklar, ich muss meine E-Mails checken und meiner Familie in Deutschland Bescheid geben, dass ich jetzt online bin."

Mik-Mik öffnet schon den Karton und befördert ein einfaches zitronengelbes Cherrymobile-Cellphone zutage.

Panisch öffne ich die E-Mail der Firma. Sie ist von Hannes, meinem Chef, der gleichzeitig Abteilungsleiter ist. Was ist der Inhalt der E-Mail?

Mein Chef schreibt, alle in der Abteilung seien sehr bestürzt und verwirrt über die Ereignisse um mich. Sie werden die Details aber erst einmal nicht in der gesamten Firma breittreten. Montag habe Hannes einen Termin in der Personalabteilung. Die haben aber schon signalisiert, dass zunächst einmal mein Gleitzeitkonto für die kommende Fehlzeit abgebaut werden würde und dann immer noch ausreichende Urlaubstage da seien, um zwei Monate zu überbrücken. Hannes schreibt weiter, er habe den "Urlaubsantrag aus ungeplanten privaten Gründen" bereits ausgefüllt, unterschrieben und an die Personalabteilung geleitet. Er habe auch mit meinen Eltern telefoniert. Die Telefonnummer stünde in meiner Personalakte. Marie habe er nicht erreicht und sie habe auch nicht zurückgerufen. Meine Eltern und die gesamte Abteilung glauben an meine Unschuld und hätten da überhaupt keine Zweifel. Alle seien der Meinung, dass dies ein Missverständnis sei und sich schnell aufklären werde. Ich solle nur nicht beim Anwalt sparen und wenn ich Hilfe bräuchte - auch finanzieller Natur - solle ich das den Kollegen sofort mitteilen. Alle machten sich natürlich große Sorgen, da dies auf den Philippinen passiere und das

Land nicht gerade für eine aufrechte Justiz stünde und die inhumanen Haftbedingungen berüchtigt seien.

Ich puste erleichtert die Luft aus und atme tief ein. "Mik-Mik, mit meiner Firma ist alles okay. Sie können zwei Monate auf mich warten! Ich werde nicht gekündigt. Hast Du die neue Nummer?"

Mik-Mik reagiert mit einem breiten Grinsen. Er nennt mir die Telefonnummer und ich tippe sie in die Antwort auf Hannes E-Mail ein, kopiere sie in den Arbeitsspeicher und schreibe in knappen Sätzen: Hannes, das ist meine neue Handynummer. Den Umständen entsprechend geht es mir verhältnismäßig gut! Ich habe eine Einzelzelle. Die Polizisten hier - ich rede sie mit Officer an - sind höflich, zuvorkommend und behandeln mich korrekt. Nach langem Suchen habe ich endlich einen Anwalt gefunden, der mir von einem hier ansässigen Deutschen empfohlen worden ist. Ich schreibe noch kurz, dass die Geschichte nun im Gericht geprüft wird, die philippinische Justiz aber sehr schleppend arbeitet. Die letzten zwei chaotischen Wochen lasse ich positiv klingen und schreibe, dass ich täglichen Besuch habe und dass die Eltern hinter mir stehen. Ich vergesse auch nicht zu erwähnen, dass es keine klaren Aussagen von den Kindern zu dem was mir vorgeworfen wird, gibt.

Die Unworte "Missbrauch und Menschenhandel" lasse ich - wie in meiner ersten E-Mail an Hannes - bewusst weg. Dass ich kommende Woche in das Stadtgefängnis verlegt werde, schreibe ich noch und ich deshalb nicht weiß, wann ich wieder auf das Internet zugreifen und E-Mails senden kann. Noch die Grußformel und ich drücke auf versenden.

"Tommy, kein Skype und kein Mickey heute?", wundert sich Mik-Mik.

"Doch, doch, gleich. Ich habe zunächst meinem Chef geantwortet. Ich sende gleich SMS an meine Familie, dass ich jetzt online bin. Um 17 Uhr sind wir verabredet."

Die SMS sind schnell versendet. Ich hoffe, mir bleibt Zeit, die E-Mails meines Vaters und meiner Schwester zu lesen, bevor Skype klingelt.

Mik-Mik ist mit einem Spiel im neuen Cellphone beschäftigt.

Vaters E-Mail zuerst. Er bittet mich, wenn es mir tatsächlich nicht gut gehe, soll ich das der Mutter auf keinen Fall per SMS schreiben und es auch nicht zeigen, wenn wir skypen! Sie sei ein paar Mal wegen dieser chronischen Darmgeschichte - dem Morbus Crohn - lange im Krankenhaus gewesen. Das wisse ich und damit sei nicht zu spaßen! Er sei sehr besorgt über Mutter, denn sie werde von Tag zu Tag nervöser. Das merke er am erhöhten Zigarettenkonsum und am Zittern ihrer Hände beim Kaffeetrinken. Auch klage Mutter schon seit gestern über Schmerzen im Darm. Ich schließe die beunruhigende E-Mail mit feuchten Augen. Weil ich nicht möchte, dass Mik-Mik oder Sarang meine Niedergeschlagenheit bemerken, huste ich gekünstelt und wische mir mit meinem kleinen Tuch die Augen. Nun habe ich selber ein dumpfes Gefühl im Darm.

In meinem Gehirn hämmert es: 'Verdammt, jetzt bekommt Mutter auch noch einen Morbus Crohn Rückfall und ich habe Schuld!' Der Schweiß steht mir auf der Stirn und ich muss mein Gesicht trocken wischen. "Scheiße!", zische ich.

Mik-Mik stellt gerade zwei Tassen mit heißem Wasser auf den Tisch. Er hat die Veränderung meines Gemütszustandes offensichtlich bemerkt: "Tommy, was ist los? Du hast ganz rote Augen!"

"Meiner Mutter geht es nicht gut. Es ist meinetwegen, Mik-Mik - wegen dieser Scheiß-Geschichte. Diese Schlampe von Sozialarbeiterin weiß gar nicht, was sie anrichtet. Ich hasse diese Frau! Meine Eltern haben ihre Krankheiten. Diese Solano zerstört mein Leben und macht meine Familie kaputt. Dann Eure armen Kinder, getrennt von Euch im Jugendheim. Was will die Frau von mir, Mik-Mik? Ich habe mit der keine drei Sätze in meinem Leben gewechselt, nachdem sie an die Tür des Cottages im Hotel vor zwei Wochen geklopft hat."

Die Wut frisst sich durch meinen Körper.

Nun schüttet Mik-Mik vorsichtig zwei Teelöffel Kaffee und Kaffeeweißer in die Tassen, gibt Zucker hinzu und rührt geräuschvoll um: "Hier Tommy, das wird Dir guttun."

Mit einem Seitenblick erkenne ich, dass auch Officer Sarang Kaffee trinkt. 'Gut so', denke ich, öffne schnell die dritte E-Mail von Sabine und hoffe, dass nicht noch eine Hiobsbotschaft auf mich wartet. Gleichzeitig wische ich erneut den Schweiß aus dem Gesicht, nehme einen tiefen Schluck Kaffee und verbrenne mir den Mund: "Scheiße!"

Sabine schreibt über Marie. Es gehe ihr überhaupt nicht gut. Sie sei auch krankgeschrieben und habe die Telefone ausgeschaltet. Migräneanfälle und so. Es falle Marie schwer, mit meiner Geschichte umzugehen. Sie könne auch heute beim

Skypen nicht dabei sein. Dann äußert sich Sabine in ihrer E-Mail ähnlich wie Vater über Mutters Nervosität.

Sofort sende ich eine E-Mail und eine SMS an Marie: Sie möge sich bitte sofort melden. Entweder per SMS, mittels E-Mail oder einfach die neue Handynummer anrufen.

'Hoffentlich meldet sie sich', denke ich. 'Alles scheint aus dem Ruder zu laufen.' Ich blicke ins Leere. 'Was soll ich nur meiner Familie in Deutschland mitteilen? Gut, dass ich meinen Eltern nicht gesagt habe, dass ich kommende Woche ins Stadtgefängnis verlegt werde. Mein Gott, ich muss meine Eltern schonen. Sie dürfen sich nicht unnötig aufregen.'

Ich aber bin wieder einmal am Boden zerstört. Meine Emotionen kochen hoch: der Ärger, die Wut, die Trauer und die Verzweiflung. Nervös rutsche ich auf dem flachen Stuhl hin und her. 'Tommy', schreit es in mir, 'behalte einen kühlen Kopf! Denke nach! Was ist als Nächstes zu tun?' Ich blättere die weiteren E-Mails durch. Von meinen anderen Geschwistern ist nichts zu finden und ich entschließe mich, eine gemeinsame E-Mail an Sabine und Marie zu schreiben und ihnen darin reinen Wein einzuschenken: die Anzeigen, das verpulverte Geld, die baldige Verlegung in das Stadtgefängnis und dass ich nicht weiß, ob ich überhaupt dort Internet machen darf. Vielleicht ist es dort im Stadtgefängnis gänzlich verboten oder vielleicht haben die da gar kein Internet. Ich muss ihnen die neue Handynummer mitteilen. Bis auf die Handynummer sollen Vater und Mutter von den grauenvollen Details erst einmal nichts erfahren. Gerade beginne ich die E-Mail zu tippen, doch in dem Moment meldet sich Skype. Es ist der Account meines Vaters.

-★-

15.05. Die liebe Familie

Der Laptop spielt die Melodie von Skype. Es ist ein Videocall mit dem Account meines Vaters. Die Maus schon in der Hand, zögere ich aber noch, den Anruf entgegenzunehmen. Mik-Mik schaut mich inzwischen ungläubig an. Ich blicke zum Officer und frage: "Sir, hat das Stadtgefängnis einen Internetzugang? Denken Sie, dass ich dort den Computer nutzen darf?"

Officer Sarang, sichtlich von der Frage überrascht, runzelt die Stirn: "Ja, klar! Soweit ich weiß, haben sie Internet und übersenden damit die monatlichen Reports. Ob Sie den Computer nutzen dürfen, das kann ich natürlich nicht sagen. Aber Sie als Ausländer, ohne Familie hier in unserer Stadt und deshalb ohne Besucher. Ich denke, Mr. Heger, da findet sich ein Weg. Ma'am Papillio wird ein gutes Wort für Sie einlegen und Ihre Lage erklären."

Erleichtert stoße ich die Luft aus und entscheide mich, meinen Eltern die Verlegung ins Stadtgefängnis mitzuteilen. 'Früher oder später werden sie es doch erfahren. Dann besser von mir', überlege ich und klicke "Anruf annehmen" mit der Maus.

Im Skypefenster erscheint meine Schwester Sabine, die offenbar das Kommando übernommen hat, da sie im schwarzen Chefsessel meines Vaters sitzt, den Computer bedient und ein fröhliches "Hallo" in das Mikrofon vor sich flötet. Die Kamera wird justiert und nun erkenne ich meine Mutter, die direkt hinter Sabine steht und fest mit beiden

Händen einen schweren Kaffeepott umklammert. Links stehen meine älteren Geschwister Uta und Lutz und rechts von meiner Mutter die jüngeren Geschwister Harry und Holger. Mein Vater und der Hund Mickey sind nicht zu sehen. Während meine Familie wild gestikuliert und dabei "hallo Tommy" und "guten Morgen" ruft, sinniere ich: 'Alle Geschwister anwesend.' Ich sehe weder ihre besseren Hälften noch meine zahlreichen Nichten und Neffen. 'Also nur der engste Familienkreis', resümiere ich und wundere mich nicht, dass bei so viel geballter Familie Heger meine Marie nicht kommen mag. 'Sie, alleine unter den Hegers. Für später Hinzugekommene sind die geheimen Zeichen, Gesten und die manchmal sehr spezielle Kommunikation, die große Familien oft entwickelt haben, schwer zu deuten und zu erlernen.' Innerlich seufze ich: 'Ich versuche Marie später anzurufen.'

Meine Mutter beugt sich über Sabine und ruft besorgt in das Mikrofon: "Tommy, wie geht es Dir?"

"Ganz gut! Macht Euch keine Sorgen! Mir geht es den Umständen entsprechend recht gut. Die Polizisten - wir nennen sie Officers - sind alle furchtbar nett zu mir. Ihr seht ja, ich darf sogar meinen Laptop benutzen und mit Euch skypen! Die Geschichte wird sich schon zum Positiven aufklären!"

Mik-Miks fragende Augen werden noch größer als zuvor und ich merke, dass ich deutsch gesprochen habe. Schnell übersetze ich das Gesagte ins Englische und Mik-Mik und der Officer grinsen zufrieden. Bevor meine Familie antworten kann, platzt es aus mir heraus: "Nächsten Montag oder Dienstag werde ich in das Stadtgefängnis verlegt. Dort ist es bedeutend besser als hier. Da kann ich ein Trustee werden. Die Officers wollen sich für mich einsetzen."

432

"Was ist denn ein Trustee?", unterbricht mich Sabine. Die anderen warten gebannt hinter ihr auf meine Antwort.

"Ja, also, das sind Inhaftierte mit besonderen Aufgaben. Zellen auf- und zuschließen, Essen verteilen. Jedenfalls sind die nicht den ganzen Tag in einer überfüllten, dreckigen und heißen Zelle weggeschlossen." Ich beiße mir auf die Unterlippe, verfluche mich selbst und denke: 'Überfüllt, dreckig und heiß hätte ich weglassen sollen.' Schnell ergänze ich: "Mik-Mik und die Freunde aus dem Dorf können mich jeden Tag besuchen kommen. Das ist doch alles viel besser als hier!" Ich übersetze schnell ins Englische und füge hinzu: "Leider sehe ich dann den netten Officer Sarang nicht mehr so oft. Der bleibt ja hier in seiner Polizeistation." Ich lache künstlich.

"Tommy", ruft Uta, "wir machen uns wirklich alle große Sorgen! Geht es Dir wirklich gut?"

"Ja, es ist schon okay!", antworte ich mit einem Anflug von Ärger in der Stimme, denn eigentlich will ich - mit den Gedanken bei der Gesundheit meiner Mutter - von diesen Fragen wegkommen. Ich versuche, das Gespräch in eine andere Richtung zu lenken und zeige zu Mik-Mik: "Das ist der Vater eines der involvierten Jungen. Mein bester Freund hier. Er weicht mir nicht von der Seite und kümmert sich ganz toll um mich. Sein Name ist Michael, aber alle nennen ihn nur Mik-Mik. Er freut sich schon die ganze Zeit sehr, Sabine, Mutter und Vater wiederzusehen. Wo ist denn der Mickey?"

"Mickey!", ruft mein älterer Bruder Lutz und nimmt sogleich den Hund auf den Arm. "Schau mal da, Mickey, da ist der Tommy im Computer." Mickey jault und Mik-Mik freut sich.

"Oh, Mann, Tommy", stöhnt Harry, "Du im philippinischen Knast! Wir haben auf YouTube Berichte über die übelsten und überfülltesten Gefängnisse und den ganzen Dreck und Müll da gesehen. Die haben noch nicht einmal sauberes Trinkwasser und pennen da, dicht zusammengedrängt, wie die Sardinen in der Dose. Absolut keine Privatsphäre." Lutz weiß zu berichten: "Dann die Gangs dort. Du musst für Dein Überleben zahlen!" Holger, mein jüngster Bruder, legt noch einen drauf und ruft: "Tommy, da möchte ich nicht tot überm Zaun hängen!"

Ich sehe wie unsere Mutter ihr aschfahles Gesicht verzieht und den Kaffeepott in die Magengegend drückt. 'Diese Blödmänner', denke ich, 'können die nicht einfach einmal ihre Klappe halten?' und rufe mit ärgerlicher Stimme in das eingebaute Mikrofon des Laptops: "Ja, das ist sicherlich in Manila oder in anderen Großstädten so, aber doch nicht hier in der Provinz! Sagt mir lieber, habt Ihr etwas Neues vom Auswärtigen Amt erfahren?"

Meine Mutter antwortet: "Die warten noch auf einen Bericht der deutschen Botschaft in Manila. Die Botschaft will Dich per E-Mail kontaktieren."

Sabine berichtet: "Wir haben der Botschaft Deine E-Mail mitgeteilt. Du musst ihnen die Erlaubnis erteilen, dass sie Informationen an uns und Marie herausgeben dürfen."

"Aha?", wundere ich mich. "Wenn dem so ist! Sabine, sende mir doch die E-Mail der Botschaft zu, denn von denen ist keine Nachricht in meinem Postfach gewesen. Dann sende ich heute noch die Erlaubnis. Ich nehme Dich Sabine, Vater und Marie in den Verteiler. Schaut mal, ich habe ein neues Handy. Das hat Mik-Mik besorgt. Das kann ich ins Stadtgefängnis mitnehmen. Mein Laptop und auch mein anderes Telefon bleiben erst einmal hier. Ich sende Euch die Nummer vom neuen Handy gleich zu."

Lutz räuspert sich: "Warum können die Dich überhaupt festhalten, wo doch gar nichts im Hotel gewesen ist? Sabine hat erzählt, Marie habe schon 5.000 Euro rüber gesendet? Mann, Tommy, was sind denn das für Summen?"

Mein Vater, er trägt - wie immer - ein weißes Unterhemd, taucht hinter Mutter auf und ruft verärgert: "Tommy, das ist doch eine gemachte Geschichte. Das stinkt doch zum Himmel! Die wollen Dich bloß ausnehmen. Was ich so im Fernsehen gesehen habe, das sagt doch alles! Ein absolut korruptes Land."

Sabine fügt hinzu: "Wir haben gegoogelt, Tommy. Im Ranking für korrupte Länder liegen die Philippinen ganz weit vorn."

"Ja, das mag ja sein", antworte ich verbittert, "aber was soll ich jetzt mit den Informationen anfangen, was bitteschön, was?"

Holger entgegnet: "Wir wollen Dich nur warnen, Tommy. Wie geht's denn nun weiter? Wann lassen sie Dich raus?"

Ich übersetze für Mik-Mik das Wichtigste ins Englische. Das mit der Korruption und das mit dem Tot-überm-Zaun-hängen lasse ich weg. Mik-Mik freut sich und ruft: "Hello, Mickey!" Der Hund ist inzwischen auf Vaters Arm.

"Die Justiz prüft die Sache. Das kann bis zu zwei Monate dauern. Die arbeiten halt so langsam."

"Scheiße!", ruft Lutz. "Zwei Monate Tropenknast unter Palmen im Urlauberparadies! Na, schönen Dank auch!"

"Ich kann es nicht ändern!", seufze ich zerknirscht.

Plötzlich ist das Büro stockfinster und das Skypebild nur noch weiß. Die Internetverbindung ist unterbrochen und der Laptop läuft auf Batterie weiter.

"Brownout, Stromausfall, Mr. Heger", ruft Officer Sarang und leuchtet schon mit einer starken Stabtaschenlampe.

"So ein Mist!", zische ich und wische mir den Schweiß aus dem Gesicht.

"Es dauert nur einen kleinen Augenblick, Mr. Heger, dann springt der Generator an. Aber ob dann die Internetverbindung wieder funktioniert?"

Ich lehne mich in der Finsternis auf dem flachen Bambusstuhl zurück: "Mik-Mik, bist Du okay?"

"Tommy, Du hast eine große Familie. Wie bei uns auf den Philippinen. Wir haben auch alle große Familien."

"Ich habe drei Brüder und zwei Schwestern. So eine große Familie ist schon lustig." Ich lache: "Es kann aber auch ganz schön stressig sein."

"Ich weiß, Tommy, ich weiß", antwortet Mik-Mik.

Die Leuchtstoffröhren machen Geräusche und flackern einige Sekunden, dann leuchten sie, als sei nichts gewesen.

"Der Strom ist zurück", freut sich Officer Sarang. Er begibt sich in das Kabuff, wo immer sein Sohn übernachtet hat und ein alter Desktop-Computer steht.

"Wo ist denn Ihr Sohn heute, Sir? Den habe ich aber schon lange nicht mehr gesehen."

"Bei meinen Eltern", ruft der Officer und ergänzt: "Okay, der Router hat Strom. Gleich gibt es wieder Internet."

Ich sende mit dem neuen Handy eine SMS an Mutters Handynummer: "Stromausfall! Keine Sorge, bin gleich zurück. Das ist meine neue Handynummer. Bitte an alle weitergeben. L.G. Tommy."

"Ich hoffe, der Strom bleibt jetzt, denn, wenn der Strom ausfällt, passiert das normalerweise mehrmals am Tag."

"Officer, könnten wir für meine neue Thermosflasche heißes Wasser bereiten?"

"Gerne, Mik-Mik weiß ja, wo der Wasserkocher steht."

Mik-Mik springt auch sogleich auf und macht sich an die Arbeit.

Der Laptop hat das Funknetzwerk erneut gefunden und der Officer tippt zum zweiten Mal heute das Passwort ein. Ich stelle die Verbindung wieder her und Sekunden später erscheint erneut meine Familie im flachen Monitor.

"Da bin ich wieder!", rufe ich.

Sabine fragt sofort: "Tommy, was ist denn mit der Kaution?" Lutz wiederholt: "Kaution, Tommy, dann kannst Du verduften!"

"Der Anwalt hat heute gesagt, der Richter müsse das prüfen. Das könne aber auch bis zu zwei Monaten dauern. Ach, der Wolfgang, der Deutsche, der hier lebt, hat mir einen neuen Anwalt empfohlen. Dem anderen habe ich heute auf kurzem Wege das Mandat entzogen."

"Und das viele Geld, was Du schon an den Anwalt gezahlt hast, ist das etwa weg?", fragt Sabine ungläubig.

"Okay, der erste Anwalt hat immerhin die Zeugenaussagen der Eltern und Freunde angefertigt. Die können wir wohl im Gericht verwenden", antworte ich und erinnere mich, dass ich mit einem anderen Anwalt jetzt vielleicht schon aus dem Gefängnis befreit wäre und in einem Flug Richtung Deutschland sitzen könnte. "Mein Gott, ist das alles eine Scheiße!", entfährt es mir und ich streiche mir durch das verschwitzte Haar. Meine Frustration war deutlich zu hören.

"Verliere nicht den Mut, Tommy!", ruft meine Mutter entsetzt. Ich erblicke im kleinen Skypefenster mein Gesicht und das von Mik-Mik, der gerade vom Wasserkochen zurückgekehrt ist und erschrecke, denn ich sehe um zehn Jahre gealtert aus. 'Zwei Wochen Tropenknast unter Palmen im

Urlauberparadies hinterlassen Spuren', sinniere ich und bin wütend.

Ich ziehe die Mundwinkel so hoch, wie es eben nur geht, um ein breites Grinsen vorzutäuschen: "Bitte macht Euch keine Sorgen! Ich bin und bleibe optimistisch. Bevor ich es vergesse zu sagen, der neue Anwalt will keine Einstandsgebühr! Also den Betrag spare ich schon einmal. Der verrechnet diese gewaltige Summe mit den Gebühren für die gerichtlichen Anhörungen."

"Na, wenn Wolfgang den neuen Anwalt empfiehlt", denkt Sabine laut.

"Der scheint gut und intelligent zu sein. Er hat japanische Wurzeln und heißt Tensung." Ich lache: "Den gesamten Namen konnte ich mir nicht merken, doch er hat sehr lustig geklungen. Anwalt Tensung stellt jetzt sofort den Antrag zur Kaution und hat mir Hoffnung gemacht, dass der Antrag positiv entschieden wird, da die Beweislage doch sehr dürftig sei. So hat er sich jedenfalls ausgedrückt."

"Die Hoffnung stirbt zuletzt!", ruft Harry.

Ich rufe in das Mikrofon: "Genau!" Dann übersetze ich wieder für Mik-Mik ins Englische.

Mit einem Schlag ist es erneut stockfinster. Mein Laptop leuchtet weiter, aber die Internetverbindung ist natürlich unterbrochen.

"Shit!", ruft der Officer und fuchtelt wieder mit der starken Taschenlampe herum.

Der Laptopmonitor wirft diffuses Licht auf Mik-Miks und sicherlich auch auf mein Gesicht. Mik-Mik hat die gefüllte Thermosflasche inzwischen in der Tüte mit den Dingen, die Wolfgang besorgt hat, verstaut.

Officer Sarang kommt heran und wirkt nervös: "Tommy, ähm, Mr. Heger, wenn Stromausfall ist, muss ich Sie leider in die Zelle zurückbringen. Das sind unsere Vorschriften. Im Licht des Laptopmonitors sehe ich, wie der Officer Mik-Mik zu zwinkert: "Und für Dich haben wir wieder für die Nacht eine schöne Ecke im Wachturm reserviert."

Mik-Mik und ich grinsen breit. Dennoch ist mir überhaupt nicht zum Grinsen zumute, denn innerlich verfluche ich den verdammten Stromausfall.

"Sir", flehe ich, "kann ich bitte noch schnell ein paar SMS an meine Familie senden? Dann habe ich eine sehr große Bitte. Wäre es möglich, morgen Abend noch einmal ins Internet zu gehen? Ich muss eine wichtige E-Mail an meine Botschaft in Manila senden. Es ist wirklich wichtig, denn ich weiß nicht, ob ich im Stadtgefängnis überhaupt Internet nutzen darf!"

"Ma'am Papillio will morgen die Papiere für Ihre Überstellung in das Stadtgefängnis fertig machen. Da müssen Sie auch noch einige Dokumente unterzeichnen. Das ist ein perfekter Zeitpunkt, Ma'am danach zu fragen. Aber ich bin zuversichtlich. Wir haben Verständnis für Ihre Lage, Tommy. Schreiben Sie noch schnell die SMS an Ihre Familie, dass Sie morgen zurück im Internet sein werden."

[Ende 15. Kapitel und vierzehnter Tag in Haft - Samstag]

-★-

16. Kapitel - Sonntag

16.00. Die Situation

Ich schrecke aus einem Alptraum hoch und brülle dabei "Situation!" Schweißgebadet wechsle ich sofort das T-Shirt. Verwirrt blicke ich mich um und brauche eine Weile, um zu realisieren, wo ich mich befinde: nämlich alleine weggesperrt, in einem stinkenden feuchten Kerker. Es ist früher Morgen und die Vögel beginnen soeben mit einem Pfeifkonzert in den tropischen Gewächsen. Wieder auf dem maroden Bett liegend und noch schlaftrunken, schwirren mir unzählige Gedanken durch den Kopf: Marie, warum hat sie sich nicht gemeldet? Keine E-Mail, keine SMS und auch kein Anruf. Dann meine Brüder und ihre dämlichen Bemerkungen vor meiner Mutter, während wir mit Skype über das Internet telefoniert haben: "Im Tropenknast unter Palmen im Urlauberparadies, da möchte niemand tot überm Zaun hängen. Sie schlafen dort in den Zellen, so dicht zusammengedrängt wie die Sardinen in der Dose. Außerdem gibt es absolut keine Privatsphäre und man muss für sein Überleben zahlen."

Mussten die Geschwister die Situation in den philippinischen Gefängnissen unbedingt so genüsslich breittreten? Als ob diese Tatsachen nicht landläufig bekannt sind. 'Ob mich das auch erwartet? Tätowierte Schwerkriminelle, rivalisierende Gangs, Drogen, Erpressung oder sogar Schlimmeres und null Privatsphäre?', sinniere ich mit Grausen.

Es ist mir, während der fantasievollen Ausführungen meiner Brüder, Mutters ungesunde Gesichtsfarbe nicht entgangen und auch nicht ihr nervöses Kneten des Kaffeepotts und wie sie ihn in die Magengegend gedrückt hat. 'Vater hat wohl keine Gelegenheit gehabt, vor dem Internetanruf alleine mit meinen Geschwistern über Mutters gesundheitlichen Zustand und die Gefahr eines Morbus Crohn-Rückfalls zu sprechen.'

Mir ist, als wöge die Last auf meinen Schultern immer schwerer. Marie hüllt sich in Schweigen. Sie ist seit einem Autounfall psychisch nicht besonders belastbar und jetzt komme ich mit dieser äußerst dummen Geschichte: das Schlafen mit kleinen philippinischen Kindern im Hotel und dieser wahnsinnigen Verhaftung. Mutter geht es deswegen und der ungeklärten Situation um mich sehr schlecht. Von den Anzeigen wissen sie noch gar nichts. Vater ist über die Geldverschwendung wütend und da hat er nicht ganz Unrecht. Obwohl ich es beim gestrigen Telefonat vergessen habe zu erwähnen, dass ein großer Teil des Geldes auch für das Verwöhnen der Kinder im Kinderheim und der Eltern und meiner Freunde hier verbraucht worden ist. Bei den Gedanken an die Kinder mache ich mir Vorwürfe und fühle mich dafür verantwortlich, dass die fünf Jungen auch weiterhin im Kinderheim des BSWD interniert und von ihren Eltern getrennt sind. Sorgen bereiten mir die Familien der Söhne Sam und Jan und Dan, denn ich werde das dumpfe Gefühl nicht los, dass die Barcellas und die Restitos auf Distanz zu mir gehen. Hinzu kommt auch noch das komplette Versagen des Anwaltes De Baron und meine Blindheit und als Folge daraus wohl die vertanen Chancen, diese unsägliche Geschichte mit Verhandlungen und Geld aus der Welt zu schaffen und jetzt vielleicht sogar schon frei und auf dem Weg zurück nach Deutschland zu sein. Dann die neuen Projekte in der Firma, die keinen Aufschub dulden. Dort wird mein Fortbleiben meinen Chef Hannes sicherlich in Bedrängnis bei der Geschäftsleitung bringen. Zu allem Übel kommen auch noch Francos Unehrlichkeit und seine kleinen Betrügereien hinzu.

Wo soll ich nur das Gute finden? Mir kommt meine Familie in Deutschland in den Sinn, die uneingeschränkt zu mir steht. Ich denke an Mik-Mik und an seine Vicente, an die resolute Marielou und meinen Freund Kagawad Jacub Castro. Dann ist da noch der nette Officer Sarang, der mir das Leben auf der Polizeistation doch erheblich erleichtert hat und natürlich Wolfgang Schmidt.

"Die Thermosflasche mit dem heißen Wasser und der Instantkaffee!", rufe ich erfreut in die Morgendämmerung. Wolfgang hat sogar an einen Teelöffel gedacht! Beim Biss in den süßen Schokoladenkeks und beim ersten Schluck des warmen Kaffees kommen mir fast die Tränen. 'Ich bin doch nicht so verlassen, wie es eben noch schien', denke ich und drücke demonstrativ die Schultern nach hinten, die Brust heraus und spreche ins düstere Nichts vor mir: "Tommy, tief einatmen, optimistisch bleiben und kämpfen. Du bist unschuldig!" Doch sofort kommt mir wieder die Verlegung ins Stadtgefängnis in den Sinn. Die Luft entweicht aus meinem Körper und ich fühle mich sogleich schlaff wie ein leerer Luftballon.

'Was erwartet mich im Stadtgefängnis? Mit was für Typen werde ich konfrontiert? Wie werden mich dort die Officers behandeln? Und dann diese Anklagen: "Missbrauch und Menschenhandel." Jeder weiß, dass Häftlinge mit diesem Hintergrund in der Hierarchie im Knast ganz unten rangieren. Wird der Kontakt zur Familie in Deutschland möglich sein? Ist mein Überleben dort als einziger Ausländer unter hunderten Filipinos mit meinen rudimentären Sprachkenntnissen gesichert? Was ist mit der Privatsphäre? Werde ich schlafen wie eine Sardine in der Dose, ohne Ventilation in einer stickigen, stinkenden, verdreckten und von Ungeziefer befallenen Zelle? 24 Stunden weggesperrt?'

Plötzlich kommt mir dieses Loch, in dem ich gerade sitze und Kaffee schlürfe, wie purer Luxus vor. Dennoch ist mir übel und es schüttelt mich. Ich verbanne diese stupiden Gedanken, gehe zur Zellentür, atme die frische Morgenluft ein und nehme erneut einen großen Schluck des guten Kaffees. Es ist bereits halb sieben Uhr und ich blicke sehnsüchtig zum Wachturm. 'Ob Mik-Mik schon wach ist?', grüble ich. 'Ich muss ihn unbedingt etwas Wichtiges fragen.'

Es dauert noch eine halbe Stunde, dann endlich kommt ein Wachmann und lässt das Schloss knacken und die Zellentür quietschen. Liebgewonnene Geräusche am Morgen. Zu der Zelle neben mir spricht er etwas von Besuchern für mich und dass er sofort zum Zellenvorplatz zurückkäme und sie dann ihre Duschen nehmen können. Soviel verstehe ich von seinem Visayan. 'Das mit dem Besucher ist doch sicherlich eine Notlüge? Vielleicht, damit die Inhaftierten nicht neidisch auf mich werden. In zwei Stunden werden sowieso die ersten Besucher am Zellenvorplatz erscheinen, denn heute ist

Sonntag', grinse ich in mich hinein, als wir über die offenen Abwasserkanäle springen.

Erst einmal Toilette und Dusche. 'Wie das Thema wohl im Stadtgefängnis geregelt ist? Eine Toilette für die gesamte Zelle? Muss ich auch Klos putzen, als Trustee?', sind meine Gedanken, während das kühle Wasser über meinen verschwitzten Körper läuft.

Die Dusche tut gut und Mik-Mik, Officer Sarang und Officer Pangutana erwarten mich schon im Büro.

"Officer Pangutana, Sie habe ich ja schon lange nicht mehr gesehen!"

"War auf einer Schulung, der Kampf um einen weiteren Streifen auf dem Oberarm. Ich möchte gerne den Rang "Policeofficer 2" erreichen. Mehr Verantwortung und auch ein wenig mehr Geld."

"Und Sie Officer Sarang", scherze ich, "möchten Sie nicht auch auf der Karriereleiter nach oben klettern?"

Der Officer bereitet gerade heißes Wasser für den Kaffee: "Ja, klar! Ich bin beim nächsten Kurs dabei. Einer muss ja hier die Stellung halten."

Wir lachen und es ist eine gute Stimmung im Büro. Mik-Mik hat eine kräftige Hühnersuppe und gekochten Reis in Plastiktütchen besorgt. Als Nachtisch essen wir Zuckerschnecken.

'Wie schnell man sich auch an eine so surreale Situation gewöhnt.' In mir keimt Wehmut, denn ich glaube, dass dies das letzte Frühstück mit den Officers sein wird.

"Mik-Mik, weißt Du eigentlich wie es in philippinischen Gefängnissen zugeht?"

Der ist sichtlich über meine Frage überrascht und stammelt: "Ja, ich, also, ich war nur ein- zweimal zu Besuch in unserem kleinen Gefängnis in Sendong City. Da ist es sehr ruhig. Es gibt eine Menge winziger Zellen. Fünf bis sechs sind in so einer Zelle. Dann haben die eine Karaoke-Anlage. Jovannis Onkel war da Trustee. Der konnte dort überall herumlaufen. Er hat den ganzen Tag das Auto vom Direktor geputzt, weil Jovannis Onkel etwas von Autos versteht. Ihm ging es gut da. Dreimal Essen am Tag, er konnte auch regelmäßig duschen."

Ich unterbreche Mik-Mik und frage ungeduldig weiter: "Und wie schlafen die da? Wie in der Nachbarzelle bei uns hier, wie die Sardinen in der Dose?"

Mik-Mik entgegnet mit einem langgezogenen "Nein, jeder hat ein Bett."

"Aha", antworte ich erleichtert und wende mich an Officer Sarang: "Wann geht es morgen los? Gleich in der Früh?"

"Normalerweise so gegen zehn Uhr. Sie sollten dann Ihre Sachen gepackt haben."

"Mik-Mik, Du musst mir eine Tasche besorgen. Für die Matte, das Kissen und was ich sonst noch so habe."

Mik-Mik nickt und nimmt den letzten Schluck Kaffee.

"Wie viele Gefangene gibt es denn im Tugalm City Stadtgefängnis, Sir?"

"Es sind wohl an die achthundert Häftlinge dort", antwortet Officer Sarang vorsichtig.

Officer Pangutana ergänzt: "Und ein extra Haus für die Frauen. Ich glaube, es sind derzeit etwa 60 weibliche Häftlinge dort."

"Etwa achthundert Häftlinge", wiederhole ich gedankenverloren, während ich versuche, mir die Menschenmenge von achthundert Personen vorzustellen.

"Bevor ich es vergesse", grinst plötzlich Officer Sarang geheimnisvoll, "ich habe schon in der Früh mit Ma'am Papillio telefoniert. Sie wird gegen elf Uhr hier sein. Sie dürfen Ihren Laptop benutzen."

Jetzt bin ich glücklich und helfe beim Abräumen des Frühstücktisches. Nur wenige Minuten später startet der Laptop.

Es ist acht Uhr hier auf den Philippinen, also ist es ein Uhr in der Nacht in Deutschland. Von meinen Kontakten in Skype ist auch niemand online. Aber mein E-Mailprogramm signalisiert mir, dass ich neue E-Mails habe. "Gott sei Dank!", flüstere ich, denn dort ist eine E-Mail von Marie, meiner Lebensgefährtin.

-★-

16.01. Maries E-Mail

Neben einigen anderen E-Mails ist dort auch eine von Marie. Sofort öffne ich die Nachricht. Ihre ersten Sätze beunruhigen mich zutiefst.

Sie schreibt, sie sei in großer Sorge, fühle sich sehr oft hilf- und machtlos, sei dann total verzweifelt und falle in Depressionen. Sie möchte irgendetwas unternehmen, wisse aber nicht, was sie jetzt tun kann. Nun sei sie erst einmal krankgeschrieben, denn sie könne sich kaum auf etwas konzentrieren. Eine leichte Migräne quäle sie zusätzlich.

Hiernach ist der Text weniger emotional.

Sie führt aus, am Montag in der Firma anrufen zu wollen, um die Situation zu erläutern. Die Nummer von Hannes, meinem Chef, sei auf dem Display des Telefons erschienen. Er habe versucht anzurufen. Da sie aber die Telefone auf stumm geschaltet hatte, konnte sie die Anrufe nicht entgegennehmen. Sie entschuldigt sich, nicht beim Videoanruf dabei gewesen zu sein. Sie fühle sich psychisch zu instabil, um meine große Familie - ohne mich - ertragen zu können.

Dann lese ich, dass alle eine große Angst davor hätten, dass die Geschichte in Deutschland in den Medien breit getreten werden könnte. Ich wundere mich, da meine Familie darüber kein einziges Wort verloren hat, während wir uns gestern Abend am Computer unterhalten haben.

Weiter schreibt Marie, dass sie mit meiner Schwester Sabine und meiner Mutter telefoniert habe und dass alle in sehr großer Sorge seien. Nicht nur wegen dieser delikaten Geschichte, sondern auch der großen Summe wegen, die ich in nur zwei Wochen Gefängnisaufenthalt ausgegeben habe und ob das wirklich nötig sei, diese Leute dort so sehr zu unterstützen? Die würden auch ohne mich zurechtkommen müssen. Lange könnten wir das finanziell nicht durchhalten. Sie werde am Montag das Festgeldkonto kündigen, sodass wir eine Reserve haben. Die Kündigungsfrist betrage allerdings drei Monate.

Meine Mutter leide sehr unter dieser unsäglichen Geschichte. Sie würde es aber nicht zeigen, aus Rücksicht auf mich, um mich nicht noch mehr zu belasten.

Marie fragt, ob ich nicht auf Kaution entlassen werden könne, da die Beweislage doch - wie alle immer erzählen - recht dürftig sei und ob der Anwalt schon die Eingabe bei Gericht dazu gemacht habe? Was könne die Botschaft oder das Auswärtige Amt noch leisten?

Das waren viele Informationen und Fragen, aber Marie hat es wie immer auf den Punkt gebracht. Ich werde gleich antworten, habe aber auch die E-Mail an die Botschaft in Manila im Hinterkopf. Ich muss ihnen die Erlaubnis zur Weitergabe von Informationen an meine Familie und Marie erteilen.

Mik-Mik schaut Fernsehen und scheint gleich einzuschlafen. Es ist ein guter Zeitpunkt, von ihm die Dinge, die ich benötige, besorgen zu lassen. Auch eine Tasche für meine Utensilien und das Mittagessen kann er gleich mitbringen. Mik-Mik ist sichtlich froh, einen Auftrag zu bekommen, hat schon die Kippe im Mund und ist sogleich aus dem Büro, um die Einkäufe zu erledigen.

-★-

Ich antworte

Liebe Marie,
lasse diese blöde Geschichte nicht zu nah an Dich heran. Das ist ein dummes Missverständnis, wie es sich sicherlich nur auf den Philippinen zutragen kann und es wird sich früher oder später aufklären. Ich hoffe, Deine Migräne und die Depressionen verfliegen schnell.

Wenn Du etwas unternehmen möchtest, dann fahre doch gleich am Montag mit Sabine und Mutter zum Auswärtigen Amt. Meine Verhaftung ist illegal, da die Kinder und ich geschlafen haben, als das Jugendamt und die Polizei an die Tür des Cottages klopften und es keine Beweise oder konkrete Aussagen gegen mich gibt. Die Botschaft in Manila muss bei der philippinischen Justiz intervenieren und meine Freilassung erwirken.

Hannes habe ich bereits eine E-Mail in die Firma gesendet und ihn darüber informiert, dass ich erst zwei Monate später aus dem Urlaub zurückkehren werde. Das stellt für die Firma erst einmal kein Problem dar, da ich noch genug Resturlaub und ein dickes Gleitzeitkonto besitze. Du musst also dort nicht anrufen.

Dass Du ohne mich die geballte Heger-Familie nicht erträgst, kann ich gut nachvollziehen. Meine Brüder - mit den dämlichen Sprüchen - haben einfach nur lose Mundwerke. Das ist aber nicht persönlich zu nehmen. Das weißt Du, Marie.

Über die Gesundheit von Mutter hat mir mein Vater extra eine E-Mail gesendet, obwohl das überhaupt nicht seine Art ist, E-Mails zu schreiben.

Die Leute aus dem Dorf sind abgereist und da ich nächste Woche ins Stadtgefängnis Tugalm City verlegt werde, kann ich niemanden mehr hier finanziell so unterstützen, wie ich es bisher getan habe. Michael ist geblieben und versorgt mich. Auch der Wolfgang Schmidt ist ein verlässlicher Ansprechpartner.

Zum Punkt Stadtgefängnis soll die Botschaft tätig werden. Ich benötige die Erlaubnis der Gefängnisleitung dort, um ein internetfähiges Handy oder einen Computer mit Internetanschluss benutzen zu dürfen. Da kann doch die Botschaft den Gefängnisdirektor kontaktieren und mich unterstützen. Wie sonst soll ich mit Euch in Verbindung bleiben? Marie, ich werde gleich eine E-Mail dazu an die Botschaft schreiben. Ich muss auch mein Einverständnis geben, dass die Botschaft Informationen an Euch weitergeben darf. Dich, Sabine und Vater nehme ich mit in den Verteiler.

Der neue Anwalt, den der Deutsche Wolfgang Schmidt empfohlen hat, wird so schnell wie möglich die Eingabe zur Kaution bei Gericht einreichen. Und dann Marie, das sage ich Dir, wenn diese Eingabe positiv entschieden wird, dann nichts wie weg hier. Über Malaysia geht das schon. Indonesien ist auch sehr nah und bequem mit einem Boot zu erreichen. Ich bin aber optimistisch, dass ich als freier Mann und legal im Flugzeug zurückkehren kann.

Danke, dass Du das Festgeldkonto gekündigt hast!

Noch die Grußformel und ich drücke auf "Senden."

Auf Maries Ängste wegen der deutschen Medien gehe ich nicht ein. 'Ich möchte und werde meiner Familie auch nicht berichten, welche schockierenden und menschenverachtenden Erfahrungen ich mit den hiesigen Medien machen musste!' Der Ärger und die Wut kommen zurück, wenn ich mich daran erinnere. Auch finde ich nicht den Mut, meine Leute darüber aufzuklären, was hier tatsächlich stattgefunden hat. Der Missmut steigert sich stetig und es schreit in meinem Gehirn: 'Diese verdammte Sozialarbeiterin hat mich zu Missbrauch und Menschenhandel angezeigt. "Menschenhandel!" Absurder geht es nicht! Was in der Hölle habe ich mit Menschenhandel zu tun? Was? Ich, der sich nicht einmal traut, einen Schokoladenriegel an der Supermarktkasse zu klauen. Was ist bloß mit den Leuten in diesem verdammten Land los? Sind die verrückt?' Ich komme zum Schluss: 'Nein, das kann ich meiner Familie nicht erzählen. Mit diesen Informationen geht meine Mutter sofort mit ihrem Morbus Crohn ins Krankenhaus.'

Officer Sarang reißt mich aus den quälenden Gedanken: "Mr. Heger, Ma'am Papillio möchte Sie in fünfzehn Minuten in Ihrem Büro sprechen."

"Oh, danke, Sir. Zeit genug, um meiner Botschaft eine sehr wichtige E-Mail zu schreiben."

16.02. Police Superintendent Ma'am Papillio

Die E-Mail an die Botschaft ist geschrieben und seit wenigen Minuten sitze ich gemeinsam mit Ma'am Papillio in ihrem Büro. Die Polizistin sortiert Papiere am Schreibtisch und legt sie mir schließlich zum Unterschreiben vor: "Gut, Mr. Heger, das ist die Liste Ihrer Gadgets. Bitte überprüfen Sie, ob alles vermerkt ist, was sich im Rucksack befunden hat."

Beim Überfliegen der Liste erwähne ich, dass sogar der Rucksack vermerkt ist.

"Ja, da sind wir sehr genau", erwidert Ma'am, "nicht, dass hier noch etwas verloren geht. Unterschreiben Sie bitte auch die Überstellungsurkunde. Morgen gehen Sie dann in die Verantwortlichkeit des Stadtgefängnisses über. Ihre Botschaft in Manila hat um einen Bericht gebeten. Der geht am Montag raus."

Mit den Unterschriften zögere ich, denn mir kommen Maries Worte in den Sinn. Sie sagte vor einigen Tagen bei einem Telefonat, ich solle nichts unterschreiben.

"Hätten wir das Problem nicht mit Worten lösen können? Mit einem klärenden Gespräch? Also auch mit der Mitarbeiterin des BSWD, dieser Solano."

Ma'am scheint auf die Frage nicht vorbereitet zu sein und denkt kurz nach, bevor sie antwortet: "Na ja, Ma'am Solano verfolgt nur die Interessen der Kinder und natürlich die des philippinischen Staates. Ich bin mir ziemlich sicher, Ma'am würde nicht mit Ihnen reden."

"Aber mich gleich anzuzeigen und dann wegen Menschenhandel, ich bitte Sie, Ma'am Papillio, das ist doch mehr als absurd! Glauben Sie oder diese Solano wirklich, ich sei ein Menschenhändler?"

"So sind nun einmal unsere Gesetze, Mr. Heger. Schon Ihr Verbringen von Minderjährigen von zwölf Jahren und darunter in das Hotel stellt einen Verstoß dar."

"Das musste ich auf die harte Tour lernen, Ma'am", lache ich bitter. "Aber jetzt mal ganz ehrlich, die Kinder sagen doch nichts Eindeutiges gegen mich aus. Wie auch, wo kein Missbrauch stattgefunden hat. Ein klärendes Gespräch und die Sache wäre aus der Welt gewesen! Die Eltern gaben die Erlaubnis zur Reise, wir planten am nächsten Tag zurückzukehren und hätten zuvor die Dinge für die Schule gekauft. Wäre dieser unnötige Anruf - der mich, die Kinder und deren Eltern und zu guter Letzt meine Familie in Deutschland ins Unglück stürzt - bei Ihnen nicht eingegangen, dann wäre die Welt jetzt für alle in bester Ordnung. Ich säße auf der Heimreise im Flugzeug, die fünf Jungen gingen mit neuen Schuhen, Schuluniformen und Schulutensilien glücklich in ihre Klassen. Aber diese Solano zerstört gerade mein Leben. Warum zeigt die mich an? Die kennt mich doch gar nicht? Ich habe mit der keine drei Sätze im Leben gewechselt."

"Beruhigen Sie sich, Mr. Heger. Ich kann Ihren Unmut sehr gut nachvollziehen und ich sage Ihnen ganz ehrlich, dass mir diese ganze Geschichte auch ein Stück weit leid tut. Ja, es tut mir leid - es ist schade um Sie."

'Schade um mich?', wie sie das sagt und meint, bleibt mir ein Rätsel. Ich bin niedergeschlagen, frage nicht nach und muss meinen Ärger unterdrücken.

Ma'am Papillio fährt fort: "Aber auf der anderen Seite hat sich der Sextourismus und der Menschenhandel nun einmal wie ein Krebsgeschwür in meinem Land festgesetzt und das BSWD, jeder Bürger und natürlich wir sind angehalten, jedem kleinsten Verdacht nachzugehen."

"Das mit dem Sextourismus und dem Menschenhandel ist mir natürlich bekannt. Aber, dass man mich da hineinzieht und gleich dermaßen überreagiert. Diese zwei Anzeigen machen mir schwer zu schaffen. Ich stehe auf der Seite der Guten, schon immer, Ma'am!"

"Unwissenheit schützt vor Strafe nicht, Mr. Heger."

"Aber diese Solano reagiert doch völlig über!"

"Ma'am Solano tut nur ihre Pflicht! Im Übrigen, ein jeder hätte Sie zu jeder Zeit anzeigen können. Schon die Busfahrt der Kinder in Ihrer Begleitung, stellt ein Verstoß gegen unsere Gesetze dar. Vielleicht erinnern Sie sich, ich habe Ihnen geraten, die Eltern mögen Sie anzeigen. Hätten die Eltern Sie angezeigt, hätten Sie heute kalkulierbare Gegner. Aber nun heißt Ihr Konterpart BSWD. Und der ist sehr mächtig!"

Ich bin total frustriert und werde laut: "Ma'am, ich habe es nicht kapiert und konnte auch nicht ahnen, dass das BSWD mich anzeigen würde. Dazu kenne ich mich in Ihrem Land zu wenig aus. Wissen Sie, Ma'am, dass ich bis vor meiner Verhaftung überhaupt nicht wusste, dass es das BSWD in der

Form gibt? Die Eltern haben Anzeigen gegen mich auch kategorisch abgelehnt: Einen Freund zeigt man nicht an!"

"Beruhigen Sie sich bitte. Ihr Attorney hätte Sie klar und deutlich darauf hinweisen müssen."

"Oh, dieser De Baron! Wenn ich an den untätigen Kerl nur denke, bekomme ich schon Highblood, Ma'am."

Ich halte immer noch die Computerausdrucke in der Hand, unterschreibe nun die Liste der Gadgets und bemerke: "Ma'am, die fünf Cellphones der Kinder fehlen."

"Das ist eine extra Liste. Mr. Kabaltos kann die stellvertretend für alle Eltern unterschreiben."

"Was passiert mit meinen Gadgets? Bekomme ich die irgendwann zurück?"

"Ja, natürlich! Die sind zwar jetzt konfisziert, aber wenn das Verfahren beendet sein wird, bekommen Sie natürlich alles zurück. Allerdings gehen die Geräte am Montag ins Labor, zu weiteren Untersuchungen. Reine Routine."

Dann unterschreibe ich die Überstellungsurkunde an das Stadtgefängnis. "Ma'am, was erwartet mich dort? Haben die da Internet?

"Ich kenne den Direktor persönlich und habe ein gutes Wort für Sie eingelegt. Sie bekommen ein eigenes Bett in der Zelle der Trustees. Diese Zelle wird nicht verriegelt. Sie werden als Trustee aber kleine Aufgaben erledigen müssen."

"Das ist schon okay, Ma'am. Danke sehr, für das gute Wort, das Sie für mich dort eingelegt haben. Besitzen die Internet?", frage ich erneut.

"Sir Ballmori sagte mir am Telefon, dass sich in der Hinsicht schon eine Reglung finden wird. Officer Sarang hatte mich unterrichtet, dass Sie danach gefragt haben."

"Der nette Officer Sarang", rede ich gedankenverloren vor mich her.

"Da haben Sie wohl einen neuen Freund gefunden", freut sich Ma'am Papillio. Sie wird wieder ernst. "Ich möchte Sie noch etwas Persönliches fragen, außerhalb des Protokolls. Das Gespräch heute ist auch kein Verhör und wird nirgendwo erscheinen. Sie müssen nicht antworten, wenn Sie nicht möchten." Ma'am macht eine kurze Gedankenpause und sucht sichtlich nach Worten: "Mr. Heger, gefallen Ihnen die kleinen Filipinos? Weil, Sie haben sich ja fünf wirklich sehr gutaussehende Jungen für die Reise ausgesucht. Ist da nicht doch ein wenig Knabenerotik im Spiel? Ist es nicht so, dass Sie die Jungen nicht nur mögen, sondern lieben?"

Ich schlucke, muss das soeben Gehörte erst einmal verdauen, wische mir mit dem kleinen Tuch den Schweiß aus dem Gesicht und antworte mit einem entschiedenen "Nein, Ma'am!" Dann räuspere ich mich umständlich und huste in das Tuch: "Ich mag die gerne, freue mich, wenn die glücklich sind, wenn ich in die glänzenden Augen blicken kann."

Ma'am schaut mich mit einem stehenden asiatischen Lächeln an. Absolut unmöglich, dort etwas heraus zu interpretieren.

"Mr. Heger, ich wünsche Ihnen für die Zukunft alles Gute. Ich bringe Sie nun zu Officer Sarang." Sie blickt auf ihre kleine Damenrolex. "Heute ist Sonntag und meine kleine Tochter wartet sicherlich schon sehnsüchtig auf mich."

16.03. Drei Freunde

Angeschlagen und depressiv betrete ich Officer Sarangs Büro, das wie eine Hühnerbraterei duftet. Ma'am Papillio lässt Mik-Mik die Liste der Cellphones unterschreiben und verlässt uns sogleich, nicht ohne den beiden Officers freundlich mit einem schelmischen Gesicht zuzunicken, nachdem sie unseren Mittagstisch erblickt hat. Auf dem flachen Tisch haben Mik-Mik und Officer Sarang das Mittagessen arrangiert. Es scheint, als warten sie auf mich. Officer Pangutana erhebt sich sofort, als er mich sieht.

Ich habe es jetzt gründlich satt, an Anzeigen, Attorneys, Geld, über Kinder im BSWD oder an irgend etwas zu dieser absurden Geschichte zu denken, geschweige denn zu diskutieren. Erschöpft falle ich in einen der flachen Bambusstühle, erinnere mich daran, dass das unser letzter Festschmaus in diesem Büro sein wird und ich die Officers Sarang und Pangutana vermissen werde. Ich frage mich, wo, mit wem und was ich morgen wohl esse? Das gegrillte Huhn ist wieder über die Maßen lecker. Mik-Mik gießt eine Tasse mit Cola voll, die ich sofort runterkippe. Die eiskalte Cola erfrischt und belebt die Sinne. Ich wische die negativen Gedanken und damit auch die Niedergeschlagenheit und den Ärger beiseite.

Meinen letzten Nachmittag in der Polizeistation will ich nicht mit Trübsal verbringen.

"Tommy, Du siehst müde aus", bemerkt Mik-Mik.

"Ja, bin ich auch, aber auch sehr hungrig. Lasst uns essen."

"Officer Pangutana setzt sich zu uns: "Hat Sie unsere Ma'am noch mal richtig ausgequetscht? Sie sehen mitgenommen aus."

"Nein, nein, Officer!" Ich grinse wohl wenig glaubhaft, denn die drei Freunde schauen besorgt. "Es war mehr ein belangloses Gespräch. Ich habe auch die Überstellungsurkunde und die Liste mit den Gadgets unterschrieben. Nein, zwei Wochen Haft gehen nicht einfach so spurlos an einem vorbei. Auch geht mir die Geschichte langsam wirklich auf die Nerven und das, was schiefgelaufen ist und das ist einfach zu viel. Aber eigentlich mache ich mir gerade mehr über meine Zukunft Gedanken. Was erwartet mich im Stadtgefängnis? Aber, nun lasst uns erst einmal etwas essen. Ich habe einen Riesenhunger."

Das gegrillte Huhn und Schwein schmecken wieder einmal vorzüglich. Obwohl ich eigentlich nicht mehr über mein Thema reden wollte, brennen mir dann doch Fragen dazu unter den Nägeln. "Officer Sarang, werde ich im Stadtgefängnis versorgt? Ich meine, gibt es dort Verpflegung?"

"Sicherlich, die kochen dort dreimal am Tag. Zwar nicht so lecker wie unsere Speisen hier, aber Sie werden versorgt."

"Na ja", wirft Officer Pangutana ein, "getrockneter Tambanfisch, der wird bei uns Bulat genannt, der dann in ranzigem Kokosnussöl frittiert wird - ob Ihnen das schmeckt?"

"Ich kenne keinen Ausländer, dem frittierter "Bulat" schmeckt. Der NFA-Reis ist auch nicht gerade allererste Qualität", weiß Officer Sarang zu berichten.

"Was ist NFA-Reis?", möchte ich wissen.

Mik-Mik ereifert sich mit der Antwort: "Mein Cousin ist Reisgroßhändler. Ich habe dort im Lager gearbeitet. National Food Authority, Tommy. Der billigste Reis, mit der minderwertigsten Qualität, die auf dem Weltmarkt erhältlich ist. Staatlicher Reis um die Ärmsten der Armen satt zu bekommen."

"Da gehöre ich ja dann auch bald dazu. Zu den ärmsten der Armen", bemerke ich ironisch.

"Tommy, verlieren Sie nicht den Mut und vertrauen Sie in Gott.", entgegnet Officer Sarang.

"Beten Sie!", empfiehlt Officer Pangutana.

"Morgen ist kein Besuchstag im Stadtgefängnis?"

"Ich habe in Erinnerung, dass dann Ruhetag ist. Sonntag ist Familientag und jede Menge los. Sie werden es erleben, Tommy. Es ist lustig. Nach so viel Stress müssen sich die armen Jail-Officers am Montag erholen." Nun klingt Officer Sarang ironisch.

"Sie können mich besuchen kommen, Sir Sarang!", scherze ich.

"Ja, gerne! Und dann bringe ich das gleiche Essen wie heute. Gegrilltes Huhn und Schwein!", lacht der Officer und ergänzt: "Nein, Spaß beiseite, wenn ich in der Nähe bin, werde ich Sie besuchen. Aber hoffen wir, dass Sie so schnell wie möglich entlassen werden und zurück zu Ihrer Familie können."

'Nun sind wir doch noch ein wenig ins Plaudern gekommen', denke und freue ich mich. Mik-Mik spielt nach dem Essen schon eine Weile mit der Zigarettenschachtel. Officer Sarang und ich lehnen ab, Sir Pangutana und Mik-Mik begeben sich nach draußen in die Raucherecke.

"Sir, könnte ich noch einmal ins Internet gehen?"

"Unser Provider unterrichtete uns, dass es heute zu Unterbrechungen kommen könnte. Auch ist Ihr Laptop schon weggeschlossen. Aber Sie können gerne am Computer in der Kammer Ihr Glück versuchen."

Tatsächlich ist die Internetverbindung mehr als miserabel und nach wenigen Minuten gebe ich entnervt auf.

Officer Pangutana und Mik-Mik sind inzwischen zurück und räumen den Tisch ab.

Mit dem neuen gelben Cellphone, das Officer Sarang im Schreibtisch aufbewahrt hat, sende ich an meine Familie in Deutschland eine SMS, dass heute kein Internet möglich ist. Nachdem ich es ausgeschaltet habe, übergebe ich das Gerät an Mik-Mik mit den Worten: "Morgen kannst Du es mir geben."

Nun bemerke ich die große Tüte neben der Bank.

Mik-Mik packt stolz die Tüte aus. "Tommy, hier ist ein großer Rucksack. Da passen alle Deine Sachen rein, denke ich."

"Danke sehr, Mik-Mik. Bringst Du morgen das Essen ins Gefängnis?" Er bekommt von mir 1.000 Piso dafür.

"Ja, was soll ich besorgen?"

"Hühnersuppe, Reis, Cola, Kuchen, Obst, Kekse. Wo bleibst Du heute Nacht?"

Die beiden Officers haben sich der Büroarbeit zugewandt. Officer Sarang blickt auf: "Diese Nacht kann ihr Freund noch einmal im Wachturm übernachten und Ihnen das Frühstück morgen bringen. Aber das mit dem Wachturm bleibt unter uns."

Officer Pangutana grient. Mik-Mik und ich blicken verschwörerisch, grinsen aber dennoch.

Wir schauen eine Weile Fernsehen. Die Officers arbeiten. Etwa 30 Minuten später begebe ich mich dann doch noch mit Mik-Mik und den Officers zur Raucherecke im hinteren Teil der Polizeistation. Mik-Mik hat immerhin Marlboro mitgebracht. "Tommy, das ist doch alles nur ein Missverständnis", sagt Mik-Mik nachdem er den Rauch in den azurblauen philippinischen Himmel geblasen hat."

Wegen der starken Marlboro huste ich und antworte: "Ich hoffe, die Staatsanwaltschaft und der Richter sehen das genauso!"

"Tommy, ich habe eine gute Idee. Vicente könnte doch gleich am Dienstag kommen und meine Kinder Tom und Loudielyn mitbringen. Phil und die anderen im BSWD würden sich bestimmt sehr über einen Besuch freuen. Marie-Ann wird lecker kochen. Wir brauchen allerdings Fahrgeld."

"Officer, sind Kinder als Besucher im Stadtgefängnis erlaubt?"

"Ja, sicher! Ich sage doch, Sie werden den Familientag erleben", antwortet Officer Sarang schnell.

"Die Idee gefällt mir, Mik-Mik. Aber dann müsstest Du zum ATM gehen und 10.000 Piso holen."

Mik-Mik räuspert sich verlegen.

"Ach, ich hatte vergessen, Du weißt ja nicht, wie das Geldholen funktioniert."

Officer Sarang sagt schnell: "Ich werde Mik-Mik zum Platz gegenüber begleiten, denn ich muss ebenfalls noch Geld ziehen."

Mik-Mik blickt ernst: "Tommy, die Geheimnummer habe ich noch im Kopf."

Ich schaue wieder fern. Nur zwanzig Minuten später sind die zwei Freunde mit Kuchen und Kaffee zurück. Mik-Mik hat schon 2.000 Piso an Vicente gesendet. Er gibt mir das Restgeld und die VISA-Karte.

"So, Officer Sarang und Pangutana, nun heißt es bald Abschied nehmen. Vielen Dank für den angenehmen Aufenthalt in Ihrer netten Polizeistation", scherze ich.

"Wir sehen uns morgen Früh noch einmal", erwidert Officer Sarang, schaut traurig zu Officer Pangutana und ergänzt: "Um 16:30 Uhr endet unser Dienst für heute. Deshalb würde ich Sie gerne nach dem Kaffee zurück zur Zelle bringen. Es ist gleich 16:00 Uhr, dann ist sowieso Ende der Besuchszeit. Mik-Mik kann dann im Turm schlafen."

Betrübt trinken wir den Kaffee. "Officer, kann Mik-Mik meine Thermosflasche mit heißem Wasser füllen?"

"Natürlich!"

Officer Sarang und ich schütteln uns zum Abschied kräftig die Hände. "Ich werde Sie vermissen, Sir!"

"Kommen Sie uns besuchen, wenn die Geschichte bei Gericht niedergelegt worden ist!", antwortet der Officer ernst.

"Klar, ich bringe Hühnchen und gegrilltes Schwein."

Wir lachen herzlich und Officer Pangutana bringt mich dann zur Zelle. Mik-Mik verbleibt am Wachturm.

[Ende 16. Kapitel und vierzehnter Tag in Haft - Sonntag]

-★-

17. Kapitel - Montag

17.00 Tugalm City Stadtgefängnis

Mik-Mik ist schon um 6:30 an der Zelle und ich kann duschen und frühstücken. Er erzählt voller Schrecken, aber auch sehr lebhaft, dass die kommunistischen Rebellen eine Polizeistation, die am Highway in Richtung Sendong City gelegen ist, attackiert haben und dass es nach dem Angriff mehrere Tote auf allen Seiten zu beklagen gibt. Alle Officers, auch die nicht im Dienst gewesen sind, wurden gerufen und sind nun im Einsatz. Natürlich ist auch die Armee unterwegs.

"Mik-Mik, ich habe das in der Nacht mitbekommen. Da sind ganze Lastwagenladungen mit Polizeikräften vom Hof gefahren. Was für ein Lärm und Trubel das gewesen ist. Vielleicht bringen die mich deswegen heute nicht in das Stadtgefängnis?"

"Das habe ich den Wachmann auch gefragt. Der meinte, da führe kein Weg vorbei. Es sei ein gesetzliches Ding."

"Aha?", entgegne ich und nehme einen großen Schluck von Wolfgangs gutem Instantkaffee. "Ist auch egal, Mik-Mik. Wenn ich dort im Stadtgefängnis nicht weggesperrt werde, ist es allemal besser als hier."

Nach dem Frühstück genehmigen wir uns eine und wir beginnen, meine Sachen einzupacken. "Hast Du mein Cellphone dabei, Mik-Mik?"

"In meiner Tasche im Wachturm."

"Das geben wir dann der Gefängnisleitung. Damit es nicht illegal ist."

"Dort im Stadtgefängnis ist es besser als hier, Tommy. In Sendong City gibt es sogar eine Karaokeanlage. Du kannst zwei Songs für nur fünf Piso wählen. Die Besucher singen dann die ganze Zeit. Gibt es in deutschen Gefängnissen auch Karaoke?"

Bei diesem Gedanken muss ich lachen: "Nein, Mik-Mik, das ist völlig undenkbar. So extrem laut wie die Karaokeanlagen hier immer sind. Nein, in deutschen Gefängnissen geht es ruhig zu. Da ist Musik im Besucherraum nicht gestattet."

So vertreiben wir uns die Zeit: Mit Smalltalk, Kaffee, Keksen und Zigaretten.

Es geht gegen acht Uhr und zwei schwerbewaffnete und aufgeregte Soldaten kommen auf den Zellenvorplatz - in Begleitung eines mir unbekannten Officers. Die Abzeichen auf den Armen der Soldaten verraten, dass sie zur Polizei gehören. Der Officer erscheint in blauer Dienstuniform. Er ist es dann auch, der einige Namen vorliest und der letzte ist schließlich meiner. Nun öffnet er die Zellen und die Genannten treten heraus, in den Händen oder unter den Armen haben sie ihre Habseligkeiten. Plötzlich steht die Mutter der vier Kinder, die mir vor wenigen Tagen die edle Gabe spendierte, auf dem Zellenvorplatz und umarmt schon ihren Gatten. Einige Inhaftierte werden mit Handschellen gefesselt. Für mich und den Gatten sind keine Handschellen mehr übrig. Mik-Mik redet kurz mit dem Officer in Uniform, verteilt ein paar Zigaretten und kommt freudestrahlend zu mir: "Ich darf mitfahren und die Frau auch. Es seien heute nicht sehr viele zur Überstellung ins Stadtgefängnis und genug Platz auf der Pritsche des Polizeifahrzeuges vorhanden.

Dort sitzen wir nun: auf der überdachten Pritsche des Toyota-Polizei-Pick-ups und lassen uns durch den dichten Verkehr schaukeln. Mik-Mik hat mir das gelbe Cellphone gegeben und ich habe gerade noch genug Guthaben, um meiner Marie, meiner Schwester und meiner Mutter per SMS mitzuteilen, nun auf dem Weg ins Stadtgefängnis zu sein. Auch an Franco und Marielou kann ich noch SMS senden. Dann ist die Batterie am Ende und das Guthaben fast aufgebraucht. "Mik-Mik, kaufe mir bitte für 500 Piso Guthaben."

Die Eltern der vier Kinder benehmen sich wie frisch verliebte Teenager und können gar nicht voneinander lassen. 'Und dass, obwohl das älteste Kind schon mindestens zwölf Jahre alt ist. Sie zeigen absolut keine Trauer darüber, dass der Vater in den Knast muss. Mik-Mik redet kurz mit den beiden und erklärt mir dann, dass es sich nur um einen kleinen Raub handelt und das Problem nächste Woche - außergerichtlich - mit einer Summe geregelt wird.

'Haben die es gut', denke ich, nicht ohne einen Anflug von Neid.

Der Officer empfiehlt uns, das Cellphone erst einmal nicht mit in das Gefängnis zu nehmen. Das würde wahrscheinlich nicht gut bei der Leitung ankommen.

"Ich werde fragen, Mik-Mik. Vielleicht kannst Du es mir dann am Dienstag oder Mittwoch bringen."

"Besser Mittwoch", antwortet Mik-Mik und zündet sich eine an.

"Hoffentlich ist dort das Rauchen erlaubt?", scherze ich und wir lachen laut.

Wir fahren über eine lange Brücke, unter der sich ein breiter Fluss befindet, dessen Namen ich nicht kenne. Dann passieren wir die Gaisano Mall, biegen an der Ampel nach links ab. Dort ist das McDonald's und dem gegenüber das verdammte Hotel, in dem ich verhaftet worden bin. Nun fahren wir an einem Gebäude mit jeder Menge Parabolantennen auf dem Dach vorbei. Senkrecht wabert eine Neonreklame von ABC-TV und das, obschon es taghell ist. Plötzlich wird Mik-Mik unruhig und er zeigt auf das Gebäude linker Hand: "Das Gericht, Tommy!"

"Kenn ich, da sind wir beim Staatsanwalt gewesen und dort wurden die Anklagen verlesen. Der Ort des Grauens, Mik-Mik"

Nun biegen wir nach rechts herum in eine schmale unbefestigte Straße ab. Dennoch gibt es hier Geschäfte auf beiden Seiten. Der Fahrer fährt vorsichtig und umschifft die tiefsten Pfützen. Es geht noch einmal rechts herum, in eine noch engere Straße. Die Häuser stehen hier einzeln, haben Gärten und es hat den Charakter eines Vorortes. Die kurze Straße endet abrupt in einer Sackgasse vor einem großen Tor, das aus grob verschweißtem Stahl und Blechen besteht. Obwohl uns aus dem Wachturm schwerbewaffnete Männer observieren, hupt der Fahrer zweimal. Die Ehefrau und Mik-Mik springen ab. Hier trennen sich unsere Wege. Das riesige Tor auf Rollen wird aufgeschoben. Der Fahrer lässt die Kupplung springen und wenige Sekunden später sind wir im Stadtgefängnis. Ein Häftling im gelben T-Shirt schiebt sofort das schwere Tor zurück. Wir steigen ab und ich sehe Mik-Mik und die Frau draußen winken, dann ist das Tor zu. Eine Delegation von Gefängnisangestellten tritt aus einer Art Baracke. Wir werden angewiesen, uns nebeneinander aufzustellen. Hinter mir befinden sich ein hoher Zaun und dahinter ein Basketballfeld und links und rechts Gebäude. Überall stehen Filipinos und schauen mit verwunderten oder neugierigen Gesichtern.

Soeben hat die Sonne noch geschienen. Nun aber ist es bewölkt und eine schwarze Regenwolke bedeckt die Quelle allen Lebens.

Plötzlich fühle ich mich sehr einsam. Mir kommen meine liebe Familie, die Freunde und die Kollegen in Deutschland in den Sinn und auch die Kinder im BSWD, Mik-Mik und meine Freunde im Dorf. Es erscheint alles vollkommen irreal. 'Was mache ich hier?', frage ich mich und noch eine Frage drängt sich mir auf: 'Wie wird das Abenteuer "Gefangen unter Palmen" wohl enden? Ein Deutscher inmitten von hunderten kriminellen Filipinos.' Ich denke an Sarang und Pangutana. Die aber werde ich im Leben nicht wiedersehen.

[Ende 17. Kapitel und 16. Tag in Haft - Montag]

-★-

[ENDE 1. TEIL]

-★-

- ★ -

-★-